A puerta cerrada

AF276175

Crimen y Misterio

J. D. Barker
A puerta cerrada

Traducción de Julio Hermoso

 DESTINO

La lectura abre horizontes, iguala oportunidades y construye una sociedad mejor.
La propiedad intelectual es clave en la creación de contenidos culturales porque
sostiene el ecosistema de quienes escriben y de nuestras librerías.
Al comprar este libro estarás contribuyendo a mantener dicho ecosistema vivo y
en crecimiento.
En **Grupo Planeta** agradecemos que nos ayudes a apoyar así la autonomía
creativa de autoras y autores para que puedan seguir desempeñando su labor.
Dirígete a CEDRO (Centro Español de Derechos Reprográficos) si necesitas
fotocopiar o escanear algún fragmento de esta obra. Puedes contactar con
CEDRO a través de la web www.conlicencia.com o por teléfono en el 91 702 19
70 / 93 272 04 47.
Queda expresamente prohibida la utilización o reproducción de este libro o de
cualquiera de sus partes con el propósito de entrenar o alimentar sistemas o
tecnologías de inteligencia artificial.

Título original: *Behind a Closed Door*

© Jonathan Dylan Barker, 2023
© por la traducción del inglés, Julio Hermoso, 2024
© Editorial Planeta, S. A., 2024
    Ediciones Destino, un sello editorial de Editorial Planeta, S. A.
    Avda. Diagonal, 662-664, 08034 Barcelona (España)
    www.edestino.es
    www.planetadelibros.com

Adaptación de la cubierta: Booket / Área Editorial Grupo Planeta a partir de la
    idea original de Compañía
Imagen de la cubierta: © Karoliina Norontaus / Arcangel y Cavan-Images /
    Shutterstock
Primera edición en Colección Booket: mayo de 2025

Depósito legal: B. 7206-2025
ISBN: 978-84-233-6760-3
Impreso en España

Biografía

J. D. Barker despertó una gran expectación dentro del género con su primera novela, *Forsaken*, nominada a diversos premios, entre ellos el Bram Stoker. *El Cuarto Mono*, la primera entrega de la serie protagonizada por el asesino en serie el Cuarto Mono, obtuvo un impresionante éxito de crítica y lectores en todos los países en los que fue publicada. *La quinta víctima* y *La sexta trampa* completan la trilogía. Es también autor de *El último juego* y coautor, junto a James Patterson, de *Los crímenes de la carretera*. J. D. Barker vive en New Hampshire con su familia.

Pensaba dedicarle el libro a mi familia, pero entonces me tomé una taza de café Carpe Diem. Disculpadme, familia. Este libro va dedicado al café Carpe Diem.

Si continúa a partir de aquí,
confirma que comprende y acepta los términos
y condiciones de nuestro servicio.

Sugar & Spice®

❤

I

—¿Cuándo fue la última vez que mantuvisteis relaciones sexuales?

—¿Juntos?

Aquella palabra se le escapó a Brendan de entre los labios antes de que le diese tiempo a retenerla. Se llevó el brazo a la barriga para bloquear el inevitable codazo de Abby, que al final no llegó. Ella, en cambio, lo fulminó con la mirada desde el lugar que le había sido asignado en el sofá de la terapeuta, junto a él, con las mejillas al rojo vivo.

La doctora Laura Donetti, que tenía el rostro diseñado para las partidas de póquer de apuestas bien altas, se mantuvo inexpresiva frente a los dos, en su lujosa silla tapizada en cuero.

—Lo siento. —Brendan tragó saliva—. A veces digo gilipolleces cuando me pongo nervioso.

—¡Brendan! —gruñó Abby.

—Tonterías —se corrigió él—. A veces digo tonterías. Perdón, no estoy acostumbrado a este tipo de cosas.

Donetti hizo caso omiso de aquel cruce de frases y se recogió un mechón suelto de cabello oscuro detrás de la oreja.

—¿A la terapia?

—A hablar. —Abby cruzó las piernas al responder—. No está acostumbrado a hablar.

—Eso no es cierto. Tú y yo hablamos constantemente.

—No. Tú me dices cosas a mí, cosas como «tráete leche de la tienda» o «llegaré tarde», o «me voy donde Stuckey a ver el partido». Tú no hablas, me cuentas cosas.

Brendan hizo un gesto negativo.

—¿Ve lo que tengo que aguantar?

Donetti ladeó ligeramente la cabeza.

—¿Quién es Stuckey?

—Su mejor amigo —contestó Abby antes de que él dijera una palabra—. Stewart Morland. Todo el mundo lo llama Stuckey. Trabajan juntos, juegan juntos. A veces creo que son ellos los que están casados.

—Ni que fuera yo el único que va por su casa. A ti te entra el mono como no te tires al menos una hora diaria de cháchara con Hannah. Tú pasas mucho más tiempo que yo en esa casa.

—Entiendo que Hannah y Stuckey están casados, ¿no?

Abby asintió con la cabeza.

—Viven justo enfrente, cruzando la calle.

—Y vosotros vivís en... —Donetti echó un vistazo a sus notas—. ¿Chestnut Hill? ¿Dónde está eso, exactamente?

—A unos quince kilómetros de Boston. Entre Newton y Brookline.

—Una zona más bien acomodada, ¿no?

—Nos las apañamos —dijo Brendan entre dientes.

—Eso no es lo que he preguntado.

Ahora le tocaba a Brendan ponerse rojo. Abby y él habían discutido por muchas cuestiones en los últimos tiempos, y el dinero no era la menor de ellas. Su trabajo estaba bien pagado, pero no lo suficiente para cubrirlo todo. Les iba bien cuando trabajaban los dos, pero...

—Está enfadado conmigo desde que dejé mi trabajo.

—Eso no es cierto; yo mismo te dije que lo dejaras.

Abby elevó la mirada al techo.

—Sí, ya, pues a lo mejor deberíamos haberlo «hablado» en lugar de que tú me lo «dijeras».

Donetti levantó la mano e impidió hablar a Brendan.

—Esta es nuestra primera sesión juntos, así que es importante que saquemos a la luz todo lo que podamos sobre este tema. Al mismo tiempo, vamos a intentar no adoptar una postura de enfrentamiento al respecto. Es difícil cuando se está hablando sobre cuestiones que te disgustan, pero necesito que los dos hagáis el esfuerzo. Sed cuidadosos al escoger las palabras. No hace falta pinchar al otro donde le duele: tan solo necesito saber dónde duele. ¿Os parece razonable?

Abby asintió; acto seguido lo hizo Brendan.

—Bien. —Donetti se centró de nuevo en Abby—. ¿Por qué dejaste tu trabajo?

—Escribí un libro hace unos años y funcionó más o menos bien. Lo autopubliqué, y me imagino que las ventas fueron lo bastante sólidas como para que llamase la atención de alguna de las grandes editoriales. Firmé con una agente literaria, que me consiguió un contrato para publicar dos libros. Me ofrecieron un anticipo aceptable, así que Brendan me sugirió que dejara mi empleo para poder escribir más rápido el siguiente título. —Abby se mordió el interior de la mejilla—. Trabajaba como coordinadora de eventos en el hotel Harland, en el centro. Había escrito el primer libro en los ratos libres antes de entrar a trabajar, después de trabajar, en mis descansos..., siempre que conseguía rascar unos minutos, pero me llevó casi dos años. Los dos pensamos que si me podía concentrar, resultaría más sencillo.

Donetti lo entendió antes de que Brendan tuviese que decir nada. Se apoyó en el respaldo de la silla.

—Y ahora te está costando escribir ese libro, se está agotando el dinero del anticipo y tenéis apreturas económicas a la vista.

De nuevo, Abby asintió.

Algo hizo *clic* en la mirada de la doctora, que arqueó las cejas de golpe tras la gruesa montura de las gafas.

—*Conociendo a Ella.* ¿Eres tú esa Abby Hollander?

—Esa misma.

—Me encanta ese libro.

Brendan intervino antes de que la doctora preguntara por el final del libro. Siempre le preguntaban por el final.

—Quiero que lo consiga, que quede claro, y por eso le sugerí que dejara el trabajo, pero a estas alturas no tiene aún una idea sobre el segundo libro, y no digamos ya nada escrito, y nos estamos puliendo nuestros ahorros intentando tirar únicamente con mi sueldo. Eso genera mucha tensión.

Abby bajó la cabeza y se miró las manos.

—No puedo escribir con el *tictac* del reloj. Soy incapaz de pensar, de concentrarme...

—¿Te has planteado la posibilidad de volver a trabajar? ¿De volver a escribir en tus ratos libres igual que antes?

—Ya han cubierto mi puesto. Di al Harland el preaviso de quince días y me sustituyeron en menos de tres. Es un mercado muy competitivo. Jamás me volverán a contratar. Tendría que prepararme un currículum, las entrevistas...

Brendan suspiró.

—Vamos justos de dinero, pero lo más lógico sigue siendo que Abby trate de terminar la novela antes de ponerse a trabajar a tiempo completo en cualquier otra parte. Habrá un segundo anticipo en cuanto la entregue, y bastará para salir del paso. Le dará el tiempo suficiente para trabajar en un tercer libro. Si es capaz de lograr que todo esto funcione, podrá dedicarse a ello de manera profesional.

—Brendan tiene razón —coincidió Abby—. Es la única oportunidad que tengo. En cuanto me ponga, estoy segura de que podré con ello. Lo único que me falta es dar con la idea, con el comienzo perfecto.

—«Ella siempre había asumido que la muerte tenía su propio olor, aunque no se parecía en nada a esto.» —La doctora citó el arranque de *Conociendo a Ella*—. No es un comienzo normal para una novela romántica, precisamente.

Abby se encogió de hombros.

—Es posible que fuera el motivo de que funcionase, pero quién sabe...

Donetti dio unos toquecitos con el bolígrafo en el lateral de su cuaderno.

—Muy bien, esto es bueno. Los dos coincidís en que Abby debería continuar trabajando en el libro. Ahora tenéis que poneros de acuerdo en el tema del dinero. Según vuestro ritmo de gasto, ¿cuánto falta para que se termine el anticipo?

Brendan y Abby habían hecho aquellas cuentas ya tantas veces que era algo demencial, y habían considerado posibilidades como dar de baja la televisión por cable, dejar de cenar fuera de casa, ir a lo barato al hacer la compra: en rebajas y con cupones de descuento. Se acabaron el Trader Joe's o el Whole Foods. Se acabaron los productos artesanos o la leche vegetal el doble de cara que la de vaca de toda la vida.

—Dos meses —dijo Abby de plano.

—Tres si conseguimos estirarlo un poco.

Por primera vez en más de treinta minutos, la terapeuta sonrió.

—Abby, en esto se ve que tu marido te está apoyando. Sé que a los hombres no siempre se les da bien expresar este tipo de cosas, así que toma nota: esto es apoyo conyugal.

Brendan sintió que una sonrisa se le extendía por el rostro.

Donetti se volvió hacia él.

—Antes de que te regodees, quiero que le prometas algo a tu mujer. A partir de este momento, durante los próximos treinta días, no podrás mencionar el tema del dinero. No podrás preguntarle por su libro. No te informará de sus progresos a menos que sea ella quien se ofrezca por su propia voluntad. Cero presión. Le darás espacio para trabajar. ¿Lo entiendes?

Brendan asintió con la cabeza.

—Díselo a ella, no a mí.

Él se dio la vuelta y miró a Abby. Se le escapó un leve suspiro de entre los labios.

—Quiero que escribas el libro. Sé que puedes con ello, y quiero ayudarte a conseguirlo.

La sonrisa que llenó el rostro de Abby hizo que Brendan se olvidara de todo lo demás, de todas las cosas malas, y por un breve instante tan solo se acordó de lo mucho que la quería.

La doctora puso punto final a esa parte cuando dijo:

—Ahora tenemos que hablar sobre el tema del sexo.

2

—¿Cuándo fue la última vez que mantuvisteis relaciones sexuales? —volvió a preguntar la doctora Donetti—. Juntos.

Brendan esperaba que fuera Abby quien respondiese a esa pregunta. Se sentía extraño hablando sobre su vida sexual con alguien a quien había conocido tan solo media hora antes, y tampoco tenía ni idea de lo que ella le había contado ya a esta mujer antes de ese día, pero al ver que Abby no decía nada, terminó por rendirse.

—Va para tres semanas ya.

—¿Es mucho tiempo eso, para vosotros?

—Últimamente no, pero hace unos años era más bien cosa de tres o cuatro veces a la semana.

—¿Y cuánto tiempo hace que sois pareja?

—Diez años de casados —le dijo Brendan—, pero llevamos casi trece juntos. Nos conocimos en la universidad. En la Northeastern.

Donetti garabateó algo en su cuaderno, y Brendan reprimió el impulso de levantarse y leer lo que hubiera puesto. La idea de que alguien tomara notas sobre la vida íntima de los dos le parecía una intromisión. Se sentía como si tuviera ocho años otra vez, como si estuviera confesando algo en el despacho de la directora y aquel comentario fuese a quedar reflejado en su historial definitivo.

Cuando la doctora volvió a levantar la mirada, le preguntó:

—¿Cambió vuestra vida sexual cuando Abby dejó su trabajo?

Brendan asintió.

—Claro.

Abby se deslizó hacia delante sobre el asiento del sofá.

—Eso no es cierto, Brendan. Para ayudarnos, la doctora tiene que conocer toda la historia.

«Toda la historia.»

Él ya sabía hacia dónde estaba apuntando Abby, porque era a donde siempre iba a parar con aquello.

En todas las discusiones.

Todas las noches en que ella se apartaba corriendo en la cama para dormir tan lejos de él como fuera posible sin llegar a caerse.

En todas sus miradas silenciosas.

Esto.

Abby carraspeó y le dijo a la doctora:

—Brendan tuvo un desliz.

Él sintió cómo la sangre se le subía a las mejillas e intentó reprimir la ira que siempre aparecía cuando Abby decía aquello. Aquellas cuatro palabras, como si fuese un puñal de doble filo que su mujer disfrutaba retorciendo en sus entrañas.

—No tuve ningún desliz. Casi tuve un desliz, que no es lo mismo.

Donetti volvió a garabatear.

Aquella mujer y su puñetera manía de escribir.

«¿Cómo narices se supone que va a servir esto de ayuda para arreglar las cosas?»

Se iba a poner del lado de Abby y, acto seguido, lo iban a sepultar entre las dos a base de paladas de culpabilidad. Tampoco hacía falta ser un premio Nobel para verlo venir. No hacía falta ser una psicóloga con su cuadernito.

La doctora se echó hacia atrás en la silla y se dio unos golpecitos con el bolígrafo en el labio inferior antes de volver a hablar.

—Cuéntame lo que pasó, Brendan. Y recuerda que nuestro primer objetivo es poner todos los hechos sobre la mesa. Sin juicios. Tan solo necesito comprender los detalles.

Brendan inspiró hondo y soltó el aire muy despacio. Bajó la mirada a las manos.

—Trabajo en una unidad de investigación de la SEC, la Comisión de Bolsa y Valores. Estoy en la división de investigación de delitos financieros. La llaman la FCID. Las agencias gubernamentales y sus acrónimos, cómo les gustan. Mi trabajo me obliga a viajar mucho. Cuando estamos investigando una empresa, solemos pasar varias semanas haciendo trabajo de campo, in situ, recogiendo información, y después nos la traemos aquí, a nuestra oficina de Boston, para escarbar un poco más hondo. Hace dos meses estaba en Chicago con una compañera...

—Con una compañera muy atractiva —intervino Abby con una pulla.

Brendan no tenía la menor intención de entrar al trapo. Hizo caso omiso del comentario y prosiguió:

—Habíamos recibido cierta cantidad de quejas sobre una compañía de préstamos entre particulares, y nos pareció que aquello merecía una investigación in situ.

Donetti puso cara de desconcierto.

—¿Una compañía de préstamos entre particulares?

—Es un rollo online. Ponen en contacto directo a solicitantes y prestamistas sin que participe una entidad financiera tradicional como intermediaria. Si tienes una cantidad de dinero inactiva en el banco pueden ayudarte a prestárselo a un desconocido y obtener unos intereses. Ellos se encargan de estudiar la solvencia del prestatario. Cuanto peor sea su calificación crediticia, mayor será el interés que ganes tú. Algunos prestatarios lo prefieren así, porque no les gustan los bancos. Otros acuden a esta fórmula cuando ya no hay nadie más dispuesto a prestarles el dinero. Es un poco como el salvaje Oeste, pero se está poniendo de moda. En fin, que habíamos recibido las quejas suficientes como para que nuestra visita estuviese justificada. Sean culpables o no, las cosas pueden ponerse tensas. Solemos llegar sin aviso previo y tenemos total acceso a los empleados y los datos financieros de la compañía. Como es obvio, ellos no nos quieren por allí, y cuanto más encontramos, más estresante se puede volver la situación. Se genera un ambiente de «nosotros contra ellos», y en esta empresa las cosas no iban a ser distintas. El primer día nos recibieron con una falsa sonrisa, y todo fue a peor a partir de ahí: era como si estuviésemos los dos solos atrapados tras las líneas enemigas. Así que llega el viernes por la noche, llevamos ya casi toda la semana lidiando con aquello, y los dos estamos bastante saturados. Entonces rompí el protocolo y pedí unas bebidas con la cena.

Donetti levantó la mano.

—¿Tú rompiste el protocolo? ¿O lo rompisteis los dos?

—Ella es mi subordinada, en su segundo año. Yo llevo ya una década en este trabajo y estoy seis niveles salariales por encima del suyo. Yo estaba al mando, ella me siguió la corriente. Es responsabilidad mía. —Brendan no tenía ninguna intención de esquivarlo, lo reconoció—. Bebimos, comimos, charlamos...

—La besaste —dijo Abby, rotunda.

Brendan puso los ojos en blanco.

—Yo no la besé. Ella me besó a mí.

—¿Acaso es distinto? —le preguntó la doctora.

—Sí, es distinto. Ella me besó, y yo le dije que estaba felizmente casado. Nos reímos un poco de aquello, y eso fue todo.

Abby soltó un leve gruñido.

—Eso fue todo...

Más notas garabateadas, y Donetti miró a Abby.

—Te sientes traicionada.

—¡Pues claro que me siento traicionada!

—¡Yo no hice nada!

Abby no iba a echarse atrás.

—Te pusiste en una situación en la que podría haber pasado algo.

—¡Pero no pasó! Por Cristo bendito. ¿Por qué no lo dejas ya de una vez? A ti te entran los tíos constantemente.

—Jamás he besado a ninguno de ellos.

—¡Que fue ella quien me besó a mí!

—¡Entonces por qué no lo notificaste! —replicó Abby de inmediato con una voz estridente.

De nuevo, la doctora levantó la mano. Suavizó la expresión de su rostro, aunque muy poco.

—Ya sé que esto es difícil, para los dos, pero será mejor que mantengamos nuestras emociones a raya. ¿Necesitáis tomaros un minuto?

Abby fulminó a la doctora con la mirada, y Brendan pensó que su mujer podría emprenderla con ella. ¿No sería perfecto eso? Si la doctora se hacía una idea del humor de Abby, podría mantenerse con firmeza plantada en terreno neutral. Pero Abby no la emprendió con la doctora; en cambio, se dejó caer contra el respaldo del sofá y consiguió recuperar el control.

—Brendan debería haberlo notificado.

Más notas garabateadas, y esta vez él juraría que había visto algún subrayado antes de que la doctora volviese a mirarlo.

—¿Por qué no lo notificaste?

Brendan combatió el impulso de hundirse todavía más en el sofá y enderezó la espalda al incorporarse. Él hizo lo correcto. No hizo nada mal.

—Kim solo lleva dos años de carrera. Algo como eso

habría acabado con ella. Fue una nadería. Ya estaba lo bastante avergonzada, así que no le vi el sentido. No pasó nada. En realidad no.

—Kim... —masculló Abby.

—Se lo conté a Abby porque no quería ocultárselo. Pensé que somos el tipo de pareja que prefiere la sinceridad a los secretos, incluso los más inocuos. Tal vez fue ahí donde metí la pata.

—Ah, no me cargues a mí el muerto. Yo...

Una vez más, la doctora levantó la mano.

—Muy bien, tiempo muerto. Vamos a evaluar todo esto y a buscar una solución. Creo que ya hemos encontrado un plan con el que ambos os sentís cómodos en cuanto al dinero, ¿verdad?

En un principio, ni Abby ni Brendan lo reconocieron. Ambos estaban a la defensiva y no querían ceder ni un milímetro. Aquello era una tontería. Habían venido a solucionar las cosas, no a empeorarlas. Por fin, él asintió con la cabeza, y se percató de que Abby también lo estaba haciendo.

—Bien —sonrió Donetti de oreja a oreja—. Eso está muy bien. Esto es lo que yo pienso sobre lo demás; podéis estar en desacuerdo tanto como queráis, pero intentad también ser el defensor del otro. Poneos en la piel de vuestra pareja antes de responder. Tenéis que respaldaros el uno al otro, no apartaros el uno del otro. —Echó un vistazo al reloj y se volvió hacia Brendan—. Si esa mujer te besó a ti, si tú la besaste a ella o si le diste pie a pensar que podía besarte..., nada de eso importa. Tú sabías que había algo incorrecto en esa situación y quisiste quitarte el peso de encima al contárselo a Abby. Y eso fue lo que hiciste. Está mal que permitieras que sucediese; está bien que no te lo guardaras como un secreto. Hiciste lo correcto al contárselo. —Dejó un instante prolongado para que Brendan lo asimilara, y se volvió hacia Abby—. Te sientes traicionada. Tu marido viaja mucho por su trabajo, y eso hace que se materialicen todo tipo de temores, y el del engaño no es ni mucho menos el menor de ellos. Entonces sucede algo como esto, que da validez a esos pensamientos. Pero esta es la cuestión: al margen de cómo sucediera, él no siguió adelante. Lo detuvo en seco. Confió en ti y te lo contó. Esto se reduce a una sola pregunta bien simple: ¿hubieras preferido no saberlo?

Abby hizo un gesto negativo con la cabeza.

—Por supuesto que no.

—Pues claro que no. Fue doloroso oírlo, pero es peor tener secretos en un matrimonio. Los secretos acaban con los matrimonios.

—Aun así, él debería haberlo notificado —dijo Abby en voz más baja—, no habérmelo soltado y punto.

Donetti apretó los labios, asintió y volvió a mirar a Brendan.

—Una situación tensa, el beneficio de la duda... Entiendo que no dijeras nada en el trabajo. Pero tienes que hacerle una promesa a Abby ahora mismo. Si sucede algo más con esta mujer, por leve que sea, pondrás toda esta cuestión en manos de tus superiores y que pase lo que tenga que pasar. Proteger tu matrimonio es mucho más importante que proteger la carrera profesional de ella. Primero eres su marido, el trabajo viene después. Si lo hace otra vez, lo sacas a la luz. ¿Entendido?

Brendan asintió.

—Bien. Ahora tengo una pregunta fácil para los dos. ¿Creéis que seguiréis casados dentro de diez años?

Brendan sintió aquello como un puñetazo en el estómago. Abby también, y se quedó lívida.

La doctora Donetti respondió antes de que pudiera hacerlo ninguno de los dos.

—Yo creo que sí que seguiréis casados, y este es el motivo: porque habéis venido aquí. Los dos habéis reconocido la existencia de un problema y habéis estado dispuestos a actuar para solucionarlo antes de que se os fuese de las manos. Las parejas que fracasan no hacen esto. Dejan que las cosas se echen a perder. Mantener un buen matrimonio requiere de un gran esfuerzo, un esfuerzo que ambos habéis demostrado que estáis dispuestos a hacer. Ser el defensor del otro en todas las cosas. Recordad esto. —Sonrió de forma breve y cortante—. Tenemos un plan, y confío en que lo vais a llevar a cabo. Lo cual nos conduce a nuestro último obstáculo: el tema del sexo.

Brendan lanzó una mirada furtiva a Abby y se encontró con que ella estaba haciendo exactamente lo mismo. Los dos volvieron a mirar de inmediato a la doctora.

—Un matrimonio sin sexo significa que sois unos compañeros de piso con un vínculo legal. A nadie le gusta eso. El sexo no consiste solo en una gratificación física: une más a la gente. Es una intimidad como no hay otra. Una buena relación sexual os enseña a trabajar juntos, una relación sexual magnífica os enseña a actuar como uno solo.

Volvió a garabatear unas notas en su cuaderno, pero esta vez lo hizo en la esquina inferior de la página. Cuando terminó de escribir, arrancó la nota y se la entregó a Abby.

—Esto es una app que me parece extremadamente útil en situaciones como la vuestra. Consideradla una ayuda marital, una continuación del trabajo que hemos comenzado a hacer hoy aquí. Es muy popular, así que no debería costaros encontrarla en vuestra tienda de aplicaciones. Leed la descripción y probadla si os parece que os encaja bien, o no lo hagáis si no os convence, no hay ningún problema. Sea como sea, debéis reconectar el uno con el otro en el plano personal, y yo creo que podría serviros de ayuda. ¿Lo veis bien?

Abby bajó la mirada al papel y asintió.

—¿Brendan?

Él asintió también.

La doctora Donetti sonrió.

—Bien. Ahora, un último detalle. Los deberes. Esta noche vais a mantener relaciones sexuales. Recordad qué es lo que os gusta del otro. No tengáis miedo de probar cosas nuevas. Experimentad. —Hizo un gesto con la barbilla para señalar el papel que Abby tenía en la mano—. Probad esa app.

Sonó la alarma del temporizador de detrás de su escritorio, y Brendan se dio cuenta de que faltaban diez minutos para el mediodía. No sabía cómo, pero la doctora se las había arreglado para cerrar la sesión justo al llegar a los cincuenta minutos. Donetti alargó el brazo y cogió una agenda de la esquina de su escritorio.

—Me gustaría volver a veros a los dos por aquí el próximo martes. ¿Os va bien a las once de la mañana?

3

—Así que una app, ¿eh? ¿Y cómo se supone que va a conseguir eso que él no se tire a otras mujeres, exactamente? —Hannah lamió un poco de sal del borde de la copa de su margarita, dio un sorbo y se apoyó en la encimera de la cocina—. Si Stuckey me la jugara a mí de esa forma tan rastrera, me compraría unas tijeras de las grandes, las dejaría a la vista al lado de la cama y le daría las buenas noches. Los hombres son unos animales. Cuando estábamos saliendo, Stuckey me contó que se folló un cuenco de gelatina, en serio, cuando tenía trece años. Me da muchos motivos para preguntarme por qué Dios se molestó en dotar a los hombres de pulgares oponibles. A lo mejor deberíamos cambiarnos de acera tú y yo, largarnos a Costa Rica y abrir un *bed & breakfast*. —Pasó los dedos por el cabello oscuro de Abby—. Pero tendrías que hacer algo con esto.

—¿Qué tiene de malo mi pelo?

—Ah, no tiene nada de malo. Es precioso. Tú eres preciosa. Es solo que es un poco antilibido. Si tú y yo vamos a conocernos en sentido bíblico, tendrás que ponerte las pilas, tía.

Hacía dos años, Hannah Morland era cajera en una sucursal bancaria del United e iba por la vía rápida, camino de convertirse en cajera de una sucursal bancaria del United para el resto de su vida. Odiaba su empleo, odiaba a su jefe, y comenzó a hablar de ello a diario en TikTok con una serie de vídeos graciosos que grababa en el banco sobre sus compañeros de trabajo y sobre la gente que entraba en la sucursal. Cuando alguien la denunció y su jefe le dio la notificación de despido, Hannah tenía casi un millón de seguidores y, en un solo mes en las redes sociales, ganaba más que en todo un año en el banco. Ahora había conseguido cerca de cuatro millones de seguidores y todo un ejército de patrocinadores. Las empresas le enviaban de todo, desde batidoras hasta ropa, con la esperanza de que ella mencionara los artículos o los colocara en el fondo de alguna toma, bien a la vista. La semana pasada, un cirujano plástico le había ofrecido bótox gratis durante un año, y, por el aspecto que tenía su rostro, ella le había devuelto la llamada.

Hannah lo llevaba escrito en la frente.

—¡Oye, pocholina! —vociferó Stuckey desde el salón—. ¿Te importaría traerme otra cerveza cuando termines de ponerme a caldo a mis espaldas?

Una sonrisa forzada se extendió por los labios de Hannah.

—Enseguida, papichulo.

Abby frunció el ceño.

—¿Pocholina? ¿Papichulo?

—Estamos haciendo ese rollo en que no podemos llamarnos el uno al otro por nuestro nombre, solo con apodos, y para poner la cosa más interesante, no podemos repetir el mismo apodo.

Abby dio un sorbo de su margarita.

—¿Y qué pasa si pierdes?

—El que pierda tiene que bajar al pilón y comérselo al otro en el momento y el lugar que elija el ganador.

A Abby se le sonrojaron las mejillas.

—Tampoco suena tan mal.

—Bueno, es que Stuckey es un poco rarito. La última vez que ganó me tocó hacérselo en el *drive-thru* del Mc-

Donald's. Me dijo que tenía que conseguir que se corriera antes de que llegáramos a la ventanilla, o me iba a tocar hacer un pedido.

—¿Y lo...?

Hannah torció el gesto.

—Yo no pago un puto McDonald's. Tiré de algunos truquitos de los tiempos del instituto y lo liquidé en menos de un minuto. Y además, le obligué a comprarme un helado.

—Esa es mi chica. —Abby juntó su copa en un *clinc* con la de Hannah antes de fruncir el ceño—. ¿Debería preocuparme que fueras a un McDonald's?

—No me juzgues. Fue en una de nuestras noches sin reglas.

En el salón, Brendan soltó una sonora carcajada.

Hacía semanas que Abby no oía aquel sonido. Resultaba agradable.

Hannah bajó la voz de golpe.

—¿Te pareció raro hablar con la loquera?

—¿No has hablado nunca con un loquero?

—¿Me estás diciendo que debería?

—Solo me he imaginado que...

—¿Me estás diciendo que estoy fatal de lo mío? ¿Que necesito ayuda profesional? Vaya. ¿Así me ves tú? ¡Pero qué imagen tienes de mí!

Abby intentó dar marcha atrás.

—No, por supuesto que no. No pretendía...

—Dios mío, Abby. Yo creía que eras mi amiga.

—De verdad, no quería insinuar...

Hannah le apretó el brazo a Abby.

—Solo te estoy tomando el pelo. Pues claro que he ido a ver a un loquero. A unos cuantos, en realidad. Me busqué una terapia personal. Una terapia de pareja. Tenía un terapeuta en el banco, era uno de mis complementos de empleada, y pasaba por su diván dos veces por semana. Era un tío más viejo que Matusalén y que olía a alcanfor, pero se le daba bien escuchar. Es bueno hablar con un profesional, y me alegro de que lo estés haciendo. Sabe Dios que no es de mí de quien deberías recibir consejos. —Bajó la mirada al papel arrugado que le había mostrado Abby—. Una app para arreglar tu vida sexual y una tregua de treinta días sin hablar de dinero para poner tu libro en marcha; suena como si hubiera ido bastante bien la cosa.

Abby tomó otro sorbo. Uno largo.

—Todavía no he escrito una sola palabra. No tengo ni idea de qué escribir.

Hannah soltó un suspiro.

—Ya lo sabrás, y te llegará cuando menos te lo esperes. ¿No es así como me contaste que funcionaba?

—Eso fue lo que ocurrió con el primero, pero ya han pasado meses y no tengo nada. Estoy empezando a pensar que solo llevaba dentro un único libro.

—Siempre estás a tiempo de ponerte a escribir sobre mí.

—No hago novelucha guarrilla.

—¡Toma zasca! —Sonrió Hannah—. Oye, el alcohol te suelta la lengua. Me gusta. A lo mejor deberías plantearte tener un problema con la bebida cuando te arregles lo del pelo, como una nueva tú al completo.

—¡Sigo esperando esa cerveza, caramelito! —gritó Stuckey.

Un momento después, intervino Brendan.

—Abby, ya que estás ahí, ¿me puedes pillar una a mí también?

Abby dio otro sorbo y se relamió los labios.

—¡Enseguida, bocadito de patata!

4

—Juliet, querida, ¿dónde está el problema?

Juliet estaba de pie apoyada en el marco de la puerta abierta, iluminada desde atrás por alguna luz que se habían dejado encendida en el pasillo. Romeo solo distinguía su silueta, únicamente sus formas, pero Juliet tenía la costumbre de ponerse ropa ajustada, y su silueta era algo digno de contemplar. Le quedaba bien su propia sombra, siempre había sido así. Se había dejado las zapatillas en la furgoneta, y Romeo captó el movimiento de los dedos de los pies sobre la moqueta mullida, como si la amasara. Juliet sentía debilidad por todo lo blando y suave. Cuando ella hablaba, palabra de honor que a Romeo se le ponía la carne de gallina en los brazos, hacia arriba y hacia abajo.

—Es ella, que ha hecho mal el nudo.

Romeo asintió con un lento gesto de la cabeza y dejó que las siguientes palabras saliesen arrastradas con pereza de entre sus labios.

—Ha hecho el nudo absolutamente mal.

—Le has dicho un nudo de rizo, y eso es uno corredizo. Lo distinguiría a la legua.

El dormitorio era un tanto anodino. Colores neutros, mucho beige oscuro, demasiado beige oscuro. Algún cuadro que otro en las paredes, nada especial. Romeo tenía la certeza de que si echaba un vistazo a la parte de atrás, se encontraría con la etiqueta del precio de IKEA, HomeGoods o cualquier otra mierda por el estilo. Juliet había decidido quedarse mirando desde la puerta, pero él había arrastrado una silla hasta los pies de la cama, la había girado para ponerla al revés y se había sentado mirando al respaldo alto. No quería perderse nada.

—Soltar un nudo de rizo puede ser muy jodido, pero el corredizo es fácil —señaló Juliet—. No me gusta ser una acusica, pero creo que lo ha hecho a propósito.

—¡No sé cómo se hace un nudo de rizo! ¡Eso es un nudo! ¿Qué queréis de mí?

Había un titubeo en la voz de la mujer, cierto temor mezclado con apremio.

Eso le gustaba a Romeo.

Significaba que la mujer estaba alerta.

Había entrado en situación.

A veces se le venían abajo, y ese tipo de cosas perdían toda la gracia cuando la gente no tenía la cabeza metida en el tema, y él le había prometido a Juliet un poco de diversión. Carraspeó.

—Si no sabes atar un nudo de rizo, haz uno que sí sepas. Mientras no sea esa mierda que se deshace con solo mirarla, todo irá bien. Sería un fastidio pensar que estabas intentando jugárnosla, poniéndoselo fácil a tu hombre para que se escape.

—¡No intento nada!

—Cuando hemos llegado, me has parecido una mujer honesta, digna de confianza, y ahora vas y te pones en plan paso de todo con la cuerda, así que a Juliet y a mí lo mismo nos va a tocar replantearnos tu papel en la situación actual. A lo mejor no eres tan importante para nosotros como habíamos pensado al principio.

La mujer negó con la cabeza, o quizá estuviera temblando, costaba distinguirlo. Fuera como fuese, volvió a inclinarse sobre su marido, le desató la cuerda que le sujetaba las muñecas al cabecero de la cama y volvió a probarlo. Esta vez sí que hizo un nudo respetable, una suerte de mezcla entre un as de guía y un pescador, y su marido crispó el gesto de puro dolor cuando ella lo apretó fuerte. Es posible que también soltara algún grito, pero era difícil saberlo con la mordaza metida a presión en la boca.

—Eso está mucho mejor, ¿no te parece, Juliet?

—Mucho.

Romeo se había encargado de asegurar con sus propias manos las piernas y el torso del hombre al armazón de la cama. Apenas acababa de conocer a aquellos dos, y no tenía la menor intención de confiarle algo tan importante a esa mujer, pero sí estaba dispuesto a cederle las manos y animarla a pensar así que aún conservaba cierto control.

El marido ya estaba desnudo cuando Juliet y él entraron. Estaba tirado en la cama mirando el móvil en lugar de observar cómo se desnudaba su mujer en el lado opuesto de la habitación. A Romeo aquello le pareció un poco triste. Irrespetuoso. Él llevaba ya cerca de cuatro años con Juliet, y el mero hecho de pensar en ella desprendiéndose de la ropa bastaba para poner en órbita cada milímetro de su ser. No había preguntado a Byron ni a Cindy cuánto tiempo llevaban juntos, pero la respuesta más fiel era, claramente, «demasiado», porque uno no pierde el interés en su alma gemela, tan solo en una pareja cuyo momento ya ha quedado atrás. Es posible que este fuera el primer rato de diversión que pasaban en años.

Romeo se pasó el Magnum 44 de la mano izquierda a la derecha y apoyó el cañón en el respaldo de la silla, apuntando más o menos en dirección a Cindy.

—¿Suele tomar Byron alguna pastillita para entrar en situación? Porque es evidente que ahora mismo no lo está.

Cindy se mostró confundida por un segundo, antes

de bajar la mirada al pene de su marido. Se había marchitado y estaba hecho un gurruño. Era como si estuviese intentando retraerse dentro del cuerpo de aquel hombre y esconderse.

—Pues... no toma nada. Que yo sepa.

Juliet cambió de postura en la puerta.

—Cariño, empiezo a pensar que somos nosotros. A lo mejor es nuestra presencia lo que impide a este pobre hombre ponerse a tono.

Romeo volvió a asentir con la cabeza.

—¿Tú qué crees, Cindy? ¿Podrás conseguir que vuelva a... ponerse a tono?

Romeo amartilló el percutor del Magnum con el pulgar. Un gesto mínimo, pero una ayuda más que suficiente para hacerse entender.

—¿Por qué no vas y te quitas el sujetador, y las bragas también? Aquí estamos entre amigos.

La mirada de Cindy abandonó veloz el cañón de la pistola y se centró de nuevo en él, y al principio no hizo nada. La gente a veces no lo hacía y necesitaba un poco más de persuasión, pero Cindy enseguida se llevó la mano a la espalda, se soltó el cierre del sujetador y lo dejó caer al suelo. Vaciló con las bragas, y Romeo pensó que tal vez le iba a tocar levantarse y ayudarla, pero la mujer deslizó los pulgares a ambos lados, las dejó caer también y dio un paso para apartarse de ellas. Tenía un físico decente, no el mejor que Romeo hubiera visto, pero tampoco el peor. Desde luego que estaba en mucho mejor forma que el pobre Byron.

Romeo hizo un gesto con el arma.

—Ponte a ello ya, Cindy. Ahora toca despertar al pequeño Byron, que tiene un trabajo que hacer.

Cindy ya había llorado antes, y volvieron los ríos de lágrimas, lo cual no era nada bueno. Nada se cargaba tanto el buen rollo como las lágrimas.

Volvió a mostrarle el arma.

—¿Es esto lo que te preocupa? ¿Qué te parece si me la guardo, eh? —Se llevó el revólver a la espalda, se lo metió por dentro de la cintura de los vaqueros y levantó ambas manos—. ¿Lo ves? Sin pistola.

—Venga, Cindy, toca un poco la zambomba —ronroneó Juliet desde la puerta—. Tú ya sabes lo que hay que hacer.

Cindy se acercó algo más a la cama arrastrando los pies y alargó el brazo hacia su marido. Le temblaba tanto la mano que resultó sorprendente que fuese capaz de agarrarlo, pero lo hizo. Había que reconocerle que lo estaba intentando, pero el pequeño Byron estaba muerto.

Pasado un minuto, Romeo volvió a carraspear.

—Juliet, mira que me disgusta pedírtelo, pero estoy empezando a pensar que a lo mejor vas a tener que encargarte tú de esto.

La sombra de Juliet se quedó inmóvil en la puerta mientras se lo planteaba, pero se adentró en la habitación lo justo para que la alcanzase la luz de la luna que llegaba furtiva desde la ventana de la otra punta. Llevaba los vaqueros recortados que tanto le gustaban a Romeo, los que le quedaban como un guante. Aquellas piernas morenas no se terminaban nunca, y Romeo tuvo que hacer acopio de toda su fuerza de voluntad para no agarrarla allí mismo, en medio del suelo, y enseñarles a Byron y a Cindy cómo se suponía que funcionaba este baile.

Juliet cruzó la habitación, lanzó una rápida mirada a Cindy y se inclinó sobre el hombre atado a la cama. Se acercó mucho y le dijo en voz baja:

—Oye, Byron, quiero que te olvides de tu mujer solo un segundo, que te olvides por completo de Romeo, ahí, a los pies de la cama, porque ahora estamos solos tú y yo, encanto, solos tú y yo. —Hablaba en un ronroneo, con un aliento tan cálido que Romeo casi podía verlo salir de entre sus labios y llegar al oído de aquel hombre—. Estaba ahí de pie, mirándote, imaginándome tus manos por mi cuerpo, deslizándose por debajo de mi camiseta, bajando por delante de mis vaqueros... La de cosas que estoy segura de que podrías hacerme con un solo dedo... Estoy empapada solo de pensar en todo eso... Cómo te deseo... —Le deslizó la mano por el pecho, hacia abajo, siguiendo los bordes de las cuerdas hasta que la palma llegó al muslo—. Si se lo pedimos a Cindy con mucha amabilidad, ¿crees que me la metería a mí en la boca? ¿Me dejaría saborearte? Quiero tenerla bien sujeta entre los labios cuando se ponga a crecer... Esa es mi parte favorita.

Aquellas palabras dejaron la habitación en un absoluto silencio.

Byron la estaba mirando fijamente.

Transcurrieron varios segundos, y Cindy soltó un leve jadeo.

Aún tenía el pene de su marido agarrado con la mano cuando se le empezó a levantar. Lo soltó y retrocedió un paso con una expresión de horror en la cara.

—¡Ja! —exclamó Romeo—. ¡Ahí está! ¡Ya sabía yo que sí que eras capaz, Byron!

Romeo se llevó la mano a la espalda, agarró el Magnum y lo llevó al frente conforme daba un brinco y se levantaba de la silla. El primer disparo entró por la sien izquierda de Cindy y salpicó en la pared para estampar en ella su último pensamiento. De inmediato le pegó dos tiros a Byron: uno en el pecho y otro en la frente. Le disparó de nuevo en los huevos, porque, ya que estamos... ¿por qué no?

Fue un estruendo.

Fue fantástico.

Cuando se apagó el eco, le dijo a Juliet:

—Es que soy incapaz de respetar a un tío que desea a la mujer de otro antes que a la suya propia.

Juliet se había apartado de un salto en cuanto Romeo sacó la pistola, pero, aun así, parte de la sangre de Byron se las había arreglado para salpicarle el rostro. No hizo el menor intento de limpiársela.

—De todos modos, tampoco me caía muy bien. Por un segundo, cuando estaba ahí, he pensado que ibas a obligarme a hacérselo.

Romeo levantó la cara de Juliet hacia la suya y le pasó el pulgar por la barbilla.

—Eso jamás, nena. Jamás. —Rozó los labios con los de ella y en ese instante olió la gasolina—. ¿Es que te ha salpicado?

—Solo un poco —confesó Juliet—. Al vaciar la lata en la planta de abajo.

5

—¿Te importa mover el codo? Me lo estás clavando.

—Perdona.

Brendan estaba encima de Abby, con el brazo enganchado entre su torso y los pechos de ella. Tenían el grueso edredón de la cama enredado en los pies. Desde el altavoz de Alexa de la mesita de noche, Adele cantaba con voz suave y melódica sobre aferrarse a algo y no sé qué lío en el que se había metido.

El sexo nunca había sido algo espontáneo entre ellos dos. Tal vez al principio, en sus tiempos de la facultad, cuando al día siguiente solo había alguna clase o un turno en algún trabajo que estuviesen haciendo por el salario mínimo, pero en cuanto salieron al «mundo real», las jornadas laborales de ochenta horas semanales, el estrés y el número creciente de responsabilidades arrojaron la espontaneidad por la ventana. En un momento dado, empezaron a programar en el calendario sus encuentros sexuales (cada tres días a menos que Abby tuviese la regla), y aquello les duró la mayor parte del mandato de Obama e incluso los primeros años de Trump, justo hasta el Gran Incidente del Ronquido de 2020: Abby se quedó dormida en plena acción, y cuando Brendan se hubo recuperado de la humillación y debatido en silencio sobre el dilema de si rematar o no rematar la faena (no lo hizo), también se quedó dormido. El calendario desapareció en el interior de la misma caja del trastero donde habían almacenado su espontaneidad, y recurrieron al ocasional y sufrido «aquí te pillo aquí te mato» al que había dado pie alguna escena tórrida de su última maratón de Netflix. A eso, Brendan lo llamaba «sexo de mantenimiento». Abby lo llamaba «la hora del tema». Y los dos fingían disfrutarlo, por mucho que les pareciese una tarea doméstica pendiente dentro de una especie de lista marital más que una actividad placentera.

La doctora les había puesto deberes.

A regañadientes, acordaron reunirse en el dormitorio y hacer los deberes a las nueve de la noche.

Las luces estaban apagadas. Abby había encendido una vela, pero era de esas aromáticas con olor a lilas que a Brendan le daban ganas de estornudar. Él ya sabía por experiencia que, si estornudaba una vez, lo haría una decena de veces. Tenía que apartarse de aquello.

—¿Puedo ir por ahí abajo?

—Claro.

En ocasiones, Abby sentía vergüenza, así que Brendan se empeñaba en preguntarlo. Fue bajando por la extensión del cuerpo de su mujer, besándola por el camino. Se quitó de en medio el edredón lo mejor que pudo y se tomó un instante para frotarse la nariz y sofocar los estornudos antes de que la cosa fuese a peor. Estaba convencido de que ella no se había dado cuenta, pero, para asegurarse, se extendió un poco más de lo normal besándole el hueco posterior de la rodilla antes de pasar al interior de los muslos y a la zona entre ambos. Abby dejó escapar un gemido leve, arqueó la espalda y se apretó contra él. Había pasado un minuto y Adele cantaba ahora «Easy on Me» cuando Brendan oyó algo que lo horrorizó. Levantó la cabeza y miró a su mujer.

—¿Te estás riendo?

Abby se quedó de piedra. Se le pusieron los ojos como platos y se le abrió la boca de golpe. Se apresuró a cerrarla antes de que se le escapara una sola palabra.

—Te estabas riendo, ¿verdad?

Se incorporó sobre los codos para poder verla mejor. Tenía las mejillas sonrojadas.

Ella tragó saliva, avergonzada.

—Perdona, es que... no te has afeitado, ¿verdad? La barba... me hace cosquillas.

—¿En serio?

—Perdona. Tú ponte otra vez, haz como si no hubiera pasado. Estaba muy bien, en serio. Me ha gustado.

Brendan se enderezó un poco más.

—¿Quieres que me afeite?

—No, está bien así. Es que no estaba preparada para esto.

—¿No estabas preparada para que mi barba te hiciera cosquillas?

—No.

—Y si lo hubieras estado, ¿te habría parecido bien?

Abby hizo una mínima pausa.

—Sí, claro.

Brendan no se lo tragaba.

—Siempre me afeito por la mañana. Eso significa que siempre tengo la barba así de larga por la noche. Cuando hacemos... ya sabes, ¿siempre te... hace cosquillas?

Abby guardó silencio un segundo más y por fin asintió.

—Claro.

Brendan rodó sobre la espalda y se quedó mirando al techo.

—Si te molestaba, ¿por qué no has dicho nunca nada?

—Molestar suena muy fuerte.

—Vale, pues elige otra palabra, esa no es la cuestión. La cuestión es que si tú no me lo cuentas, yo no lo sé. Cielo santo, Abby, que llevamos juntos trece años. Ni que

¿Con regularidad?

«Ok».

¿Alguna vez habéis producido pornografía
tu pareja o tú?

«Ok».

¿Os masturbáis tu pareja o tú?

«Ok».

¿Con regularidad?

«Ok».

¿Alguna vez os habéis masturbado tu pareja o tú
delante del otro?

«Ok».

¿Alguna vez os habéis masturbado tu pareja o tú
delante de un desconocido?

«Ok».

¿Alguna vez se ha masturbado un desconocido
delante de tu pareja o de ti?

«Ok».

Así pasó volando no menos de otra decena de preguntas. Al final, Brendan pulsaba el botón de «Ok» tan rápido que no se percató de que la app había dejado de hacerle simples preguntas y le estaba pidien-

esta fuese nuestra primera vez. Esto significa que siempre... que tú nunca has disfrutado en realidad... —Soltó un suspiro y se dio la vuelta en la cama.

Abby se incorporó.

—Eso no es cierto. A mí siempre me gusta.

—Ya, claro.

Ella alargó la mano hacia el edredón y se tapó. El momento, en el caso de que hubiera llegado a producirse siquiera, ya se había acabado.

—Tampoco es algo de lo que tú y yo hablemos.

—Bueno, pues a lo mejor deberíamos —repuso Brendan—. Le dijiste a la doctora que no hablamos, y supongo que hay algo de cierto en eso. A lo mejor tenías razón.

Abby se fue aproximando muy despacio hacia él y le apoyó la cabeza en el hombro.

—Antes sí lo hacíamos. Al principio. Supongo que a veces la vida se interpone.

Desde el altavoz, Adele se lanzó a cantar su versión de aquel tema tan antiguo de Garth Brooks, el que le había robado a Billy Joel.

Brendan pasó la mano por el cabello de Abby.

—¿Puedo contarte un secreto?

Ella lo miró a los ojos.

—Me encantaría que lo hicieses.

—No me gusta nada Adele.

Esta vez, Abby se echó a reír de verdad.

—Creía que te gustaba. Ya que nos estamos sincerando, siempre me ha parecido un poco quejica.

Brendan se sorprendió riéndose también. Finalmente, dijo:

—Alexa, stop.

Y Alexa se detuvo.

La habitación quedó en silencio.

Abby besó el hombro de Brendan y se levantó de la cama. Envuelta en el edredón, cruzó la habitación y se puso a rebuscar en su bolso, en la cómoda. Cuando regresó, traía en la mano el móvil de Brendan y el papelito de la doctora Donetti.

—A lo mejor deberíamos probarla. Por qué no, ¿verdad?

—Por qué no. —Brendan cogió su móvil de la mano de Abby y entró en la tienda de aplicaciones—. ¿Cómo se llamaba?

—Sugar & Spice, «dulce y picante».

6

—Guau —masculló Abby—. ¿Cómo es posible que haya una app que tiene ciento seis mil opiniones y que yo no haya oído hablar nunca de ella?

—¿Son muchas?

Brendan no estaba seguro, la verdad sea dicha. Rara vez se descargaba nada en el móvil. Abby, sin embargo, era toda una profesional del tema. Últimamente pasaba demasiado tiempo mirando aquella pantallita. Cuando Hannah comenzó a ganar dinero en internet, Abby se dedicó a estudiar todo lo que tenía que ver con la red con la esperanza de encontrar su propio rinconcito lucrativo. Ya habían tenido su buena ración de discusiones al respecto, en particular desde que ella había dejado su empleo. A Brendan le sacaba de quicio verla deambular por internet cuando se suponía que debería estar escribiendo.

—Está en el número uno de la tienda de aplicaciones. —Abby fue deslizando el pulgar de abajo arriba por la pantalla mientras leía con rapidez la descripción y pasaba por alto varias imágenes de la app—. La descarga es gratuita, y no dice nada sobre pagos dentro de la aplicación.

—¿Y qué?

—Que no sé yo cómo ganan dinero con esto.

—¿Y qué?

—Que nadie crea una aplicación si no es para ganar dinero.

—¿Y qué?

Abby le dio un golpe en el hombro.

—¡Para ya! Tú descárgala y listo.

Brendan hizo *clic* en el botón de descarga y colocó el dedo sobre el lector de huellas dactilares cuando se lo pidió un mensaje de seguridad. Abby continuaba a su lado, envuelta en el edredón. Ambos observaban el lento avance de la minúscula barra de progreso, que se iba llenando de izquierda a derecha. En cuanto terminó, Brendan hizo *clic* en «Abrir». La pantalla se bloqueó y, acto seguido, se quedó negra.

—¿Qué cojones?

Abby frunció el ceño.

—¿Se ha quedado colgada?

Brendan pulsó los botones del lateral del móvil y también tocó la pantalla. No pasó nada.

—¿Y si lo reinicias?

Lo hizo.

El móvil se reinició y, cuando se lo pidió, Brendan introdujo su código de seguridad. La pantalla se llenó con el logotipo de Sugar & Spice seguido de:

Ofrecido por International Entertainment Corp:
¡tu puerta de entrada a la libertad que disfrutas!

—Menuda estupidez de lema corporativo —dijo Abby.

—Seguro que lo ha escrito algún crío chino en el sótano de la casa de sus padres. Me recuerda a las instrucciones que venían con el timbre inteligente que pusimos en la puerta de casa: «¡Y disfruta al encender el botón marcado con una P!». Sigo sin tener ni idea de lo que significa la P. Me pone de los nervios cada vez que me acuerdo.

Apareció otra pantalla:

¿Te gustaría instalar **Sugar & Spice** de manera simultánea
en el teléfono de tu pareja?

Aunque era una pregunta, no le ofrecía ni un «Sí» ni un «No», tan solo un «Ok». Brendan hizo *clic* encima y sonó un leve *ding* en el móvil de Abby, que estaba en el tocador del cuarto de baño principal.

—¿Te ha dejado instalar una aplicación en mi móvil? ¿Y cómo sabe que yo soy tu pareja?

—A lo mejor ha buscado en mis mensajes y lo ha deducido porque no me dejas nunca en paz, ¿no?

Abby le soltó otro golpe, y Brendan se dio cuenta de que su mujer estaba sonriendo. No era una de esas sonrisas forzadas, exageradas y torponas, sino que estaba sonriendo de verdad. Aquello le gustó, y estuvo a punto de decírselo, pero no lo hizo y el instante se perdió.

¿Te gustaría acceder con tu cuenta de Facebook?

A Abby se le borró la sonrisa de la cara.

—¿Es que no has accedido ya? Pero si sabía tu nombre.

De nuevo, no se trataba de una pregunta de sí o no: la única respuesta posible era un «Ok». Brendan volvió a pulsarla.

Permitir que **Sugar & Spice** rastree tu actividad
en las apps y webs de otras empresas:
☐ Solicitar a la app que no te rastree
☐ Permitir

Brendan pulsó en «Solicitar a la app que no te rastree», pero no pasó nada. Volvió a pulsar el botón, más fuerte, como si fuera a servir para algo. Cuando le dio un golpe con el dedo, la tercera vez, se iluminó la opción «Permitir» y desapareció la pantalla.

—Esto está plagado de fallos.

Entonces apareció otra barra de progreso que tardó cerca de un minuto en completarse.

El móvil de Abby volvió a sonar en el cuarto de baño. Ninguno de los dos fue a mirarlo, estaban muy ocupados leyendo el siguiente mensaje que apareció en la pantalla de Brendan:

> Estoy en buena forma física.
> Aparte de la dosis de 2,5 mg de Lisinopril
> que tomo a diario para la hipertensión,
> no tengo ningún otro problema oculto,
> ya sea cardiovascular o de salud.

—¿Cómo sabe eso?

Brendan no tenía ni idea.

—Será por mi app de salud. O por la app de la farmacia. No lo sé.

Esta vez sí había un «Sí» y un «No». Brendan pulsó en «No».

> ¿Te consideras **atrevido** o **aburrido**
> en lo que al sexo se refiere?

Brendan sostuvo el dedo en el aire sobre «atrevido», y en ese momento Abby carraspeó.

—Vale, vale. —Pulsó en «aburrido».

El siguiente mensaje decía:

> ¿Cuál de las siguientes palabras describe mejor
> a tu pareja en la cama: frígida, tímida o frágil?

—No te da mucha opción, que digamos. —Abby frunció el ceño.

—Aquí también falla: no me deja responder. Las únicas opciones son «Sí» o «No».

Brendan pulsó en «No».

«Entendido.»

—Vale, ahora sí que me deja a cuadros.

¿Disfruta tu pareja con el dolor?

Se quedaron un instante mirándose el uno al otro, y Brendan dijo:

—Ah, ya sé lo que está haciendo. La app está intentando establecer una base.

—Ya, no me digas. Pero es que tampoco te deja responder ni sí ni no a esta pregunta, solo «Ok», y para que conste, yo no disfruto con el dolor. De todos modos, ¿qué tipo de pregunta es esa?

—¿Qué quieres que haga?

—¡Pues no quiero decir «Ok»!

Brendan suspiró.

—Esto es solo una app, Abby. Una especie de juego. Si nos dice que hagamos algo que no queremos hacer, no lo hacemos. —Pulsó en «Ok» antes de que Abby pudiera volver a quejarse.

Eso dio pie a otra pregunta a continuación.

¿Disfrutas tú con el dolor?

De nuevo, pulsó en «Ok».

¿Disfrutas infligiendo dolor?

«Ok».

¿Habéis tú o tu pareja practicado
la asfixia durante el sexo?

Abby frunció el ceño.

—¿Hay gente que lo hace?

Brendan asintió lentamente con la cabeza.

—¿Te acuerdas del grupo de música INXS?

—Claro.

—Encontraron al cantante metido en un vestidor con un cinturón alrededor del cuello. Se asfixió de forma accidental mientras se hacía una paja.

—Guau.

—Sí.

Esta vez la app le permitió responder que no.

¿Te gustaría hacerlo?

—Esa sería un no —dijo Abby de plano.

Igual que antes, no había la opción de responder que no, tan solo «Ok». Brendan aplastó el dedo contra el botón antes de que Abby pudiera oponerse.

—Si nos dice que hagamos algo que no queremos hacer, pues no lo haremos —repitió.

Fue respondiendo «Ok» conforme aparecían las preguntas restantes, cada vez más rápido, hasta que los enunciados pasaban tan veloces que apenas los leía...

¿Alguna vez habéis traído a otras personas
a vuestra cama tu pareja y tú?

«Ok».

¿Te consideras dominante?

«Ok».

¿Te consideras sumiso?

«Ok».

¿Os habéis planteado alguna vez tu pareja o tú
la posibilidad del sexo con animales?

«Ok».

¿Alguna vez has mantenido relaciones sexuales
en un vehículo en movimiento?

«Ok».

¿Conducías tú?

«Ok».

¿Practicas el sexo seguro?

«Ok».

En las circunstancias adecuadas,
¿te plantearías la posibilidad del sexo no seguro?

«Ok».

¿Has utilizado alguna vez objetos
o juguetes (como un vibrador)?

«Ok».

¿Tienes esos objetos
o juguetes (como un vibrador)?

«Ok».

¿Ves pornografía?

«Ok».

do que introdujera un texto. Se detuvo a leer en voz alta:

—«Acuerda una palabra de seguridad con tu pareja e introdúcela aquí. Si tu pareja o tú os sentís incómodos en cualquier momento, solo tenéis que decir la palabra de seguridad para detener la actividad que estéis haciendo en ese instante.» —Miró a Abby—. ¿Alguna sugerencia?

Se le pusieron los ojos como platos sin dejar de mirar la pantalla del móvil de su marido. Sin duda, estaría pensando en el aluvión previo de preguntas. Brendan estaba a punto de insistirle cuando ella dijo:

—*Magnolia*. Prueba con esa.

—¿Magnolia?

—Es fácil de recordar, y tampoco es el tipo de palabra que vayamos a decir de forma accidental ninguno de los dos.

Eso Brendan no se lo podía discutir.

Tecleó «magnolia» y pulsó la tecla «Intro».

Has permitido a la app el acceso
a la cámara y el micrófono.

—Ah, de eso nada.

—Está llena de fallos, ¿recuerdas? —le dijo Abby.

Por favor, di en voz alta tu palabra de seguridad.

Abby frunció el ceño.

—Entonces, ¿ahora nos está escuchando?

Por favor, di en voz alta tu palabra de seguridad.

Brendan se aclaró la voz.

—Magnolia.

Gracias.
Por favor, Abby Hollander, di en voz alta
tu palabra de seguridad.

Abby miró a Brendan, a todas luces sorprendida al ver su nombre en el móvil de su marido. Luego susurró:

—Magnolia.

Gracias.

Apareció otra barra de progreso y sonó un tintineo triple seguido de...

¡Bienvenidos a **Sugar & Spice**!

7

En el cuarto de baño, el móvil de Abby reprodujo la misma melodía. Tres notas. Aún envuelta en el edredón, se levantó, lo cogió, lo trajo de vuelta a la cama y lo dejó caer junto al móvil de Brendan antes de volver a sentarse. El logotipo de Sugar & Spice apareció de un lado a otro de la pantalla, y después ambos móviles mostraron el mismo mensaje:

¡Bienvenidos a **Sugar & Spice**!
El objetivo del juego es trabajar con tu pareja
para obtener puntos.
Acumula los puntos suficientes para alcanzar
el siguiente nivel.
Estos son los niveles:
* Principiante * Bronce * Plata *
* Oro * Platino *
Se considera que los de un nivel inferior
acatarán la voluntad de los de un nivel superior.

Abby se quedó mirando la pantalla.

—¿Y qué significa eso, exactamente?

—Significa que, si yo soy oro y tú eres plata, tendrás que hacer lo que yo te diga.

—Muy bien, pues eso no va a pasar.

—¿Dónde se ha dejado usted su espíritu aventurero, señora Hollander?

Algunos puntos se obtienen de manera individual,
otros los obtienes con tu pareja, y los compartís.
¡Enhorabuena: habéis recibido 100 puntos cada uno por haber
instalado la aplicación y aceptar nuestros Términos de Servicio!

Sonaron los dos móviles.

Apareció un 100 en la esquina superior derecha de sus iPhones, justo debajo del indicador del nivel de la batería.

—Me pregunto cuántos puntos harán falta para pasar al siguiente nivel —dijo Abby.

¡Os faltan 4.900 puntos a cada uno para alcanzar
el bronce!

—Supongo que ahí tienes la respuesta.

Participar es muy sencillo:
selecciona **«Sugar»** o **«Spice»**
y completa la tarea asignada.
Los puntos se otorgan en función de la dificultad.
La categoría **Sugar** suele ser algo dulce y juguetón:
temas pensados para fomentar la conversación
con tu pareja, mientras que un **Spice**
tiende a ser algo más arriesgado.

—Entonces, ¿esto es algo así como un «verdad o reto» en plan sexual? —preguntó Brendan.

—Eso parece.

Si os sentís incómodos en cualquier momento,
no tenéis más que decir vuestra palabra de seguridad.
¿Os gustaría empezar?

De nuevo, la única opción era «Ok».

Brendan pulsó el botón y su teléfono se oscureció. La

pantalla del móvil de Abby se encendió con el logotipo de Sugar & Spice seguido de una sencilla pregunta:

¿«Sugar» o «Spice»?

—Supongo que voy yo primero —dijo ella, y pulsó dubitativa en «Sugar».

Cuéntale a tu pareja cómo fue la última vez que te tocaste.

A Abby se le sonrojaron las mejillas.

—Ya veo que vamos ahí, de cabeza, nada más entrar. Muy bien, puedo con esto. —Respiró hondo—. Anoche en la ducha.

—¿En serio? —Brendan sintió que le ardían las mejillas. Ellos no hablaban nunca de este tipo de cosas. Jamás había visto a Abby tan avergonzada. Entonces se acordó de algo y sonrió de oreja a oreja—. Anoche, cuando me metí en la ducha, el agua estaba puesta para salir por la alcachofa en lugar del rociador de arriba.

Abby se sintió invadida por una expresión de horror y hundió la cara en la almohada.

—Dios mío, me quiero morir.

—No sé, es sexy —dijo Brendan en voz baja—. ¿Con qué frecuencia...?

Abby se apretó más contra la almohada.

—Demasiado. No lo suficiente. Yo qué sé. —Tenía las orejas al rojo—. ¿No te toca a ti ahora?

Una melodía alegre sonó en el móvil de Abby, y Brendan echó un vistazo a la pantalla.

—¡Oye, con eso has ganado 100 puntos!

—¿Así que voy ganando yo? ¿Y puedo decirte lo que tienes que hacer ahora?

—Calma, fan de la ducha, que los dos somos principiantes aún. No me puedes decir nada de nada.

El móvil de Abby se oscureció, y se encendió el de Brendan con la misma pregunta...

¿«Sugar» o «Spice»?

—Es la hora de un liderazgo dominante —dijo él con una sonrisita, y pulsó en «Spice».

Noche de pareja: ¡mañana por la noche vais a salir a cenar!
Tenéis una reserva confirmada en el restaurante Menton's de Boston para mañana por la noche a las 20:00 h. Compra un atuendo sexy para que se lo ponga tu pareja y déjaselo encima de la cama no más tarde de las 18:00 h. Tienes que comprárselo todo, desde la ropa interior hasta los zapatos: vístela de la cabeza a los pies.
Si pulsas **aquí**, podrás consultar sus diferentes tallas en cualquier momento de esta actividad Spice.

En ambos móviles apareció un temporizador, justo debajo de su puntuación acumulada:

21:35:22

—Es imposible conseguir una reserva en Menton's —dijo Abby—. Siempre está completo con meses de antelación.

Brendan había cogido su móvil y había pulsado en el vínculo que aparecía en el mensaje. Transcurridos unos segundos, le ofreció el móvil a su mujer.

—¿De verdad son estas tus tallas?

Abby estudió la lista, desde su número de zapato hasta sus medidas corporales, y asintió.

Brendan levantó la cabeza y la miró.

—¿Cómo crees tú que lo sabe?

—Cuando la instalaste, le diste acceso a la información almacenada en otras aplicaciones. Compro mucha de mi ropa por internet; imagino que lo ha sacado de ahí, igual que sabía lo de tu hipertensión.

—Da un poco de miedito.

—Bueno, depende de lo que opines de todo eso de la privacidad. Hay gente que lo ve como un ahorro de tiempo.

—Es espeluznante, joder.

—Sí, supongo que sí.

Sonó un *ding* en el móvil de Brendan.

—Es un correo electrónico de confirmación de la reserva en Menton's, mañana a las ocho de la tarde, justo como ha dicho la aplicación.

Abby seguía envuelta en el edredón, aunque la esquina se le había caído del hombro. Brendan podía intuir uno de sus pechos. Abby lo cazó mirándola y se volvió a tapar.

—¿Y nos lo podemos permitir?

—No —masculló Brendan—. Pero creo que aun así deberíamos hacerlo. —Buscó la mano de Abby—. Mira, ya sé que llevamos una época algo complicada, pero te quiero y creo que, si lo trabajamos, saldremos de esto perfectamente. Si no lo intentamos, si continuamos por el mismo camino que llevábamos...

Dejó la frase a medias, pero Abby sabía con claridad lo que intentaba decirle, porque estaba asintiendo con la cabeza.

—Hemos caído en la rutina, eso es todo. Vamos a hacer lo que nos ha dicho la terapeuta: no hablar del libro, ni del dinero ni del trabajo. Salgamos como solíamos hacer cuando éramos novios. Vamos a olvidarnos de todo lo demás y a disfrutar de la compañía del otro. Lo cargamos en la tarjeta de crédito y ya nos buscaremos la vida para pagarlo el mes que viene. La cena, la ropa, todo.

Siendo alguien que se ganaba la vida fiscalizando cómo se metían los demás en problemas económicos, a

Brendan se le ponían los pelos de punta al pensar en cargar en la tarjeta de crédito algo que no se podían permitir, pero sabía que Abby tenía razón. Era algo que debían hacer. Soltó un sonoro suspiro.

—Vale, pero a lo mejor deberíamos dejar las etiquetas puestas por si podemos devolver los zapatitos de cristal cuando se termine el baile.

Sugar & Spice®

Sugar

¿Cuándo te diste cuenta por primera vez
de que querías acostarte con tu pareja?

8

Stuckey se apoyó en la pared y probó un sorbo de su batido de chocolate.

—Si no existe Dios, ¿quién demonios inventó los pantalones de yoga?

Brendan se lo había llevado a rastras al centro comercial en su hora de comer. Estaban delante del escaparate de un Victoria's Secret, mirando como si estuvieran en el zoológico.

—Vamos a ver, que tengo treinta y tres años y ya he entrado ahí alguna vez. ¿Por qué me parece tan raro?

—Está pensado para que te sientas incómodo. Sirve para tumbar tus defensas. Te plantan delante de los ojos todos esos paños menores con volantitos como si fuera una exposición, y tú te pones como una moto, te sientes como un pedófilo en Disneylandia, y cuando ya tienes el cerebro hecho papilla, llega una chica que parece recién salida de las páginas de su catálogo y te ofrece su ayuda como si fuera un salvavidas. No eres capaz de decirle que no a esa chica: le vas a comprar lo que te ponga en las manos con tal de que todo se acabe ya. Cuando por fin escapas de allí, resulta que hay una cervecería con parrilla y pantallas con deportes justo enfrente, al otro lado del pasillo. —Señaló hacia atrás con el pulgar justo por encima del hombro—. Es como un puerto seguro, un faro, una manta calentita. Entramos ahí dando tumbos, nos pedimos una cerveza y le contamos nuestra batallita a algún otro pringado que ha pasado por lo mismo hace apenas cinco minutos. Cerveza y sujetadores. Tú vete a cualquier centro comercial en Estados Unidos, y te los vas a encontrar siempre el uno enfrente del otro, manteniendo la economía en marcha de un marido desesperado en otro.

—Disculpen, caballeros, ¿puedo ayudarlos en algo?

Brendan se dio la vuelta y descubrió a una joven de unos diecinueve o veinte años justo en la puerta del Victoria's Secret. Llevaba una minifalda negra y unas botas de cuero hasta las rodillas. Tenía desabrochados los primeros botones de la blusa blanca y dejaba intuir una prenda de encaje rosa debajo. En la chapa enganchada justo por encima del pecho se leía MANDY.

Stuckey dio un último sorbo sonoro a lo que le quedaba del batido.

—Sip.

Veinte minutos después, ya estaban apoyados en la barra del bar de enfrente. Brendan tenía una cerveza de barril en una mano y el recibo de Victoria's Secret en la otra.

—Trescientos setenta y ocho dólares. Abby me va a matar.

—No te va a matar. Se va a emocionar con que le hayas traído algo bonito, algo con lo que se va a sentir más femenina que nunca. Y esta es la parte que tienes que meterte en la cabeza: se lo va a poner una sola vez, esta noche. Y ya está. Después acabará en el fondo de su cajón de la ropa interior, que es a donde van a morir estas cosas. Da igual lo sexys que estén con eso puesto, solo se lo ponen una vez. Luego desaparece.

Brendan dio un trago a su cerveza.

—Trescientos setenta y ocho dólares.

—¿Eso te preocupa? Ahora mismo ella está por ahí gastándose un pastizal en algo para que te lo pongas tú, y todavía te falta la cena de esta noche. Con la cena en Menton's te dejas uno de quini, fácil. Te espera un gasto que rondará los mil, solo con lo de hoy. Puede que más. Por eso las parejas casadas no salen en plan cita. Nos ventilamos todo lo que tenemos cortejando a la destinataria de nuestros afectos, nos endeudamos hasta las cejas para poder cazarla con una boda y un lugar donde vivir, y después nos pasamos el resto de nuestra vida pagándolo todo. El problema de verdad lo vas a tener si Abby se lo pasa bien y disfruta esta noche, porque significará que querrá repetir.

Desde el otro lado del ancho pasillo, Mandy asomó la cabeza por la puerta del Victoria's Secret, vio a Stuckey y lo saludó con la mano.

—Me gasto yo ese dineral ¿y es a ti a quien saluda?

Stuckey sonrió de oreja a oreja y correspondió al saludo.

—Qué le voy a hacer. Soy adorable. Las mujeres me quieren.

Brendan hizo la cuenta de cabeza. Stuckey no andaba muy desencaminado. Con una o dos noches como esa, Abby y él iban a tirarse el mes entero comiendo sopa de sobre. Su cuenta bancaria sobrevivía con lo justo.

—¿Cómo os las apañáis Hannah y tú?

—Hannah y yo somos un puto desastre. Los dos. Creo que por eso funciona. Si yo me centrara, creo que ella se aburriría y me dejaría.

Stuckey era un hombre de raza negra con un sobrepeso de al menos quince kilos ya desde los tiempos del instituto, pero lo llevaba bien. Aquello lo suavizaba; de alguna manera, hacía que la gente bajara las defensas a su alrededor. Brendan ya le había visto utilizar aquello en el trabajo más de una vez: hacían su propia versión del «poli bueno, poli malo». Brendan presionaba a alguien a fondo durante un interrogatorio, y entonces llegaba Stuckey como si fuera su mejor amigo, lo rescataba de las garras de aquel malvado auditor, y el tipo terminaba soltándole todos sus secretillos turbios. Era como si aquel truquito de Jedi le funcionara con todo el mundo salvo con su mujer. Hannah bailaba al son de su propia música.

Sonó el teléfono de Brendan, que miró la pantalla.

—Mierda.

Stuckey echó un vistazo.

—¿Por qué te llama tu novia?

—No es mi novia. Aquello fue un malentendido.

Stuckey tomó un sorbo de cerveza.

—Lo que tú digas.

Brendan cogió la llamada y se llevó el teléfono al oído.

—Hola, Kim.

—¿Dónde estás? No habrás salido de la oficina, ¿verdad?

—Tenía que hacer un recado. Estaré de vuelta dentro de una media hora. ¿Qué pasa?

—Que teníamos que comentar nuestras notas sobre Intent, a la hora de comer, y ponernos de acuerdo de cara a la reunión de las dos con la directora adjunta.

«Mierda.»

Brendan se pasó los dedos por el pelo.

—Perdona, esto no podía esperar.

—¿Estás con Stuckey?

—Sí.

—Ponme en altavoz.

Cubrió el móvil y le dijo a Stuckey:

—Quiere hablar con los dos.

—¿Por qué? ¿Qué he hecho yo?

Brendan se encogió de hombros, dejó el teléfono en la barra y pulsó la tecla del altavoz.

—¿Kim? Te oímos los dos.

—Creo que Intent podría estar ocultando dinero en Laos.

Brendan y Stuckey cruzaron una mirada.

Ya llevaban cerca de cuatro meses investigando a Intent, una antigua empresa de desarrollo de software que se había diversificado hacia el campo de los préstamos entre particulares y, gracias a una combinación de precios bajos y agresivas campañas de publicidad, había conseguido auparse hasta el tercer puesto del mercado pisándole los talones al Lending Club y a Upstart. Era la misma empresa que Brendan había visitado con Kim Whitlock en Chicago después de recibir un elevado número de quejas de los clientes a lo largo del último año, sobre todo por no devolver los préstamos a su debido tiempo.

Stuckey habló primero.

—¿Estás segura?

—Al noventa por ciento.

—Eso no es estar segura.

—No, significa que estoy segura al noventa por ciento, y por eso lo he dicho. Si estuviera absolutamente segura, habría dicho al cien por cien.

Stuckey presionó el botón para silenciar el micrófono.

—Ya veo por qué te gusta. Es combativa.

Brendan elevó la mirada al techo y volvió a activar el micro.

—¿Qué te ha hecho llegar hasta ese noventa? ¿Qué has encontrado?

—Seis viajes en vuelos comerciales que hizo el año pasado un empleado con un puesto de responsabilidad.

—Eso tampoco es pillarlo con las manos en la masa, que digamos.

—¿Por qué coge alguien un vuelo comercial cuando la empresa tiene tres aviones privados en *leasing*?

—Kim, eso es...

—No hay solicitud de reembolso de gastos de desplazamiento de ninguno de esos viajes.

Stuckey entrecerró los ojos.

—Entonces, ¿cómo has dado con ellos?

—Entre la documentación inicial que solicitamos han aparecido extractos de una tarjeta de crédito particular.

—¿La tarjeta de crédito de quién?

—La del director financiero de la compañía, Isaac Alford.

—Pagarte un viaje a Laos con tu propio dinero no tiene nada de ilegal. Suena como si fueran unas vacaciones.

—¿Seis veces en menos de un año? Venga, hombre. Eso no es por placer, es por negocios. Nadie va a Laos por placer.

—Está cogido con pinzas —dijo Stuckey en voz baja.

Kim no tenía ninguna intención de desistir.

—¡Seis veces!

—Kim, te pongo un segundo en espera. —Stuckey presionó de nuevo el botón para silenciar el micro antes de que Kim tuviera tiempo de protestar y le lanzó a Brendan una mirada displicente—. Laos es una señal de alerta porque les encanta a los del blanqueo de dinero, eso se lo reconozco, pero si lo que quieres es blanquear, no vas allí de visita. Lo que haces es ocultar toda esa mierda. Lo más fácil es que Alford sea un pederasta que se larga a Laos a mojar el churro. Allí también hay mucha prostitución infantil.

Era probable que Stuckey tuviese razón. Tal vez fuese un listillo tocapelotas, pero llevaba más tiempo que Brendan en el negocio, y desde luego mucho más que Kim. Los delincuentes no eran unos lumbreras, y él ya estaba más que de vuelta de todo. Brendan volvió a activar el micrófono.

—Kim, has dicho que pensabas que podrían estar ocultando dinero en Laos. ¿Cómo has relacionado estos viajes con la empresa?

—Por Robin Church.

—¿Quién?

—Alguien escribió ese nombre en el extracto de la tarjeta de crédito y lo rodeó con un círculo. Lo he visto escrito en varios informes financieros internos de Intent: la misma

66

letra, rodeado con un círculo del mismo modo. Algunas veces había un símbolo de interrogación detrás, otras uno de exclamación, como si alguien estuviese atando cabos. La letra no coincide con las muestras que tenemos de Isaac Alford, lo que significa que no lo escribió él, sino alguien distinto, y que esa otra persona quería que lo viésemos.

Brendan frunció los labios.

—Stuckey tiene razón, Kim. Eso no es sólido.

—Pero es algo —dijo ella con firmeza.

—Robin Church. ¿Hay alguien en Intent con ese nombre?

—Nadie. Quien sea que haya escrito esto quiere que nos fijemos en Alford. ¿Por qué, si no, se les iba a colar ese extracto de su tarjeta particular entre la documentación que nos han presentado?

Stuckey puso los ojos en blanco.

—Te pongo en espera otra vez, Kim. Aprovecha y canta un poquito con la musiquilla esta tan alegre. —Pulsó en «Mute»—. Si le llevas esto a la directora adjunta, te degrada y te manda de cabeza a Atención al Cliente.

Brendan no lo tenía tan claro.

—Podría haber algo ahí. A lo mejor nos han dejado las miguitas de pan de un chivatazo.

—Más bien parece que ahí no hay nada de nada. Si te pones a escarbar lo suficiente, ya verás como te encuentras justo lo que yo te he dicho: el director financiero viajaba a Laos a zumbarse a unas chavalitas, o chavalitos. Un puto degenerado, poco más.

—Entonces, ¿por qué aparece también ese nombre en documentos internos de la compañía? Tampoco sería la primera vez que nos topamos con pruebas de que una empresa estaba investigando algo por su cuenta antes de que llegáramos nosotros. A lo mejor Kim lo ha malinterpretado. Puede que Alford encontrara a algún empleado deshonesto y fuese detrás de él. En ultimísimo caso, esto es un cabo suelto.

Stuckey se lo pensó y activó el micro.

—Kim, tienes que conseguir algo más para que podamos llevárselo a la directora adjunta.

—Si lo hubierais encontrado vosotros, se lo llevaríais —dijo Kim—. Sabes que sí.

—Eso no es cierto, yo...

Kim colgó.

Stuckey soltó un silbido.

—Madre mía. Menudo papelón que te toque formar a esta tía. ¿Cuánto hace que entró?

—Dos años.

—Me juego un dólar a que no llega a los tres.

—Tiene la cabeza muy bien amueblada, solo que se pasa de puntillosa.

Stuckey remató la cerveza y se levantó del taburete. Estaba observando a Mandy, de nuevo, al otro lado del pasillo.

—A lo mejor debería llevarle a Hannah algo bonito.

—¿Y por qué no lo has comprado cuando estábamos ahí dentro? Tenemos que volver.

—¿Quién ha hablado de comprar nada? —Bajó la voz sin dejar de mirar a Mandy—. Anoche, Hannah me dijo que no se oponía a hacer un trío.

Brendan dejó un billete de veinte sobre la barra y negó con la cabeza.

—¿Cómo es que todo el mundo lleva una vida mucho más interesante que la mía?

9

Se estaba poniendo el sol, y Abby se encontraba de pie en la entrada con la cara ardiendo de frustración cuando Brendan llegó por fin a casa. Le mostró la pantalla de su móvil. El minúsculo temporizador de la esquina se había puesto de color rojo, justo igual que le había pasado al de su móvil en el coche, hacía unos cuarenta minutos. Antes de que tuviera oportunidad de decir una sola palabra, sonaron tres pitidos en su Apple Watch seguidos de un mensaje de texto.

> Tenías que estar en casa a las 18:00 h.
> Tu retraso te ha costado 30 puntos.
> ¡*Tictac*, señor Hollander!

—Magnífico. —Hizo un gesto negativo con la cabeza y le ofreció a Abby su mejor sonrisa de disculpa—. Ha habido un accidente en la I-90. Había tres carriles cortados. He conseguido salirme a la altura de Brownling, igual que ha hecho la mitad de los demás coches. Lo siento, pero he llegado a casa lo más rápido que he podido.

—Tenemos la reserva dentro de una hora y veintitrés minutos, y en Menton's no te guardan la mesa más de cinco minutos, no con semejante lista de espera. —Abby tenía pinta de estar a punto de estallar—. Tardamos por lo menos media hora en llegar allí, más si contamos el aparcamiento, y todavía tenemos que arreglarnos. A lo mejor deberías haber salido un poco antes.

Antes de que Brendan pudiera responder, Abby se dio la vuelta y subió con paso decidido la escalera.

—El comienzo perfecto de una noche en pareja —masculló él, y salió detrás de ella.

Se la encontró de pie en el otro extremo de su dormitorio. Había dos cajas y una lustrosa bolsa de Gary Percey distribuidas sobre la cama delante de ella. Gary Percey era una boutique masculina de alto nivel que tenía una tienda en Middleton, en Boston. Brendan había pasado en coche por delante un millón de veces, pero no había entrado nunca. Con su sueldo de funcionario, cualquier sitio que anunciara trajes a medida con nombres de diseñadores que él era incapaz de pronunciar quedaba fuera de su alcance. Siempre había sido más de tiendas como Men's Warehouse o de aprovechar el Black Friday en Sears.

Brendan dejó la bolsa de Victoria's Secret en la cama, en el lado contrario de su mujer, y ambos se quedaron frente a frente como dos forajidos en una película del Oeste. Ya se imaginaba que iba a pasar un matojo rodando cuando Abby deslizó sobre la cama, hacia él, las dos cajas y la bolsa con una página impresa de la web de Gary Percey.

—Te he traído todo lo de esa foto.

En aquella página arrugada, un modelo de veintitantos años hacía un mohín mirando a la cámara con... ¿qué era eso que llevaba puesto, exactamente? Unos pantalones de color caqui con unos mocasines marrones y calcetines de rombos. Lucía una camisa blanca abierta en el cuello y un jersey rojo oscuro echado sobre los hombros. El joven lo sujetaba con una mano.

—¿Eso qué es, un cinturón o un trozo de cuerda?

—Es un cinturón hecho de cuerda —le contó Abby—. Tiene estilo. Me gusta.

—Vale.

Deslizó las bolsas de Victoria's Secret hacia su mujer.

Abby revisó el contenido y, poco a poco, se fue quedando lívida.

—¿Es esto lo que quieres que me ponga?

—Tiene estilo —repitió él—. Me gusta.

La mirada de irritación que Abby le lanzó a su marido pasó de un salto a la pantalla de su teléfono móvil.

—Tenemos que darnos prisa.

Arrambló con las dos bolsas, se metió en el cuarto de baño y cerró la puerta.

Con pestillo.

Cerró la puerta con pestillo.

Brendan quería afeitarse, lavarse los dientes. Joder, se daría una ducha si pudiera.

Nada de eso iba a suceder.

Soltó un suspiro y comenzó a quitarse la ropa.

Diez minutos después ya estaba vestido y tratando de abrocharse torpemente el cinturón de cuerda.

Veinte minutos después se encontraba de pie delante del espejo de cuerpo entero que había en un rincón del dormitorio. Se echó el jersey sobre el hombro izquierdo, después sobre el derecho, después sobre ambos. Parecía un idiota de cojones.

Cuarenta minutos después estaba sentado en una esquina de la cama, y Abby seguía encerrada en el baño.

—¿Abs?

Silencio.

—Abby, vamos a llegar...

Sonó el pestillo y salió.

El vestido rojo que había elegido Brendan caía en picado por la espalda y se sujetaba con una serie de tiras cruzadas que descendían por el costado izquierdo de Abby, desde el pecho hasta el muslo. Cuando Mandy se lo enseñó a él y a Stuckey les explicó que no estaba pensado para ponérselo con sujetador ni bragas y que tal vez sería necesario utilizar cinta adhesiva de doble cara para asegurarse de que no quedaba a la vista nada que no se quisiera enseñar, así que Brendan se aseguró de hacerse con un rollo al llegar a la caja registradora. Estaba bastante seguro de que la cinta adhesiva no debía verse, y cuando Abby se movió, Brendan le vio de lleno el pecho izquierdo, así que había algo fuera de sitio. Traía colgados de la mano los zapatos a juego que él había comprado.

—Estos tacones son de doce centímetros, por lo menos. ¿De verdad esperas que sea capaz de andar con ellos? No puedo...

Se quedó sin voz cuando Brendan se levantó de la cama.

Lo estaba mirando fijamente.

—¿Qué?

Abby cerró la boca de golpe y se mordió el labio inferior. Se le pusieron los ojos como platos y se le escapó una risita.

—¿Qué pasa?

Abby trató de contener la risa, pero solo consiguió empeorarla.

—Ay, Dios mío, estás ridículo...

Brendan aún tenía el jersey sobre el hombro izquierdo, pero ya había renunciado a sujetarlo. Cuando volvió a mirarse al espejo, se dio cuenta de que parecía alguien que se hubiera volcado el cesto de la ropa sucia sobre la cabeza. Los calcetines picaban, y los zapatos le apretaban tanto en los dedos que había perdido la sensibilidad en el pie derecho. Apoyó su peso sobre el otro pie para no caer de bruces.

—¿No te gusta?

Aquello solo sirvió para que Abby se riese con más ganas aún. Brendan no pudo evitar reírse también, y los dos se dejaron caer de espaldas en la cama, ya olvidados el enfado y la frustración. A ninguno de los dos le quedaba fuerzas ya para eso.

—Somos un desastre, ¿verdad? —consiguió decir por fin Abby después de casi un minuto.

—Un desastre absoluto.

En el móvil de ambos sonó el tintineo de un mensaje que les decía que faltaban treinta y ocho minutos para la hora de su reserva. El temporizador no solo estaba rojo, ahora parpadeaba.

—No vamos a llegar ni locos.

Abby todavía tenía los rulos en la cabeza y no se había maquillado. Brendan sabía que estaba en lo cierto.

—Creo que me toca hacer un cambio de juego a la otra banda —dijo Brendan.

—¿Perdona?

Se levantó de un salto y comenzó a desnudarse, daba saltos y se peleaba con los pantalones camino del vestidor.

—Me pongo un traje ahora mismo y te veo allí. Y ya vendrás tú detrás, en tu coche. A lo mejor llego unos minutos tarde, pero no perderemos la mesa. Haré tiempo con algo de beber, o con lo que sea, hasta que llegues tú.

En ese momento, Abby hizo algo que pilló a Brendan por sorpresa. Se acercó a él y le dio un beso en la mejilla.

—Gracias. Me daré tanta prisa como pueda.

10

La bombilla de la esquina de la sauna parpadeó un par de veces y feneció con un sonoro *¡plop!* Joel Hayden alzó la mirada y advirtió que solo seguían funcionando tres de las seis luces del techo. Negó con la cabeza y regresó con las noticias de economía a las que había estado echando un ojo sin mucho interés en su móvil. Hacía casi una década que acudía al Black Bay Fitness, y había sido testigo de cómo se iba cayendo a pedazos lentamente. El cuero agrietado en el material de entrenamiento. La pintura descolorida en las paredes. Los azulejos cubiertos de tantas y tan oscuras marcas que parecía ya parte de su diseño. La sauna era lo único digno en aquel gimnasio, y ahora también se iba al garete. Si los dueños volvían a subir las cuotas buscaría otro sitio donde bajar revoluciones después del trabajo.

Estaba en silencio.

Al menos le quedaba eso.

No había visto un alma en casi una hora.

Joel fue arrastrando los pies por el suelo, cogió un cucharón cargado de agua y lo echó sobre las piedras. Se oyó un nítido siseo y salió un vapor abrasador de color blanco que inundó la sauna. Añadió otro cucharón, por si acaso, regresó a su rincón preferido del banco, apoyó la espalda en la pared de cedro y cerró los ojos.

Tal vez se había quedado dormido.

No la oyó entrar.

Cuando abrió los ojos había una chica joven tendida a lo largo del banco justo enfrente de él. Tenía los ojos cerrados, la toalla abierta, y su cuerpo desnudo relucía de sudor y vapor.

Un pequeño tatuaje de una mariposa le adornaba un tobillo.

Joel cerró con fuerza los ojos y los volvió a abrir; allí seguía la joven.

No eran imaginaciones suyas.

No era un sueño.

Era de verdad.

«¿Estará dormida?»

No podía saberlo.

Aunque tampoco le parecía que lo estuviese.

Su pecho subía y bajaba con un ritmo constante, pero, más allá de eso, la joven no se movía.

Joel cambió de postura con su considerable corpulencia, y el banco que tenía debajo soltó un leve quejido.

Ella abrió los ojos, vio a Joel y se llevó la mano a los pliegues de la toalla para taparse a toda prisa.

—Perdona, creía que estabas sopa.

La voz de la joven sonaba cremosa como la mantequilla tibia, con un leve deje sureño. ¿De alguna de las Carolinas, tal vez? ¿De Alabama? No tenía ni idea, pero le gustaba.

—No tienes por qué hacer eso —dijo él—. No pasa nada.

La joven relajó la mano con la que agarraba la toalla.

—¿Estás seguro? Es que es mucho mejor sin ella. Pero tampoco quiero que te sientas incómodo.

—Para nada, está bien.

Ella soltó la toalla, dejó que volviera a caer y sonrió a Joel.

—Me llamo Juliet.

—Joel. Joel Hayden.

—¿A qué te dedicas, Joel Hayden?

—Banquero de inversiones en Morgan y Hoffman.

—Eso suena importante.

Él nunca lo había descrito de ese modo.

—Es... lucrativo.

—Lucrativo —repitió ella, como si la palabra se le deslizara de la lengua, y, acto seguido, estiró la pierna derecha, la dobló por la rodilla y comenzó a darse un masaje en el tobillo, el tatuado—. ¿Te importaría echar un poco más de agua en las piedras? Creo que me he hecho algo cuando he salido a correr esta mañana, y parece que el calor ayuda.

Ponerse de pie no era una opción ahora mismo, no a menos que Joel deseara que la chica se diera perfecta cuenta del efecto que estaba causando en él, y tampoco tenía muy claro si quería ir por ahí tan pronto. Borra eso: desde luego que quería ir por ahí, pero la chica era difícil de descifrar. No sabía si estaba tonteando o si tan solo era ingenua. Siempre le había gustado el riesgo de las apuestas, y por eso trabajaba en el sector financiero, así que decidió que había llegado el momento de echar a rodar los dados.

Joel se levantó, dejó caer al suelo la toalla y se acercó al calentador. Se convenció de que tenía un aspecto completamente natural haciendo aquello, incluso sexy, y si ella no quería mirar, pues tampoco tenía por qué hacerlo.

Pero miró.

Joel lo comprobó de manera ostensible antes de sumergir el cazo en el cubo de agua y remojar otra vez las piedras.

—Más... —dijo la chica a su espalda.

Así que Joel añadió más.

Estaba en su tercer cazo de agua cuando oyó una voz masculina y áspera detrás de él.

—Esas piedras son rocas ígneas, así las llaman. No se puede usar cualquier piedra en una sauna, tienen que retener el agua lo justo, o no consigues ningún vapor.

Joel Hayden era un hombre voluminoso, de una complexión que no estaba hecha precisamente para los movimientos veloces, pero se dio media vuelta bastante rápido al oír aquella voz, con tan mala suerte que restregó el muslo izquierdo contra la esquina del armazón del calentador, que se le clavó y le dejó un corte de unos siete u ocho centímetros de largo.

—Vaaaya —dijo la voz—. Eso te va a dejar una buena marca.

Joel era corpulento, pero aquel hombre lo era más aún, y mientras que Joel estaba gordo, el tipo que se encontraba entre la puerta de salida y él estaba cuadrado como un armario de tres cuerpos, puro músculo. Metro noventa como mínimo. Tenía húmedo el cabello oscuro, peinado hacia atrás, como si acabara de salir de la ducha. Llevaba una toalla ceñida a la cintura y sostenía en la mano carnosa la toalla de Joel.

«¿Estaba en la sauna desde el principio?»

Debía de estarlo.

Habría entrado con la chica.

En el banco, la joven se había tapado, tenía el móvil de Joel en la mano y tocaba la pantalla con el pulgar. Sin alzar la mirada, dijo:

—Vamos a necesitar su contraseña.

Joel se planteó la posibilidad de tratar de arrebatarle el móvil, pero la expresión que tenía aquel tipo en la cara le decía que eso iba a ser un error. Tenía pinta de estar deseando que lo intentara, como si fuese a disfrutar con lo que pasaría después si lo hacía.

Joel no se movió.

—¿Qué queréis?

El hombre le tiró a Joel su toalla e hizo un gesto con la barbilla hacia el banco.

—Siéntate.

Acababa de echar agua, así que el ambiente estaba cargado de un vapor abrasador. Rondaría los noventa grados, y costaba respirar. Joel se tapó, se sentó e hizo todo cuanto pudo con tal de no parecer asustado, de sobra consciente de que estaba temblando y de que el otro hombre lo sabía.

—Tengo la cartera en la taquilla. Habrá unos mil ahí dentro. Son vuestros si los queréis.

Sin dejar de toquetear el móvil, la chica que se hacía llamar Juliet tomó la palabra:

—Eso es tremendamente generoso por tu parte, Joel.

El grandullón se sentó al lado de Joel, apoyó la espalda en la pared e hizo unos aspavientos con la mano en el aire cargado de vapor.

—Hace un calor de cojones aquí dentro. ¿Te gusta esto?

—Me ayuda a pensar.

—Te ayuda a pensar. —Dirigió un gesto con la barbilla hacia la chica—. ¿Te acuerdas de cuando estuvimos en Belice, nena? Cuando dormíamos en esa caja de zapatos en la playa. ¿Cuándo fue eso? ¿Hace dos veranos? ¿Te acuerdas de cómo se ponía aquello de calor al mediodía? ¿A ti te ayudaba eso a pensar?

—Ni lo más mínimo.

El tipo musculoso se quedó rumiando aquello unos instantes, perdido en algún recuerdo, y se acercó más a Joel, poco a poco; demasiado cerca.

—Vamos a necesitar tu contraseña.

—¿Por qué?

—No hace falta que te preocupes por eso. Tienes cuestiones más urgentes. Si no me das tu contraseña, te arrancaré el pene con mis propias manos y haré que te lo tragues. No es fácil conseguirlo, es una lección que aprendí la última vez que lo probé, pero así es como va la cosa: aun en el caso de que no pudiera arrancártelo de cuajo, no veas cómo duele ese hijoputa. El peor dolor que te puedas imaginar. Y no veas la cantidad de sangre, eso también, incluso cuando no termina de soltarse del todo.

Joder, un huevo de sangre. —El tipo levantó la mano para colocarla entre ambos, apretó el puño, volvió a abrir la mano y le enseñó la palma a Joel—. Podrías intentar gritar, pero ¿qué probabilidades hay de que alguien llegue hasta aquí y te ayude antes de que yo te la agarre bien? Antes de que te la retuerza y tire. En un segundo o dos pueden pasar muchas cosas desagradables, si dejas que ocurran.

—Nueve, seis, cuatro, tres, siete —soltó Joel de un tirón, e intentó apartarse un poco de él, pero el tipo le plantó la manaza en el muslo y lo mantuvo allí quieto mientras miraba a la chica.

—¿Nena?

Juliet tecleó el código.

—Ya he entrado.

El hombre le apartó la mano del muslo.

—Muy bien, Joel. Un buen comienzo.

—¿Comienzo? ¿Qué queréis de mí, exactamente?

El tipo no dijo nada. Tenía los ojos clavados en la chica, y no volvió a hablar hasta que ella alzó la mirada del móvil y asintió.

—Ahora mismo tu mujer está en casa, Joel. Bañando a los gemelos. Dentro de veinte minutos, estará acostándolos. Después se dará una ducha y se sentará en el sofá con un libro a esperarte. La misma rutina que las últimas tres noches. Es una mujer predecible, ¿no te parece?

Joel no respondió a aquella pregunta. No estaba seguro de que fuera a ser capaz de decir nada ni aunque lo intentase.

—Voy a darte a elegir, más o menos. Coge esa toalla que llevas encima, átala a la viga del techo y ahórcate aquí, en la sauna. Haz eso, y tu mujer y tus hijos podrán continuar repitiendo esa rutina de aquí en adelante. Si no lo haces, seré yo quien te parta el puto cuello, después me iré a tu casa a violar a tu mujer y mataré a tu maldita familia entera. Y cuando tus hijos estén llorando, cuando se pongan a chillar como suelen hacer los críos justo antes de que yo acabe con ellos, ¿sabes lo que les voy a decir? —Miró a Joel con los ojos entrecerrados—. Les voy a decir que ha sido papi quien me ha obligado a hacerlo. —Le guiñó un ojo a Juliet—. ¿Qué opinas, Joel? ¿Cómo lo ves?

Sugar & Spice®

Sugar

¿Qué es lo que siempre has querido hacer con tu pareja
pero nunca has tenido el valor de pedirle?

I I

No le daba tiempo a buscar sitio, así que Brendan le dejó su coche al aparcacoches. Estuvo a punto de tropezarse con los escalones de ladrillo que ascendían desde la acera y, cuando llegó ante el atril de la jefa de sala en el vestíbulo abarrotado, volvió a saltar la alarma de su móvil. Había sonado a las ocho, y a cada minuto después de eso. Toqueteó los botones y consiguió silenciarla, pero no antes de que reprodujera el ya conocido triple tintineo de Sugar & Spice seguido de un mensaje nuevo:

¡Otra vez llega tarde, señor Hollander!
Pero bueno, ¿qué vamos a hacer contigo? –10 puntos.

Soltó un juramento, se metió el móvil en el bolsillo y advirtió que la joven asiática, jefa de sala del restaurante, lo miraba con cara de pocos amigos.

—Perdón. Cosas del trabajo. Hollander. Tenemos una reserva para las ocho.

La mujer pasó un dedo muy fino por el calendario de su tableta, localizó el nombre y frunció el ceño.

—La tenemos para dos personas.

—Mi mujer viene justo detrás.

La joven se inclinó hacia un lado de forma ostensible para mirar más allá del hombro del Brendan.

—A ver, no literalmente. Hemos venido en dos coches.

—Tal vez prefiera usted esperar en la barra.

Brendan no tuvo que mirar a su alrededor para saber hacia dónde se encaminaba eso. El restaurante estaba lleno, y no querían ocupar una mesa esperando a que llegara nadie. Si se iba a la barra, le darían su mesa a otra persona, y quién sabe cuánto tendrían que aguardar a que les dieran otra. Abby lo mataría.

—Viene justo detrás de mí, lo juro.

Vibró su reloj. Un mensaje de Abby. «Llego en diecisiete minutos.» Brendan cubrió de inmediato la pantalla con la esperanza de que la joven no la hubiera visto.

—Está aparcando.

—Lo siento, señor, es que no puedo...

Apareció un mensaje en su tableta, y Brendan juraría que había vuelto a oír aquel triple tintineo. La joven frunció el ceño un brevísimo instante antes de apartar el mensaje y echar un vistazo al comedor lleno.

—Bueno, al final parece que sí que vamos a poder darle su mesa.

Cogió dos menús y pidió a Brendan que la acompañase hasta una mesa junto a una ventana en un rincón del fondo. No llevaba ni treinta segundos allí sentado cuando volvió a sonar el triple tono en su móvil, y con eso prácticamente bastó para hacerlo saltar de una vez; lo último que necesitaba ahora era que le volviese a dar la lata un mensajito automático, pero le sorprendió el contenido:

Ponte cómodo, relájate y reconecta con tu pareja.

Disfrute de la velada, señor Hollander.

Esta cita corre de nuestra cuenta. S&S

Brendan no había terminado de procesar el texto del mensaje cuando apareció su camarero con una botella de vino tinto.

—Un Château Mouton Rothschild Pauillac, Premier Grand Cru Classé, de 1961, por cortesía del chef.

Abrió la botella y le entregó el corcho a Brendan, que no estaba muy seguro de lo que debía hacer con él, así que lo olió y se lo devolvió al camarero.

—¿Del chef? —repitió Brendan.

—Sí, señor.

El camarero le sirvió una pequeña cantidad en la copa y aguardó de nuevo.

Brendan hizo girar el vino en la copa varias veces y lo probó. Tenía un sabor increíble. Se le veía escrita la aprobación en la cara, porque el camarero le llenó la copa. Acto seguido, llenó también la copa del cubierto frente al suyo al tiempo que otro camarero traía una cesta de pan y la dejaba sobre la mesa.

—Tengo entendido que su mujer vendrá en cuestión de minutos, ¿le apetece un aperitivo mientras espera? El caviar Royal Osetra es magnífico.

—Por supuesto —dijo Brendan, que no tenía muy claro cómo debía responder.

Jamás había oído que una app te invitara a cenar, y ni siquiera sabía cómo funcionaba aquello. Cuando se marchó el camarero, hizo una búsqueda rápida de aquel vino y se enteró de que la botella costaba cerca de setecientos dólares.

A no ser que Abby hubiese pagado algo que él desconociera, la app no les había cobrado nada. ¿Cómo iban a poder justificar ese coste sin tener una vía de ingresos? ¿Sería algo promocional? ¿O tal vez un concurso? Eso explicaría que el camarero hubiera mencionado al chef. De alguna manera, el restaurante estaba en el ajo. Enseguida cayó en la cuenta de que su mente se había puesto de lleno en «modo trabajo», que estaba analizando el balance y el modelo de negocio de una app cualquiera de su móvil, así que se quitó de inmediato aquellos pensamientos de la cabeza.

Ahora mismo no estaba trabajando.

Daban igual tanto los cómos como los porqués de todo aquello.

Lo iba a disfrutar.

Abby llegó poco después del caviar, y Brendan sintió cómo le martilleaba el corazón al verla.

Entró corriendo, igual que había hecho él, y se detuvo en el otro extremo del comedor para buscarlo con la mirada.

Lucía el cabello oscuro parcialmente recogido por detrás, y le pendía lo justo por ambos lados para enmarcarle el rostro. Tenía en los ojos un centelleo casi tan deslumbrante como el de los pendientes de diamantes de su abuela. Llevaba un vestido que él no había visto nunca: negro con un corte que seguía las curvas de sus piernas; se ajustaba como una segunda piel a su cuerpo. Localizó a Brendan, sonrió y arrancó, y no hubo una sola mirada en todo el restaurante que no la siguiera.

Él se levantó y le dio un beso suave en la mejilla.

—Estás impresionante.

—Gracias.

Apartó la silla de la mesa para que Abby se sentara y, acto seguido, la volvió a desplazar con facilidad.

Su mujer desprendía un ligero aroma de vainilla.

Brendan regresó a su sitio y volvió a contemplarla.

—Estás absolutamente deslumbrante. No había visto nunca ese vestido.

—Me lo compré hace dos años para un evento en Brookline, una recaudación de fondos. Al final se canceló y nunca tuve oportunidad de ponerme el vestido. Había olvidado que lo tenía. —Echó un ojo al caviar y al vino—. ¿Qué es todo esto?

Brendan le enseñó el último mensaje de Sugar & Spice.

Abby se apoyó en el respaldo de la silla con una expresión de asombro en la mirada.

—¿No será un error de alguna clase?

—Es probable —se planteó Brendan—. A lo mejor, yo qué sé. Esto es lo que sí sé. —Cogió su copa de vino y la levantó hacia ella. Lo siguiente fue algo difícil, pero había que decirlo——. Sea esto lo que sea, tú y yo lo necesitamos. No estuve de acuerdo con todo lo que dijo la terapeuta, pero hay una cosa que dejó bien clara: nos hemos distanciado. Estamos tan metidos los dos en nuestra propia vida individual que hemos abandonado la que hemos construido juntos. Hemos permitido que las estupideces se interpongan entre nosotros. Estoy dispuesto a comprometerme al cien por cien no solo para averiguar lo que hemos perdido, sino también para levantar algo mejor sobre los escombros de todo este sinsentido. —Alargó la mano hacia el otro lado de la mesa y la apoyó sobre la de Abby——. Lo supe desde el primer momento en que te vi: quería pasar el resto de mi vida contigo. Eso no ha cambiado ni va a cambiar nunca. Te quiero, Abby Hollander, con todo mi corazón, y siempre te querré.

Abby se había quedado en silencio, y los ojos se le estaban llenando de lágrimas. Cuando por fin habló, le temblaba la voz de emoción.

—¿Y cuánto vino de ese te has tenido que beber?

Brendan no pudo evitar una sonrisa.

—El suficiente como para desconectar al imbécil que llevo dentro y recordar lo que importa.

—Ya veo. —Abby cogió su copa y la hizo sonar contra la de Brendan—. Por un nuevo capítulo en nuestra vida. Uno que no me imaginaría escribiendo con nadie más.

El camarero regresó con una bandeja grande y comenzó a colocar platos sobre la mesa: langosta, carabineros, lonchas de carne dispuestas sobre un pescado.

—Mmm, no hemos pedido aún —le dijo Brendan.

—Cortesía del chef —respondió el camarero, que miró la botella de vino medio vacía—. Me encargaré de que les traigan otra. Me dicen que les sirvamos lo mejor de lo mejor. Que lo disfruten.

Se marchó antes de que ninguno de los dos pudiera abrir la boca.

Abby se limitó a alzar otra vez la copa.

—¡Que lo disfrutes!

Tres minutos más tarde, en el móvil de Brendan sonó otro tintineo triple y apareció un nuevo mensaje de Sugar & Spice.

12

El primer mensaje había sido Sugar...

¿Recuerdas vuestra primera cita? Descríbela.

Brendan tenía un vívido recuerdo de aquello, porque su primera cita extraoficial comenzó con un delito menor. Los dos iban a la Northeastern. Sin un chavo. Sábado por la tarde. Brendan había rodeado el edificio del Movico Cineplex por la parte de atrás hasta la salida de emergencia del extremo este con la esperanza de colarse a ver *Luna nueva*, la última película de la saga Crepúsculo. Se encontró a Abby, que sujetaba la puerta abierta para dos de sus amigas. No se conocían, pero él sí que la había visto por el campus de la universidad. Entró con las chicas, terminó sentado junto a Abby y se tiraron toda la película hablando. Dieron un paseo hasta la librería local después de la peli (que ambos pensaban que era mucho mejor que la primera), y luego una pizza en Milanos (que a los dos les encantaba, pero no tanto como el Arlo's del centro). Ya era casi medianoche cuando él la acompañó dando un paseo de vuelta a su residencia de estudiantes, y planearon una cita de verdad para la noche siguiente.

Aquel recuerdo también le vino a Abby a la cabeza; cuando terminaron con aquello, ambos estaban riéndose, y ella seleccionó otro Sugar, esta vez un poco más atrevido:

«¿Cuál es el sitio donde más te gusta que te toquen?».
Brendan se decidió por algo bastante obvio; Abby le contó
que era en la mejilla, y él se quedó sorprendido. No tenía
ni idea. Así continuaron durante más de una hora, reviviendo recuerdos agradables y compartiendo secretos, turnándose para presionar la opción «Sugar» en sus móviles,
hasta que por fin llegaron los postres y la segunda botella
de vino estaba casi finiquitada. Fue entonces cuando el rostro de Abby se iluminó con una sonrisa traviesa.

—Va usted ganando, señor Hollander. —Pasó el
dedo por las puntuaciones en la parte superior de ambos
móviles. Él iba por 510, ella tenía 420—. Creo que ya va
siendo hora de que me ponga en cabeza.

Pulsó en «Spice», y de inmediato le indicaron...

> Quítate las bragas y dáselas a tu pareja
> para que te las guarde.

—Me alegro de no haber recibido yo ese mensaje
—le dijo Brendan mirándose los pantalones de vestir—.
Y habría sido particularmente complicado si llego a ponerme ese puñetero cinturón de cuerda.

Pensó que con eso iba a arrancarle alguna carcajada
a Abby, pero al oír que guardaba silencio, levantó la cabeza para mirarla.

—No es que no me gustara, es solo que parecía pensado más bien para un veinteañero.

—Olvídate del cinturón de cuerda. —Abby estaba
observando el comedor abarrotado de gente, su mirada
lo recorría de mesa en mesa—. ¿Crees que me verá alguien si lo hago?

Brendan estaba impresionado. Nadie podría describir
a su mujer como una persona atrevida. Era reservada en la
mayoría de las situaciones, pero ahora tenía algo distinto en
la cara: la veía muy viva, de un modo en que no recordaba
haberla visto jamás. Fuera lo que fuese, a él le gustaba.

Aunque se estaba haciendo tarde, aún quedaba no menos de un centenar de personas en el restaurante. Muchas llevaban allí tanto tiempo como ellos, y ya iban muy avanzados con la cena. Su mesa estaba en un rincón bajo una luz muy tenue. Tenía mantel, pero no colgaba mucho más de diez centímetros desde el tablero. No es que tapase gran cosa, que dijéramos. Brendan iba a tener que improvisar. Fue acercando su silla muy poco a poco para protegerla tanto como fuese posible y le susurró al oído:

—Estás a salvo, nadie te ve.

Él sabía que lo más probable era que eso no fuese del todo cierto, pero el vino le había dado tanto valor y soltura como a Abby. La verdadera cuestión era cuánto.

Ella le dio la respuesta al inclinarse hacia él como si nada; deslizó los dedos a través del corte en el lateral de su vestido, enganchó la esquina de las bragas y tiró muy despacio de ellas hacia abajo. Realizó aquel movimiento como si lo hubiera practicado un millar de veces, pero lo que de verdad le impresionó fue lo que hizo acto seguido. Abby dejó caer la servilleta al suelo desde su regazo y se las arregló de alguna manera para que aterrizara justo sobre sus pies.

—¿Te importa recogerme la servilleta?

Brendan se inclinó, recogió la servilleta y, con ella, las provocativas bragas negras que descansaban debajo, en los tobillos de Abby. No tenía ni idea de cómo había conseguido pasarlas por los tacones.

Abby era una mujer guapa, pero nunca había sido de las que se ponen lencería fina; prefería la comodidad en su vida cotidiana. Ese era el motivo de que Brendan le hubiese comprado un vestido en Victoria's Secret en lugar de alguna prenda íntima de encaje. No le sonaban de nada esas bragas negras de seda, y podía contar con los dedos de una mano las veces que había visto a Abby lucir un tanga. Frotó entre los dedos la tela suave y se las guardó en el bolsillo. Se inclinó hacia delante para acercarse a ella y le inundó el oído con la calidez de su aliento.

—Esta noche viene usted cargada de sorpresas, señora Hollander.

—Y también voy ganando —respondió ella mientras señalaba su móvil con un gesto triunfal de la barbilla.

Su marcador había ascendido hasta los 520 puntos. Él seguía en los 510.

Brendan se terminó la copa de vino y pulsó en «Spice» en su pantalla.

Toca a tu pareja por debajo de la mesa.

El restaurante bullía. Tantísima gente, todos sumidos en sus propias conversaciones, en su propio mundo. Todos ellos se desvanecieron en cuanto Brendan tiró de su silla para situarla un poco más cerca de la de Abby. Aún tenía la servilleta en la mano. La miró a los ojos, y no dejó de hacerlo mientras le colocaba la servilleta de nuevo sobre las rodillas. Tampoco dejó de mirarla cuando acertó con los dedos en el corte del vestido y los deslizó por debajo hasta el muslo. La piel de Abby se notaba caliente al tacto, a la expectativa. Ella separó las piernas apenas lo justo para que él se moviese entre medias. Las yemas de sus dedos rozaron la carne suave, húmeda, y arrancaron un leve jadeo de entre los labios de Abby. Acto seguido, se apartó y volvió a acomodarse en su silla con un fuerte martilleo del corazón en el pecho. Apenas habían pasado unos segundos, pero daba la sensación de que se hubiera detenido el tiempo.

Sonó el móvil de Brendan, y su marcador sumó un centenar de puntos.

—Voy ganando —logró decir a la vez que giraba el móvil para que ella pudiese verlo.

—Cierto —dijo Abby en voz baja—, pero no por mucho tiempo. Cuenta hasta veinte y reúnete conmigo en el baño.

13

—¡¿Que te follaste a Brendan en el servicio de señoras del Menton's?! —Hannah estaba boquiabierta—. ¡¿Y lo hiciste porque una app te dijo que lo hicieras?!

Estaban en el despachito de Abby, en la segunda planta de la casa. Hannah se había pasado a verla poco después de las diez de la mañana con un desayuno de bagels y dos cafés con caramelo del Starbucks: quería un informe completo. Abby le había escrito un mensaje hacia la medianoche, después de que el conductor de Uber los hubiera dejado en casa a los dos, demasiado bebidos para conducir.

Abby se sonrojó.

—En el de caballeros. El de señoras estaba ocupado.

—Pues claro que estaba ocupado. ¿Y aún tenéis allí los coches?

—El mío sí. Brendan ha recogido el suyo esta mañana, de camino al trabajo.

Hannah se quedó pensando en todo aquello y llevó la palma de la mano a la frente de Abby.

—No tienes fiebre. ¿Quién eres tú y qué has hecho con mi amiga?

—Qué locura, ¿verdad?

—¿Locura? Más bien porno, tía, pero no de esas mierdas cutres que ruedan en California, sino porno del bueno, de ese que traen de Italia. —Dio un trago al café y se apoyó en la esquina del pequeño escritorio de Abby—. Y yo que pensaba que la lanzada era yo, y vas tú y me conviertes en una especie de figurante de *El cuento de la criada*. Pero qué coño, tía, ¿y si llegan a pillaros?

Abby seguía en pijama y retorcía con el dedo el cordón de la cintura de sus pantalones cortos.

—Ahí está la cosa, que sé que estábamos borrachos, pero casi me daba la sensación de que la gente que había allí quería que lo hiciésemos. Como si ya lo estuvieran esperando y nos empujasen a hacerlo. Una de las camareras nos vio salir juntos del aseo y no dijo ni mu.

Hannah se mordisqueaba el labio inferior y pensaba en aquello.

—Entonces esa app os invita a cenar y os despeja el camino a un comportamiento perverso y lujurioso... entre dos adultos con consentimiento, claro está.

—Por supuesto.

—Vale, y una mierda.

—¿Y tú cómo lo sabes?

Hannah se encogió de hombros.

—Porque es una app. Eso es como decir que el Candy Crush te ha ayudado a lavar el coche o que el Wordle te ha pagado los impuestos. Lo más probable es que la haya diseñado un quinceañero salido en algún lugar de China o algo por el estilo. Te está lanzando una serie de mensajes precocinados siguiendo un calendario preestablecido. Y, en comparación con otras apps, tampoco es que esta sea muy complicada, creo que le estás otorgando más mérito del que le corresponde.

—Solo con el vino de anoche, ya fueron cuatro mil dólares.

Hannah dio otro sorbo al café y sugirió:

—A lo mejor Brendan te mintió y fue él quien lo pagó todo.

—¿Y por qué iba a hacer eso?

—Porque los hombres son idiotas. A lo mejor pensó

que le resultaría más fácil convencerte de que entraras al trapo si te decía que todo era por la cara.

Abby ya le estaba diciendo que no con la cabeza.

—Solo tenemos dos tarjetas de crédito, y Brendan no tiene forma de meter mano a nuestros ahorros de esa manera. Yo lo vería.

—Los hombres también son unos cabroncetes muy espabilados. ¿Crees que no tiene su propia tarjeta de crédito? ¿Cómo se paga el porno?

—Brendan no ve porno.

Hannah se quedó mirándola con cara de no entender nada. El silencio se apoderó de la habitación.

—Mierda. ¿Tú crees que sí que lo ve?

—¿Y tú no? —Hannah frunció el ceño—. Todo el mundo ve porno.

Ahora le tocaba a Abby quedarse callada.

—Ay, Dios mío, Abby. ¿En serio? ¿Tú no?

Tenía las mejillas ardiendo. Le dio un buen trago a su café.

—¡Que te dedicas a escribir novela rosa!

—La literatura romántica no tiene nada que ver con el porno.

—Follar es follar.

Abby entrecerró los ojos y clavó la mirada en su amiga.

—¿Has llegado siquiera a leerte mi libro?

—Por supuesto que me lo he leído.

—¿Cuántas escenas de sexo hay?

—Tampoco es que las contara, exactamente.

—Descríbeme una.

Hannah le dio un mordisco a su bagel, pero no dijo nada.

—Pues hay una cantidad exacta de cero —resolvió Abby después de varios segundos muy largos. Agarró un ejemplar de bolsillo y le atizó a Hannah con él en la pierna—. ¡No te lo has leído!

—¡No tengo tiempo para leer libros! Ya sabes que

tengo un calendario de locos. Pensé que ya vería la película o algo así. —Chasqueó los dedos—. Tienes que meterla en Netflix, a la de ya. Un momento... ¿has escrito una novela romántica superventas y ni siquiera hay sexo?

—El sexo es algo implícito, sucede en la intimidad, fuera de cámara —le explicó Abby—. A veces es mejor que la imaginación del lector rellene los vacíos.

Hannah hizo un gesto para señalar con la barbilla el ordenador de Abby.

—Bueno, pues ahora que ya has practicado sexo, y en un lugar público, nada menos, a lo mejor deberías meterlo en el siguiente libro.

Ella se apresuró a cerrar la tapa de su MacBook.

—No se habla sobre mi próximo libro.

—¿Seguro? Porque esa pantalla parecía bastante vacía.

Abby estaba a punto de responder cuando sonó el timbre de la puerta en la planta de abajo seguido de tres fuertes golpes con los nudillos.

—¿Esperas a alguien?

Negó con la cabeza.

Cogieron lo que quedaba de los cafés y los bagels, bajaron y abrieron la puerta justo a tiempo de ver una furgoneta de UPS que arrancaba y se marchaba. Había una cajita sobre el felpudo.

Hannah hizo un gesto con la mano y se volvió hacia Abby.

—Creo que se me acaba de ocurrir un comienzo para tu libro. Empiezas con la prota, que está en la ducha cuando llama alguien a la puerta de su casa. Se envuelve en una toalla, sale corriendo a abrir y, cuando el mensajero le entrega el paquete, a ella se le cae la toalla sin querer. Él podría ir vestido con uno de esos uniformes tan monos de color marrón y pantalón corto. Entonces hace algún comentario estúpido sobre otro paquete que va a entregar... Mejor aún, ella dejó caer la toalla a propósito. Es que se tira todo el día haciéndoselo a todo el que aparece, al repartidor de pizzas, al tío de Amazon, a los mormones, a quien sea. Como una especie de...

—Ay, para ya, por favor.

—¿No mola?

—No, no mola nada.

Hannah asentía muy despacio con la cabeza, sin dejar de maquinar.

—Pues igual lo hago yo de verdad y lo grabo. Empezaría una nueva tendencia en TikTok.

Abby cogió la caja y estudió la etiqueta. Era para ella, pero ahí no había ninguna información del remitente. Se repetían su nombre y dirección en el espacio donde solía aparecer el del emisario.

Ella no había pedido nada.

Sonó un tintineo triple en su móvil. Sugar & Spice.

Póntelas de inmediato. Tu marido es el único
que tiene permiso para quitártelas. ¡Que lo disfrutes!

—Vale —dijo Hannah al estudiar la caja—. Me ha picado la curiosidad. Si no la abres tú, lo hago yo.

Abby llevó la caja hasta la mesita para todo que tenían en el pasillo, hizo hueco y abrió la tapa con la llave de repuesto del coche. Dentro había dos bolas cromadas, pesadas, de entre dos y tres centímetros de diámetro, unidas por una pieza de plástico con un lazo en un extremo. Las sostuvo en alto, en la luz. No tenía ni idea de lo que eran.

—Que me las ponga ¿dónde, exactamente?

Hannah tenía una sonrisa de oreja a oreja.

—Van en el chichi.

—En el...

—En el higo, el potorro, la almeja, el chumino, la flor. Ya sabes, ahí abajo. En ese sitio tan especial.

Abby se quedó mirándola, desconcertada.

—¿Tú sí sabes qué son?

Hannah estaba poniendo una cara como si acabase de probar el chocolate por primera vez.

—Son unas bolas chinas —dijo, y continuó explicándole con mucho más detalle del que Abby hubiese preferido tan temprano por la mañana.

Se le ocurrieron un millón de razones para devolverlas a la caja y hacer como si no las hubiera visto nunca, pero su amiga no se lo permitió. La metió a empujones en el cuarto de baño de la planta baja y cerró la puerta.

—Tú pruébalas.

Abby se quedó allí de pie, con la espalda contra la puerta, durante algo así como un minuto, y por fin se decidió: ¿por qué no? Anoche, la app Sugar & Spice le había mostrado una faceta de su personalidad que no sabía ni que existía. Le dejó ver por un instante al hombre con el que se había casado, alguien que ella creía desaparecido desde hacía mucho tiempo. No se había sentido tan excitada en años, tal vez jamás. Y si esto no le gustaba, siempre podía tirarlas a la basura; nadie se iba a enterar. Bueno, excepto Hannah, pero ella no diría una palabra si Abby la presionaba.

Tiró del cordoncillo de sus pantalones y los dejó caer al suelo.

Con una respiración profunda, se abrió de piernas, deslizó las bolas chinas en su cuerpo y apoyó la espalda en la puerta. Estaban frías, y se preguntó si no debería haber utilizado algún lubricante.

—Mmm, es una sensación... rara.

—Se tienen que calentar —le dijo Hannah desde el pasillo—. Dales un minuto.

Lo hizo.

Y entonces:

—Oh... ay, madre.

14

—*Hola, has llamado a Cindy Messing. Ahora no puedo ponerme al teléfono, pero si me dejas un mensaje, me pondré
en contacto contigo en breve.*

El fino y estilizado dedo de Kim Whitlock quedó
suspendido sobre el botón de colgar. Esperó a oír el pitido y dijo:

—Soy Kim Whitlock, de la FCID. Le he dejado varios mensajes. Debo hablar con usted sobre los viajes de
algunos de sus empleados. Ya tiene mi número.

Colgó, suspiró y se acomodó en su silla.

Brendan estaba haciendo todo cuanto estaba en su
mano con tal de no mirarla de manera descarada. Llevaba una falda gris y una blusa blanca, y se le había
abierto uno de los botones. Cada vez que Kim se movía
de aquí para allá, él cazaba un vistazo del ombligo ador-
nado con un piercing, un diamante como un botoncillo
minúsculo. Por alguna razón, ver ese pendiente convertía la experiencia en algo mucho más íntimo, voyerista.
Después de lo sucedido en Chicago, no estaba seguro de
si aquel botón se le había soltado de forma accidental o
de si —consciente de que estarían solos— se lo había
desabrochado ella. Algo así como un intento velado de
flirtear. Sabía que pensar en lo segundo era un tanto
egocéntrico, pero no podía evitar que la cabeza se le
fuera por esos derroteros, porque ella debía de saber que

lo tenía desabrochado, ¿no? Tendría que notarlo, ¿verdad?

Se obligó a concentrarse y estudió la lista de nombres de su cuaderno de notas de hojas amarillas.

—¿Quién decías que es Cindy Messing? No la tengo aquí.

—Cindy Messing no es más que una contable de baja categoría de la central de Intent. Todo lo que puedo decirte es que imagino que fue ella quien coló los extractos de la tarjeta de crédito de Alford en la documentación que nos presentaron. Y creo que también fue ella quien nos dio esto.

Kim le entregó una hoja de papel. Tenía escrito un número de teléfono en la esquina superior.

—¿De quién es este número?

—Es un desechable, no está registrado a nombre de nadie. He obtenido el registro de llamadas y me he encontrado con veintiséis comunicaciones entre este número y otros registrados a nombre de Intent a lo largo de seis días del mes de julio: del seis al once, y todas ellas desde Laos. —Sacó otra hoja de papel del montón que tenía a su lado y lo deslizó hacia Brendan—. Este es el registro de llamadas del móvil personal de Isaac Alford durante el mismo periodo. ¿Ves que no hay nada durante esos seis días? Ni una sola llamada saliente. Según dice su compañía operadora, el móvil no salió de su casa. Las fechas coinciden con uno de los viajes de los que te he hablado. Fuera lo que fuese lo que estaba haciendo en Laos, era de tapadillo. Se dejó el móvil en casa y utilizó este para intentar cubrir sus huellas.

—Esto sigue sin demostrar que estuvieran haciendo nada malo. ¿Sabes con quién de Intent hablaba cuando estaba fuera?

Kim hizo un gesto negativo con la cabeza.

—Marcaba el número de la centralita. Nos haría falta una orden para rastrear las llamadas internamente, pero tengo algo que te va a gustar. —Colocó los dos registros de llamadas uno al lado del otro y dio unos toques con el dedo sobre un número de teléfono que había rodeado con un círculo de tinta azul, el mismo en ambos registros—. Ese número está a nombre de Joel Hayden.

Eso sí que llamó la atención de Brendan.

—¿El de Morgan y Hoffman? ¿Ese Joel Hayden?

Kim asintió en silencio.

—Isaac Alford y Joel Hayden tienen un pasado. Se graduaron juntos en DePaul.

Morgan y Hoffman era una firma de inversiones que llevaba ya varios años en el radar de la agencia. Aunque continuaban investigando y no habían presentado una acusación formal, aquella compañía parecía estar implicada en varias tramas para inflar el precio de acciones que luego vendían en máximos, en posibles tramas de evasión de impuestos y en blanqueo de capitales. Hacía poco tiempo que habían incorporado el bitcoin, y eso enturbiaba todavía más las aguas. La FCID tenía no menos de cinco operaciones abiertas. Menuda pieza era Joel Hayden, y si Isaac Alford se ponía en contacto con él a través de un móvil desechable, no era para hablar de los Red Sox ni de los Blue Demons de la universidad.

—Intent se dedica a los préstamos entre particulares —prosiguió Kim—. Las tripas me dicen que Alford encontró un modo de meter ahí la mano para llevarse algo y que trabaja con Joel Hayden para ocultarlo.

Brendan se quedó valorando todo aquello.

—La mujer que te ha pasado esto, Cindy Messing, ¿está esquivando tus llamadas?

—No solo Cindy. Ya no consigo que nadie de allí me coja el teléfono.

—¿Y eso desde cuándo?

—La semana pasada llamé tres veces a Alford, y las tres veces me lo cogió. Entonces empezó a salirme el buzón de voz. Lo mismo con Cindy y con todos los de nuestra lista inicial de contactos. Es como si toda la compañía hubiese decidido dejar de cogerme el teléfono.

Brendan ya sabía hacia dónde iba Kim con eso. Quería volver a Chicago. Hacer preguntas cara a cara.

Su compañera se puso en pie, rodeó la mesa de reuniones y se sentó en la esquina. Cruzó aquellas piernas esbeltas.

—Sabes que tenemos que volver.

—Déjame que hable con Stuckey.

—¿Y la directora adjunta?

—Si Stuckey piensa que esto es suficiente, entonces sí, hablaré con la directora adjunta. Mientras tanto, ponte en contacto con la Interpol. Quizá ellos puedan rastrear la localización del móvil en Laos y ayudarnos a unir las piezas de lo que estaba haciendo Alford allí.

—Buen trabajo, Kim —murmuró ella mientras recogía sus documentos.

—Buen trabajo, Kim —respondió Brendan y, cuando se puso en pie, su móvil zumbó sobre la mesa: lo tenía silenciado.

En la pantalla se veía la puntuación de Abby y la suya: ella le sacaba más de doscientos puntos de ventaja.

¿Cómo le había cogido semejante delantera?

Desaparecieron las puntuaciones y apareció un nuevo mensaje:

¿Te gustaría probar algo Spice?

Brendan pulsó en «Sí».

15

En la pantalla del móvil de Brendan apareció una dirección, además de un temporizador:

Dirígete al número 109 de Burbury Avenue.
Tienes diez minutos.
Espera en el vestíbulo, recibirás más instrucciones.

No estaba muy lejos, apenas a unas manzanas de su oficina en High Street, así que fue caminando en lugar de sacar el coche del garaje y tener que buscarse la vida para aparcar. Atravesó las puertas de cristal del 109 de Burbury Avenue y accedió al vestíbulo. Había una sucursal bancaria en la planta baja, oficinas en las diez siguientes, y después apartamentos. Veintisiete plantas en total.

Cuando el temporizador llegó a cero, apareció un nuevo mensaje:

Coge el tercer ascensor por la izquierda
y sube hasta la última planta.

Vio varias cámaras montadas en el vestíbulo, más cámaras en el banco, y no pudo evitar preguntarse si alguien lo estaría observando. Dio por sentado que la app podía determinar su ubicación con el GPS del teléfono —así era como sabían que ya estaba allí—, pero aquellas indicaciones eran demasiado precisas. Notó un cosquilleo en el vello de la nuca. Se sentía observado, como si hubiera un titiritero manejando sus hilos.

Había una fila de ascensores en la pared del extremo opuesto, y se estaba planteando la posibilidad de dar media vuelta y regresar a su oficina cuando se abrieron las puertas del tercer ascensor por la izquierda.

Ahora, señor Hollander.

Varias personas salieron del ascensor, y otras se apresuraron a entrar. Ahora o nunca.

Brendan aceleró el paso para cruzar el vestíbulo y subió al ascensor. Se arrepintió tan pronto como se cerraron las puertas. Todo aquello le daba muy mala espina.

¿Y si se caía el ascensor?

¿Y si alguna de aquellas personas llevaba un arma?

¿Y si era alguna clase de trampa?

—¿A qué piso va?

Brendan estaba tan perdido en sus pensamientos que apenas oyó a la mujer. La anciana que estaba de pie junto a la botonera del ascensor lo miraba fijamente, con una cara cargada de impaciencia. Llevaba en brazos un pequeño perro shih tzu. El animal tenía amarillento el pelo blanco de alrededor de los ojos, y también lo miraba sin parpadear, con un gruñido que se cocía en su garganta.

—Mmm, al veintisiete, por favor.

La mujer pulsó el botón, que se iluminó para sumarse a otra media docena de botones encendidos. Le vibró el móvil en la mano.

No abandones el ascensor bajo ningún concepto.

Comenzaron a subir.

Brendan intentó no mirar al perro.

Las puertas se abrieron en el cuarto, el séptimo, el

duodécimo... Poco a poco, el ascensor se fue vaciando; no entraba nadie. La señora del perro se bajó en la planta veintiuno, y Brendan se quedó a solas con una pareja joven acurrucada en la esquina contraria, cogidos de la mano, mirando ambos la pantalla sobre la puerta con el paso de los números de los pisos.

No abandones el ascensor
bajo ningún concepto.

El mensaje se repitió en su teléfono un segundo antes de que el ascensor se detuviera de golpe. Según la pantallita, se hallaban en algún punto entre las plantas veinticinco y veintiséis.

No digas nada. No te muevas.

Estaban atrapados. No sonó ninguna alarma. Brendan resistió el impulso de alargar el brazo hacia el panel de botones para ponerse a aporrearlo o para descolgar el teléfono de emergencia. En su cabeza, una vocecita le decía que si descolgaba aquel teléfono, la voz que sonaría al otro lado sería la de quien fuese que hubiera detenido el ascensor en un principio, y tal vez no le gustara lo que le iban a decir. Se planteó la posibilidad de llamar a emergencias, y estaba ya a punto de hacerlo cuando el famoso tintineo triple sonó en los móviles de los dos desconocidos.

Ambos cogieron el móvil para leer los mensajes entrantes.

La chica era guapa, de veintipocos años, pelo castaño y largo suelto sobre un jersey de color café, prácticamente hasta la cintura de los vaqueros. Él parecía unos años mayor. El tatuaje de una rosa con un tallo espinoso asomaba por la manga de su camiseta.

Al ver que los dos se guardaban el móvil y comenzaban a desnudarse, a Brendan se le cortó la respiración. Ni siquiera llegaron a lanzar una mirada hacia él mientras apilaban su ropa en un montón, a sus pies, y empezaban a besarse y a recorrer con las manos el cuerpo del otro, explorándolo, acariciándolo. Al principio de manera comedida, después con un aire febril. El hombre levantó a la joven y la presionó contra la pared opuesta del ascensor. Fue entonces cuando ella miró a Brendan, y no dejó de mirarlo mientras rodeaba a su novio con las piernas y él entraba en ella de un empellón.

16

—Espera un momento, ¿se han puesto a follar ahí mismo, delante de ti? —Stuckey se dejó caer en el sofá, junto a Hannah, con cuidado de no derramar su cerveza—. ¿Y tú te has quedado ahí sin más?

—¿Y qué iba a hacer?

La noche del jueves era la Noche de Juegos, y, aunque la maltrecha caja del Cards Against Humanity se encontraba sobre la mesita del salón, nadie se había tomado la molestia de abrirla. Estaban demasiado absortos en el relato de Brendan. Les había contado todo lo ocurrido. Stuckey ya estaba al tanto de aquella app: Brendan se lo había explicado cuando iban de camino al Victoria's Secret el otro día, y por la cara que estaba poniendo Hannah, ella también lo sabía. Se imaginó que Abby se lo habría dicho, o tal vez Stuckey, siempre incapaz de mantener la boca cerrada. De una forma u otra, estaba claro que los dos comprendían lo que estaba sucediendo.

Stuckey rodeó a su mujer con el brazo.

—Entonces, ellos también tenían esa aplicación en el móvil, que les ha dicho que lo hicieran allí delante de ti.

—Supongo que sí.

—Y lo han hecho así, por las buenas.

—Guau. —Hannah tenía una sonrisa traviesa en la cara. Su mano ascendió de la rodilla de Stuckey al muslo—. ¿Ha sido sexy?

Brendan no pudo evitar lanzarle una mirada a Abby, que estaba de pie en la otra punta de la habitación, acariciando una copa de vino blanco. Aún tenía las mejillas sonrojadas por la historia.

—Sí, pero no es lo más sexy que me ha pasado hoy.

La pareja del ascensor había terminado rápido y se había vestido a toda prisa. Los tres habían evitado mirarse más o menos durante un incómodo minuto antes de que el ascensor comenzara a moverse de nuevo, y, cuando las puertas se abrieron en la planta veintisiete, la pareja salió corriendo entre risas. Brendan consiguió reunir la concentración suficiente para pulsar el botón de la planta baja y abandonó el ascensor en el vestíbulo. No se dio cuenta de que estaba sudando hasta que salió del edificio, puso el pie en la acera y sintió el aire fresco en la cara. En su móvil aparecieron dos mensajes de manera simultánea. El primero era de Sugar & Spice, para informarle de que había obtenido otro centenar de puntos. El segundo era de Abby, que solo decía «Ven a casa, ya», seguido de un emoji de un corazón.

Intentó llamarla y, al ver que no le cogía el teléfono, fue a por el coche y llegó a casa en un tiempo récord.

Abby lo había recibido en la puerta principal.

No, *recibir* no era el verbo apropiado. Se le había echado encima. Qué narices, prácticamente lo había abordado. Había sido increíble.

Cuando abrió la puerta, no llevaba más que aquellos brevísimos pantaloncitos cortos con los que le gustaba dormir, los del cordón en la cintura, y, antes de que tuviese oportunidad de preguntarle qué estaba pasando, tenía los labios de Abby pegados a los suyos, ardientes y hambrientos. Brendan consiguió cerrar la puerta de una patada mientras ella tiraba de él hacia el salón; luego se apoyó en el respaldo del sofá y enganchó la cinturilla de los pantalones con los dedos. Los dejó caer con un empujón suave.

Abby se quedó allí, desnuda, con la espalda contra el

sofá, una pierna estirada y la otra ligeramente doblada por la rodilla. Entrecortada por las persianas, la luz que entraba por las ventanas reptaba por su piel como unos dedos cálidos y recorría la silueta de sus curvas. Abby lo miraba con una expresión ansiosa y voraz. En todos sus años juntos, Brendan jamás la había visto así. Ella solía insistir en que tuvieran todas las luces apagadas durante el sexo, e incluso cerraba la puerta con pestillo cuando se iba a la ducha, y ahora... estaba tan expuesta, tan vulnerable y, aun así, rebosante de una confianza de la que él jamás la habría creído capaz.

Abby se mordió el labio inferior y abrió las piernas de manera ligerísima.

Entonces lo vio, algo que ella se había metido dentro, y fue como si el simple hecho de que se lo mostrara la hiciese más atractiva.

—Me han dicho que me las tienes que sacar tú. Nadie más que tú.

Brendan no tenía ni idea de qué era aquello, pero sentía curiosidad, eso desde luego.

Se acercó más. Sus labios volvieron a encontrarse con los de Abby, pero tan solo por un breve instante: le apartó el cabello y fue dejándole un rastro de besos suaves que descendía por la mejilla, el cuello y los hombros. Jugueteó con ambos pezones con la punta de la lengua antes de continuar por el vientre y más abajo. Le sacó aquello con los dientes, y Abby dejó escapar un leve gemido y se apretó contra él; le ardía cada milímetro del cuerpo. Brendan le rozó el clítoris con los labios y lo rodeó tan solo un segundo, poco más que un juego travieso.

—Te necesito dentro de mí —logró decir ella entre jadeos—. Ahora mismo, aquí mismo. Tú fóllame.

—Eh, colega. —Stuckey chasqueó los dedos—. ¿Sigues aquí con nosotros?

Los tres lo miraban fijamente. Abby tenía ahora las mejillas al rojo vivo, y, por la cara que estaba poniendo Hannah, Brendan supo que estaba al tanto de todo lo sucedido aquella tarde. La amiga de su mujer le hizo un guiño fugaz antes de decirle a su marido:

—Brendan se ha ido a jugar esta tarde con la pelotita y el aro después del trabajo.

Stuckey le lanzó una mirada fulminante.

—¿Y no me lo has dicho? Joder, tío, nos habríamos echado juntos unas canastas. Aunque contigo no tengo ni para empezar, no metes una.

—Eso no es lo que dice Abby —soltó Hannah con aire travieso.

—Vaaale —interrumpió Abby, y alargó la mano hacia las cartas en la mesa—. ¿A quién le toca repartir?

Esa noche, Brendan se despertó a las tres de la madrugada con la garganta seca como el papel de lija. Habían vuelto a hacer el amor después de que Hannah y Stuckey se marcharan. Se habían acostado dos veces, hasta que ambos cayeron muertos de agotamiento. Abby se había dormido desnuda, otra novedad en ella, y roncaba muy suavemente. Él se levantó de la cama y bajó la escalera sin hacer ruido hacia la cocina.

No vio a Kim Whitlock, no en un principio, no hasta que la luz del frigorífico la descubrió allí, de pie junto a la puerta de atrás. Ya no llevaba puesta la falda gris de antes ni tampoco la blusa de botones. Ambas prendas descansaban en el suelo a sus pies. Allí estaba, con su sujetador negro, las bragas a juego y zapatos de tacón.

—¿Por fin ha caído?

—No pensaba que fueses a esperar.

Brendan metió la mano en el frigorífico, sacó una botella abierta de agua Fiji y le dio un trago. Al terminar, se la ofreció a Kim, que la rechazó con un gesto negativo de la cabeza.

—No he venido a beber nada.

—No, ya supongo que no.

Cerró el frigorífico, volvió a sumir la habitación en la oscuridad y esperó a que se le acostumbrara la vista. Poco a poco, Kim fue apareciendo cada vez más nítida: primero como una sombra difusa y, después, la escasa luz que entraba por la ventana sobre el fregadero fue iluminando su piel pálida.

—¿Por qué no me llevas arriba?

—Porque Abby está en el piso de arriba.

—Ya lo sé. —Alargó la mano hacia el elástico de los calzoncillos de Brendan y pasó los dedos por el borde—. A lo mejor ya va siendo hora de que la conozca a ella tanto como te conozco a ti. Aquí todos somos amigos, o podemos serlo, al menos.

—Eso no va a pasar.

—Ya te ha sorprendido hoy, lo mismo te vuelve a sorprender.

—Eso a Abby no le va.

—Ah, ¿no? Seguro que Hannah y ella son más íntimas de lo que tú crees. Te alucinaría descubrir el tipo de secretos que compartimos las chicas. —La mano de Kim se deslizó en el interior de los calzoncillos de Brendan, lo agarró con los dedos y le dio un leve apretón—. Quizá fuera ese nuestro error en Chicago, no incluir a Abby. A nadie le gusta quedarse de sujetavelas. Si la convertimos en la protagonista, apuesto a que descubrirás que es mucho más abierta de lo que crees.

—Quiero a mi mujer. Tú y yo... esto está mal.

Quedó muy claro que no era eso lo que Kim deseaba oír, y Brendan se arrepintió de haber pronunciado aquellas palabras en el preciso instante en que salieron de entre sus labios. Kim apretó y lo agarró con más fuerza. Él estaba tan concentrado en aquello que no la vio sacar el cuchillo grande del taco que había sobre la encimera. Y siguió sin verlo hasta que ella lo sostuvo entre ambos.

Brendan se puso en tensión.

—¿Qué estás haciendo?

Kim le apretó el pene con más fuerza al tiempo que presionaba el borde plano del cuchillo contra la parte baja de su vientre.

—Estoy un poco despistada, Brendan. No tengo nada claro qué es lo que quieres de mí.

—No quiero nada de ti.

—Pero nos besamos.

—Tú me besaste a mí —replicó él en un susurro apenas audible.

—Después de que tú te tirases una hora contándome todo lo que iba mal en tu matrimonio. Me di cuenta de cómo me mirabas, no creas que no. Hoy, en el trabajo, tenías pinta de querer follarme allí mismo, en la mesa de reuniones. ¿Y sabes lo que te digo? Que te habría dejado hacerlo. Creo que es necesario que lo hagamos, porque no vamos a dejar atrás lo que sea que hay entre nosotros hasta que lo hagamos de una vez. ¿Qué crees que hago aquí? ¿Se te ocurre alguna manera mejor de dejar de pensar en mí, de quitarte toda esta tensión de la cabeza?

—No pienso hacerlo. Quiero a mi mujer.

Kim presionó el cuchillo con más fuerza.

—Bueno, pues es una lástima, porque no estás pensando con claridad, y yo necesito que lo hagas. Nos dejamos algo pendiente en Chicago, y tú ahora mismo no lo ves porque no tienes la cabeza en esto.

—No sé qué quieres decir.

—Ya sé que no lo sabes, y es una pena. Con lo espabilado que eras antes.

Brendan sintió el suave calor de su propia sangre un segundo antes de que reparara en el dolor ardiente del acero al deslizarse en el interior de su barriga. Bajó la mirada justo a tiempo de ver a Kim retorciendo el cuchillo y empujándolo más adentro.

—Es la hora de que te lleve ante el altar.

—¡Brendan!

Abby se encontraba justo encima de él cuando se incorporó de repente en la cama, y lo hizo tan rápido que se golpeó en la cabeza con la barbilla de su mujer. Aun así, ella no lo soltó; logró rodearlo más fuerte con los brazos y volver a tumbarlo sobre los almohadones.

—No pasa nada, Brendan, no pasa nada... Estabas teniendo una pesadilla.

Correspondió a su abrazo y no la soltó hasta que salió el sol. Abby terminó cayendo, pero él no se atrevió a quedarse otra vez dormido.

17

—Bueno, parecéis los dos un poco más contentos —sonrió la doctora Donetti—. Entiendo que las cosas están yendo bien, ¿no?

Brendan y Abby se habían sentado en el mismo sofá que la vez anterior, pero, al contrario que entonces, ahora estaban cogidos de la mano. Abby tenía una sonrisa de oreja a oreja.

—Ha sido una buena semana.

—¿La app?

—Bueno, la app ha ayudado, eso seguro —respondió Abby—, pero hemos conectado de muchas maneras. Tengo la sensación de haber recuperado al hombre con el que me casé.

Donetti miró a Brendan.

—¿Y tú? ¿Cómo te sientes tú?

Brendan apretó la mano de Abby.

—He aprendido un par de cosas nuevas sobre mi mujer. Tengo la sensación de que estamos más unidos, de habernos redescubierto el uno al otro, como decía ella. Ha sido esta semana cuando me he dado cuenta de lo mucho que nos habíamos distanciado. Creo que nos hacía falta una bofetada en la cara que nos lo recordara. Era un tanto escéptico, pero, para ser sincero, no sé qué habría sido de nosotros si no hubiésemos venido a verla, así que gracias.

—Bien, muy bien. —Garabateó algo en su eterno

bloc de notas y los estudió a ambos antes de volver a sonreír—. Bueno, tengo que preguntarlo: os descargasteis la app, ¿verdad? ¿Quién va por delante?

Brendan cogió su móvil del sofá, junto a él, y se lo mostró a la doctora.

—No me había dado cuenta de lo competitiva que es Abby. No deja que me ponga yo en cabeza.

Abby tenía 2.170 puntos, y Brendan estaba en 2.050.

—Me he ganado a pulso todos y cada uno de esos puntos —sentenció Abby.

—Ya le digo yo que sí.

Los tres se echaron a reír con aquello.

—Además —añadió Abby—, es posible que se me haya ocurrido una idea para el siguiente libro.

Brendan no sabía nada.

—¿En serio?

—Tengo un capítulo inicial. Doce páginas. Es pronto, pero suena bien. Creo que la historia tiene miga.

Brendan la miró con una sonrisa.

—Me alegro por ti.

Donetti también se mostró complacida con aquello. Sus garabatos parecían felices.

—También hemos hablado sobre lo otro. —Brendan pensó que era mejor entrar en ello antes de que la doctora les preguntase.

—¿La mujer del trabajo?

Brendan asintió.

—¿Ha pasado algo más?

Abby respondió antes de que Brendan pudiese hacerlo.

—No, no es nada de eso. Yo quería que Brendan supiese que mi reacción había sido exagerada. Debería haber confiado en él, y agradezco el hecho de que fuese sincero conmigo al respecto de toda esta historia. Estaba dolida la semana pasada, creo yo, y eso me hizo ponerme a la defensiva. Tenía que dejar atrás la ira.

—¿Y ya lo has hecho, dejar atrás la ira? —preguntó la doctora Donetti.

—Brendan ha hablado con... con Kim...; tuvieron una conversación franca sobre lo que sucedió y coincidieron en que no fue más que un malentendido. Han pasado página, y no quiero ser yo quien se quede dándole más vueltas al asunto.

Brendan le había contado todo aquello a Abby, pero era mentira. Le daba la sensación de que necesitaba oír algo así, y había acertado. Ni Kim ni él habían vuelto a mencionar lo sucedido en Chicago, y él no tenía la menor intención de hacerlo. Estaba claro que Kim lo había olvidado ya, o lo había dejado pasar. De una forma u otra, las cosas en el trabajo volvían a ser fluidas, y él no quería que cambiaran. Los sueños eran otra historia. Había tenido dos pesadillas más. La noche anterior apenas había pegado ojo.

—¿Brendan? ¿Tienes algo más en la cabeza?

Él volvió a mirar a la doctora Donetti y le sonrió a su esposa.

—No. Nada más. Ahora mismo estamos en una situación magnífica.

La doctora se acomodó en su silla.

—Bien, eso está muy bien. Hay algo que es necesario que entendáis los dos. Habéis conseguido un enorme progreso en muy poco tiempo, y es importante que continuemos en la dirección correcta, pero también que no perdamos de vista la situación de la que veníais. No era nada buena, y eso no es algo que se produzca de la noche a la mañana. Requiere de años, y la recuperación puede exigir un periodo similar. Los pacientes suelen experimentar un avance inmenso las primeras semanas de tratamiento, es muy común. Y también es común que eso venga seguido de uno o de varios pasos hacia atrás. —Levantó la mano en un gesto defensivo antes de que pudiera replicar ninguno de los dos—. No estoy diciendo que eso vaya a suceder, me limito a señalarlo para que, si pasa, los dos lo reconozcáis como algo normal y comprendáis que forma parte del proceso de sanación. Lo que importa es que los pasos hacia delante continúen superando a los pasos hacia atrás. ¿Le veis el sentido?

Ambos lo comprendían, y asintieron.

—Bien. —La doctora Donetti tenía la pinta de una madre orgullosa en la graduación de su hijo—. Estos son vuestros deberes para esta semana: seguid haciendo lo mismo que hasta ahora. Está claro que la app os ha ayudado a encontraros, pero también es importante que aprendáis a hacerlo sin ella. Podrías planificar, por ejemplo, una noche de pareja en la que dejéis los móviles en casa, no sé, algo como...

El móvil de la doctora vibró en la mesita a su lado. Echó un vistazo a la pantalla y se quedó callada un instante, con el rostro lívido.

—¿Todo bien? —le preguntó Abby.

En un principio fue como si Donetti ni siquiera la hubiese oído, se quedó con la mirada fija en el móvil. Entonces volvió en sí y dejó el aparato de nuevo sobre la mesita, boca abajo.

—Sí..., disculpad. Un asunto personal. —Recuperó la sonrisa—. ¿A la misma hora la semana que viene?

Brendan echó un vistazo al reloj: había quedado para comer con Kim y Stuckey.

Abby y él bajaron juntos en el ascensor.

Estaban solos salvo por un hombre bajo y fornido, algo más mayor, acurrucado en el rincón opuesto sin levantar la mirada del móvil. Brendan ya casi se esperaba que apareciese un reto Spice en su móvil que le dijera que lo hiciese con Abby allí delante del desconocido, pero no recibió tal mensaje. Ella debía de estar pensando lo mismo, porque tenía los ojos clavados en la pantalla del móvil cuando Brendan la miró. Se puso colorada y se echaron a reír juntos.

Sugar & Spice®

Sugar
¿Qué es lo que se le da mejor a tu pareja?

18

—Vale, enséñame cómo funciona esto. —Hannah estaba pulsando en la pantalla del móvil de Abby—. No hay ningún menú. Tampoco instrucciones. Nada más que estos dos botones: «Sugar» y «Spice».

—Tienes que salir a la pantalla de inicio para ver cuántos puntos tengo.

—¿Y por qué no puedes verlo en la app? No lo entiendo.

Estaban sentadas en el porche trasero de casa de Hannah, las dos con un café con hielo en la mano. Abby había descubierto una nueva mezcla llamada Carpe Diem, y era increíble. Hacía sol, con unos agradables veintitrés grados. El otoño había comenzado de manera oficial dos semanas atrás, y, aunque las hojas aún no habían cambiado de color, aquella era probablemente su época preferida del año.

Recuperó el móvil de manos de Hannah y lo minimizó todo.

—Mira, yo llevo 2.170, y Brendan 2.050.

—¿Y tienes que llegar a los cinco mil puntos para ascender de nivel?

—Sí, al bronce.

—Y si el bronce es el siguiente nivel, ¿en cuál estás ahora?

Abby se quedó pensándolo.

—¿Sabes lo que te digo? Que no lo sé, sinceramente.

Hannah volvió a quitarle el móvil y regresó a la app.

—Entonces, «Sugar» es como verdad y «Spice» es como reto, ¿no?

—Exacto.

—Déjame adivinar, doña Abby-Nunca-Me-La-Juego siempre escoge Sugar para poder ir por delante de Brendan.

—Oye, que he hecho lo de las bolas chinas.

—Cierto, eso te lo reconozco. Pero te llegaron sin más, ¿verdad? ¿No tuviste que pulsar ninguna tecla?

Eso era cierto, aunque sí que había recibido puntos por dejárselas puestas para Brendan. ¿Qué más daba? Se estaba divirtiendo, e iba ganando.

—Hemos hecho un poco de todo.

—Ah, ya —masculló Hannah—. ¿Puedo probar yo?

Abby le dio un sorbo a su café con hielo.

—Claro.

Hannah mantuvo el dedo suspendido sobre la pantalla y pulsó en «Sugar». Leyó el mensaje y frunció el ceño.

—¿Qué dice?

—Es un poco duro. Dice: «¿Alguna vez has fantaseado con que te violaran?».

—¿En serio?

Hannah le mostró el teléfono.

—Sí que es duro. Suelen ser bobadas dulzonas. Temas para iniciar una conversación, sobre todo.

—Pues esto da para una charla, desde luego. —Hannah le puso una sonrisa astuta—. Y bien, ¿lo has hecho?

—¿Que si alguna vez he fantaseado con que me violaran?

—Repetir la pregunta no le va a servir a usted para librarse de contestarla, señora Hollander.

Abby guardó silencio.

Hannah puso los ojos en blanco.

—Pues claro que has fantaseado con ello. Todo el

mundo lo ha hecho. No me refiero a una violación de verdad, nadie quiere eso, pero ¿algo fingido? Te lo aseguro. No es nada de lo que avergonzarte. Tiene algo eso de que te dominen por completo, o lo de ser la que domine al otro.

Abby seguía sin abrir la boca.

Hannah sintió que le picaba la curiosidad. Se dio la vuelta hacia un lado de la tumbona y se incorporó.

—Pero bueno, Abby, ¿es que nunca te han atado?

Su amiga negó con la cabeza.

—¿Vendado los ojos?

De nuevo, un gesto negativo con la cabeza.

—¿Esposas? ¿Latigazos? ¿Azotes? ¿Nunca te han embadurnado con nata y sirope de chocolate?

—Puaj. Eso suena muy pegajoso.

Saltaba a la vista que todo aquello estaba resultando fascinante para Hannah. Abby empezaba a sentir complejo de monja.

—Solo tuve un novio serio antes de Brendan, y ninguno de los dos expresó nunca ningún interés en ese tipo de cosas.

Hannah tenía toda la pinta de que le iba a estallar la cabeza.

—Olvídate de lo que les interesa a ellos: y a ti, ¿qué te interesa a ti? Dios mío, Abby, ¿qué voy a hacer contigo?

—Una vida sexual más tradicional no tiene nada de malo.

—No, no hay nada de malo en todo eso, ¡salvo que es un puto aburrimiento! Abby, la vida es muy corta. Cuando quieras darte cuenta, habrás cumplido ochenta años y estarás sentada en el porche pensando en todo lo que querrías haber hecho en la vida y no hiciste. Y como sea a mí a quien le toque estar sentada en la silla de al lado, lo último que querré es oírte quejándote de cómo podrían haber sido las cosas. El sexo es como la comida: hay que experimentar un poco. Prueba algo nuevo y descártalo si no te gusta, pero no dejes de probarlo solo porque piensas que a lo mejor no te gusta.

El teléfono de Abby hizo sonar el triple tono y apareció un mensaje nuevo...

> ¿Te gustaría probar algo Spice
> relacionado con esto?

Las dos amigas vieron el mensaje al mismo tiempo. Abby trató de coger su móvil, pero Hannah estiró el brazo para apartarlo.

—Ni de coña, no te vas a escabullir de esta, doña mojigata. Tienes que vivir un poco. —Rápidamente, pulsó en el «Sí».

La pantalla se quedó vacía durante un buen rato, y Abby tuvo la extraña sensación de que la aplicación se había quedado colgada. Entonces destelló en blanco, volvió a la vida y se llenó con un texto. En el ángulo en que se encontraba, Abby no podía leerlo, pero Hannah parecía absorta y con los ojos cada vez más abiertos mientras recorrían aquellas palabras.

—Vale, esto ya es otra cosa.

—¿Qué dice?

Hannah carraspeó.

—«Te vas a vestir con ropa cómoda, un atuendo que no le resulte conocido a tu pareja, y una peluca: cambia de aspecto. Pero no tardes mucho, no querrás tenerlo esperando. Preséntate en el hotel Westminster Arms del centro de Boston a las dos. Regístrate con el nombre de "señora Robinson". Quédate allí a la espera de recibir más instrucciones.» —Alzó la mirada hacia Abby—. Y ahora ¿qué? ¿La app le dice a Brendan dónde tiene que ir?

—Eso es, así funciona. —Abby echó una ojeada al reloj. Con el trayecto en coche a la ciudad, le quedaba menos de una hora para prepararse—. ¿Y de dónde voy a sacar yo una peluca?

Hannah bajó el teléfono y se quedó mirando al cielo.

—Madre mía, el Westminster...

—¿Lo conoces?

Hannah juntó el índice y el pulgar de una mano.

—Tú sabes que Stuckey estaba un pelín casado cuando yo lo conocí, ¿verdad?

—¿Un pelín?

—Llevaban juntos desde el instituto, y su matrimonio estaba más que finiquitado, pero ninguno de los dos se había mostrado dispuesto a arrancar la tirita de golpe y marcharse. No podíamos ir a su casa por razones obvias, y mi apartamento era un zulo vergonzoso con la guinda de una compañera de piso que era una pringada que no movía el culo del sofá. Cuando empezamos a quedar, Stuckey y yo nos veíamos a veces en el Westminster. Está a unas manzanas de su oficina y alquilan las habitaciones por horas.

—Suena muy romántico.

—No es el mejor sitio para encender una linterna de luz ultravioleta.

—No tengo muy claro qué significa eso.

Hannah le devolvió el móvil.

—Ay, mi querida Abby, tan inocente en lo que a las costumbres mundanas se refiere. —Se levantó para entrar—. Vamos a buscar algo que ponerte. Por suerte para ti, tengo varias pelucas.

19

La Interpol cumplió.

Brendan, Kim y Stuckey habían cogido una mesa en la terraza del Randals, un pequeño local familiar de bocadillos no muy lejos de la oficina. Stuckey había devorado uno de carne asada en un tiempo récord. Kim no había tocado aún su bocadillo vegano de lo que fuese aquello. Brendan se tomó uno de pastrami con pan de centeno.

Las fotografías facilitadas por la Interpol estaban desplegadas ante ellos. Isaac Alford sentado en la terraza de un café en Laos con tres hombres con vínculos demostrados con Joel Hayden, dos de ellos conocidos por dedicarse al blanqueo de capitales por todo el mundo para una lista de cárteles, mafias y gobiernos del tercer mundo. El otro era Keo Sengphet, vicepresidente del Notakopi, el banco más grande de Laos. El hecho de que estuvieran todos juntos allí sentados, a la vista de todo el mundo, no era más que un enorme «que os jodan» a las autoridades, ya que todos ellos se encontraban bajo investigación por parte de numerosas agencias de una docena de países.

Kim tenía abierto el portátil, con la pantalla repleta de hojas de cálculo. Las versiones impresas se amontonaban para llenar el resto del espacio de la mesa. Contenían a todos los prestamistas y prestatarios a los que había emparejado Intent a lo largo del último año, además de los importes en dólares. Había préstamos de todos los colores: desde un simple centenar de dólares hasta llegar a los cientos de miles. Se habían pasado la mayor parte de la semana buscando dónde faltaba dinero y no lo habían encontrado... hasta que Stuckey sugirió que comparasen las copias impresas con los registros electrónicos. Entonces sí que encontraron algo, y ese algo era gordo.

Kim se reclinó en la silla.

—No me puedo creer que no se me ocurriera a mí.

Stuckey pasó una patata frita por una montaña de kétchup en su plato y se la metió en la boca.

—No es culpa tuya. Por lo general, cuando una compañía a la que estamos investigando nos facilita versiones impresas de los registros electrónicos, lo hace con la intención de que perdamos el tiempo, ¿no? Sería una estupidez ponernos a bucear en cajas y más cajas de papeles cuando podemos repasar las hojas de cálculo en un ordenador.

—Pero, aun así, tú lo has hecho. —Kim frunció el ceño.

Stuckey puso el dedo sobre una de las hojas de cálculo.

—Solo porque tú nos dijiste que vigiláramos esto. —En la esquina superior figuraban escritas las iniciales «R. C.», ahora resaltadas en rojo por la mancha de kétchup de Stuckey—. Esto significa Robin Church, ¿verdad? ¿Qué otra cosa podría significar? Entonces, al ver los puntos junto a algunas de las entradas, las comparé con la versión electrónica.

Brendan leyó la página boca abajo. Seis de los préstamos estaban señalados con un punto, y después los habían resaltado en amarillo. El listado impreso adjudicaba a aquellos préstamos una situación correcta, pero esos mismos préstamos figuraban en situación de impago en los registros electrónicos. Entre los seis, ascendían a algo más de cuatrocientos mil dólares.

—¿Los prestatarios son falsos? ¿Lo has comprobado?

Kim asintió.

—Compañías pantalla en los cuatro primeros. En los otros dos han utilizado números de la Seguridad Social de personas fallecidas. Eso es obra de Hayden, estoy segura.

—Entonces Hayden monta el préstamo con una entidad falsa, Isaac Alford lo marca en situación de impago, y se embolsan el dinero cuando ya nadie lo está buscando. Y luego...

Kim deslizó una de las fotografías para acercarla más.

—Y luego le llevan el dinero a este tío, Keo Sengphet del banco Notakopi de Laos, y él lo blanquea.

—¿Han salido ya del banco esos fondos? —preguntó Brendan.

—Hasta donde puede decirnos la Interpol, todo sigue allí. Sengphet prefiere retener los fondos en cuentas anónimas no menos de seis meses antes de pasárselos a su red y blanquearlos. No hace mucho que empezaron con todo esto, pero sí que han movido un montón de dinero.

—¿Cuánto? —preguntó Brendan.

Kim y Stuckey cruzaron una mirada, y fue él quien dijo:

—En sus libros, Intent tiene algo más de ciento cuatro millones de dólares en impagos. Es probable que algunos de ellos sean reales, pero trabajamos bajo el supuesto de que la mayoría forma parte de la trama de desfalcos de Alford.

Brendan soltó un silbido.

—¿Cómo es posible que no haya nadie buscando todo eso?

—Es que no es como un impago a un banco —le dijo Kim—. Con los préstamos entre particulares, el capital de un préstamo lo pueden poner entre un millar de personas. Las pérdidas de cada individuo son pequeñas, así que lo achacan a una mala jugada y pasan página. No existe una verdadera obligación de pago. Mira, esta gente va a más. —La mano de Kim se posó en la de Brendan—. Tenemos que volver a Chicago e intentar...

Brendan retiró la mano de golpe, y se movió tan rápido que se golpeó con el codo en el respaldo de la silla.

Kim parecía horrorizada.

—Lo siento. No pretendía...

Brendan hizo caso omiso de su dolor en el brazo e hizo un gesto con la mano para restarle importancia.

—Culpa mía, que no... no he dormido bien. Estoy un poco nervioso.

Sin apartar la mirada de ninguno de los dos, Stuckey se tomó lo que le quedaba de su Pepsi con la pajita y un sorbetón estruendoso.

—Bueeeenooo... Vamos a centrarnos. Tenemos un móvil, tenemos los medios, tenemos la base de una teoría con la que trabajar. Ahora necesitamos las pruebas. —Señaló el portátil de Kim con un gesto de la barbilla—. Mira todos los impagos. Recopila los datos de todos los prestatarios. Compara todo eso con lo que tengamos sobre Joel Hayden. Quiero unas pruebas tan sólidas como para que ese cabrón escurridizo no se vuelva a escapar.

Stuckey se terminó las patatas fritas.

—Buen trabajo, Whitlock. Tú sigue así y dentro de nada le quitarás el puesto a Brendan.

—Muy gracioso —masculló él.

—¿Se lo vas a llevar ya a la directora adjunta? —lo presionó Kim—. Tienes que hacerlo, Stuckey. Necesitamos un cara a cara con Cindy Messing. No consigo que me coja el teléfono. A lo mejor le ha entrado el pánico, o algo peor, puede que Alford haya descubierto que nos estaba ayudando. Sea como fuere, debemos llegar hasta ella y ponerla bajo protección. Una vez que la tengamos aislada, le plantamos cara a Alford... en persona. Necesitamos que la directora adjunta nos envíe de vuelta a Chicago.

Stuckey entrelazó los dedos de ambas manos sobre la

mesa y se recostó en su silla. Ladeó la cabeza e hizo su mejor imitación de Brando en *El padrino*.

—Me has complacido. Ofreceré esta información a la familia.

No sonaba como Brando ni de lejos.

Sobre la mesa, el móvil de Brendan vibró con un mensaje entrante de Sugar & Spice. Una dirección y unas instrucciones. Algo sobre Abby. A eso le siguió de inmediato otro mensaje:

Roba un cuchillo del restaurante.
Lo vas a necesitar.

20

La fachada exterior del hotel Westminster no tenía mucho que fuese digno de admiración. El interior era aún peor. Las paredes del pequeño vestíbulo estaban forradas de un papel de fieltro verde con pinta de llevar ahí puesto desde comienzos del siglo xx, y de haber empezado a caerse hacía ya unos cincuenta años. Había un sofá, algunas sillas y una mesa. Cuando Abby entró, los tres hombres que estaban sentados en el vestíbulo la miraron como si fuesen unos perros callejeros que no hubiesen comido en una semana. No hicieron el menor intento de ocultar su lascivia. Uno de ellos se llevó incluso dos dedos a los labios resecos formando una V y meneó la lengua en el centro.

Abby, vestida con los vaqueros más ajustados en los que Hannah había sido capaz de embutirla, además de una camiseta de tirantes y una peluca negra, hacía lo que podía con tal de mantener el equilibrio con aquellos zapatos que también le había dejado su amiga, un par de lo que ella llamaba sus «zapatos de buscar guerra» preferidos. Se acercó a trompicones a la pequeña garita que había en la sala, debajo de un letrero torcido donde se leía RECEPCIÓN.

—Me dicen que han reservado una habitación para mí. Soy la señora Hol... la señora Robinson.

En la garita había un hombre mayor viendo una película en blanco y negro tan antigua como él en un televisor parcheado de tiras de cinta americana que evitaban que se desarmara. No miró a Abby, se limitó a coger una llave de uno de los ganchos en la pared y se la entregó.

—Claro que sí, bonita, seguro que lo eres. Tienes la 3B. El ascensor no va, así que te toca subir a pata.

Abby cogió la llave, se planteó la posibilidad de quitarse los tacones y se lo pensó mejor: tal vez fuese preferible un esquince de tobillo a poner el pie sobre lo que fuese que había en aquellos suelos.

Se las arregló para sobrevivir a la escalera.

La 3B estaba en la otra punta del pasillo, y el interior era tan deprimente, tan frío y tan húmedo como el vestíbulo y los pasillos del resto del hotel. Moqueta mullida verde. Cortinas gruesas de color naranja en la ventana. Colcha a juego. El ambientador enchufado en la pared no servía de mucho para enmascarar el olor terroso a moho en el ambiente.

Abby se quedó plantada en la puerta un instante antes de entrar, pensando: «Esta va por ti, Hannah». Cuando cerró la puerta, sonó su móvil con nuevas instrucciones.

Sobre la cama encontrarás unas esposas y una venda.
Deja el móvil sobre la cómoda.
Apaga la luz y no abras las cortinas.
Ve al extremo opuesto de la habitación
y ponte mirando a la pared.
Espósate las manos (por delante) y véndate los ojos.
Sigue mirando a la pared.
No te muevas. No hagas un solo ruido
bajo ningún concepto.
Si completas este Spice, obtendrás 1.000 puntos.

Abby permaneció inmóvil unos segundos, releyendo el mensaje varias veces. Nada de lo que había hecho hasta ahora la había llevado a ganar tantos puntos, ni de lejos. Se acercó a la cama y estudió los objetos que habían dejado sobre la colcha naranja descolorida. La venda parecía nueva. Suave. Seda negra o algo por el estilo. Las esposas también eran nuevas, todavía en su caja. Recogió ambas cosas, se dirigió a la otra punta de la habitación y dejó el móvil sobre la cómoda tal y como le habían indicado. Antes de que le diera tiempo de cambiar de opinión, sacó las esposas de la caja, se metió la llave en el bolsillo de los vaqueros prestados y se cerró los aros metálicos alrededor de ambas muñecas. Cuando se puso la venda, todo quedó a oscuras y la habitación le pareció de repente más pequeña. Era consciente del sonido de su propia respiración. El corazón le empezó a latir a martillazos descontrolados, lo sentía en los oídos.

Los siguientes minutos transcurrieron con una lentitud insoportable.

¿Expectación?

¿Excitación?

Deseo.

Más allá de decir que se sentía absolutamente viva, Abby no estaba segura de cómo describir lo que estaba sintiendo.

Al oír que la puerta se abría a su espalda, tuvo que hacer acopio de toda su fuerza de voluntad para no darse la vuelta. Oyó unos pasos, y la puerta se cerró con un *clic* suave.

El roce de unas pisadas fue recorriendo la habitación.

«Ni una palabra.»

«Ni un solo ruido.»

«No te muevas.»

Las manos de Brendan en ella.

Con su primer roce, Abby soltó un leve jadeo; no pudo evitarlo. Le acarició la mejilla con el pulgar, descendió y lo deslizó por el cuello. No se percató de que estaba armado con un cuchillo hasta que sintió el frío del metal en la piel bajo la barbilla, y, de alguna manera,

aquello lo potenciaba todo. Solo era un juego, y aun así...
Él no decía nada, aunque tampoco hacía falta. Abby tenía
ardiendo cada centímetro de su cuerpo. Cuando se apretó contra ella y notó lo dura que la tenía, no pudo evitar
empujar contra él para acercarse aún más.

Todos sus sentidos estaban alerta: oyó cómo se desabrochaba el cinturón. El roce de sus pantalones al caer al
suelo. Acto seguido, volvía a tener encima la mano libre
de Brendan. Recorrió la redondez de sus pechos a través
de la finísima tela de la camiseta de tirantes, le rozó los
pezones endurecidos y fue descendiendo hacia los vaqueros. Oía su fuerte respiración mientras le desabrochaba
el botón con el pulgar y le bajaba la cremallera. Más fuerte aún al tirar de los vaqueros y las bragas hasta los tobillos. No hubo preliminares ni previo aviso, entró en ella
de golpe y, aunque Abby creía estar preparada, en realidad no lo estaba. Lo deseaba, pero no así.

—Eso duele, Brendan —susurró—. Más suave.

Él se quedó quieto.

Tan quieto como se había quedado ella al entrar en
la habitación.

—¿Maria?

Esa voz no era la de Brendan.

De un tirón, el hombre le quitó la peluca a Abby, la
arrojó al suelo y retrocedió a trompicones.

—Dios mío...

Con las manos esposadas, Abby se arrancó la venda
con los pulgares y se dio la vuelta.

—Tú no eres mi mujer...

Treinta y tantos. Pelo corto y rubio. Una fina cicatriz
desde un lado de la nariz hasta la parte superior del labio.
Abby no tenía ni idea de quién era.

El hombre dejó caer el cuchillo al suelo y se volvió a
subir a tientas los pantalones.

—¿Quién eres? ¡Tú no eres mi mujer!

Abby se quedó sin palabras.

Sintió que le flaqueaban las rodillas.

Se fue de espaldas contra la pared mientras forcejeaba con las esposas y se tapó lo mejor que pudo. Se deslizó hasta el suelo y se apretó contra la pared como si quisiera que la tragase mientras aquel hombre al que no había visto en su vida retrocedía y se apartaba de ella camino de la puerta, igualmente aterrorizado.

—Lo siento... Yo no...

Eso fue todo lo que dijo antes de acertar a abrir la puerta y desaparecer por el pasillo.

21

—Qué raro es esto —masculló Brendan al abrir el correo electrónico en su móvil para cerciorarse de que lo había leído bien. Un segundo correo había llegado justo después del primero—. ¿Has metido tú hoy doce centavos en nuestra cuenta corriente y los has sacado después?

Abby estaba sentada a la mesa de la cocina frente a él, jugando con la carne asada y el puré de patatas. Apenas había probado la cena.

—¿Abs?

—¿Eh? —Tenía los ojos vidriosos, enrojecidos.

«¿Ha estado llorando?»

Aún tenía el pelo húmedo de la ducha y llevaba puesto su viejo pijama de los Boston Red Sox. Brendan llevaba sin vérselo no menos de cinco años. Antes era el preferido de su mujer, y se lo había puesto tanto que ya tenía agujeros en los codos, pero ella juraba que era comodísimo y se negaba a tirarlo a la basura.

Brendan puso el móvil en modo reposo y lo dejó sobre la mesa.

—¿Va todo bien por ahí?

Abby forzó una sonrisa.

—Claro. Perdona. Es que... menudo día.

El maletín de Abby descansaba en la silla vacía que había entre ellos dos. Hacía por lo menos un mes que Brendan no lo veía, no desde...

—Ah, ¿es que vas a ver a tu agente mañana? ¿Es eso?

Ella frunció el ceño, y entonces siguió la dirección de la mirada de Brendan hasta las páginas que sobresalían por la parte superior del maletín, durante unos segundos, hasta que dijo:

—Sí, claro. Eso es.

—Ya sé que se supone que no debemos hablar de esto, pero le dijiste a la doctora Donetti que el libro iba bien. ¿Es que no era cierto?

—Sí que era cierto. El libro va bien. Imagino que estoy un poco nerviosa, nada más. —Abby apretó los labios en un gesto tenso—. No le he contado mucho a Connie todavía, y mañana va a querer detalles. Saber cómo lo llevo. Me ha dicho que solo es para vernos, pero ya me sé yo de qué va esto en realidad. Tiene que decidir si la trama que he pensado es viable y si le voy a entregar a tiempo un manuscrito terminado. Si la pieza que tengo que aportar yo no está lista para ocupar su sitio en el engranaje, el editor llenará el hueco con otro título y retrasará el mío.

—Estoy seguro de que le va a encantar.

—Pero si tú ni siquiera sabes de qué va.

—Tienes por lo menos cincuenta páginas. Estoy seguro de que todo va a ir bien, a no ser que te hayas marcado un Jack Torrance de *El resplandor* y que en todas las páginas ponga «No por mucho madrugar amanece más temprano».

Una expresión fría le cambió la cara a Abby.

—Todo es una puta broma para ti, ¿verdad?

—No es eso lo que quería decir. Solo intento apoyarte. Siento mucho haber sacado el tema.

Tres golpes rápidos de nudillos sonaron en la puerta de la cocina, y los dos miraron en esa dirección. Allí estaba Stuckey, en su porche trasero, asomándose a la ventana con un pack de seis cervezas y haciendo gestos hacia el garaje.

Los Red Sox jugaban contra los Tampa Rays en cuestión de media hora. Era uno de los últimos partidos de la temporada en Fenway Park.

Abby respiró hondo, cogió aire y lo soltó muy despacio.

—Ve.

Brendan no se movió.

—¿Estás segura?

—Vete —insistió ella, que hundió el rostro entre las manos y soltó un profundo suspiro. Se pasó los dedos por el cabello húmedo—. Solo estoy cansada. No debería haberte saltado así. No pasa nada. Yo recojo.

Brendan se levantó despacio de la mesa y arrancó hacia la puerta, se detuvo, volvió hacia ella y la besó en la coronilla.

—Si quieres hablar sobre lo que sea que tengas en la cabeza, envíame un mensaje y vengo para acá, ¿vale?

Abby asintió, pero Brendan ya sabía que no lo iba a hacer.

Diez minutos después, con la previa del partido en la tele, Brendan terminó de contarle a Stuckey lo que había sucedido después de que se marchara de la comida de trabajo. Tenía la esperanza de que al hablar de ello se le aliviara la presión que sentía en el pecho, pero no hizo sino sentirse peor.

Stuckey rara vez se quedaba sin palabras, pero había pasado cerca de un minuto antes de que por fin dijese algo.

—Esta sí que es una cagada de las buenas. ¿Y no tienes ni idea de quién era esa mujer?

Brendan negó con la cabeza.

—No. En cuanto me di cuenta de que no era Abby, me entró el pánico y salí pitando de allí.

—Déjame ver otra vez tu móvil.

Brendan había vuelto a abrir los mensajes de Sugar & Spice, y seguían en la pantalla.

Stuckey leyó en voz alta.

—«En la habitación te encontrarás a tu pareja. Recuerda que esta es su fantasía de una violación, así que interpreta tu papel pero sin que las cosas dejen de ser divertidas. Utiliza el cuchillo como un objeto de atrezo y tómala por detrás. Es mejor que ella no te vea la cara, y si te dice que pares, tú paras. Aunque tu pareja lo haya pedido de manera específica, este Spice ha provocado reacciones en contra en otras situaciones, así que presta atención a vuestra palabra de seguridad. En caso de que tal cosa suceda...» —Miró a Brendan—. Lo que sigue es un documento de descargo de responsabilidades. Hay que joderse, tío. ¿Todas las pruebas son así?

—Algunas...

Stuckey le dio un trago largo a su cerveza.

—Será alguna clase de fallo en la app, que habrá intercambiado las parejas o alguna movida por el estilo.

—Pues menuda mierda de fallo.

—Cierto. Así es como las apps consiguen esas puntuaciones de una estrella. —Volvió a mirar a Brendan—. ¿Se lo vas a contar a Abby?

—¿Qué piensas tú?

—Pues pienso que después de ver cómo reaccionó con la chorrada de Kim, tú cuéntaselo, y de aquí al martes ya estás soltero. Si quieres mi consejo, esto llévatelo contigo a la tumba, colega.

Brendan se quedó mirándolo fijamente.

—Eso significa que tú también lo harás. Ni una sola palabra a Hannah.

Stuckey hizo el gesto de cerrarse la boca con una llave invisible, y luego se le ocurrió algo más.

—Has dicho que la app te ha dado 1.000 puntos por lo de hoy. ¿Cómo vas a explicar eso?

Brendan no tenía la menor idea.

El marcador de Abby había sumado 1.500 puntos, y Brendan tampoco quería que nadie le explicara eso.

—Los dos hemos estado jugando con la aplicación por nuestra cuenta. Si me pregunta, se lo adjudicaré a eso. Le diré que he estado tratando de mantener el nivel de la competición.

Stuckey chocó su cerveza con la de Brendan.

—Por la mentira y el engaño, cimientos de toda relación matrimonial sólida. —Dio un trago y cambió de tema—: Y, hablando de Kim...

—Siento lo de hoy. He tenido una reacción exagerada. Ha sido una estupidez.

—Si la situación entre vosotros dos está enrarecida es porque la estáis enrareciendo vosotros. No sé qué fue lo que pasó en Chicago, ni quiero saberlo, pero tenéis que solucionar vuestra movida porque la gente está empezando a darse cuenta, y eso no es bueno.

—Lo sé.

—Le he contado a la directora adjunta lo que ha encontrado Kim.

—¿Y qué ha dicho?

Stuckey le dio otro trago a la cerveza.

—Quiere que cojáis los dos un avión a Chicago para entrevistar en persona a la gente de Intent.

«Joder.»

22

—Romeooo —lo llamó Juliet desde el cuarto de baño del dormitorio principal.

—¿Sí, amor mío?

—¿Cuánto me quieres, mi amado Romeo?

—Nena, te quiero más que al chocolate.

—¿Y cuánto quieres tú al chocolate?

—Más que al aire que respiro.

—Eso es un montón.

—Porque te quiero a montones.

—Joder, qué tierno eres —respondió ella—. No te merezco.

Algo había cambiado. Romeo ya no oía el lloriqueo de aquel hombre. Nada de chapoteos. Nada de sollozos. Nada de nada.

—Eh, ¿nena?

—¿Sí, amor mío?

—¿Va todo bien con nuestro amigo ahí dentro?

Juliet no respondió.

—¿Nena?

—Puede que se me haya ido un pelín la mano...

Sentado al borde de la cama de Isaac Alford, Romeo cerró los ojos y respiró hondo. La quería mucho, pero era cierto que a la chica se le iba la mano de vez en cuando. Él había estado registrando la mesilla de noche de aquel tipo, pero, aparte de unas revistas guarras del tiempo de

Maricastaña, no había descubierto nada interesante. Lo dejó todo tal y como se lo había encontrado, cerró el cajón y se levantó.

La puerta del cuarto de baño estaba cerrada con pestillo.

—Vas a tener que abrirme, nena.

Hubo unos instantes de silencio, y entonces sonó el *clic* del pestillo.

Al ver que Juliet no abría la puerta, lo hizo él.

Isaac Alford se hallaba justo donde él lo había dejado: en la bañera, sumergido bajo unos treinta centímetros de agua tibia. Pero el secador de pelo que flotaba al lado de su cabeza no debería estar ahí dentro.

Romeo siguió el cable hasta el enchufe con sistema de seguridad de toma de tierra que había en la pared. El clip metálico aún estaba incrustado en el botón de «Reset» del enchufe. Lo más probable era que se hubiese fundido el fusible, o tal vez no. De un modo u otro, por aquel cable había pasado la suficiente corriente eléctrica para freír a Alford. Desde debajo del agua, el hombre lo miraba fijamente con los ojos muy abiertos y sin vida.

—Vaya, nena, ¿qué has hecho?

—Yo solo quería darle un susto, pero ha intentado agarrarme la pierna, he perdido el equilibrio y el secador se me ha escapado de la mano. Ha caído dentro.

El ordenador portátil de Isaac Alford estaba encendido sobre el tocador, y un salvapantallas mostraba fotografías de playas que recorrían perezosas el monitor. Cuando Romeo pulsó la barra espaciadora, apareció el cuadro que le pedía la contraseña.

—¿La has conseguido?

Juliet, que llevaba una camiseta blanca de tirantes y sus vaqueros cortos preferidos, apoyó la espalda en la pared junto a la bañera. Bajó la cabeza.

—Lo siento, cariño.

Romeo llevaba la ira dentro. Siempre había sido así.

Se refugiaba en algún lugar de sus tripas, y la mayoría de los días se contentaba con quedarse ahí, durmiente, acurrucada y calentita en la oscuridad. Sin embargo, a veces se movía y cambiaba de postura. Esta era una de esas ocasiones. Una cosa era cambiar de postura, y otra muy distinta era despertarse. No quería que su ira se despertara, no por Juliet. Si otra persona la despertaba, pues bueno, pero no Juliet. Jamás Juliet. Carraspeó.

—¿Me das un minuto?

Ella no se movió.

Ya había sido testigo de su ira, e iba a tener que pasar a su lado para llegar hasta la puerta.

—Por favor.

Juliet se separó de la pared y rodeó a Romeo. Fue con la parte posterior de las piernas pegada a la bañera con tal de pasar lo más lejos posible de él. Llegó a la puerta y la cerró al salir.

Romeo lo agradeció.

Se alegraba de que se hubiera marchado.

No se dio cuenta de la fuerza con la que estaba agarrado al mármol del tocador hasta que se miró las manos. Tenía los nudillos blancos, y estaba seguro de que si retorcía un poco las palmas de aquellas manazas, arrancaría de cuajo un trozo de la encimera. Vamos, que si no tuviera el culo plantado encima del tocador, lo más probable era que arrancase de un tirón la plancha entera. Quizá la estampara contra la pared o la utilizase para hacer papilla a Isaac Alford.

Romeo sabía que no podía hacer ninguna de aquellas cosas.

Aquí no.

Ahora no.

De modo que, en lugar de eso, hizo un esfuerzo para bajar el ritmo de la respiración. Trabajó para que la ira regresara a su apacible sueño. Casi lo había conseguido cuando le sonó el móvil.

En la pantalla no figuraba ningún nombre.

Ningún número.

Ni siquiera decía «Número desconocido».

No tenía ni idea de cómo lo lograba, pero el móvil siempre le sonaba así cuando llamaba ella. Romeo se llevó el teléfono a la oreja y respondió. Lo de marear la perdiz nunca había ido con él, y tenía la certeza de que ella lo agradecía hasta cierto punto.

—Hemos tenido un pequeño accidente, nada de lo que no pueda encargarme, pero no hemos conseguido su contraseña.

Ella no respondió nada.

Rara vez lo hacía.

Romeo dejó pasar un instante para que asimilara sus palabras antes de proseguir.

—Encontraré la forma de arreglar esto.

Estaba convencido de que ella había permanecido al teléfono durante unos segundos después de que él dijese aquello, pero tampoco podía estar seguro. Cuando volvió a mirar la pantalla del móvil, solo pudo confirmar que había colgado.

Echó un vistazo al cuarto de baño. Granito y mármol por todas partes. Una ducha del tamaño de un autolavado de coches y una bañera enorme. Isaac Alford boca arriba. El secador de pelo aún enchufado.

No le costaría mucho hacerlo pasar por un suicidio, daba gracias por que Juliet no lo hubiese echado a perder, pero tendrían que llevarse el portátil. No había manera de cambiar eso: era la razón por la que habían ido allí. En condiciones normales, habrían dejado la nota de suicidio en el mismo portátil. Ya habían registrado la casa y no había rastro de otros ordenadores, ni tabletas ni nada donde hubiera podido dejar una nota de suicidio que no fuese en papel, y no tenía intención de tirar por ese camino. No tenía la menor idea de qué aspecto tenía la letra de aquel hombre y, de todos modos, se le daba fatal falsificarlas.

Así que nada de notas.

Cruzaría los dedos para que le tocara un policía inútil, que los había de sobra en este mundo, alguien que no cayera en que faltaba el portátil.

Echó otro vistazo a la habitación.

Cuando metió el clip metálico en la ranura del botón de reset del enchufe, lo había envuelto en papel higiénico. Ninguna huella por ahí. Cogió una toalla de manos que había junto al lavabo y se puso a limpiar el resto de la habitación. Si los policías decidían buscar huellas allí, el hecho de que se descubriera que las habían limpiado ya acarrearía de por sí varios problemas, pero esos quedaban todavía un poco más lejos que los que generaría que encontraran sus huellas o las de Juliet. Después del cuarto de baño, tendría que seguir sus propios pasos por la casa e ir limpiando todo lo que hubiesen tocado.

Y joder, aún tendría que acceder al portátil cuando llegara de vuelta a la furgoneta.

Tenía que arreglarlo.

Ni de coña pondría a esa mujer de malas, no cuando ya estaban tan cerca de la meta.

Sugar & Spice®

Sugar
Si tuvieras que enrollarte con algún amigo
o amiga de tu pareja, ¿con quién sería?

23

—Jolines, Abby, esto es bueno. —Connie Cormack volvió a empujarse nariz arriba la montura negra de las gruesas gafas, se detuvo un instante en la última página y por fin la dejó boca abajo sobre el resto, en su escritorio. Dio unas palmaditas sobre el montón de papeles como si fuera la cabeza de un cachorrito bueno, se quitó las gafas y estudió a Abby—. Si me cruzara contigo por la calle, con esa pinta de profesora de primaria que tienes, jamás se me ocurriría que algo así pudiera salir de esa cabeza. —Chasqueó la lengua—. Siempre son las más calladitas.

—Podría habértelo enviado por correo electrónico.

—Entonces no habría tenido la oportunidad de ver esa adorable carita, y, seamos sinceras, tampoco es que me estuvieras devolviendo las llamadas.

Abby hizo su mejor esfuerzo por sonreír.

—Lo siento. He arrancado y he parado un montón de veces con este, y estaba empezando a pensar que en realidad no tenía un segundo libro.

Connie exageró un gesto boquiabierto.

—Abby, querida, hace ya casi treinta años que me dedico a esto, y, después de leer tu primer libro, de conocerte, puedo decir con total seguridad que tú tienes muchos libros. Más de los que podrás llegar a escribir nunca. Cualquier agente que se merezca su salario lo olería en ti. Hay gente que nace con el gen para contar historias, y tú eres una de esas personas. Ni se te ocurra volver a pensar eso. Arrancar y parar con un libro nuevo es algo de lo más normal; me preocuparía si no te pasara. Tan solo significa que no estás dispuesta a soltarlo sin más, que quieres trabajarte un buen libro: tus lectores y yo te lo agradecemos.

Esta vez, Abby sí sonrió.

—¿Le das semejante coba a todos tus autores?

—Sí que lo hago. Sí.

Un tonillo triple sonó en el móvil de Abby. En la pantalla apareció el siguiente mensaje:

Tu pareja ha iniciado un reto Spice.
Envíale una foto desnuda en los próximos
cinco minutos.

Se inició una cuenta atrás. Abby le dio la vuelta al teléfono y lo dejó sobre la silla que tenía al lado.

—¿Abby? ¿Va todo bien?

Ella pestañeó.

—Sí. Perdona, era mi marido.

—¿El detective de delitos financieros?

—El contable con un salario de empleado público.

—Ya. —Dejó el tema y sacó una tarjeta de visita del cajón superior de su escritorio—. En realidad, quería que vinieras por esto.

Abby observó la tarjeta.

—¿Quién es Ryan Lewis?

—Es un agente de cine y televisión. Trabaja con los autores para llevar sus obras a la pantalla. Le gustaría hablar contigo.

Tragó saliva.

—¿Sobre?

—Para empezar, sobre tu primer libro, pero fundamentalmente sobre este. —Connie volvió a dar unos toquecitos sobre el montón de papeles—. Cree que puede...

Sonó el teléfono de Connie.

Levantó un dedo y llevó la mano al auricular.

—¿Dígame?

Transcurrieron unos segundos de silencio mientras Connie escuchaba. Entonces le tendió el aparato a Abby con el ceño fruncido.

—Es para ti... Suena como si fuera una llamada automatizada.

Abby no podía explicárselo. Aparte de Brendan y Hannah, nadie sabía dónde estaba. Cogió el teléfono de la mano de Connie y se lo llevó a la oreja.

—Soy Abby Hollander.

Una voz femenina robótica le dijo: «Tu pareja ha iniciado un reto Spice. Envíale una foto desnuda. Tienes 2 minutos y 12 segundos para hacerlo».

La línea quedó en silencio y Abby sintió que se le formaba un nudo en el estómago. Le devolvió el teléfono a Connie, que lo colgó de nuevo en su base.

—Oye, para ser alguien que está escribiendo el número uno de la lista de superventas de *The New York Times* del año que viene, pareces un tanto abatida, ¿no? A lo mejor has cogido algo, ¿la fiebre del éxito, quizá?

Connie tenía encima de la mesa un bote grande de gel hidroalcohólico; lo deslizó lentamente hacia Abby con una enorme sonrisa en la cara.

Abby lo rechazó.

—Muy graciosa. —Hizo un gesto con la barbilla hacia la tarjeta de visita—. Háblame de este tío.

—Cuando el libro esté listo, le gustaría tentar con él a la gente de Hollywood. Tal vez llegue a algún sitio o no vaya a ninguna parte, pero si lo hace..., el simple hecho de mencionar un posible acuerdo para llevarlo a la pantalla en el momento de publicarlo puede servir de mucho de cara a la prensa. Poder hablar de dos acuerdos para el cine es aún mejor. Tengo a otra autora que...

El iPhone de Connie estaba silenciado, y vibró en la

otra esquina de la mesa con la llegada de un mensaje. Se apresuró a leerlo y puso cara de perplejidad.

—Vale, esto sí que es raro.

Le enseñó el mensaje a Abby. Era de un remitente desconocido y decía, sin más:

1 minuto 18 segundos. NO
permitas que se acabe el tiempo.
Cuando se acaba el tiempo,
pasan cosas malas.

Abby sintió un vuelco en el corazón.

¿Qué demonios era eso? ¿Cómo demonios era posible siquiera? Tenía que ser Brendan, que le estaba tocando las narices. O tal vez Hannah.

«Cuando se acaba el tiempo, ¿pasan cosas malas?» En serio, qué cojones.

Esa reunión era importante.

Sonó un tintineo sencillo en su móvil, y el temporizador de la cuenta atrás se puso de color rojo al bajar del minuto.

59

58

57

—Perdona, ¿puedo utilizar el cuarto de baño? —preguntó Abby.

Connie señaló la puerta de su aseo particular.

—Claro.

Cualquiera diría que ni siquiera la había escuchado, tan ocupada como estaba con su móvil, sin duda tratando de dar con el origen de aquel extraño mensaje.

Abby entró en el aseo y cerró la puerta con pestillo.

Para ser un cuarto de baño, el de Connie era enorme, en especial si tenías en cuenta que era el de su despacho.

Había incluso una ducha el doble de grande de la que ella tenía en casa. Toda la habitación era de mármol gris y olía a florecillas silvestres.

Abby se miró en el espejo y no le gustó lo que vio. Tenía unas ojeras oscuras. Sus mejillas parecían pálidas, cetrinas. Se había maquillado antes de salir de casa, pero no le había puesto mucho empeño, en el mejor de los casos. Estaba escarbando en el bolso en busca de una barra de labios cuando le vino algo a la cabeza...

«Que se joda Brendan.»

Si era él quien estaba detrás de aquello, ¿a quién le importaba una mierda si salía o no con buen aspecto?

Su móvil continuaba con la cuenta atrás.

38
37

Abby se desnudó a toda prisa, se sacó varias fotos desde diferentes ángulos, se las envió a Brendan y añadió el mensaje:

> NO estoy de humor para esto ahora.
> Eres imbécil.

Apareció un mensaje nuevo de Sugar & Spice:

> ¡Enhorabuena! Acabas de alcanzar los 5.000 puntos.
> ¡Bienvenida al nivel de bronce!

—Maravilloso —masculló Abby—. Es un honor para mí.

Se vistió a toda prisa y se acordó de tirar de la cadena antes de salir del baño. No lo había utilizado, pero se imaginó que cualquier gesto de normalidad serviría de ayuda para que Connie la tuviese por algo menos loca de lo que ella se sentía ahora mismo.

24

Brendan se mantenía en marcha sin haber dormido prácticamente nada.

Cada vez que cerraba los ojos, veía a aquella mujer que no era la suya en la habitación del hotel, de pie contra la pared del otro extremo y de espaldas a él.

Esperándolo.

La habitación estaba a oscuras.

Estaba claro que llevaba una peluca, y ya le habían dicho que no iría vestida con su ropa, todo ello parte del juego, parte de aquella fantasía que ella deseaba escenificar. Brendan mentiría si dijese que la idea no lo había excitado. Antes de Sugar & Spice, su vida sexual con Abby iba con el piloto automático. En los últimos días se había puesto a mil. Abby había salido de su cascarón, y él también. Ahora tenían una vida sexual increíble. Lo de ella estaba siendo increíble. Al entrar en aquella habitación de hotel, la deseaba más que nunca, pero al final había resultado que no era ella. Era otra persona.

No había pasado nada, en realidad no. El perfume que llevaba aquella mujer no encajaba de ninguna manera. Era un fortísimo olor a flores que Abby jamás se pondría. Cuando Brendan dijo algo, la mujer se dio la vuelta, vio el cuchillo que él traía en la mano y chilló. Entonces fue cuando él salió corriendo.

La aplicación le dio 1.000 puntos a él.

A Abby le dio 1.500.

Hiciera lo que hiciese él, no podía acallar aquella vocecita que no dejaba de preguntarle en su cabeza por qué ella había recibido más.

Tendría que haberle dicho algo anoche, porque saltaba a la vista que estaba alterada, pero no abrió la boca. Muy en el fondo, Brendan no deseaba saber la respuesta. Habían pasado la noche juntos, físicamente, pero en realidad estaban a un millón de kilómetros de distancia uno del otro.

Esa mañana Brendan se levantó temprano, le dio un beso en la mejilla y se marchó a trabajar.

Estaba bastante seguro de que Abby fingía estar dormida.

Llegó a la oficina un poco pasadas las siete y se descargó dos años enteros de préstamos de Intent con impagos. Al no verse capaz de hincarle el diente a aquellos impagos se bebió de un trago una taza de café y los imprimió con la esperanza de que la cafeína y el hecho de tener los folios en las manos le sirviesen de ayuda. Sin embargo, lo que hicieron fue ponerlo nervioso y convertir su mesa en un caos de papeles.

Se levantó, cerró la puerta y se dejó caer en su silla.

Cerró los ojos.

Cinco minutitos.

Tal vez diez.

Una cabezadita que lo ayudara a volver a la vida.

Su móvil vibró.

Cuando se despertó tenía la cabeza apoyada en la mesa en medio de un charco de saliva. La pantalla del móvil decía que eran las 10:19 h.

Abby le había enviado una foto.

Completamente grogui, Brendan necesitó un instante para fijarse en aquello.

Un selfi en un cuarto de baño que no le sonaba de nada.

Estaba como Dios la trajo al mundo.

Varias fotos más desde distintos ángulos llegaron una tras otra a continuación de la primera.

Madre mía, qué buena estaba.

¿Era esa su manera de compensarlo por lo de anoche?

Llegaron otras dos, y después un mensaje que debió de leer unas diez veces:

> ¿Me follarías por el culo esta
> noche si te lo pidiera? Creo que
> me apetece que lo hagas.

Cualquier rastro de somnolencia que le quedara se desvaneció de golpe. Brendan se incorporó en la silla y fue pasando las imágenes. ¿Dónde demonios estaba Abby? Un momento. ¿No había ido a ver a su agente esa mañana? ¿Se había sacado allí las fotos? De algún modo, aquello les daba un aire más excitante. Pensar que lo había hecho en algún lugar más o menos público.

Abby le envió otro mensaje:

> ¿Se te ha puesto dura? ¿Me
> envías una foto? Quiero verla.
> Ahora mismo.

Brendan sí que la tenía dura. Qué diablos, como intentara levantarse ahora mismo, se iba a quedar doblado. Echó un vistazo a su despacho. Los estores estaban echados, la puerta cerrada. La mayor parte del personal estaba fuera haciendo auditorías y nadie iba a regresar hasta el viernes. Aquello era una oficina fantasma.

Antes de que le diese tiempo de cambiar de idea, se desabrochó el cinturón, el botón y la cremallera de los pantalones y se los bajó de un tirón con los calzoncillos. Se sacó varias fotos con prisas y se las envió a Abby.

Dos golpes rápidos en la puerta de su despacho, que se abrió.

Kim asomó por la abertura.

—Acabo de recibir una notificación de Reuters: Isaac Alford, director financiero de Intent, ha aparecido muerto en la bañera de su casa. Tiene pinta de ser un suicidio. Su mujer llamó anoche a la policía y... —Kim frunció el ceño y puso un pie en su despacho—. ¿Te encuentras bien? Estás pálido.

Brendan se quedó de una pieza. Aún tenía los pantalones por los tobillos. No estaba seguro de hasta dónde podía verlo Kim, si es que llegaba a ver algo, y, poco a poco, se fue adentrando más bajo la mesa.

—Sí..., es que... he dormido fatal esta noche.

Kim avanzó otro paso hacia el interior del despacho de Brendan, puso la mano en la puerta y comenzó a cerrarla a su espalda.

«¡No! ¡No! ¡No!» No podía dejarla entrar. Como lo viese... Como se lo contara a alguien... Peor aún, como eso provocara que sucediese algo...

Brendan tenía el pulso aceleradísimo, y notó que empezaba a brotarle el sudor por la frente.

—¿Se lo has contado a Stuckey?

Aquellas palabras salieron de sus labios más deprisa de lo que él pretendía, y era consciente de lo raro que había sonado, pero fue lo único que se le ocurrió.

Kim bajó un poco la voz.

—He pensado que era mejor decírtelo antes a ti. Hay otra cosa que tienes que saber, es sobre...

—Deberías ir a contárselo a Stuckey. Voy enseguida.

Kim se acercó más y vio la saliva en la mesa, pero se interesó mucho más por las hojas impresas.

—¿Estás buscando en los impagos? Creía que Stuckey quería que lo hiciese yo, ¿no?

—Kim, ve a contárselo a Stuckey. Necesito un minuto.

Eso había sonado fatal.

Con enfado.

Hostilidad, incluso.

Kim se quedó de piedra, con los ojos clavados en él.

Estaba tan cerca que era imposible que no lo hubiese visto, pero si lo vio no dijo nada.

—Vale, Brendan. Estaré en el despacho de Stuckey. Únete a nosotros cuando estés listo.

—Muy bien.

—Muy bien.

Kim se dio la vuelta y se marchó, y cerró la puerta con tal suavidad que cualquiera diría que acababa de acostar a un bebé.

El corazón le latía tan fuerte que Brendan pensó que se le iba a salir del pecho. Las palmas de las manos, la frente, el propio pecho... todo lo tenía cubierto de sudor.

Se volvió a subir los pantalones y los calzoncillos rápidamente y se remetió la camisa. Se miró las manos: las tenía temblando, con un temblor violento.

Otro mensaje de Abby vibró en su móvil: el emoji de un corazón, nada más. Todavía lo estaba mirando y tratando de calmarse cuando sonó el teléfono fijo de su mesa. La voz de la directora adjunta sonó por el altavoz.

—Brendan, a mi despacho. Ya.

25

Brendan se tomó unos instantes para pasar por el aseo, echarse un poco de agua fría en la cara y mirarse en el espejo. Permaneció frente al lavabo no menos de un minuto antes de coger aire con una inspiración profunda y obligarse a continuar camino del despacho de la directora adjunta.

Se sentía como en una especie de marcha fúnebre.

Al contrario que los estores de su despacho, los de Mary Dubin estaban abiertos del todo. Ella prefería ver a su personal a través de las paredes de cristal que daban a la pradera de cubículos y a la sala de reuniones de la otra punta de aquel amplio espacio de trabajo. Más importante aún: la directora quería que su gente la viese, y ella siempre estaba ahí. Ya estaba en su despacho cuando Brendan llegó, un poco pasadas las siete de esa misma mañana, y seguro que seguiría ahí cuando él se marchara al final de la jornada. Más de una vez había corrido el rumor de que la mujer dormía en el despacho.

El de Brendan se encontraba dos puertas más allá de la sala de reuniones, en el extremo opuesto del de Dubin a través del espacio abierto de trabajo, y cuando rodeó la pradera de cubículos pudo ver que Kim y Stuckey ya estaban allí dentro, sentados en dos sillas frente a la mesa de la directora adjunta, de espaldas a él.

Ninguno de los dos se dio la vuelta cuando él entró.

Mary Dubin, sentada en esa silla de cuero agrietado que se negaba a reemplazar, apenas le dedicó una mirada.

—Entra y cierra la puerta, Brendan.

«Kim me ha visto.»

«Ha tenido que verme.»

Lo había pillado literalmente con el culo al aire y, o bien se había marchado directa a ver a Dubin, o bien se lo había contado a Stuckey y él la había llevado a ver a la directora adjunta. De un modo u otro, allí estaban todos, y él estaba jodido. Se acabó su carrera profesional. Si había alguna clase de medida disciplinaria, si se corría la voz, su vida entera habría terminado. La prensa. Internet. «Qué coño, si buscas en Google el nombre del congresista Anthony Weiner, lo primero que te sale es su página de Wikipedia, que empieza diciendo: "Anthony David Weiner (nacido el 4 de septiembre de 1964) es un expolítico estadounidense condenado por un delito sexual".» Internet quedaba ahí para siempre.

Dubin se quitó las gafas y negó con la cabeza antes de decir por fin:

—Kim ya te ha contado lo de Isaac Alford, ¿verdad?

Brendan se obligó a asentir con un gesto.

«Ay, gracias, Dios mío de mi vida.»

Todo esto no era por él. Era otra cosa. La directora adjunta se lo confirmó con lo que dijo a continuación:

—Joel Hayden también está muerto.

A Brendan se le hizo un nudo en el estómago.

—¿Cómo?

—Al parecer, se ahorcó en la sauna de un gimnasio del centro hará cerca de una semana. A nadie se le había ocurrido contárnoslo hasta ahora.

—¿Isaac Alford y Joel Hayden se han suicidado, los dos? —consiguió decir Brendan.

Dubin no respondió. En su lugar, hizo un gesto con la barbilla hacia Stuckey, que ni siquiera se dio la vuelta hacia Brendan: levantó el brazo sobre la cabeza con una hoja de papel entre los dedos.

Brendan cogió el papel. Era la fotocopia de un artículo publicado en algún periódico de Woodstock, Illinois, del que nunca había oído hablar. El titular decía: «Dos fallecidos en un allanamiento con incendio provocado». Aquello sonaba mal, pero fueron los nombres lo que le llegó de verdad.

—¿Cindy y Byron Messing? —Miró a Kim—. ¿Esta es tu Cindy Messing?

Kim asintió con una expresión sombría en la cara.

El despacho permaneció en silencio cerca de un minuto, hasta que intervino Dubin.

—He hablado con un colega del FBI. Esto no puede ser una coincidencia. O bien tenemos dos suicidios relacionados con un posible negocio de blanqueo de capitales, o bien...

«O bien —masculló Brendan mentalmente— lo que tenemos son tres asesinatos relacionados con un posible negocio de blanqueo de capitales, dos de ellos cometidos de tal forma que parezcan suicidios.»

Ninguna de esas opciones era buena.

De nuevo, el despacho se quedó en silencio.

Finalmente, Stuckey carraspeó.

—He puesto al día a la directora adjunta al respecto de todo. Ella coincide en que tenemos que movernos rápido.

Dubin apoyó la espalda en el respaldo de su maltrecha silla y dio unos golpecitos distraídos con el bolígrafo en la esquina de su escritorio.

—Kim y tú tenéis un billete en el vuelo a Chicago de las siete de la mañana. Os quedaréis en el mismo hotel de la última vez, pero con los federales. A estas alturas, el FBI no quiere que los de Intent sepan que los están mirando con lupa, así que vosotros dos entráis primero, hacéis un reconocimiento rápido y, entonces, los federales organizarán un registro. Quieren todo lo que hubiera tocado Isaac Alford.

—A lo mejor... deberíamos ir Stuckey y yo.

El rostro de Kim se puso al rojo vivo.

—¿Por qué? He sido yo quien ha hecho todo el trabajo legal sobre esto. Fui yo quien encajó las piezas. Si no lo hubiera...

Dubin levantó una mano y la hizo callar.

—La gente de Intent os conoce a vosotros dos. Si enviamos a alguien distinto podría levantar sus sospechas antes de que estemos listos para actuar.

—Esto podría ser peligroso y...

Ya no hubo forma de contener a Kim.

—Claro, y yo no voy a saber manejarme porque soy una mujer, ¿verdad? Eres un machista de...

—Kim —la interrumpió Dubin—, basta. El FBI no cree que vayáis a correr ningún peligro. Es más, me lo han asegurado. Creen que es importante que guardemos las apariencias y no mostremos nuestras cartas. Ellos no saben qué sabemos. Con suicidio o sin él, esperan que investiguéis a Alford. Ellos también lo harán, y hemos de entrar ahí antes de que les dé tiempo a eliminar pruebas.

Brendan levantó ambas manos a la defensiva.

—Kim, no pretendía dar a entender que no eres capaz de manejarte. No es eso, ni mucho menos. Stuckey lleva haciendo esto mucho más tiempo que tú y que yo. Es más probable que él encuentre algo. Es ahí a donde quiero ir a parar. Y, seamos sinceros, a él se le da mejor la gente que a cualquiera de nosotros dos. Es capaz de conseguir que le confiesen prácticamente cualquier cosa, que se pongan a hablarle como si le estuvieran haciendo un favor. Si esto va a más, y tiene toda la pinta de que lo hará, es posible que sea nuestra última oportunidad de poner un pie allí dentro. Joder, que podrían estar ya destruyendo pruebas. —Miró de nuevo a Dubin—. A lo mejor podría enviar a Kim y a Stuckey en vez de a mí.

Stuckey se echó hacia atrás en su silla.

—No puedo, colega. Yo me voy a Laos. Nos han concedido una orden de emergencia para incautarnos de los activos relacionados con Alford, Hayden y Keo Sengphet en el banco Notakopi. Tengo que reunirme con la Interpol.

Brendan se tomó un instante para procesar aquello.

A Stuckey se le daba bien interpretar a la gente, pero a la directora adjunta se le daba mejor aún: ella sabía de sobra lo que Brendan estaba pensando.

—El FBI no tiene jurisdicción fuera de Estados Unidos, pero nosotros sí —dijo—. Tardarían una semana o más en acordar algo con otra agencia. Es mucho más rápido que nosotros enviemos a alguien. Stuckey se va dentro de unas horas, entrega la citación, confirma la incautación de los activos y se viene de vuelta.

—Con la escala, es un vuelo de diecisiete horas y pico. Pasado mañana estoy en casa.

Dubin se dirigió a Brendan:

—La confirmación requiere de dos miembros autorizados del personal, y yo voy a estar entrando y saliendo de reuniones a puerta cerrada. No quiero correr el riesgo de que Stuckey no pueda localizarme. ¿Puedes tener cerca tu ordenador para poder introducir tu ID y tu contraseña cuando Stuckey esté allí?

Brendan asintió:

—Claro.

Dubin garabateó un nombre y un número en un papel y lo deslizó por la mesa para pasárselo a Kim.

—Mañana, cuando lleguéis al hotel, llama a este número y pregunta por el agente especial Marcus Bellows. Él coordinará con vosotros la visita a Intent.

26

Brendan, Kim y Stuckey se pasaron el resto del día organizando sus datos, decidiendo con quién tendrían que hablar y en qué orden, plenamente conscientes de que iría siendo cada vez más difícil conforme avanzara el día, en especial si los responsables de la compañía Intent se olían que andaban metiendo las narices donde ellos no querían que nadie lo hiciese. En términos legales, tenían el control absoluto de aquellas oficinas: podían abrir cualquier cajón, copiar cualquier papel, y eso ya era bien amenazante. Si descubrían que Alford no actuaba solo, la cosa se iba a poner fea.

Kim y él mantenían la cordialidad, pero Brendan mentiría si dijese que no se sentía incómodo. Si Stuckey percibía la tensión, no soltó ni una palabra al respecto.

A lo largo del día, Abby continuó enviándole fotos, todas ellas tomadas en aquel mismo cuarto de baño. Algunas venían acompañadas de mensajes provocativos y tentadores, todas aquellas cosas que deseaba que él le hiciese y las que ella deseaba hacerle a él. Cuando Brendan detuvo el coche en el camino de entrada de su casa a las seis de la tarde, la deseaba tanto que si Abby salía a recibirlo, lo mismo ni llegaban a entrar en la casa. Pero ella no salió al camino de entrada. Tampoco estaba en el salón. Brendan se adentró en la estancia vacía y la llamó:

—¿Abs?

La iluminación era tenue, y Ella Fitzgerald cantaba «Someone to Watch Over Me» con voz suave por los altavoces inteligentes de toda la casa. Cuando se le acostumbraron los ojos, reparó en la mesa del comedor, en la que por lo general reinaba el desorden: la habían despejado y estaba puesta para la cena. En el centro ardían varias velas.

Abby apareció en la puerta de la cocina.

Blusa blanca de seda, falda negra y tacones a juego. Llevaba el pelo peinado hacia atrás de un modo que daba la perfecta impresión de ser algo improvisado, pero que, lo más seguro, le habría costado una hora perfeccionar delante del espejo. Estaba maravillosa. Se acercó a él y le ofreció una de las dos copas de vino tinto que traía.

—Esta noche vamos a probar algo un poco distinto.

Arrastraba las palabras. No mucho, pero Brendan notaba que su mujer ya había empezado sin él.

—¿Qué tiene usted en mente, señora Hollander?

Abby extendió la palma de la mano.

—Dame tu móvil.

—Mi móvil, ¿por qué?

Abby no respondió, tampoco retiró la mano.

Brendan sacó el móvil del bolsillo de atrás y se lo entregó. Abby tecleó su código (él también conocía el de ella) y abrió la app de Sugar & Spice, pulsó en varias pantallas y le mostró el móvil a Brendan para que pudiese leerlo. Era un mensaje de mantenimiento fechado en un momento anterior del día:

La aplicación se ha actualizado
a la última versión disponible.
Entre otros inconvenientes, este parche
soluciona los problemas
que ayer generaron un fallo de procesamiento
en todo el sistema.
Te pedimos disculpas por cualquier confusión o inconveniente

que esto te haya podido causar.
Para agradecerte tu paciencia
con nuestras dificultades,
te permitiremos conservar los puntos
que recibiste ayer.

Sugar & Spice®
♥

Cuando Brendan terminó de leer, Abby apagó el móvil de su marido y lo dejó en la mesita, cerca de la puerta. El suyo ya estaba allí.

—He apagado el mío también. Esta noche la vamos a pasar tú y yo, desconectados. Sin móviles. Sin ordenadores. Sin televisión. Necesitamos un descanso de todo eso. —Hizo sonar su copa con suavidad contra la de Brendan, dio un sorbito y dijo en voz baja—: No vamos a hablar sobre lo que pasó ayer. Ni ahora ni nunca. Es más, ni siquiera ocurrió, así que bórralo de tus pensamientos. Lo que vamos a hacer es continuar donde lo dejamos. Estábamos en un buen momento, y no quiero retroceder ni un solo paso. Imagino que tú tampoco quieres.

No había nada que Brendan deseara más que olvidarlo, pero Abby ni siquiera había terminado de decirle aquello y su cabeza ya le estaba recordando que ella había recibido más puntos que él. Brendan no había llegado a tocar a la mujer de aquella habitación de hotel, y había recibido menos puntos que Abby. «¿Qué llegó a hacer ella, exactamente?»

Se sacudió aquel pensamiento de encima.

Todo ello.

Abby tenía razón. Si había pasado algo, él no quería saberlo. Y lo que era más importante aún, no había sido culpa de Abby. Brendan tenía que olvidarlo.

Le acarició la mejilla a su mujer.

—He estado pensando en ti todo el día. No habría podido sacarte de mis pensamientos ni aunque mi vida dependiera de ello. Madre mía, qué fotos, Abby...

Ella lo besó.

Con ternura al principio, después con un ansia creciente, aquella intensidad, pero cuando Brendan trató de pegarla a su cuerpo, Abby se liberó de entre sus brazos.

—Todavía no. Primero la cena. Tome asiento, señor Hollander.

Saboreó el vino en el aliento de Abby, en sus labios.

—Tengo que contarte algo, es del trabajo.

Ella le dio un beso fugaz en la mejilla.

—Nada de trabajo, eso también puede esperar. Esta noche es para nosotros. Solo nosotros. Siéntate. Traeré la cena.

—¿Y si te ayudo?

—Siéntate.

Abby desapareció en la cocina. Había dejado la botella de vino en la mesa: apenas le quedaban un par de dedos. Las dos copas estaban medio llenas, y eso significaba que se había bebido por lo menos otras dos antes de que él llegara a casa. Rara vez bebía sola.

Brendan se sentó en una de las sillas disponibles, y Abby regresó un instante después con dos ensaladas césar y se instaló frente a él. Le dio un sorbo a su vino y se volvió a llenar la copa con lo quedaba en la botella.

—A lo mejor deberías bajar un poco el ritmo, ¿no?

Abby le puso una sonrisa maliciosa y llevó de nuevo la mano a la copa.

—¿Por qué? Solo estamos nosotros dos, ¿verdad?

Tenía un brillo en los ojos, una cierta torpeza en las palabras, como si hubiera pasado de estar un poco achispada a una leve borrachera.

—Claro. Solo nosotros. —Brendan probó la ensalada—. Está deliciosa.

—Me alegro de que te guste.

Él sabía que Abby se había reunido ese día con su agente, pero no le había contado nada al respecto. Quería saber cómo había ido, pero Abby había dicho que nada de hablar de trabajo, y dio por sentado que eso también incluía el de ella. ¿En eso consistía todo esto? ¿Su reunión había salido mal? A lo mejor a su agente no le habían gustado aquellas páginas. Tenía que ser eso. Si hubiera tenido buenas noticias, seguro que Abby se lo habría contado. Su mujer lo descolocó con lo que le dijo a continuación:

—Nos bastamos tú y yo, y nadie más, ¿verdad?

—¿Qué quieres decir?

—Estamos bien, ¿verdad?

—Claro, por supuesto.

Abby dio otro trago, uno largo esta vez, y casi remató su copa.

—Siempre he pensado que no hacía falta nadie más...

—No te entiendo.

Abby prosiguió.

—... estoy segura de que Hannah lo haría, si se lo pidiese, pero... sea como sea... No quiero que sea esa mujer de tu trabajo. Eso sería demasiado. Si no es Hannah, entonces podríamos buscar a alguien en Tinder o algo así.

—Abs, ¿de qué estás hablando?

—De tu mensaje de antes. Decías que querías probar un trío esta noche.

Ahora sí que estaba desorientado.

—No, no lo he hecho.

Abby puso en blanco los ojos vidriosos.

—¿En serio? ¿Me lo vas a negar ahora?

—Abs, que yo no...

Se levantó con las piernas temblorosas y fue a coger su móvil de la mesita junto a la puerta de la casa, lo encendió y comenzó a pulsar una pantalla y otra. Un minuto después soltó un juramento para sí.

—No lo entiendo.

—¿Qué?

—Ha desaparecido nuestra conversación entera. Todos los mensajes de texto. Ya ni siquiera me apareces tú como contacto. Es como si te hubieran borrado.

—¿Qué? ¿Como si me hubieras cancelado? —bromeó.

—Esto no tiene ninguna gracia. Yo no te he enviado nada de eso —insistió Brendan—. Te lo enseño. —Fue a coger su móvil, lo encendió y abrió su conversación de mensajes con Abby—. Te has tirado el día entero flirteando conmigo, y yo solo te he respondido una vez, con la foto de mi... bueno, ya sabes.

El rostro de Abby se llenó con una expresión de desconcierto.

—No, no lo sé. —Alargó la mano hacia el móvil de Brendan—. Déjame ver eso.

Abby fue pasando todos los mensajes del día, y se veía a la legua cómo aumentaba su confusión con cada uno que leía.

—Te he enviado esas fotos desde el cuarto de baño, y ya está. Todo esto de después no he sido yo.

El pulgar de Abby quedó suspendido sobre el mensaje que aparecía justo a continuación de las fotos...

¿Me follarías por el culo esta
noche si te lo pidiera? Creo que
me apetece que lo hagas.

—Mira, esto no te lo he enviado yo, te lo aseguro. —Entonces vio la fotopolla de Brendan y se le pusieron los ojos como platos—. Ni tampoco he recibido esto.

—¿Estás segura? ¿Cuánto has bebido hoy?

Abby bajó el teléfono y le lanzó una mirada fulminante.

—Oye, eso no es justo.

—Lo único que digo es que puede que hayas borrado

toda la conversación sin querer. O puede que hayas cambiado de idea y que hayas pensado que era mejor de esta forma... —Bajó la voz—. Mira, Abs, si no quieres hacerlo, fenomenal, no tenemos que hacerlo.

—Ah, ya te digo yo que no vamos a hacer eso.

—Vale.

—Ni tampoco lo otro.

—Vale.

—Pues ya está. —Abby volvió a mirar hacia la mesa; se le había torcido el ánimo—. ¿Sabes lo que te digo? Que ya no tengo hambre. Tienes carne en el horno, sírvete tú mismo. Yo me voy a dormir.

—Abs, vamos a hablar de esto.

—¿Por qué? Está claro que piensas que soy una especie de borrachina inconsciente e incapaz de acordarse de lo que hace y lo que no hace. ¿De qué sirve hablar conmigo de nada, si se me va a olvidar sin más? —Se dio media vuelta y comenzó a subir la escalera.

Se encontraba ya a medio camino cuando Brendan le dijo:

—Abs, mañana tengo que volver a Chicago.

Abby no se dio la vuelta para mirarlo ni tampoco redujo la velocidad. Brendan oyó sus pisotones airados por el piso de arriba durante un instante y, a continuación, cayó su almohada desde lo alto seguida de una colcha. El dormitorio se cerró de un portazo y todo quedó en silencio.

27

—Esto no va a ser nada raro, ¿verdad? —preguntó Kim—. En serio, no quiero que esto sea nada raro.

Su avión acababa de ponerse en marcha y se alejaba de la puerta de embarque camino de una pista de despegue. Brendan tenía un nudo en el hombro por haber dormido en el sofá, y el escaso espacio para las piernas en clase turista tampoco ayudaba; no se podía estirar.

Había subido en silencio al dormitorio poco más allá de las cinco de la mañana para hacer la maleta. Si Abby se había enterado, desde luego no se había movido. No quería dejarla sola, no después de lo ocurrido anoche. Se planteó la posibilidad de llamar a Hannah, contarle lo sucedido y, tal vez, pedirle que le echara un ojo a su mujer, pero él sabía que aquello solo iba a servir para avergonzarla más y empeorar las cosas. Con un poco de suerte, Abby se despertaría, recordaría lo sucedido una vez sobria y se disculparía. Qué demonios, le daba exactamente igual que Abby se disculpara, lo único que quería era que recordase la verdad para poder dejarlo atrás. No merecía la pena discutir por eso.

Brendan tecleó rápidamente un «Te quiero» en un mensaje de texto para Abby —siempre lo hacía antes de despegar en un avión—, y añadió «Siento mucho lo de anoche», porque también le daba exactamente igual si ella le echaba la culpa a él. Lo único que quería era que los dos pasaran página.

Puso el móvil en modo avión y se giró hacia Kim:

—Nada de cosas raras, prometido.

Kim se plantó unos auriculares, se acomodó en su asiento y cerró los ojos.

Brendan estaba a punto de hacer lo mismo cuando vibró su móvil.

> Por favor, dedica un momento
> a rellenar esta breve encuesta.

No había ni un «Sí» ni un «No», tan solo un «Ok», y no, eso no estaba tan ok. Brendan empezaba a cansarse de aquello. Comprobó los ajustes de su móvil y confirmó que, en efecto, estaba en modo avión. Acto seguido, presionó con el pulgar durante unos segundos sobre el icono de la aplicación de Sugar & Spice hasta que comenzó a agitarse en la pantalla. Seleccionó la opción «Eliminar app» del menú. El icono desapareció durante un segundo y luego reapareció.

> ¡Sentimos que te vayas!
> Tu cuenta está vinculada a la de tu pareja,
> así que es necesario el consentimiento
> de los dos para eliminar la app.
> Hemos enviado una solicitud a tu pareja.
> Mientras esperamos a que responda, por favor,
> dedica un momento a rellenar esta breve encuesta.

Brendan soltó un suspiro de frustración y pulsó en «Ok». Tenía tres horas muertas por delante.

> ¿Te sientes más unido a tu pareja desde que descubriste
> **Sugar & Spice**?

Vaciló un segundo y pulsó con el pulgar en «Sí», lo cual era cierto por mucho que hubieran discutido anoche.

¡Nos alegra saberlo!
¿Le recomendarías **Sugar & Spice** a algún amigo
o compañero de trabajo?

Esta vez pulsó en «No». ¿Acaso se habían perdido la parte en la que él intentaba desinstalar la app? No la recomendaría ni loco, no después de lo sucedido en el hotel.

Lo lamentamos.
¿Cómo calificarías la actuación de tu pareja
durante vuestro último encuentro sexual:
pobre, adecuada o excepcional?

Brendan pulsó en «Excepcional».

¡Maravillosa noticia!
¿Te sientes más atraído por tu pareja
desde que os unisteis a **Sugar & Spice**?

Brendan pulsó en «Sí».

¡Bravo! ¡Estamos encantados! Qué pena que te marches.
Nuestros expertos han dedicado un momento
a evaluar la apariencia física de tu pareja.
¿Te gustaría ver sus conclusiones?

Brendan leyó dos veces aquel mensaje. «¿¡Qué demonios!?» Antes de que pudiese responder, apareció en la pantalla una de las fotos que Abby le había enviado ayer, silueteada detrás del texto. Echó un vistazo rápido a Kim: tenía los ojos cerrados; si no estaba dormida, iba de camino. De todas formas, se giró levemente para tener la seguridad de que Kim no podía ver la pantalla de su móvil y pulsó en «Ok», porque, como de costumbre, la app no le daba más opciones para elegir.

Tu pareja es atractiva,
pero solo tiene treinta y dos años.
Según vaya envejeciendo,
le resultará cada vez más difícil
mantener su físico actual. Es más,
su reciente cambio laboral,
de un trabajo que la mantenía activa
como planificadora de eventos
a su actual profesión como escritora,
que es sedentaria,
rápidamente dará muestras de ser perjudicial.
Ya son visibles las señales de este cambio:

Brendan solo acertó a quedarse mirando cómo la fotografía se desplazaba a un lado y aparecía otra junto a ella. Era otra foto de Abby, desnuda, que él no había visto nunca; otro selfi, este tomado ante el espejo de cuerpo entero del dormitorio de ambos.

Esta fotografía de comparación
es de hace cuatro años.
Como puedes ver, ya se percibe una caída
en los pechos de tu pareja,
también en sus nalgas y debajo de la barbilla.

Aparecieron unas líneas amarillas en ambas fotografías para resaltar diversas secciones del cuerpo de Abby.

Tu pareja ha engordado un par de kilos
en los últimos dos meses.
Le recomendamos de manera encarecida
que comience a correr

o se apunte a un gimnasio. Entendemos
que te puede resultar violento
iniciar con ella esta conversación,
así que nos hemos tomado la libertad
de enviarle varios cupones de descuento
de gimnasios locales.
¡Un cuerpo sano es un cuerpo atractivo!

Las dos imágenes se desvanecieron, reemplazadas por otras dos. Aquello se extendió durante casi un minuto, pasando fotos de Abby desde diferentes ángulos para señalar lo que la app consideraba defectos. Recordó de forma vaga haber concedido a la app acceso a la cámara y a sus fotos durante el proceso de instalación. Abby había hecho lo mismo. Seguro que las habían sacado de ahí.

¿Tienes interés por ver tu evaluación personal?

Se le formó de inmediato un nudo en la garganta. De nuevo, la app no le daba la posibilidad de elegir. Pulsó en «Ok».

Aunque nuestros registros indican
que pagas la cuota mensual
del Core Fitness, llevas sin ir casi dos meses.

Brendan no tenía la costumbre de hacerse fotos en cueros, pero la app se las arregló para encontrar varias imágenes suyas sin camiseta durante unas vacaciones en las Bahamas de hacía dos años y las comparó con otra imagen de hacía dos semanas en la que aparecía dormido. ¿La había hecho Abby por algún motivo? ¿Mientras dormía? La aplicación señaló rápidamente los defectos de su cuerpo igual que había hecho con ella, lo que ya resultaba vergonzoso, pero no fue lo peor. Apareció la foto que se había hecho el día anterior en su despacho.

La microfalosomía o micropene es una afección
que se suele diagnosticar al nacer.
Puede estar causada por unos niveles hormonales
irregulares durante el tercer trimestre del embarazo.
El pene de un adulto solo se considera
anormalmente pequeño cuando
mide menos de ocho centímetros en erección.
Existen tratamientos
de terapia hormonal y de cirugía.
Aunque tú no tienes un micropene,
es importante que mantengas una conversación
sincera con tu pareja
para asegurarte de que está satisfecha
no solo con su longitud,
sino también con su contorno. Ambos se pueden
corregir por medio de cirugía.
Los suplementos han resultado asimismo de ayuda.
Si tu pareja es incapaz de alcanzar el orgasmo
durante el coito, puede deberse a...

Brendan cerró la aplicación. Ya se había hartado de aquella mierda. En cuanto volviera a casa, se iba a sentar con Abby y la app iba a desaparecer de ambos móviles.

28

La caja estaba ante la puerta principal de la casa cuando Abby la abrió para salir a coger el periódico.

Era una cajita envuelta en simple papel marrón. Sin dirección del remitente. Dentro había una cadena de plata con un pequeño colgante: una pieza cuadrada de bronce de poco más de un centímetro con el número 73 grabado en cada cara. No había ninguna nota ni nada más dentro, pero Abby ya sabía que venía de Sugar & Spice. Alguna baratija por haber alcanzado el nivel bronce. Eso sí, no tenía la menor idea del significado del número.

Había subido la cajita a su despacho y la había dejado en una esquina de la mesa antes de ir a buscar un ibuprofeno.

Sí, Abby tenía resaca.

No, no le importaba nada.

Había escrito nueve páginas desde que se había levantado de la cama. Era una locura, nunca le había picado el gusanillo de esa manera. Nueve páginas sin apenas hacer una pausa. Le salían tan rápido las palabras que sus dedos no podían seguirle el ritmo. Se estaba planteando muy seriamente lo del dictado, algo que nunca había probado hasta ahora. Siempre le daba vergüenza que alguien pudiera oírla, lo cual era estúpido, porque Brendan solía estar en el trabajo cuando ella escribía. Y más estúpido ahora, que estaba de camino a Chicago.

«Chicago.»

Joder.

Con eso ya estaba.

El parón.

Joder. Joder. Joder.

Abby se acomodó en su silla y trató de poner en orden sus pensamientos.

No había bebido tanto anoche: había sido la pastilla lo que la había descontrolado, y era a Hannah a quien debía darle las gracias por ello. Era pequeña, rosita, redonda, y no tenía ni idea de lo que era. Hannah la llamaba su «Happy Happy», y le había dicho a Abby que se había ganado una después del suplicio de la noche en el hotel.

Abby le había contado lo sucedido; se lo contó todo, lo bueno y lo malo, y a pesar de lo horrible que había resultado volver sobre ello, también le había servido para hacer saltar una chispa. O más bien una alteración. La noche en que había sucedido no logró pegar ojo, y después de pasearse por la casa, se había encontrado sentada delante del ordenador.

Brendan no tenía ni idea. Estaba bastante segura de que ni siquiera se había dado cuenta de que no había pasado la noche en la cama.

Por la mañana, ya tenía las primeras cincuenta páginas de su nuevo libro.

Las páginas que tanto le habían gustado a su agente.

Se había olvidado por completo de la pastilla Happy Happy de Hannah, y había decidido guardársela para lo que esperaba que fuese una velada especial con Brendan. Una celebración. Una nueva unión.

Por el contrario, lo de anoche había sido una cagada monumental, joder.

Vale, muy bien. Tenía que quitarse aquella palabra de la cabeza antes de que empezara a aparecer en sus páginas. Se acabó aquel equivalente malsonante del *jo-*

lines. No le hacía ninguna falta. Así de buena era la historia.

Era la app.

Había cogido la idea general de la app, le había añadido un «¿y si...?» y un personaje que no era completamente distinto de ella (Emily). Un marido no muy diferente de Brendan (de nombre por decidir; David, por ahora). Problemas conyugales. Una terapeuta. A partir de ahí, había sido coser y cantar. Abby había oído hablar de aquellos relatos que se escribían solos, y los consideraba poco más que una criatura mítica, hasta ahora.

Se desvaneció aquella neblina que la sobrevolaba desde hacía meses.

El cerebro le iba a mil.

Después de lo de anoche, incluso se había puesto a trabajar en todo aquello del trío. En su relato, la esposa, Emily, se lo había inventado todo: le había dicho a su marido que él se lo propuso a ella en un mensaje de texto, cuando en realidad no lo había hecho. Se lo había inventado todo porque quería calibrar su reacción cuando ella mencionara la idea de invitar a su mejor amiga al dormitorio de ambos. En su relato, la mujer y su mejor amiga tenían una aventura en secreto, algo ideado en un principio para contrarrestar la aventura del marido con una compañera de trabajo (neoyorquina en el libro, sin nombre aún). Pero la mujer y su mejor amiga se habían enamorado y tramaban vengarse del marido por sus indiscreciones. Abby no tenía el menor problema a la hora de difuminar los límites de la ficción y la realidad, de coger situaciones de la vida real y exagerarlas en favor de la historia. De ahí surgían los mejores materiales. Y cuando se quedó encallada, ahí estaba la auténtica app. Pulsaba en «Sugar» o en «Spice» y utilizaba el resultado a modo de estímulo para ponerse a escribir. Leña para su fuego.

Tras lo del Westminster, Abby había pensado en borrar la app, eliminarla de su vida, pero ahora se había convertido en una pieza tan integral de su proceso narrativo como su MacBook. Cada idea que le daba la app mejoraba la anterior.

«Chicago.»

Cierto, aquello era una jarra de agua fría cada vez que le volvía a la cabeza. La idea de que Brendan estuviese viajando con ella, pasando con ella los días y las noches.

Era un frenazo en seco.

Pero ya había conseguido superarlo las dos últimas veces que se le había filtrado en el pensamiento, y volvería a vencerlo.

Cogió el móvil y abrió la aplicación. Se esperaba que la pantalla principal le pidiera que seleccionara «Sugar» o «Spice», pero le mostró un mensaje que le preguntaba si quería eliminar la app. Algo iniciado por Brendan, al parecer. Ahí, jodiendo la marrana a distancia.

«Vaya, esa palabrita otra vez.»

Abby pulsó en «No» para quitar el mensaje. Brendan no le iba a estropear esto. La app se iba a quedar donde estaba hasta que ella terminara el libro. La pantalla volvió al menú principal, y Abby pulsó en «Spice».

No te pongas nada debajo del abrigo
y ve a ver a tu pareja al trabajo.

Vale, pues no iba a ser así, al menos mientras Abby estuviera enfadada con él, mientras Brendan estuviera de viaje... Pero su personaje sí que podía hacerlo. Abby leyó las últimas páginas que había escrito, tomó un sorbo de café e introdujo aquello en la siguiente escena. Cuando volvió a levantar la cabeza, habían pasado treinta y ocho minutos y tenía cuatro páginas más.

Tres Sugar más.

Dos Spice más.

Cerca de tres horas y media escribiendo a ritmo constante.

Había logrado 900 puntos solo en aquella mañana, y con todos esos puntos había cosechado otras once páginas. A ese ritmo, habría terminado la novela en menos de un mes. Puede que antes.

La otra cara de la moneda era que no había comido, ni se había duchado o cepillado los dientes, no se había peinado ni se había quitado el pijama. En ocasiones, el arte requería de sacrificio. Abby se estaba planteando hacer todas esas cosas cuando la app emitió su tintineo triple y le mostró un nuevo mensaje en la pantalla:

> ¡Estás en racha! Como miembro de bronce,
> puedes desbloquear ciertas características
> que aún están en fase beta
> y no son accesibles para los miembros
> de categoría inferior.
> ¿Te gustaría desbloquearlas ahora?

Abby leyó el mensaje y se dio cuenta de que era una de las raras veces en que la app le preguntaba algo y le ofrecía una verdadera posibilidad de responder «Sí» o «No». Por lo general, solo había un botón de «Ok». Ese podría ser tal vez uno de los fallos que habían arreglado con el parche del día anterior. Pulsó en «Sí».

La aplicación se cerró y apareció un pequeño reloj de arena en la pantalla mientras se descargaba alguna clase de actualización. Cuando se desvaneció el reloj de arena, apareció el logotipo de la app con un «v1.1» en la esquina inferior.

> ¿Prefieres probar algo **Sugar** o **Spice**?

La tipografía era algo distinta, pero, por lo demás, todo parecía exactamente igual. Abby había estado sentada sobre los pies, con las piernas flexionadas sobre la silla, y se le habían quedado dormidas. Las estiró bajo la mesa, bostezó y pulsó en «Sugar».

¿Matarías a un desconocido
para salvarle la vida a tu pareja?

Debajo de aquella única frase había un mapa con dos botones: «Sí» o «No».

—Su puta madre —masculló Abby, que casi se cae de la silla.

Sugar & Spice®

Sugar
Si tu mejor amigo o amiga te llamara en plena noche
y te pidiese tu ayuda para ocultar un cadáver, ¿lo harías?

29

—Esto no puede ser verdad. —Hannah se dejó caer de golpe sobre un puf relleno de bolitas junto al escritorio de Abby, con el móvil en la mano.

Abby la había llamado justo después de que apareciese aquel mensaje.

Al contrario que ella, Hannah iba perfectamente vestida, con un peinado y un maquillaje impecables. Había estado intentando lograr la grabación «perfecta» de un baile para un vídeo de TikTok, algo con esa vieja canción «Iko Iko», un cubo de nata montada y un trozo de cuerda de sesenta centímetros. Abby no había ido más allá. No quería saberlo.

Hannah intentó agrandar el mapa, pero no funcionaban los gestos con los dedos para ampliarlo.

—¿Quién crees que es?

—¿Acaso importa?

—No, por supuesto que no. Es de locos. —Hannah levantó la cabeza para mirar a Abby con los ojos muy abiertos—. Tienes que decir que sí.

—No puedo.

—¿Por qué no? Esto no es más que un juego, ¿verdad?

—Igual que lo del hotel, que tampoco era más que un juego, ¿no?

—Vale, bien visto.

Abby se percató de que se estaba mordiendo las cutículas. Se limpió la mano en los pantalones cortos y metió los dedos bajo el muslo para no volver a hacerlo.

Hannah se había quedado en silencio, giraba el móvil de Abby en la mano con gesto distraído, pensando claramente en el asunto. Dijo por fin:

—¿Lo harías?

—¿Hacer qué?

—Matar a alguien para salvarle la vida a Brendan. —De repente se había puesto muy seria—. La verdad, Abs. No me vengas con chorradas.

Abby no era partidaria de hacer daño a ningún ser vivo. Tenía una succionadora de insectos, una especie de aspirador pequeño que le había regalado Brendan. Si veía una mosca por la casa, la aspiraba, la atrapaba y la soltaba en el exterior. Una vez cazó un ratón con una trampa no letal. El pequeñajo se tiró varios días allí metido antes de que Abby cayera en la cuenta, y no podía ni moverse cuando ella trató de liberarlo. Deshidratado y hambriento, no se levantaba, y ella utilizó un cuentagotas para alimentarlo con leche y lograr que se recuperase antes de soltarlo por fin en su jardín trasero. No era una pacifista, todo tenía un límite, pero ¿qué sería necesario para hacer que Abby lo traspasara?

—Supongo que dependerá de las circunstancias, ¿no crees? Quiero decir que, si entrara alguien en casa, si fuese a hacerle algo a Brendan y tuviera que matarlo para evitar que lo hiciese, desde luego que sí, lo haría.

—¿De verdad te crees capaz? ¿No te quedarías paralizada?

—Si es en plan defensa propia, o si estoy protegiendo a alguien, es algo más bien impulsivo, ¿no? El calor del momento y eso. Y la adrenalina hace mucho. En una situación así, yo creo que actúas por instinto. Sí, me veo capaz de hacerlo si no tuviera elección.

—Vale, pero como tú dices, eso es algo impulsivo, y

no creo que sea eso lo que te está preguntando la app. Si lo estoy interpretando correctamente, se trata más bien de un ataque preventivo. «¿Matarías a alguien para salvarle la vida a tu pareja?» Imagínate, yo te señalo a un tío por la calle y te digo que ese hombre va a pegarle un tiro a Brendan la semana que viene. ¿Serías capaz de matar tú a ese tío?

Abby sonrió de oreja a oreja.

—¿Ahora vas de Tom Cruise en *Minority Report*?

—Digamos que tengo una bola de cristal de las buenas, no una de esas de pega que venden en las tiendas de Bourbon Street en Nueva Orleans, sino una auténtica, de una vieja gitana de Rumanía.

—¿Una hecha del vidrio fundido con los ojos de unas vírgenes y pulida con las lágrimas de unos huerfanitos?

—Exacto.

—En ese caso, si tuviera una certeza absoluta, entonces sí. Creo que lo haría —le dijo Abby—. Pero ahí está el verdadero problema, ¿no? ¿Cómo ibas a saberlo? No podrías, y no saberlo con seguridad te genera dudas. Las dudas te hacen vacilar. Estaría matando a alguien en un acto de fe, y tendría que vivir después con la incertidumbre, con la culpa. Es ahí donde yo pongo el límite. Eso no podría hacerlo. ¿Y tú?

Hannah se echó a reír.

—Si Stuckey se pone en una situación de vida o muerte, que se las apañe él solito. Tengo el culo de Stuckey asegurado con una magnífica póliza. Como el tío consiga que lo maten, me compro una casa en Barbados.

—Tu amor es toda una inspiración. —Abby alargó el brazo para coger de la impresora las páginas de esa mañana y las añadió al montón cada vez más grueso que había en una esquina de su escritorio.

—¿Todo esto lo escribiste la semana pasada?

Abby advirtió que no tenía nada escrito la última vez que Hannah había pasado por su despacho.

—Desde lo del hotel.

—¿En dos días? ¿Todo esto?

Abby se sonrojó, avergonzada. No tenía ningún motivo para estar avergonzada, pero aun así lo estaba. Le contó a su amiga que había estado utilizando la app a modo de inspiración. También le habló a grandes rasgos de la trama de su novela.

—Bueno, entonces está claro que tienes que pulsar en «Sí».

—¿Por qué?

—¿Por qué? ¿Estás de coña? ¡Un giro argumental para el libro, Abby! —Hannah se puso de lado en el puf de bolitas y comenzó a enumerar con los dedos—: Tienes un matrimonio que se va a pique. No una, sino dos aventuras... Me siento halagada, por cierto.

Abby tenía las mejillas al rojo.

—Ahora mismo, el marido de tu libro está de viaje en alguna ciudad, muy lejos, con su querida. La mujer está sola en casa con su rollo bollo, ¿y va la app y te añade esto a la mezcla? Ya te digo yo que tienes que darle al «Sí».

—No me siento cómoda con...

Hannah pulsó en la pantalla.

—Demasiado tarde.

—No lo has hecho.

—Te aseguro que sí.

Abby trató de echarle un vistazo a su móvil, pero Hannah lo apartó.

—Espera un segundo.

—¿Qué está haciendo?

—Está pensando. Hay un relojito de arena.

—¡Cancélalo antes de que termine! ¡Cierra la app o algo!

Abby trató de recuperar su teléfono, pero Hannah lo sostuvo lejos con el brazo estirado durante unos segundos y sonrió triunfal cuando sonó un triple tono.

—¡Demasiado tarde!

—¡Hannah!

Abby le arrebató por fin el móvil, pero era cierto, ya era demasiado tarde. La pregunta había desaparecido, reemplazada por algo mucho peor. Un temporizador en marcha con una cuenta atrás de cuarenta y una horas.

De forma instantánea, Abby recordó el último temporizador que le había puesto la aplicación, en el despacho de su agente. Habían llamado por teléfono, enviado mensajes de texto, no había habido forma de escabullirse de aquel Spice.

—Según esto, tengo menos de dos días.

Hannah se levantó y echó un vistazo por encima del hombro de Abby.

—¿En serio? ¿De verdad te está dando una especie de objetivo? ¿Una persona real? ¿Ahora sí que funciona el mapa?

Abby pulsó en el mapa, que se amplió y mostró una dirección en la ciudad de Brookline, a unos treinta minutos de allí.

Hannah cogió la taza de café de Abby y remató lo que quedaba en ella.

—Lávate un poco para quitarte de encima ese pestazo y vístete, que nos vamos a dar una vuelta en coche.

30

—¿Es ahí?

—No, ese es el 27 —comprobó Abby en su móvil—. Es la casa blanca de al lado. El 29 de Belfer Drive.

—¿La del tío que está cortando el césped?

—Sí, la del Lexus en la entrada.

Hannah conducía para que Abby pudiera seguir el mapa en la app de Sugar & Spice. El mapa funcionaba de un modo muy similar al de su sistema de navegación, con indicaciones paso a paso, pero también le preguntó algo inesperado al arrancar con el coche...

¿Quieres desactivar los servicios de localización de tu móvil?
Esto impedirá que otros vean dónde estás.

Abby y Brendan solían utilizar la aplicación Buscar para saber el uno dónde estaba el otro, pero ella nunca se había planteado que otros también pudieran acceder a esa información.

—Bueno, teniendo en cuenta que vamos de camino a matar a alguien —señaló Hannah—, tal vez sea mejor no ir dejando un rastro de miguitas de pan digitales.

Abby le dijo que sí a la app, y eso provocó que apareciese una segunda ventana que también contenía un mapa, pero las mostraba a ellas desplazándose en la dirección contraria de su marcha. Conforme avanzaban,

Abby lo miraba con asombro: representaba fielmente su velocidad y la distancia kilómetro a kilómetro, pero las situaba muy lejos de su ubicación real. Cuando llegaron a la casa de Belfer, la app las mostraba aparcadas en el centro comercial.

—Menuda movida loca de espías es eso, cero cero Hollander.

El hombre que cortaba el césped no vivía allí. Cuando terminó con el 29 de Belfer, se fue a rellenar la máquina de combustible y se acercó a una camioneta *pickup* con remolque decorada con el letrero JARDINERÍA MAC'S por todas partes. Acto seguido se dirigió a otra casa, dos puertas más abajo.

Hannah conducía un BMW Serie 3 de un color rojo como el de una manzana de caramelo. No era el coche más discreto por la calle. Aunque tenía los cristales tintados en un tono más oscuro del que permitía la legislación del estado de Massachusetts, las dos se pusieron las gafas de sol. Hannah incluso había recogido una gorra rosa de los Red Sox del suelo cuando se detuvieron en un semáforo unos kilómetros antes. Llevaba perfectamente recogido el cabello rubio, con un mechoncito mínimo que le caía por un lado y una coleta que salía por detrás. Con esas pintas de asesina *superfashion*, detuvo el coche junto al bordillo de la acera de enfrente y se asomó por encima de Abby para mirar por la ventanilla del acompañante.

—¿Ves a alguien ahí dentro?

Abby intentó no llamar mucho la atención al darse la vuelta para mirar.

—No, a nadie.

Hannah tecleó la dirección en su móvil.

—Según Zillow, quien sea que viva aquí compró la casa en 2019 por 1,9 millones de dólares, y paga 20.700 al año en impuestos. Sea quien sea, no le van mal las cosas.

—Esto te está gustando mucho más de lo que debería.

—Abre la guantera.

—¿Para qué?

Hannah estaba ocupada tecleando de nuevo en su teléfono y no la oyó. En lugar de responder a Abby, masculló:

—Ratas.

—¿Qué?

—Estoy mirando los datos fiscales. La casa es propiedad de una LLC, una sociedad de responsabilidad limitada, en vez de estar a nombre de una persona, así que no puedo saber quién es el verdadero dueño.

—¿Puedes ver todo eso en el móvil?

—O bien les preocupa que les pongan una demanda o bien se ocultan de alguien, tal vez ambas cosas.

«Brendan sabría cómo escarbar más hondo», pensó Abby. La mitad de su trabajo consistía en desentrañar registros financieros de lo más intrincado. Pero no podía llamarle, no después de lo de anoche. Además, ¿cómo iba a explicarle todo esto? Él había intentado desinstalar la aplicación, así que le diría que se diese media vuelta y regresara a casa.

Los dedos de Hannah tecleaban a un ritmo endemoniado.

—Hay alguien ahí dentro. Hay un coche en la entrada. ¿Lo ves ahora?

—Estamos demasiado lejos.

Hannah la miró con el ceño fruncido y se inclinó hacia el lado contrario del coche.

—Te he dicho que abras la guantera.

La abrió ella misma. Dentro había unos prismáticos de un tamaño impresionante de grande.

—¿Te pregunto por qué llevas esto en el coche, o mejor no?

—No, casi mejor que no. Déjame ver.

Abby se los entregó y percibió el olor del perfume de lilas de Hannah cuando se echó hacia su lado y trató de enfocar los prismáticos.

—Mira, ahí estamos...

—¿Ves a alguien?

—Una mujer. De entre cincuenta y sesenta años, no sé decirte. Pelo corto y gris, con gafas. Atuendo de trabajo, pantalones oscuros de vestir y camisa. Tiene pinta de haber venido a casa a comer desde la oficina en alguna parte, o bien está a punto de marcharse. Nadie va vestido así por casa a menos que tenga la obligación de hacerlo.

—¿Qué está haciendo?

El triple tono sonó en el móvil de Abby.

¡Enhorabuena! ¡Has localizado a tu objetivo
y has conseguido 300 puntos!

—Está mirando su móvil —le dijo Hannah.

Abby frunció el ceño.

—¿Ha mirado el móvil cuando ha sonado el mío, o lo estaba mirando ya antes?

—Cuando ha sonado el tuyo, creo. O justo antes, a lo mejor. No te sé decir. Lo ha cogido de la encimera de la cocina casi al mismo tiempo. Sigue mirándolo.

El teléfono fijo del despacho de su agente había sonado cuando el temporizador estaba a punto de llegar a cero. Su agente empezó a recibir mensajes de texto... ¿Y si aquella mujer tenía también la aplicación y la estaba avisando de que ellas estaban ahí fuera?

—Tenemos que irnos.

—¿Por qué?

—Es que... No sé, tengo un mal presentimiento con todo esto.

Hannah bajó los prismáticos, levantó el móvil y sacó varias fotos del Lexus de la entrada.

—Podemos mirar la matrícula cuando lleguemos a casa. Eso debería darnos un nombre.

—Hannah, quiero marcharme de aquí.

—Dentro de un segundo, que...

Fue como si los golpes de nudillos en la ventanilla de Hannah sacudiesen el coche entero. Dos golpes muy fuertes.

El tío de la jardinería.

Llevaba una camiseta vieja de AC/DC empapada en sudor y tenía un brazo macizo de puro músculo con el que le hizo un gesto a Hannah para que bajase la ventanilla.

—Arranca, Hannah...

—A lo mejor nos cuenta algo.

—Hannah...

Su amiga ya tenía el dedo en el botón para bajar la ventanilla y la cara iluminada con su mejor sonrisa de Instagram. Ladeó un poco la cabeza.

—¡Hola!

No podía haber sido más obvia ni aunque hubiera llevado puesta una camiseta con la palabra «flirteo» impresa en su generoso pecho, pero aun así funcionó. Fue como si tuviera alguna clase de poder mental de influencer buenorra, y la mueca desapareció de la cara del jardinero, que se inclinó y se asomó por la ventanilla abierta.

—¿Os habéis perdido? Porque parecéis las dos un poco perdidas.

Hannah aún sostenía el teléfono en la mano. Le mostró la app Zillow.

—Somos agentes inmobiliarias. —Hizo un gesto hacia la casa—. Nos habían dicho que esta estaba en venta, y queríamos verla mejor, pero ha debido de haber alguna clase de error, porque no tiene ningún cartel que lo anuncie. Es el 39 de Belfer, ¿verdad?

—Es el 29 de Belfer, no el 39. Parece que os habéis equivocado de casa. —Señaló los prismáticos con un gesto de la barbilla—. Yo diría que no funcionan muy bien.

—Supongo que no. —Hannah soltó un suspiro y cambió ligeramente de postura en el asiento—. Imagino que no sabrás quién vive ahí, ¿no? Es justo lo que está buscando nuestro cliente.

Los ojos de aquel hombre se habían desviado hacia

las piernas de Hannah, y no hizo el menor intento de ocultarlo. Entonces le guiñó un ojo a Abby. Palabra de honor que el jardinero sudoroso le guiñó el ojo como si estuviera en una peli porno cutre.

—Esos no van a vender jamás. Llevan ahí toda la vida. Tengo un colega que vive dos puertas más abajo, justo donde acabo de hacer el césped. No está en casa ahora, pero si queréis pasar un minuto, podemos llamarle y preguntarle si está abierto a vender.

—¿Y estos tienen un nombre?

—Sí que lo tienen.

No quiso extenderse. En cambio, se inclinó un poco más hacia el interior del coche.

—En la camioneta tengo una botella de Red Tail que había cogido para más tarde, pero tampoco me importaría abrirla ahora.

Hannah se pasó la lengua por los labios.

—¿Qué casa decías que era?

Se echó un poco hacia atrás y señaló.

—Esa de ahí, la amarilla.

Hannah pisó a fondo el acelerador.

El jardinero sudoroso no había terminado de sacar la cabeza por la ventanilla, y la aceleración repentina lo hizo girar en un retroceso a trompicones. Gritó algo, pero Abby no fue capaz de distinguirlo con el estruendo del motor. Hannah estuvo a punto de rozarse con una vieja furgoneta roja en la esquina. No levantó el pie hasta que estuvieron a dos manzanas de distancia y tuvo que girar a la derecha en Beavon.

—Sí que ha ido bien la cosa —consiguió decir Abby, que iba agarrada con una mano a la puerta y con la otra al cinturón de seguridad.

—Venga ya, Abs. A veces hay que vivir un poco para aprender algo.

31

Tras una reunión rápida de estrategia con los federales en una sala de la planta baja, Brendan y Kim subieron a sus habitaciones contiguas en la dieciocho para dejar las maletas. Brendan tiró la suya sobre la cama, abrió la puerta interior que daba a la habitación de Kim y llamó con los nudillos. Sonó el pestillo de la puerta y se abrió. La habitación de Kim era simétrica a la suya.

—¿Te parece que nos tomemos diez minutos para refrescarnos y después llamemos a Dubin?

Ella asintió.

—¿Y si buscamos algo de comer antes de ir a Intent? Me muero de hambre.

—Si Dubin todavía quiere que vayamos.

—Si Dubin todavía quiere que vayamos —repitió Kim.

Sonó el móvil de Brendan.

Stuckey.

Brendan echó un vistazo a su reloj: solo era la una de la tarde, Stuckey no tenía programado llegar a Laos hasta bien entrada la noche.

—¿Stuckey? ¿Va todo bien? ¿Dónde estás?

—En mi escala en Atenas. ¿Estás solo? Tenemos que hablar.

—Mmm, dame un segundo. —Miró a Kim—: Diez minutos y llamamos a Dubin, ¿vale?

—Vale —dijo ella, y levantó la voz—: ¡Hola, Stuckey!

—Hola, Kim.

Kim sonrió y cerró la puerta entre ambos.

Brendan cerró también su lado y se dirigió hacia la ventana.

—¿Qué pasa?

—Tú sabes que de vez en cuando me gusta ver un poco de porno, ¿verdad?

—Ah, vale.

—Tengo un par de páginas a las que suelo recurrir. Llevaba tres horas de vuelo y he pensado, oye, por qué no. Nadie está mirando, y tengo todo un día de vuelo por delante sin nada que hacer.

—Estás en un avión —señaló Brendan—. Todo el mundo está mirando.

—He utilizado algunas millas de mi tarjeta de crédito y he cambiado el billete por uno de esos en un cubículo privado. Con un poco de espacio para las piernas. Un caprichito para Stuckey. También uso una VPN, así que ninguna de mis mierdas es visible en la red. Soy un profesional del porno anónimo. Pero bueno, esa no es la cuestión. Resulta que me pongo a ello, voy pasando por algunas de mis páginas habituales y me encuentro con una cosa que deberías ver.

Brendan no tenía tiempo para eso. Aún le faltaba pasar por el cuarto de baño, lavarse los dientes y poner en orden sus ideas para la llamada con Dubin.

—¿No puede esperar hasta que todos estemos de vuelta en casa?

Sonó un tintineo en su móvil.

—Abre ese vínculo.

Brendan soltó un suspiro, puso la llamada en altavoz y abrió el vínculo. Era un vídeo, y se le hizo un tremendo nudo en el estómago en cuanto pulsó para reproducirlo.

Era Abby.

—¿Qué cojones es esto?

Stuckey no respondió.

Abby estaba de pie en un cuarto de baño, desnudándose. El vídeo estaba grabado desde diferentes ángulos y como si lo hubiesen ralentizado.

—¿Qué coño está pasando, Stuckey? ¿Dónde has encontrado esto?

Brendan reconoció el cuarto de baño de los desnudos que Abby le había enviado el día anterior. Se quedó mudo mirando cómo se quitaba la ropa y comenzaba a hacerse fotos en el espejo, las mismas que luego le había enviado a él.

—Imagino que las cámaras estaban ocultas en alguna parte de la habitación, pero entonces empieza a hacerse fotos, así que... bueno, tú la conoces mejor que nadie. Las falsas cámaras ocultas tienen su propia categoría en el mundo del porno: en plan fingido o interpretando un papel. ¿Haría ella algo así a propósito? Hannah desde luego que sí, pero ¿Abby? Nunca me había parecido que...

El pulso de la sangre era cada vez más fuerte en los oídos de Brendan y ahogaba el sonido de la voz de Stuckey. Abby estaba en el despacho de su agente, ¿no? ¿Tendría cámaras ocultas aquella mujer? ¿Subiría a internet un vídeo grabado con esas cámaras? Brendan cayó en la cuenta de que él nunca había llegado a conocer a la agente de Abby: no sabía nada de ella.

La voz de Stuckey regresó a sus oídos.

—... y esta no es la única página donde he encontrado el vídeo. He hecho una búsqueda rápida por el nombre del archivo y lo he localizado en otras tres.

«Tres páginas porno en un día. ¿Cuántas serán mañana a esta misma hora? ¿La semana que viene?»

—¿Cómo cortamos esto?

—No creo que puedas. Estas páginas ni siquiera están alojadas en Estados Unidos. Una está en Estonia, otra en Ucrania. Creo que la tercera es china, pero no puedo afirmarlo con seguridad, no sin indagar un poco más. —La voz de Stuckey se volvió a desvanecer, y finalmente dijo—: Lo siento, tío.

Brendan se pasó los dedos por el pelo despacio. Tenía la frente pegajosa de sudor.

No podía parar algo como eso. Los archivos se copiaban, se compartían y se volvían a subir. Algunas de esas compañías tenían decenas de páginas web, y, siendo la legislación internacional tal como era, no había forma legal de acabar con algo así. Las amenazas no servían para nada. Lo único que podía hacer era pedirlo con amabilidad y, cuando eso no funcionara, rogar y suplicar, ofrecer un dinero que ellos no tenían. Abby era una mujer adulta. Aunque pudieran demostrar que el vídeo se había grabado sin su consentimiento, no bastaría con eso para imponer a la fuerza ninguna clase de actuación más allá; tal vez ponerle una denuncia a su agente, quizá a la agencia entera, y ¿estaría Abby dispuesta a hacer tal cosa? A duras penas. Su carrera literaria se habría acabado de golpe y porrazo.

Brendan pausó el vídeo y fue pasando el texto que lo acompañaba. El título solo decía: «¡Striptease con cámara oculta!». No se mencionaba el nombre de Abby, ni un lugar, nada que la identificase.

«Pero Stuckey lo ha encontrado.»

Joder.

—No se lo cuentes a nadie.

—No lo haré.

—Y menos a Hannah, desde luego.

—Veré qué más puedo escarbar. A lo mejor doy con la manera de que lo quiten o de pararle los pies a quien lo esté distribuyendo o lo que sea. Tengo mucho tiempo de vuelo aún.

—Gracias, tío.

Medio noqueado, Brendan colgó el teléfono y llamó a la puerta de Kim. Oyó el sonido amortiguado de su voz, hablando con alguien. Cuando abrió la puerta, Kim estaba al teléfono. Levantó un dedo ante Brendan y gesticuló con los labios «Es Dubin» antes de darle la espalda y continuar hablando. Kim tenía el móvil con una de esas carcasas enormes de color rosa que llevan una especie de pomo por detrás para que resulte más sencillo sujetar el aparato. Él siempre había pensado que eso parecía tremendamente grande.

—... gracias, Mary. Ya te contaré lo que averigüemos.

A Brendan se le encogió el estómago. ¿Mary? ¿Ahora se tuteaba con la directora adjunta? Y ¿por qué estaba hablando con ella, sin él?

32

Abby y Hannah entraron en el aparcamiento de un Five Guys a varios kilómetros de la casa de Brookline para reorganizarse. Se sentaron en una mesa cerca de la ventana. El móvil de Abby descansaba entre ambas, con la cuenta atrás en marcha. El mapa GPS de Sugar & Spice también las situaba en un Five Guys, pero en la otra punta de la ciudad.

—Ahora en serio, nunca te había aparecido un mensaje como este, ¿verdad?

Abby comenzó a diseccionar su hamburguesa y no alzó la mirada.

—¿Sobre matar a alguien? Pues no. Por supuesto que no.

—Algunas de estas empresas son bastante grandes y tienen unos cuantos juegos. Has dicho que la aplicación se ha actualizado hace poco. Me pregunto si el código de tu app se ha mezclado con el de otra, como si tuvieran otro jueguecito en plan espías o algo por el estilo, y algún programador los hubiese mezclado sin querer.

Abby levantó la tapa de pan, la dejó a un lado en el plato y raspó los pepinillos y las salsas de la hamburguesa con un cuchillo de plástico.

—Pues podría ser, supongo, pero yo creo que esa mujer también tenía la app.

—¿Porque también estaba mirando el móvil? —Hannah hizo un gesto para abarcar con la mano la pequeña sala del comedor—. Todo el mundo está con el móvil. Constantemente.

Abby dejó a un lado el cuchillo cubierto de salsa, sacó uno limpio de su envoltorio de plástico y comenzó a cortar la hamburguesa.

Hannah entrecerró los ojos.

—¿Qué narices estás haciendo?

—El pan es puro carbohidrato, y mejor no saber lo que le meten al aderezo. La ternera, bueno, vale.

Hannah le dio un mordisco enorme a su hamburguesa y se le empezó a caer la salsa a goterones por la comisura de los labios; masticó y tragó.

—Ni me preguntes por las patatas fritas.

—Podríamos haber ido a otro sitio.

—Me encanta el Five Guys.

Abby trinchó un trocito de carne con el tenedor de plástico y se lo metió en la boca.

—Hay que joderse lo rara que eres a veces. —Hannah le dio la vuelta al móvil de Abby, pulsó en el temporizador, y apareció la pantalla principal de la app—. ¿Puedes cancelar un Spice después de haberlo aceptado?

—No, que yo sepa.

—¿Y si desinstalas la app? —Hannah sabía que Abby quería conservarla por su libro, así que se apresuró a añadir—: Podemos desinstalarla y volver a instalarla después, obligarla a poner la última versión en tu móvil. A ver si eso lo arregla.

—Se puede probar, imagino.

Se quedó mirando cómo Hannah mantenía el dedo pulsando el icono de la aplicación y seleccionaba «Eliminar» en el menú.

—Mierda.

—¿Qué?

—Dice: «Ya hay una petición de eliminación pendiente en el sistema. La puntuación de tu perfil se ha reducido 1.000 puntos».

Abby volvió a darle la vuelta al móvil corriendo y comprobó su marcador. Ella estaba ahora en 5.200 puntos; Brendan, en 3.910.

—Vale, pues no lo hagamos otra vez. No quiero volver a bajar del bronce. Las ideas que me daba no eran igual de buenas.

—Abs, no sé yo si esto es sano. Tal vez no debería haber pulsado en el «Sí», y tú te estás poniendo un poquito pelma con esta app.

—No lo entiendes, ¡la necesito para mi libro! En la vida había escrito tan rápido ni tan bien. Sin la app, jamás conseguiré entregarlo a tiempo. —Sabía que sonaba muy a la defensiva y le daba igual—. Ni siquiera sé si voy a ser capaz de terminarlo sin que la app me dé ideas.

—Eres una buena escritora.

—No tenía una sola palabra hasta lo de la app. No puedo volver a una página en blanco.

—Estás permitiendo que una app te dirija la vida. —Hannah se metió cinco patatas fritas en la boca de manera exagerada y soltó un leve gemido cada vez que masticaba—. Uf, no sabes lo que te pierdes.

Abby cogió su móvil y le sacó una foto a Hannah con los ojos medio cerrados, la boca medio abierta y la mejilla manchada de kétchup. Encorvada sobre la mesa, parecía pesar diez kilos más. Uno de esos raros instantes en que Hannah tenía un aspecto terrible. Abby le mostró el teléfono.

—¿Y si apareciese esto en tu cuenta de Instagram? Sin filtros, sin retoques, nada que no fueses tú de verdad. ¿Cómo reaccionarían tus seguidores?

Al ver que Hannah no respondía, Abby prosiguió.

—Se haría viral, sabes que sí. Imagínate los comentarios que recibirías. A lo mejor llegaría incluso a la prensa basura. Tus patrocinadores desaparecerían. Tus ingresos desaparecerían. Tu carrera desaparecería..., y todo por una app, así que no me vengas a mí con sermones. Hacemos exactamente lo mismo.

Hannah permaneció en silencio. Cogió tres patatas más, las pasó por un pegote de kétchup en su bandeja y se las comió con calma. Al final, dijo:

—Vaya, Abby, no me había dado cuenta de que tenías un par de huevos. Creo que me gusta esta versión tuya. ¿Qué te parece si borramos esa foto?

Alargó el brazo hacia el móvil de Abby, pero ella lo deslizó hacia un lado y lo apartó.

—Vale. No tiene gracia.

—Esa mala sensación que tienes tú ahora mismo en el estómago, así es como me siento yo cuando pienso en perder la app antes de haber terminado el libro.

—Ya lo he pillado.

Abby dejó pasar unos segundos más para que Hannah lo asimilara antes de borrar la foto. La tensión abandonó el rostro de su amiga.

—Entonces, a lo mejor podemos verlo de este modo... ¿Cómo se llama la mujer de tu libro?

—Emily.

—Muy bien. ¿Qué haría Emily? Colócala en esta misma situación exacta, ¿cuáles serían sus siguientes pasos? Hipotéticamente, ¿mataría a esta persona para salvar a su marido?

Abby no se había planteado aquello.

—Su marido es un poco cabrón.

—Brendan podrá cagarla bien, pero te quiere. No creo que haya entrado en la categoría de los cabrones.

—La historia de mi libro no va siguiendo mi vida. No exactamente. He cogido algunas cosas y las he exagerado, las he retorcido para hacerlas mucho peores. En el libro, el marido sí tiene una aventura.

—¿Y no crees que Brendan la tenga?

Abby lo pensó una última vez y negó con la cabeza.

—Creo que sucedió algo entre esa chica y él, que podría haber pasado a mayores, pero él lo cortó en seco. No creo que me haya mentido. Si me hubiera puesto los cuernos, Brendan lo habría ocultado, no me lo habría dicho. No tendría sentido que me lo contara.

—A menos que te lo contara porque sabía que pensarías que no tenía sentido que te lo contara. —Hannah se comió otra patata—. Hace que parezca que no podría ser cierto.

De nuevo, Abby negó con la cabeza.

—Mi personaje sí engaña a su mujer, Brendan no.

—Así que eso nos lleva de vuelta a mi pregunta original: ¿qué haría Emily? ¿Quiere que muera su marido?

—No lo he decidido aún, pero no quiero que le pase nada a Brendan, eso desde luego.

El temporizador en la pantalla del móvil de Abby descendía en silencio: quedaban 39 horas, 41 minutos y 12 segundos.

—Si mis cálculos no fallan, el reloj se pondrá a cero justo antes de las cinco de la madrugada de pasado mañana. ¿Cuándo vuelve Brendan?

—Mañana, hacia la hora de la cena, creo.

—Entonces estará en casa. Así es como lo vamos a resolver. Dejamos pasar el tiempo y esperamos. Lo dejamos encerradito en casa y no permitimos que pise la calle hasta que todo haya terminado.

—¿Tú crees que es así de simple?

—Si prefieres pintarle una diana en la espalda y dejarlo suelto por los jardines del Boston Commons, cuenta conmigo siempre y cuando me dejes colgarlo en redes.

Abby estaba a punto de responder cuando vio algo con el rabillo del ojo.

—No te des la vuelta.

—¿Por qué?

—La furgoneta a la que has estado a punto de darle al marcharnos de esa casa. Creo que acaba de aparcar justo al lado de tu coche.

33

Había que reconocerle a Hannah el mérito de no haberse dado la vuelta al instante. Lo que hizo fue echar mano de su refresco y darle un sorbo como si tal cosa.

—¿Estás segura de que es la misma furgoneta?

—Creo que sí —respondió Abby—. Solo la he visto un segundo. Esta es vieja y de color rojo. Con los parachoques oxidados, como la otra.

Hannah cogió su móvil, abrió la aplicación de la cámara y activó la frontal para poder ver por encima de su hombro.

—No sabría decirte. ¿Se ha bajado alguien?

—Todavía no.

—Disculpe, ¿es usted Abby Hollander?

Abby dio un respingo en el sitio, y Hannah estuvo a punto de tirar el móvil al suelo. Estaban tan centradas en vigilar la furgoneta que ninguna de las dos había oído llegar a aquella chica. Llevaba unos pantalones vaqueros cortados y una camiseta blanca de tirantes. El cabello oscuro le caía suelto sobre los hombros. En la mano traía un ejemplar del libro de Abby, *Conociendo a Ella*.

Al otro lado de la mesa, Hannah se rehízo de inmediato, se miró la cara con la cámara del móvil y dejó el aparato junto a los restos de su comida.

La chica cambió de postura para descansar sobre la pierna derecha y dobló la izquierda en la «postura de la cigüeña», según la veía Abby. La sandalia de color rosa colgaba inestable de su dedo gordo.

—Llevo la mitad, y es bueníííísimo. Creo que soy su mayor fan.

—Vaya, gracias.

—No, va en serio. ¡No me había quedado tan colgadísima por un libro desde la saga Harry Potter!

Hannah intentó contener una risita y estuvo a punto de atragantarse.

Abby le propinó un puntapié por debajo de la mesa y sonrió a la chica.

—Es muy halagador.

—Oiga, a lo mejor podría firmármelo, ¿no?

Dijo aquello como si se le acabara de ocurrir la idea, como si fuera lo más estrafalario que se le podía pedir a una escritora. Conforme lo dijo, plantó el libro en la mesa y lo empujó hacia Abby.

Abby se quedó mirándolo y se le pasó una idea extraña por la cabeza. Más bien una observación. La chica había dicho que iba por la mitad del libro, pero no había ni una sola página con la esquina doblada, ni asomaba por arriba ningún marcapáginas. Ni una sola arruga en el lomo del libro de bolsillo, que parecía nuevo. Había algo que no cuadraba en todo aquello. No quería firmar aquel libro. No quería ni tocarlo.

—Me temo que no tengo un bolígrafo.

—Ah, yo tengo uno —intervino Hannah, que aún parecía estar divirtiéndose con todo aquello. Metió la mano en el bolso, sacó un bolígrafo viejo con el capuchón mordisqueado y se lo entregó a Abby.

A regañadientes, Abby cogió el bolígrafo y abrió la tapa del libro. Casi esperaba encontrarse ahí el recibo de compra, pero no había ninguno. Llegó a la página de la portadilla y volvió a mirar a la chica.

—¿A quién se lo dedico?

—A Cordelia. C-O-R-D-E-L-I-A. A lo mejor puede

poner «para su mayor fan» o «para mi mayor fan», mejor. ¡Ay, ya sabe usted a qué me refiero! —Se puso a retorcerse un mechón de pelo entre los dedos y a enrollarlo sobre los nudillos.

—¿Cordelia como la de *El rey Lear*?

—Sí, claro. Justo así —respondió la chica, aunque Abby estaba bastante segura de que no tenía ni idea de qué estaba hablando.

Garabateó rápido unas palabras, añadió su firma, deslizó el libro de vuelta hacia la chica y, tal vez un poco tarde, cayó en la cuenta de lo raro que habría parecido que no se lo diese en la mano.

La chica lo recogió de la mesa y se lo apretó contra el pecho.

—¡Muchísimas gracias! ¡Lo guardaré siempre como un tesoro! —Dio media vuelta, se marchó dando saltitos hacia el lado contrario del restaurante y desapareció detrás de una esquina.

—Caray, un poco *Misery*, ¿no? —Hannah frunció el ceño—. ¿Te pasa mucho esto? No sabía que hubiera gente aficionada a acosar a los escritores.

—Creo que deberíamos irnos.

Hannah empezó a darse la vuelta, pero se detuvo.

—¿Y la furgoneta? ¿Sigue ahí fuera?

La furgoneta no se había movido.

Abby no había visto salir a nadie, pero era posible que alguien se hubiera bajado mientras la chica estaba delante de la mesa. Fuera como fuese, quedarse allí sentadas esperando a que se marcharan tampoco parecía una opción. Debía llegar a casa y continuar con el libro. Metió la mano en el bolso y sacó un pequeño espray de pimienta que había comprado unos meses atrás en el economato del ejército y se lo enseñó a Hannah.

—Si intentan algo, sabremos si esto funciona de verdad.

Hannah la miró con los ojos muy abiertos.

—No tengo ni idea de quién eres.

Cogieron sus bandejas y las vaciaron en el cubo de camino a la puerta. El aire de octubre se había vuelto frío, y Abby se dijo que tenía que ser la brisa gélida lo que le estaba poniendo la carne de gallina por los brazos, y no la creciente ansiedad conforme se acercaban al coche de Hannah y a la furgoneta roja situada justo al lado.

Las dos ventanillas pequeñas y cuadradas de las puertas de atrás tenían los cristales tintados y no permitían ver nada del interior. Hannah había metido el coche marcha atrás, mientras que la furgoneta había aparcado de frente —justo sobre la línea blanca— y dejaba muy poco espacio para que Abby pudiera apretarse y entrar por la puerta del acompañante. Para lograrlo, tuvo que entrar de lado en la abertura estrecha, y en esa maniobra pudo echar un vistazo a través de la ventanilla del acompañante de la furgoneta.

Había un hombre sentado al volante, ligeramente recostado contra el respaldo del asiento del conductor. No estaba mirando a Abby, sino al frente, con los ojos ocultos detrás de unas gafas de sol. Tamborileaba con los dedos sobre la parte superior del volante. Tenía los brazos del grosor de los muslos de Abby, e incluso un movimiento tan leve como aquel provocaba que los músculos se moviesen y se agitaran contra la fina tela de su camiseta de manga corta, como si estuvieran intentando escapar.

Abby se dejó caer en su asiento, cerró de un portazo y echó el seguro de la puerta con un movimiento airado del dedo. Se le había olvidado que tenía sujeto el espray de pimienta, que se le cayó de la mano y aterrizó cerca de sus pies.

Hannah se puso al volante, cerró la puerta y puso en marcha el motor.

—Imagino que quien sea que conduzca ese cacharro te habrá visto y ha decidido que prefiere no morir hoy. Muy bueno tu rollo en plan Terminator, Abs.

—Arranca ya, ¿vale?

Hannah salió del aparcamiento y se dirigió hacia el este para coger la interestatal.

Si hubieran estado mirando, habrían visto que la chica que le había pedido a Abby el autógrafo se subía al asiento del acompañante de la furgoneta, y si hubieran podido oírlo, habría pillado a Romeo preguntando: «¿Esa era su mujer?». También habrían oído a Juliet responder con un enfático «Ya te digo» mientras tiraba el libro con desdén hacia la parte de atrás de la furgo.

Sugar & Spice®

Sugar
¿Conoces bien a tu pareja?
Pídele algo que no te atreverías a pedirle
en condiciones normales.

34

Cuando aparcaron en la entrada de su casa, Abby tenía tal maraña de ideas en la cabeza —empezando por la furgoneta— que cuando la persistente sensación de que se le había olvidado algo comenzó a llamarla a gritos silenciosos desde alguna parte de aquel jaleo mental, estuvo a punto de pasarla por alto. Luego, la sensación comenzó a subir el volumen de sus gritos, y ya no pudo pensar en ninguna otra cosa.

De pronto se acordó.

—Ay, mierda.

Hannah paró el motor.

—¿Qué?

—Que hoy es jueves. Se me había olvidado por completo que Brendan y yo teníamos una cita con la terapeuta esta mañana.

Hannah se bajó del coche y se encogió de hombros.

—En el peor de los casos, os cobrará la cita. Seguro que no sois los primeros. Nada grave.

—Es que tenía ganas de hablar con ella sin Brendan. Debería llamarla.

—Entonces plántate allí sin más —replicó Hannah—. Confía en mí, que soy una profesional de la terapia. Si la llamas, te apuntará para otro día de la semana que viene. Si te plantas allí, te hará un hueco hoy entre una cita y otra.

—¿Estás segura?

Hannah rodeó el coche y le dio un fuerte abrazo a Abby.

—Lárgate. Mantenme informada de todo. Yo me voy a pasar por el supermercado a hacer compra, y después quizá me dé a la bebida hacia las tres de la tarde. He encontrado una botella de bourbon del caro escondida en el despacho de Stuckey. Si quieres, estás invitada. Es menos triste cuando somos dos.

Había poco tráfico, y Abby llegó al despacho de la doctora Donetti en menos de veinte minutos. La cita de las dos de la tarde estaba sentada en la pequeña sala de espera, una mujer mayor limpiándose las uñas. Cuando entró Abby, la mujer la miró avergonzada.

—He estado trabajando en el jardín esta mañana. Nunca consigo quitármelo todo.

Abby le ofreció una sonrisa y se sentó enfrente de ella. Estaba echando un ojo a una pila de revistas viejas cuando se abrió la puerta de la doctora, salió un hombre regordete con un jersey y resonó la voz profunda de otro hombre a su espalda.

—Lo estás haciendo genial, Harry. No hay mucha gente que supere el primer mes sin un solo cigarrillo, estoy orgulloso de ti.

El hombre regordete se despidió con un gesto de la mano casi sin darse la vuelta camino de la puerta. Le apestaba la ropa a tabaco.

«Un mes, mis cojones», pensó Abby.

El hombre de la voz profunda se asomó a la puerta abierta y sonrió a la mujer mayor.

—Delores, estaré con usted dentro de unos minutos. Solo tengo que hacer una llamada rápida de teléfono. —Luego miró a Abby con cara de curiosidad—. ¿Qué puedo hacer por usted?

Abby nunca había visto a aquel hombre. Parecía un poco más mayor que Donetti. Si tuviera que tratar de adivinarlo, le echaría unos cuarenta y cinco años. Sus ojos eran oscuros, pero su mirada era amable, de ese marrón que te recuerda al chocolate fundido. No tenía ni idea de que la doctora Donetti compartiese su consulta con alguien más. Eso le pasaba por hacer caso a Hannah y no haberse molestado en llamar.

—Esperaba poder hablar con la doctora Donetti. No he podido venir a mi cita de esta mañana. No sabía que la doctora no iba a estar aquí. —Se puso en pie, de repente avergonzada—. Lo siento, llamaré y pediré otra cita. Ha sido una tontería presentarme sin más.

Ya tenía una mano en la puerta cuando habló el doctor.

—A lo mejor podemos charlar en mi despacho, ¿le parece? —Miró a la otra mujer—. Delores, ¿verdad que no le importa? Tan solo será un momento.

—Ni mucho menos. De todas formas tengo que ir al aseo.

El hombre se dirigió de vuelta a la consulta e hizo un gesto a Abby para que lo acompañase.

—¿Le importa cerrar la puerta al entrar?

Abby lo hizo.

Él se acomodó en la silla de cuero y señaló con la barbilla el sofá que tenía enfrente.

—Por favor.

Aunque estaba sola, Abby se colocó en el que consideraba su lado del sofá y dejó vacío el sitio donde se solía sentar Brendan.

—Disculpe, no me he quedado con su nombre —dijo el doctor.

—Abby, Abby Hollander.

—Encantado de conocerla. Soy el doctor Bixby. ¿Cuánto tiempo hace que ha estado viendo a la... doctora Donetti?

—Unas dos semanas. No sabía que compartía la consulta.

—Es habitual en nuestra profesión. Yo utilizo esta y tengo otra en la zona oeste. Así es más fácil para los clientes como Delores, la mujer que espera, que ya no conducen ni tampoco les gusta coger el transporte público. Las personas mayores constituyen un alto porcentaje de mi consulta. —Cambió de postura y cruzó las piernas—. ¿Le importa si le pregunto cómo encontró usted a la doctora Donetti?

—Estaba en el centro comercial, y cuando salí tenía su tarjeta de visita pillada con el limpiaparabrisas de mi coche. Mi marido y yo estábamos... Bueno, yo... Los dos pensamos que nos vendría bien hablar con alguien. —Abby estaba sonrojada de pura vergüenza—. Ya lo sé, es probable que esa no sea la mejor manera de buscar un terapeuta, pero pensé que, si no era buena, buscaríamos a otra persona. Fue algo así como el destino encontrarnos con su tarjeta justo cuando lo necesitábamos. Todos necesitamos de vez en cuando que intervenga un poco el destino.

—Ya veo. ¿A qué tipo de trabajo se dedica?

—Soy novelista.

Se sintió muy rara al decirlo en voz alta, como si no fuese un trabajo de verdad, como si hubiera debido decir que era organizadora de eventos y que lo de escribir aún era un pasatiempo. Bixby reaccionó igual que la mayoría de la gente.

—Vaya, eso tiene que ser muy interesante.

Tuvo la clara impresión de que el doctor solo le estaba dando conversación, como si se dedicara a dar vueltas alrededor de algo más serio que no había reunido el valor para mencionar. Abby cayó entonces en la cuenta.

—Ay, no. ¿Le ha pasado algo a la doctora?

El hombre soltó un leve suspiro y frunció los labios antes de bajar la voz.

—Me temo que no hay un modo fácil de contarle esto, así que se lo diré tal cual es. La mujer que usted conocía como la doctora Donetti en realidad no es una terapeuta titulada.

Abby sintió aquellas palabras como un puñetazo en el estómago.

—¿Disculpe?

—No tiene licencia para ejercer, por lo menos. Hay toda una variedad de títulos que se pueden conseguir por internet en esta profesión, pero esa mujer no figura en el registro de Massachusetts ni tampoco en el colegio de médicos local, de manera que, si de verdad asistió a una universidad acreditada, no siguió el procedimiento establecido para poder abrir una consulta.

A Abby se le fue la mirada hacia el título enmarcado que colgaba de la pared detrás del escritorio. Resultaba complicado leerlo desde el sofá, pero aun así logró distinguir el nombre: Harlan Bixby. Recordaba que allí mismo había colgado un título con su marco cada vez que Brendan y ella habían pasado por la consulta, pero nunca se había detenido a observarlo con la suficiente atención para ver el nombre. Podría haber sido Donetti igual que podría haber sido Bixby. Joder, ahí podía haber dicho «Bugs Bunny». ¿Cómo podía ser tan tonta? Era obvio que Brendan tampoco se había dado cuenta, o habría dicho algo.

—Ya imagino lo chocante que habrá sido para usted.

«¿Chocante?» Habían compartido su intimidad con aquella mujer, se habían abierto ante ella.

—¿Sabe usted dónde se encuentra ahora?

—Me temo que no. No supe nada de esto hasta ayer mismo, cuando la empresa arrendadora se puso en contacto conmigo para tratar de localizarla. Según parece, pasó el alquiler del primer mes y la fianza, pero no pagó el mes de octubre. Iba con retraso desde el día 5. Hice unas llamadas por mi cuenta y me enteré del resto. —Cogió un bloc de notas y un bolígrafo del escritorio a su espalda, del mismo sitio exacto donde lo tenía Donetti—. Si quiere dejarme su número de teléfono, puedo llamarla en caso de que me entere de algo más. Eso sí, no puedo recomendarle que vuelva a ver a esa mujer, no hasta que se demuestre si de verdad tiene licencia para ejercer y todo esto no ha sido más que un malentendido.

Aturdida, Abby le dictó su número.

Había un maletín abierto en una esquina de la mesa. El doctor metió la mano dentro y sacó un taco de tarjetas de visita sujetas con una goma. Retiró el elástico, fue pasando las tarjetas hasta que encontró la que buscaba y se la entregó a Abby.

—Yo no me dedico a la terapia de pareja en mi consulta, pero este es el contacto de un colega mío que sí lo hace. Su consulta está dos plantas más arriba, en este mismo edificio. Lo conozco desde la facultad. —Hizo una breve pausa y añadió—: Si mi marido y yo estuviésemos pasando por..., si tuviéramos la necesidad de hablar con alguien, este hombre sería el primero al que llamaría.

Abby no se dio cuenta de que le temblaba la mano hasta que la alargó para coger la tarjeta.

Todavía estaba temblando cuando volvió a subir al coche.

35

En casa.

La pantalla en blanco.

Cuando Abby se volvió a sentar en su escritorio, de nuevo tenía la novela parada en seco.

Probó con todos los trucos que conocía.

Primero se puso a escribir palabras al azar con la esperanza de que sonara la flauta.

Después empezó a teclear todo lo que le venía a la cabeza, en plan Virginia Woolf con el fluir de la conciencia, pero con eso tampoco llegó a ninguna parte.

Borrar.

Borrar.

Borrar.

Cuando se puso a escribir sobre Hannah y el paseo en coche hasta aquella casa, lo de espiar a la mujer que vivía allí, cuando dejó salir todas aquellas palabras, y no antes, la historia comenzó a fluir de nuevo. Cuanto más ahondaba en ello, más se preguntaba: ¿por qué no? ¿Por qué diablos no? Nadie iba a pensar jamás que aquello pudiera ser cierto, así que se puso a escribirlo todo —desde la pregunta Spice «¿Matarías a un desconocido para salvarle la vida a tu pareja?»— hasta el momento en que se enteró de que su terapeuta era alguna clase de fraude.

Hasta la última palabra.

Y qué a gusto se quedó.

La sensación que transmitía era buena.

Eran doce páginas más.

Lo encajó en el relato; cambió los nombres, por supuesto, para adaptarlo a todos los personajes que ya tenía y se inventó algunos nuevos para los diversos figurantes. Lo suficiente para dejarlo todo por escrito.

Pero ahora volvía a estar en blanco.

Por lo general, cuando escribía un relato, lo veía representado en su imaginación, como quien ve una película mentalmente, y después lo documentaba. Esto era distinto, porque los sucesos no procedían de su imaginación sino de la app, y su imaginación no tenía muy claro hacia dónde llevarlo ahora.

Esto la había traído a una nueva página en blanco.

Se planteó dejarlo por ese día. Al fin y al cabo, doce páginas eran ya una cantidad respetable. Sabía que Hannah estaba en casa (a esas alturas era probable que ya se hubiese cepillado la mitad del bourbon de Stuckey) y se entregaría a tope en cuanto le contara lo de la terapeuta. Ahora bien, ¿era por ahí por donde debía ir el relato? Para Abby, eso parecía más bien un callejón sin salida.

La app estaba fuera de combate, al menos de momento.

No porque ella no quisiera utilizarla (que lo había intentado), sino porque estaba ocupada con el último Spice. No le permitían escoger otro Sugar ni otro Spice hasta que hubiese completado el anterior, y dado que Abby no tenía la menor intención de matar a nadie, la app había dejado de ser una poderosa fuente de inspiración para convertirse en algo inútil.

La pantalla en blanco.

De nuevo.

Las palabras que Hannah le había dicho le sonaron en la cabeza con tal claridad que pensó que tenía a su amiga justo detrás de ella: «¿Qué haría Emily? Colócala en esta misma situación exacta, ¿cuáles serían sus siguientes pasos?».

Es posible que Abby no fuese una asesina, pero ¿y la mujer de su novela? Eso aún estaba por ver. En el mundo literario había dos grupos: los planificadores y los improvisadores; es decir, los que lo tenían todo pensado y bien planificado antes de ponerse a escribir y los que se sentaban a escribir lo que les dictara el instinto e inventaban sobre la marcha. Abby pertenecía al segundo grupo. Tenía la firme convicción de que si ella no sabía hacia dónde iba la historia, sus lectores tampoco tendrían forma de adivinarlo y anticiparse. Eso significaba que ella no tenía ni idea de si su protagonista era o no una asesina. Sabía que era una mujer inteligente, intuitiva y con recursos. No era espontánea ni impulsiva, era precavida.

«Y bien, ¿qué haría Emily?»

«QHE.»

Investigar a su objetivo, eso es lo que haría. Se enteraría de todo cuanto pudiese al respecto de aquella persona y, tal vez, averiguaría por qué era su objetivo, para empezar.

Abrió una ventana del navegador, tecleó «29 Belfer Drive, Brookline, Massachusetts» y presionó «Intro». Su Mac se quedó pensativo unos segundos, pero en vez de mostrarle los resultados de la búsqueda, apareció el logotipo de Sugar & Spice...

¡Gracias por instalar la extensión para el navegador de **Sugar & Spice**! ¡Enhorabuena! ¡Como miembro de la categoría de bronce, participas de manera automática en un periodo de prueba de dos semanas de nuestro Paquete de Privacidad Superior! ¡Durante este periodo de prueba estarán encriptadas todas las transferencias de datos que entren y salgan de este dispositivo y disfrutarás del uso de nuestra red VPN, que te asegurará que ningún tercero pueda rastrear, seguir ni monitorizar tu actividad! Si prefieres dejar de recibir este servicio, ¡basta con que lo rechaces al finalizar el periodo de prueba!

Después de leer aquel mensaje, a Abby se le pasaron dos ideas por la cabeza. La primera fue la penosa cantidad de exclamaciones. La segunda, que probablemente sería algo bueno. Tendría que haber abierto una ventana de navegación privada antes de teclear la dirección. Sabía que era algo intrusivo, pero tampoco era la primera vez que una app instalada en su móvil se las arreglaba para terminar en su Mac. Todos sus productos de Apple funcionaban sincronizados. La verdad sea dicha, le sorprendía que Sugar & Spice no hubiese aparecido aún en su reloj inteligente para completar así la Santísima Trinidad de Apple.

La ventana original del navegador de Abby se cerró y se volvió a abrir. Descubrió un «S&S» minúsculo en la esquina superior derecha con la imagen de un candado para indicar que todo era seguro ahora. Volvió a teclear la dirección. Esta vez, la pantalla se llenó de resultados: en lo más alto había un mapa y varias fotos, numerosos listados de inmobiliarias, varias de esas páginas de servicios del tipo «¿Quién vive en...?» que te ofrecen información personal a cambio de un pago... y, al final de la página, aparecía algo que no se esperaba. Una definición de la palabra *desconocido*:

Desconocido (nom. masc.), dicho de una persona, aquella a la que no se conoce de antes o de la que no se sabe nada.

Un recordatorio evidente y no muy sutil del reto Spice original —si mataría ella a un desconocido—, porque si investigaba a esa persona, ¿significaba eso que dejaría de ser una desconocida? No estaba muy segura de lo que supondría. ¿La aplicación escogería a otro? ¿No habría conseguido superar la prueba? ¿Por qué motivo, exactamente, no quería la app que ella supiese quién era ese alguien?

Abby jamás mataría a nadie.

Su personaje quizá sí, pero no ella. Lo que significaba que daría lo mismo que averiguase algo más sobre aquella persona, porque jamás iba a cumplir el reto. Si eso significaba que el objetivo había dejado de ser un desconocido o si la app modificaba las reglas y sustituía al objetivo solo porque ella hubiera escarbado un pelín, pues que así fuera, daba igual, porque Abby no iba a matar a nadie.

Su personaje quizá sí.

Pero su personaje no iba a mover un puñetero dedo hasta que ella supiese con precisión quién era su objetivo, por qué era su objetivo y cuáles serían las posibles repercusiones. Su personaje iba a averiguar todo cuanto pudiera sobre aquella persona. Había algo más que su personaje haría, que ella no había hecho aún y que debía hacer, probablemente. Escribió un mensaje rápido a Brendan —«¿Debería preocuparme por lo que sea que estés haciendo?»—, pero lo borró antes de enviarlo y lo sustituyó por un «Siento lo de ayer. Confío en ti. Vuelve pronto a casa». Esta vez sí que lo envió. Era un mensaje que enviarían las dos, tanto ella como su protagonista, por un lado porque era cierto y, por otro, para cubrirse las espaldas en caso de que alguien leyera sus mensajes en una fecha posterior.

Abby no mataría a nadie, pero su personaje quizá sí. Aquella idea no dejaba de rondarle la cabeza como si fuera un tiburón nadando en círculos.

Tenía que averiguar hacia dónde iba a ir ahora su historia.

Transfirió los resultados de la búsqueda del Mac a su móvil y cogió las llaves.

Antes incluso de arrancar el motor de su coche, la app

ya tenía cargadas las indicaciones para llegar al 29 de Belfer. Volvió a preguntarle si quería que ocultara su recorrido real, igual que la vez anterior.

—Sí, por favor —dijo Abby en voz baja al pulsar el botón.

36

—¿Qué quieres decir con que han desaparecido? —crujió la voz lejana de Stuckey en el altavoz del teléfono de Brendan.

Se encontraban los dos de pie en la habitación de Kim, con la puerta que daba a la habitación de Brendan abierta a su espalda. El sol terminó de ocultarse en el horizonte, y las dos estancias quedaron sumidas en una tenue luz amarillenta.

Kim se inclinó para acercarse un poco.

—Intent ha vaciado su sede por completo. No hay muebles, archivos ni ordenadores. No hemos encontrado un solo clip de papelería. El lugar entero huele a productos de limpieza. Han aspirado y fregado hasta la última superficie. Podría entrar un inquilino nuevo mañana mismo.

—Una compañía de ese tamaño no puede desvanecerse así por las buenas.

—Los de seguridad del edificio dicen que se trasladaron el viernes pasado. No han dejado información sobre su nuevo destino.

—Eso fue antes de que Isaac Alford fuese asesinado...

—Correcto.

—¿A cuánta gente tenían trabajando ahí dentro?

—A doscientas nueve personas.

—Dios. Esto es más grande de lo que creíamos.

«No jodas», pensó Brendan.

—Los federales tienen una lista con las direcciones de los empleados. Están trabajando con el departamento de policía local para llamar a la puerta de cada dirección, pero no han localizado a nadie por ahora. Los coches han desaparecido, las casas están a oscuras. Es como si hubieran hecho un congreso con toda la compañía y les hubiesen dicho a todos que se marcharan de la ciudad.

—Sí, ya veo, pues a lo mejor están todos con Keo Sengphet, porque también se ha esfumado.

—¿No está en el banco?

—Nadie lo ha visto desde la semana pasada. No ha llamado al banco, y la Interpol tiene un coche de camino a su casa ahora mismo.

—Alguien está haciendo limpieza... —dijo Brendan en voz baja—. ¿En el banco están cooperando?

—Por el momento, pero ya sabes tú cómo va eso —respondió Stuckey—. Nos hemos quedado con una de sus salas de reuniones. La Interpol ha colocado gente por todo el banco para vigilar a los directivos. Ya llevaban un tiempo detrás de Sengphet, así que están que trinan con todo esto. Tenemos acceso a sus sistemas y estamos trabajando con una lista de las cuentas anónimas controladas por Sengphet para aislar las que están relacionadas con Intent. Es algo lento, pero lo conseguiremos. Cuando identificamos una cuenta, esa va al contenedor.

El contenedor electrónico era una especie de burbuja protectora mantenida por la autoridad bancaria internacional. Cuando se colocaba dentro una cuenta, solo se podía acceder a sus fondos por medio de un sistema de doble autenticación de la agencia que la había puesto bajo llave. Brendan se sacó del bolsillo su lector USB de huellas dactilares.

—¿Quieres que configuremos la autenticación ahora que estamos al teléfono?

—Sí, quizá deberíamos. Las líneas de teléfono aquí pueden ser poco fiables.

El portátil de Brendan estaba sobre una mesita cerca de la ventana. Se inclinó sobre la pantalla, introdujo el lector USB y se conectó a FinCap.

—¿Cuál es el código del contenedor, Stuckey?

—652-2301BT7-GR509.

Mientras Brendan tecleaba, Kim se acercó por detrás de él para observar por encima de su hombro. La pantalla se llenó con la información del contenedor, y Kim soltó un silbido lento.

—¿Ya llevas más de ciento nueve millones?

—Como os decía, esto es mucho más grande de lo que creíamos.

Stuckey estaba configurado como la primera persona autorizada, así que Brendan hizo *clic* y se registró como la segunda. Vio cómo aparecían en la pantalla su nombre, su ID de usuario y la información de su autorización de acceso. Cuando se lo solicitaron, tecleó una contraseña, la repitió en el segundo cuadro y presionó el índice sobre el lector USB. El dispositivo le pidió que lo repitiese varias veces desde diferentes ángulos y se iluminó en verde cuando se completó el proceso.

—Perfecto —dijo Brendan—. Todo bien por mi parte.

Kim había apartado la mirada cuando Brendan introdujo la contraseña, y ahora estaba mirando de nuevo.

—No había visto esto hasta ahora. ¿Cómo funciona?

—Todo lo que Stuckey mueva al contenedor quedará congelado, y solo se podrá sacar de ahí si accedemos y lo validamos los dos juntos. Es un mecanismo de seguridad para evitar que alguien como Stuckey se largue a una playa del Caribe con el dinero de otro.

—¿Y qué os impide a Stuckey y a ti largaros juntos?

—Mi absoluta falta de deseo de ver a Stuckey en tanga.

—Pues un Speedo me quedaría de muerte. —Se oyeron varias voces en el lado del teléfono de Stuckey, que habló de nuevo—: La Interpol está en casa de Sengphet. Tengo que dejaros. Hablamos pronto.

Cuando colgó, la habitación quedó sumida en un extraño silencio. A Brendan le rugió el estómago, y consultó su reloj. Pasaban unos minutos de las cinco de la tarde, y se habían saltado la comida.

—Según esto cogemos el vuelo de vuelta a Boston a las siete de la mañana —dijo Kim—. ¿Quieres comer algo abajo?

Brendan coincidió en lo de la cena; tenía fijación por un solomillo a la neoyorquina, pero pidió una Coca-Cola para acompañarlo. Sintió un gran alivio cuando Kim pidió un té helado.

—Quería disculparme por lo que pasó la última vez que estuvimos en Chicago —dijo Kim mediada la comida—. Malinterpreté las señales y me pasé de la raya. Agradezco mucho que no informaras sobre ello.

—Difícilmente se te podría culpar solo a ti —respondió él—. Los dos nos comportamos de manera inadecuada. Y que conste, no es que no te encuentre atractiva, que sí, pero...

—Estás casado.

—Estoy casado.

Kim vaciló un segundo, con un brillo de nerviosismo en la mirada. Fue como si estuviera a punto de decir algo y hubiese cambiado de opinión.

Brendan intentó aligerar el ambiente.

—¿Y tú? No me puedo imaginar que no estés saliendo con nadie.

Kim le dirigió una amplia sonrisa y se echó el pelo rubio sobre el hombro.

—No te lo puedes imaginar, ¿eh?

—Venga, eres inteligente, guapa, divertida. No puedes estar soltera.

—Mi supervisor es un poco tirano. Trabajo mucho

—bromeó—. Y tanto viajar puede ser una lata, además. Se vuelve difícil mantener una relación.

—¿No hay nadie, entonces?

—Bueno, sí hay alguien, pero... es complicado.

—Siempre lo son las personas a las que merece la pena conservar. —Brendan pinchó un trozo de su solomillo y se lo metió en la boca.

Fue como si Kim se quedara valorando aquello, valorándolo a él, y a continuación sacó el móvil. Fue pasando varias pantallas, se detuvo en una foto y dejó el teléfono junto al plato de Brendan.

Era la fotografía de una mujer muy guapa con el pelo largo y castaño, unos ojos oscuros y una mirada profunda. Era joven, veintipocos en el mejor de los casos.

—Se llama Ana. Llevamos un año con esto, que si nos vemos, que si dejamos de vernos...

Brendan hizo lo que pudo con tal de ocultar su sorpresa, pero debió de fracasar con estrépito, porque Kim se echó a reír.

Él tampoco pudo evitar reírse.

—Vale, esto tengo que preguntártelo. Si eres... ¿por qué yo?

—¿Sinceramente?

—Sí, claro, vamos a empezar por ahí.

Kim se volvió a sonrojar.

—Porque no estoy segura...

—¿Segura sobre ella?

—... segura de ser lesbiana.

—Vaya.

—No es solo eso. Ella es casi siete años más joven que yo, así que, como pareja, hay varias cosas en las que no conectamos. Yo cumplo los treinta dentro de dos meses, y tengo la sensación de estar en el punto de querer sentar la cabeza y formar una familia. No puedo hacer nada de eso si no estoy segura de quién soy.

Brendan giró su Coca-Cola entre los dedos y trazó

una línea en la condensación. Intentó pensar en algo constructivo que decir, pero se quedó en blanco.

—La mayoría de los tíos son unos capullos, y no tenía ningún interés en salir con nadie. Sabía que tú no ibas a dejar a tu mujer... Los casados saben guardar un secreto. No tenías pinta de suponer un peligro... —Dejó aquella última palabra en el aire durante un instante—. Así que, insisto, te pido disculpas por lo que pasó la última vez que estuvimos en Chicago. Y te pido disculpas por lo que dije en el despacho de la directora adjunta antes de marcharnos. Ambas fueron reacciones viscerales, y estaba equivocada.

—Vamos a considerarlo agua pasada y a mirar hacia delante.

Kim levantó su vaso y lo chocó con el de Brendan.

—Trato hecho.

El móvil de Brendan comenzó a vibrar.

Abby.

Se quedó un instante con el dedo suspendido sobre el móvil y envió la llamada al buzón de voz. Se la devolvería en cuanto subiese a la habitación.

El resto de la cena fue como la seda, hasta que la camarera regresó con la tarjeta de crédito de Brendan.

—Señor, me temo que ha sido rechazada. ¿Tiene usted otra tarjeta?

—¿Rechazada? No lo entiendo.

—La he pasado dos veces. A lo mejor tiene mal el chip. A veces ocurre con esas tarjetas tan nuevas.

Kim sacó la suya rápidamente de un bolsillo de su bolso.

—No pasa nada, déjamelo a mí.

37

Brendan estaba de vuelta en su habitación y acababa de salir de la ducha cuando el portátil —que había dejado encendido sobre la cama— comenzó a emitir pitidos de correos electrónicos entrantes.

Se secó a toda prisa con la toalla y salió del cuarto de baño para echar un vistazo.

Nueve mensajes de Stuckey —no, diez— y más de camino, a juzgar por el reloj de arena que daba vueltas en el centro de la pantalla. Había cogido un avión de regreso y estaba enviándoles información en pleno vuelo. Eran fotografías de la casa de Keo Sengphet. Al parecer, la Interpol había irrumpido en el domicilio y se lo había encontrado desierto. Estaban abiertos los cajones y los armarios del dormitorio. Había ropa tirada por todo el suelo. Ni una maleta. Estaba claro que el hombre se había marchado con mucha prisa. Un correo electrónico anterior de Stuckey decía que se habían incautado de más de doscientos treinta millones de dólares.

Stuckey había puesto en copia a Kim y a la directora adjunta en aquellos mensajes, pero no al FBI. Brendan se planteó la posibilidad de reenviárselos, pero decidió dejarlo en manos de Dubin. Iba por el séptimo correo electrónico cuando apareció un cuadro con un mensaje:

*Has recibido un guiño de un miembro de **Sugar & Spice**.
¿Quieres corresponder con otro guiño?*

Mierda.

Abby.

Se le había olvidado devolverle la llamada.

Pulsó en «Sí» en el mensaje, buscó su móvil y marcó el número de su mujer. Lo cogió al tercer tono.

—Hola.

—¿Todo bien? ¿Con qué andas ahora?

—Trabajando con el libro, poco más.

Brendan se fijó en el reloj junto a la cama.

—¿A las nueve de la noche? Eso es tarde, incluso para ti.

—He escrito dos capítulos del tirón hace un rato. Ahora me estoy documentando para poder empezar mañana a toda máquina.

—Parece que va bien la cosa.

—Mejor de lo que esperaba.

Las respuestas de Abby eran cortas, contenidas. Sin emoción en la voz, nada parecido a su tono habitual. Estaba claro que seguía enfadada.

Brendan dejó escapar un suspiro tenue.

—No me gusta cuando discutimos, Abs.

—A mí tampoco.

—Entonces, ¿por qué lo hacemos?

—Tampoco sé qué responderte a eso.

—Supongo que por eso vamos a terapia.

Abby soltó una ligera risa.

—Ya que lo mencionas... —Le contó lo de la doctora Donetti.

Cuando terminó, Brendan se pasó la mano por el pelo húmedo.

—Ya me parecía que había algo raro en esa mujer.

—Nunca dijiste nada.

Brendan creía que sí que lo había hecho, pero, con

todo lo que estaba pasando, era muy posible que solo lo hubiera pensado.

—Da igual, encontraremos a alguien mejor, ¿vale?

—Vale.

La voz de Abby volvió a decaer. Seguía habiendo algo que no iba bien. A lo mejor había encontrado esas imágenes suyas en la red. Esperaba que no fuera eso. Ya sabía que terminaría enterándose, pero Brendan quería estar allí con ella cuando sucediera. Nadie debería pasar por algo así a solas.

—¿Qué ocurre, Abby? ¿Qué te preocupa?

Se quedó sorprendido con lo que ella le dijo a continuación.

—No estarás haciendo nada peligroso, ¿verdad? Esto no es como aquello de Florida, ¿no?

Tres años atrás. Una compañía de inversiones inmobiliarias en la zona de Palm Beach, en Florida. Habían adquirido varias entidades de tasación y habían estado inflando los valores de sus propiedades para utilizarlas como aval y comprar más. Acto seguido inflaban también las tasaciones de esas propiedades recién adquiridas para comprar más, etcétera, etcétera. Brendan había participado en una redada simultánea en las oficinas de la compañía inmobiliaria y en las de la tasadora. Alguien había dado el chivatazo a ambas compañías, que tuvieron a su gente trabajando toda la noche para destruir documentos, borrar discos duros y eliminar cualquier prueba que pudiese haber allí. Cuando el equipo de Brendan entró en las oficinas de la inmobiliaria, salió a recibirlos un guardia de seguridad con un arma en la mano. Era un chaval, no más de veinte años, pero era obvio que llevaba toda la noche en pie, puesto de lo que fuese con tal de mantenerse despierto; decir que estaba un poco nervioso sería quedarse corto. No hablaba inglés, y Brendan no tenía ni idea de lo que le habrían contado, pero el chaval apuntó el arma de forma inestable hacia el primer hombre que cruzó la puerta y apretó el gatillo. El tiro salió desviado, pero consiguió disparar dos veces más antes de que los agentes lo redujeran. Un agente recibió un tiro en la pierna, otra agente en el antebrazo. Y mientras el muchacho disparaba, alguien allí dentro encendió una cerilla y prendió fuego al edificio. El sistema de rociadores contraincendios se había desactivado con antelación. Después de aquello, se presionó para que los agentes de la FCID fuesen armados, pero la propuesta se rechazó en una votación.

—No, Abs, no es nada parecido. —Tuvo la sensación de estar mintiendo, aunque no fuera así. Tal vez se debía a la participación del FBI—. La gente de la compañía que hemos venido a auditar se ha largado. Han cerrado las oficinas. Están pasando todo tipo de cosas disparatadas, pero nada peligroso. Ya te lo contaré cuando llegue a casa. El avión sale a las siete de la mañana. Tengo que pasar por la oficina para informar, pero deberíamos poder largarnos pronto.

La voz de Abby se oyó tan lejana que bien podría haber estado metida en un túnel.

—¿Qué tal... Kim?

Brendan se planteó qué contarle y decidió que lo mejor era guardarse lo más relevante para cuando estuviesen cara a cara.

—Hemos tenido la oportunidad de hablar hace un rato. Eso también te lo contaré: me equivocaba por completo. Tampoco hay nada de lo que preocuparse en ese sentido.

Abby no dijo nada.

—¿Abs?

—Pues ya me enteraré de todo mañana, supongo.

Brendan se apretó un poco más el teléfono contra la oreja.

—¿Seguro que estás bien? Suenas... no sé, como si le estuvieras dando vueltas a algo en la cabeza.

—Solo estoy cansada, imagino.

—Bueno, pues descansa. Nos vemos muy pronto. Te quiero.

—Yo también te quiero.

Brendan colgó y estuvo a punto de volver a llamarla. Le rondaba la sensación de que la charla se había quedado a medias. Iba a marcar cuando apareció otro mensaje de Sugar & Spice en la pantalla de su portátil...

Te han contestado con otro guiño.
¿Te gustaría abrir
una conversación con este miembro
en tu ordenador portátil
en lugar de utilizar tu dispositivo habitual?

Brendan tenía una sensación de vacío en el estómago. Al parecer, fuera lo que fuese lo que Abby tenía que contarle, no podía hacerlo por teléfono y prefería hacerlo por medio de algún sistema de mensajes. Ella misma le había confesado mucho tiempo atrás que a veces prefería poner sus pensamientos por escrito, que le resultaba más fácil transmitir lo que quería decir. Él odiaba que lo hiciese, porque más que una conversación le parecía un monólogo o una conferencia. Un párrafo tras otro de Abby hablándole a él más que hablando con él. Pero tampoco podía pasar de ella: eso tan solo desembocaría en una discusión aún mayor. Hizo *clic* en «Sí».

Se abrió una ventana del navegador y empezó a llenarse de imágenes.

Brendan se quedó boquiabierto. Lo que apareció no tenía nada que ver con Abby.

La pantalla se había llenado de fotos de Kim desnuda.

Al contrario que las de Abby, que se habían tomado con una cámara oculta, en las de Kim no quedaba la menor duda de que sabía que la estaban fotografiando. Posaba ante la cámara con una sonrisa coqueta, exploraba su cuerpo con las manos y se acariciaba. En algunas aparecía tumbada en la cama con las sábanas deshechas a su alrededor. En otras estaba en el suelo, a cuatro patas, mirando hacia atrás sobre el hombro con ansia en los ojos. Apareció un mensaje nuevo:

¿Te gustaría responder?

Brendan se quedó mirando la pantalla. Se le había agarrotado hasta el último músculo del cuerpo, estaba petrificado. No podría moverse ni aunque quisiera. No tocó el teclado, pero aquel cuadro con el mensaje desapareció, sustituido por otro...

¡Hecho! ¡Fotografía enviada!

Justo debajo, en un pequeño recuadro, se veía la foto del pene que se había hecho el otro día para Abby.

—Ay, no... ¡Ay, no!

Buscó alguna clase de botón para deshacerlo o cancelarlo, pero no había ninguno.

La mirada de Brendan se disparó hacia la puerta de la habitación gemela.

Querría haberla cerrado con pestillo antes de meterse en la ducha, pero se le había olvidado.

38

Cuando Abby colgó la llamada con Brendan, dio por sentado que él podría utilizar la aplicación Buscar para comprobar dónde se encontraba ella. Abby lo había hecho, desde luego: se había pasado el día recibiendo notificaciones desde el momento en que Brendan llegó a Chicago, se marchó al Hilton del aeropuerto, después a un edificio de oficinas del centro que ella asumió que pertenecía a la empresa que Brendan estaba investigando y más tarde regresó al Hilton del aeropuerto, que era donde estaba su marido cuando hablaron por teléfono. Al configurar las notificaciones, Abby se dijo que no estaba siguiendo el rastro de sus actividades por un problema de desconfianza, lo hacía porque estaba preocupada por él, y se recordaba todo aquello cada vez que aparecía uno de esos cuadros de notificación.

De poco servían las afirmaciones para mitigar su sensación de culpa.

Espiar era espiar. El fin no justificaba los medios, ni tampoco el método.

La aplicación Buscar era una espada de doble filo: para que Abby pudiera controlar a su marido, él tenía que poder controlarla a ella. Lo uno era imposible sin lo otro. Así, cuando colgó la llamada con Brendan, comprobó de inmediato su propia ubicación en el móvil y se sintió aliviada al ver que la chincheta la situaba en el centro de su casa. Si la app tuviera visión de rayos X podría mostrarla tirada en el sofá e iluminada por el resplandor de la tele, seis minutos después de haber empezado a ver una película en blanco y negro en el canal TMC. Mejor aún, sentada en su escritorio con las manos preparadas sobre el teclado.

Justo donde Brendan esperaba que estuviese.

Aunque no era ahí donde estaba. Habían pasado por lo menos cinco horas desde que había salido de casa, pero la aplicación de Sugar & Spice hacía que lo pareciese.

Abby había aparcado en el Walmart de Brookline, dos hileras más atrás de la entrada del supermercado por donde había visto entrar a la mujer del 29 de Belfer hacía doce minutos empujando un carrito que había encontrado en el aparcamiento. Antes del Walmart, la había seguido al Westminster Bank & Trust, a una tintorería junto a la I-9 y a una farmacia Rite Aid, donde se quedó sentada durante cerca de veinte minutos en el acceso a la ventanilla desde la que te atendían sin bajarte del coche.

A Abby le había dado por llamar «Sue» a esa mujer.

No tenía ni idea de su nombre real, pero tenía pinta de llamarse Sue.

Sue estaba casada con un hombre al que Abby había llamado «Stanford». El hombre había llegado a casa (del trabajo, se imaginó) un poco pasadas las seis y se había quitado de inmediato la corbata, antes incluso de cruzar el umbral. En los doce minutos en que Abby no pudo verlo a través de las ventanas, se puso un chaleco de punto. Iba a llamarlo «Bob» hasta que apareció con ese chaleco. Nadie que no se llamara Stanford se pondría un chaleco de punto para cenar en casa, así que se quedó con Stanford. Los dos, tanto Sue como Stanford, se habían convertido en personajes de aquella historia que se estaba desarrollando en la mente de Abby y que iba a plasmar en las páginas del día siguiente. Se sentaron a tomar una cena rápida a base de algo que Abby no fue capaz de distinguir desde la calle, algo que recalentaron en el microondas, que se sirvieron en un plato con un cucharón y se tomaron en los taburetes de la encimera de la cocina.

Hasta donde Abby podía saber, Stanford y Sue no tenían mascotas, no tenían hijos y tampoco disfrutaban mucho el uno en compañía del otro, porque no parecía que hablasen mientras comían. Sue estaba ocupada estudiando una pila de documentos mientras Stanford no apartaba la mirada de una tele pequeña que tenían en la encimera de la cocina.

Stanford conducía un BMW negro. Sue tenía un Prius blanco que estaba aparcado tres coches más allá del de Abby en el Walmart, aguardando con diligencia a que Sue regresara.

Esta noche, Abby no era Abby, era Emily, la protagonista de su historia. Emily estaba siguiendo a Sue, tratando de averiguar por qué debía morir aquella mujer. Seguro que la aplicación no la había escogido al azar. Tanto Sue como Stanford pasaban mucho tiempo con el móvil, que tampoco es que fuera una señal de alarma en la sociedad actual, pero Abby se los imaginaba respondiendo a diversos Sugar, tal vez poniéndose de acuerdo con algún Spice, porque tenía toda la lógica del mundo que fueran usuarios de Sugar & Spice. ¿Cómo si no iba a localizarlos la app? Pero ¿por qué ellos? Esa era la verdadera pregunta. De los dos, ¿cuál era el objetivo? La app no se lo había especificado. Las tripas le decían que era Sue, pero podía ser únicamente porque la había visto a ella primero. Tal vez, si Stanford hubiera estado en casa cuando Abby se acercó con Hannah, entonces lo estaría siguiendo a él, no a Sue.

—El puto chaleco de punto es razón más que suficiente —masculló Abby para sí, se le escapó una pequeña carcajada y su voz le sonó mucho más fuerte de lo que esperaba allí sola, encerrada en su coche.

Tendría que haberse llevado el correo.

Estaba aparcada a media manzana de distancia cuando llegó el cartero (hacía ya mucho que el jardinero se había marchado) y les llenó el buzón con varios sobres y folletos publicitarios. Abby podría habérselo llevado todo con suma facilidad. Se puede saber mucho de una persona gracias al correo que recibe. Las revistas eran una mina de oro, porque te hablaban de sus aficiones y sus preferencias. En el peor de los casos, habría conseguido sus nombres reales.

Sue salió del Walmart empujando un carrito lleno.

Camino de su Prius, pasó justo por delante de la furgoneta roja.

Ni se fijó en ella.

Pero Abby sí. Tenía los ojos clavados en la mujer.

La furgoneta roja estaba aparcada junto al bordillo de la acera, antes tapada por una caravana con las luces de emergencia encendidas. Abby no tenía ni idea de cuánto tiempo llevaba allí la furgoneta. Cuando ella entró en el aparcamiento detrás de Sue, la caravana estaba mal estacionada en una zona de carga y descarga. La furgo no estaba allí entonces, la habría visto. Llegó en algún momento posterior.

La furgoneta también tenía encendidas las luces de emergencia y, aunque Abby no podía ver el interior, estaba segura de que el conductor era el tío enorme de antes. Aquel al que Hannah había estado a punto de darle con el coche. El que las siguió hasta el Five Guys. ¿Cómo demonios la había encontrado? ¿Llevaba todo el día siguiéndola? Estaba segura de que lo había visto antes. Podría haber buscado la matrícula de Hannah, tal vez, y haber averiguado dónde vivía. Como la casa de Hannah estaba enfrente de la suya, habría visto a Abby salir de casa. Había estado tan centrada en seguir a Sue que no se le había ocurrido mirar por el retrovisor.

Abby se dio cuenta de que se estaba hundiendo cada vez más en su asiento.

Tres coches más allá, Sue abrió el maletero del Prius y comenzó a meter la compra.

El tubo de escape de la furgoneta soltó una nubecilla de humo blanco.

Se cerró el maletero del Prius, y Sue se puso al volante.

En cuanto el Prius salió marcha atrás de su plaza de aparcamiento y comenzó a alejarse, Abby llevó la mano a las llaves del coche y vaciló un instante. Aún estaba tratando de decidir si debía continuar siguiendo a Sue, marcharse a casa o incluso dirigirse a la comisaría de policía más cercana cuando la furgoneta roja arrancó y se incorporó al tráfico detrás del Prius.

Aquel tipo no la estaba siguiendo a ella.

Estaba siguiendo a Sue.

39

Brendan tenía la mirada fija en aquella puerta, incapaz de moverse y con el corazón desbocado. Llegaban más imágenes a su portátil: Kim en la ducha, Kim durmiendo, Kim riéndose al otro lado de la mesa con el desayuno a medias delante. Mientras clavaba la mirada en la puerta, Brendan captaba con el rabillo del ojo las ventanas que se iban abriendo unas encima de las otras. Cuando por fin terminó el bombardeo, había recibido no menos de cien imágenes, tal vez más. Y eso no era lo peor. Al ir minimizando las ventanas, cerrándolas una detrás de otra hasta que no quedó nada más que la fotografía de su pene, se percató de que esa no era la única fotografía suya que se había enviado. Había varias decenas más, alguna que le había hecho Abby, otras que se había hecho él frente al espejo. Aparte de la imagen del pene, no había nada de carácter sexual en ninguna de las demás: o bien estaba a pecho descubierto o bien estaba en calzoncillos, pero tenía pinta de que Kim había recibido cualquier imagen suya en la que mostrara la porción más mínima de piel.

Brendan tenía varias aplicaciones en el móvil vinculadas con el almacenamiento en la nube, configuradas para generar copias de seguridad de sus álbumes de fotos y sus documentos online, además de los del portátil, por si acaso alguna vez le pasaba algo a su teléfono. Las imágenes debían de haber salido de ahí, aunque no tenía la menor idea de cómo.

En la puerta de la habitación de al lado sonó un leve golpe seco.

Un instante después, Brendan oyó la voz vacilante de Kim junto a la puerta.

—¿Brendan?

Poco más que un susurro, como si hubiera empezado a hablar y hubiese querido retirar aquella palabra en el último instante.

De un salto, la mirada de Brendan voló del pasador sin cerrar al pomo de la puerta y el pequeño pestillo del centro, también sin echar.

No recordaba haberse levantado, pero se encontraba fuera de la cama y a medio camino de la puerta cuando vio que el pomo comenzaba a girar..., no del todo, tan solo un intento, como si quisiera comprobar si estaba apestillada o no.

Se movió con rapidez y recorrió la escasa distancia que le quedaba. Tenía los dedos sudorosos cuando agarró el pivote del pasador. Combatió el impulso de cerrarlo rápido y lo giró tan despacio y tan silenciosamente como pudo. Sonó un *clic* muy suave cuando llegó al final. Muy discreto. Con un poco de suerte, lo suficiente como para que...

—Brendan, ¿estás ahí?

No dijo nada.

No podía.

—Tenemos que hablar de esto, Brendan. Si has cambiado de opinión o algo así, bueno... deberíamos hablarlo.

La tenía justo delante, al otro lado de la puerta, de eso estaba seguro.

Presionó la palma de la mano contra la madera y sintió el calor de Kim al otro lado, y si hubiera apagado las luces, seguro que habría visto su sombra por la pequeña rendija ahí abajo.

—Déjame entrar, Brendan.

Brendan tragó saliva.

Sugar & Spice®

Sugar

¿Confías en tu pareja?
Si tu pareja se encontrara en situación de poder engañarte,
y sin posibilidad alguna de que tú lo descubrieras,
¿lo haría?

40

Al llegar a casa, Abby había intentado dormir, pero estaba demasiado atacada. Después de pasarse una hora entera mirando al techo, se levantó hacia la una y fue a su despacho, donde dejó salir lo que tenía que contar. El tecleo fue un alivio, como abrir una válvula a presión: su protagonista, Emily, siguiendo a Sue. La furgoneta roja. Lo utilizó todo como una loca con tal de dejar hasta el último detalle por escrito.

Seguía tecleando cuando comenzó a amanecer, y no levantó la cabeza durante otras tres horas.

Diecinueve páginas.

Su racha más larga de una tacada.

Anoche no había seguido a la furgoneta roja. Y vaya si había querido hacerlo: hasta la última célula de su cuerpo le gritaba que seguirla era peligroso para Sue, para Stanford y puede que incluso para ella. ¿Y para qué? ¿Para llamar al timbre de su casa? ¿Para decirles que echaran un vistazo ahí fuera, que comprobaran bien las puertas, las cerraduras? Se planteó llamar a la policía, pero no tenía ni idea de qué iba a denunciar. Desde luego no podía decirles que estaba siguiendo a Sue y que había visto la furgoneta. Peor aún, no había manera de explicar cómo era que había reconocido la furgoneta; no sin quedar como una loca acosadora.

Al final se había marchado a casa maldiciéndose por

esa especie de instinto de supervivencia que había priorizado antes que hacer lo que sería, probablemente, lo correcto. Se dijo que cualquier peligro que corriera aquella gente no se iba a materializar aún, no hasta que la cuenta atrás llegara a cero.

Luego llegó el turno del vino.

Abby lo necesitaba para tranquilizarse un poco, después vino una ducha y su infructuoso intento de dormir.

En su escritorio, a la derecha de su Mac, el temporizador iba descendiendo en su móvil:

19 horas, 45 minutos y 18 segundos.

Por la mañana —hasta ahí había conseguido decidirse Abby— iba a coger el coche para ir a Belfer, aunque solo fuera para asegurarse de que todo el mundo estaba bien, a ver si la furgoneta seguía ahí, a ver si no estaba, a ver qué veía. Después continuaría escribiendo, por la tarde.

También tenía que comer algo.

Estaba a punto de levantarse cuando llegó un correo electrónico de su agente. Un documento PDF con el asunto «¡Léeme!».

Abby llevaba dos días sin hablar con Connie; se anotó mentalmente que tenía que llamarla más tarde, ese mismo día, para ponerla al día sobre el avance del libro. Acto seguido hizo *clic* en el archivo adjunto.

El documento no se abrió. En lugar de eso, apareció un reloj de arena en la pantalla y comenzó a girar. Abby cerró varios programas que tenía abiertos a ver si eso aceleraba la cosa: su Mac ya era un poco antiguo, y a veces iba un tanto lento cuando le exigía mucho, pero no cambió nada. El puntero del ratón dejó de moverse. Se había quedado paralizado cerca de la esquina superior derecha de la pantalla, pero el reloj de arena continuaba girando. El disco duro empezó a trabajar, con un sonido fuerte. Igual que el ventilador.

Abby maldijo en voz baja y llevó el dedo al botón de encendido. Estaba a punto de resetear el Mac cuando se desvaneció el reloj de arena y apareció un cuadro de texto rojo y grande. Lo leyó dos veces, e iba ya por la tercera cuando comenzó a asimilar lo que decía:

El contenido del disco duro de tu ordenador ha sido encriptado en un archivo protegido. Este archivo se borrará si no pagas 10.000 dólares en bitcoins a los nuevos dueños de tus datos. Si lo notificas a las autoridades, tus datos se borrarán de inmediato. Estamos fuera de tu país. No puedes hacer nada. Si no obedeces, tus datos se borrarán. No apagues ni reinicies el ordenador. Si lo haces, se borrarán tus datos. No intentes hacer una copia de seguridad. La copia también estará infectada, y se borrarán tus datos. En breve te facilitaremos las instrucciones de pago. Saluda a tus amigos de nuestra parte: acabas de infectarlos a ellos también.

Bajo el texto había una calavera con dos tibias.

Abby estaba leyéndolo por cuarta vez cuando le sonó el móvil.

Su agente.

Connie no le dio la oportunidad de decir ni pío. Con una voz frenética, le soltó:

—No lo has abierto, ¿verdad? El archivo.

—Lo... lo he abierto.

—¿Y te ha...?

—Sí.

—Mierda. Cuánto lo siento —consiguió decir Connie, que sonaba como si acabara de correr una maratón.

Abby se dejó caer contra el respaldo de su silla.

—Por favor, dime que esto no es real, que solo es una broma de alguna clase.

—Nuestros informáticos están con ello ahora mismo. Está en el servidor de nuestra compañía, y esta mañana ha infectado todos los ordenadores de la oficina en cuanto los hemos conectado. He arrancado el cable de red de como se llame la caja esa del ordenador que tengo debajo del escritorio, pero no antes de que se escapara ese correo electrónico para ti —le explicó a toda velocidad Connie justo antes de tapar el aparato y gritar a alguien en su oficina. Volvió con ella unos segundos más tarde—. Has desconectado tu ordenador de internet, ¿verdad? Justo antes de que se reenviara a todos tus contactos, ¿no? Eso es de primero de ransomware.

Abby volvió a observar su Mac y de nuevo intentó mover el puntero del ratón. Seguía congelado.

—Creo que está bloqueado...

—¡No está bloqueado! ¡Está reenviándose! —gritó Connie con la fuerza suficiente para hacer temblar el iPhone de Abby—. ¡Desconecta el cable de red!

—Es un portátil, y no hay ningún cable de red. Se conecta por wifi.

—¡Apágalo!

—El mensaje decía que si...

—¡Que le den por culo al mensaje! ¡Quítale la batería! ¡Apágalo!

Abby le dio rápidamente la vuelta al Mac y reparó en que no había manera de quitarle la batería. Estaba en alguna parte del interior de la carcasa de aluminio. Todo bien atornillado. Sin poder usar el ratón, no podía desconectar el wifi. Volvió a darle la vuelta al Mac y apretó con todas sus fuerzas el botón de encendido. Lo mantuvo presionado. Al ver que no pasaba nada, pensó que tal vez el software había anulado también el botón de encendido, pero unos diez segundos después parpadeó la pantalla y se apagó. Abby no se había dado cuenta de que estaba conteniendo el aliento. Soltó el aire de golpe.

—Vale, ya lo tengo.

—Odio tener que decírtelo, Abby, pero vas a tener que llamar ahora mismo a todos tus contactos. Diles que no abran el archivo adjunto si es que lo han recibido; si lo hacen, esto seguirá extendiéndose.

—Pero si tengo mis contactos en el ordenador. ¿Cómo accedo a ellos?

—¿No los tienes sincronizados con el móvil?

—Imagino que algunos, sí.

Connie chasqueó la lengua.

—Mira, tú llama a todo el que puedas. Madre mía, no te imaginas cuánto lo siento. Por favor, dime que tienes una copia de tu libro en papel.

Abby echó un vistazo al montón de papeles que tenía junto a la impresora y sintió que se le venía el alma a los pies.

—Mierda.

—¿No lo has ido imprimiendo sobre la marcha?

—Tengo... tengo la mayor parte. Me falta lo que escribí anoche. Y lo de esta mañana. Algo así como las últimas veinte páginas.

—¿Has escrito veinte páginas desde ayer? Vaya, ¡eres una máquina! Y sales mucho mejor parada que los dos últimos autores con los que he hablado. Bob Wentworth no imprime una sola hoja, y Lindsey O'Dell lo guarda todo en la nube. Es posible que lo haya perdido todo a no ser que pague. Y ya conoces a Lindsey, puede ponerse un poco emotiva.

Abby no conocía a Lindsey. Jamás había conocido a esa mujer ni había hablado con ella, pero tampoco podía culpar a Connie por liarse un poco en un momento como ese.

Connie se puso a contarle lo que estaban haciendo sus informáticos; después le dijo:

—Llama a tantos contactos como puedas. Cuando hayas terminado con eso, intenta volver a escribir esas páginas que has perdido, ahora que aún las tienes frescas en la cabeza. Ya sé que es duro, pero podría ser peor. Piensa en Lindsey. ¿Te lo imaginas? Va a tener que pagar, no le queda otra, ¡y ni siquiera tiene la garantía de que vaya a recuperar su libro!

—¿Quién es esta gente?

—Probablemente algún hacker ruso de doce años. No lo...

Una llamada entrante de Hannah la interrumpió.

Abby le dijo a Connie que volvería a llamarla y cogió la llamada de Hannah.

—Abs, ¿qué cojones me acabas de enviar? Tengo que tener colgadas todas mis publicaciones patrocinadas en las redes sociales antes de las diez de la mañana o no me van a pagar hoy. Por favor, dime que esto es alguna clase de broma.

41

—¿Qué quiere decir con eso de que Kim no ha subido al avión? —preguntó el agente especial Marcus Bellows desde el altavoz del teléfono del escritorio de la directora adjunta Dubin.

Dubin fue a cerrar la puerta de su despacho detrás de Brendan y estuvo a punto de tropezarse con el pie estirado de Stuckey al volver a su mesa. Estaba despatarrado en una de las sillas, haciendo un esfuerzo ímprobo por mantener los ojos abiertos después de su largo vuelo de regreso. Había tenido que hacer la vuelta sin escalas y en clase turista, algo muy distinto del asiento de lujo del viaje de ida, y no había podido pegar ojo.

Brendan se rascaba la barba de dos días. Había olvidado afeitarse.

—Me preocupa, sinceramente. Habíamos quedado en vernos a las cinco y media en el vestíbulo del hotel para coger el Uber al aeropuerto. Le he enviado un par de mensajes de texto, y no me ha respondido. Cuando ha llegado el coche, he subido corriendo a la habitación y he llamado a su puerta. Tampoco me ha respondido. He pensado que tal vez se le había olvidado y había ido por su cuenta al aeropuerto. He probado a llamarla desde el control de seguridad, la he vuelto a llamar desde la puerta de embarque... Esperaba encontrármela en su asiento, pero no estaba en el avión... —Su voz se fue apagando.

Stuckey tenía el teléfono en la mano.

—Kim tiene activada la recepción de mis mensajes, así que suelo poder ver cuándo los ha leído. Ahora, cuando le envío algo, ni siquiera dice «Entregado». Es como si tuviese el móvil apagado. A lo mejor lo apagó antes de irse a la cama y se ha quedado dormida.

—Imposible —intervino Brendan—. He llamado a su puerta con la fuerza suficiente para que saliese a gritarme la persona del otro lado del pasillo. No ha podido quedarse dormida y no oír eso. No estaba dentro.

De nuevo en su silla, la directora adjunta Dubin se inclinó sobre el teléfono.

—Agente, ¿cree usted que esto podría estar relacionado con las muertes de Intent? Hemos tenido tres muertes antes de que usted enviara allí a mi gente, y ahora ha desaparecido un miembro de mi equipo. Eso no puede ser una coincidencia.

Se hizo un largo silencio en el despacho.

Brendan sentía los latidos del corazón como un martillo neumático. Si no salía pronto del despacho de Dubin, se pondría a sudar con toda seguridad. No quería mirar a Stuckey. Su amigo era capaz de leerle como un libro abierto. Una simple mirada, y sabría que había algo más en todo aquello.

—Brendan —preguntó Bellows—, ¿está seguro de que no vio a nadie raro por el hotel?

—Nadie me llamó la atención.

Llamaron a la puerta de Dubin.

—¿Sí?

Su ayudante asomó la cabeza por el despacho.

—He hablado con la aerolínea. La señorita Whitlock no subió a bordo de su vuelo, y no hay constancia de que reservara otro. No ha pasado por la recepción del hotel para marcharse, y su equipaje continúa en la habitación, aunque faltan el móvil y el ordenador. No coge el teléfono, todas las llamadas van directas al buzón de voz.

—Gracias, Carmen. Sigue intentándolo. —Dubin resopló y volvió a mirar hacia el altavoz—. ¿Ha oído eso, agente? El ordenador portátil de Kim también ha desaparecido.

—Lo he oído. Mi gente debería estar en el hotel en cuestión de diez minutos. Van a sellar esa habitación y también la de Brendan. A ver qué podemos encontrar en las grabaciones de seguridad. Con un poco de suerte, Kim aparecerá, pero si no lo hace, no quiero arriesgarme a que se contaminen las pruebas. —Bellows guardó silencio por un instante—. Brendan, ¿cuándo dice que vio su ordenador portátil por última vez?

—En el aseo del aeropuerto. Dejé el maletín del ordenador encima de la maleta, nada más entrar, junto a la puerta del aseo. Lo perdí de vista un segundo, tal vez dos, y ya no estaba cuando fui a lavarme las manos.

—Pero es en el aeropuerto donde se lo han llevado, no en el hotel, ¿verdad? ¿Está seguro?

—Sí.

A Brendan se le pasaron por la cabeza las fotos de Kim.

Desnuda.

Expuesta.

Todas ellas aún en su portátil.

Y las fotos de él también.

¿Qué había en el portátil de Kim? ¿En su móvil desaparecido?

«¿Qué pensará esta gente si lo encuentran todo?»

Brendan se sonrojó. Intentó no pensar en nada de eso.

No podía.

Ahora no.

—¿Son seguros vuestros portátiles?

Dubin carraspeó.

—Utilizamos Avox, igual que ustedes, imagino.

—Entonces, tres intentos fallidos con la contraseña y el disco se borra de manera automática, ¿verdad?

—Eso es.

—Bien. Vamos a mantener abierta la comunicación en este punto. Les contaré lo que encuentren los míos en el hotel. Rastrearé también el móvil de Kim, a lo mejor tenemos suerte. Llámenme si se enteran de algo.

—Entendido. —Dubin colgó.

Cuando se desconectó la llamada, Stuckey soltó un suspiro.

—Ya sabéis que todo eso no son más que chorradas. ¿Cuánto creéis que van a tardar en levantarnos el caso y encargarse ellos?

Dubin miró hacia el cubículo vacío de Kim en la pradera de la oficina.

—Imagino que eso dependerá de lo que pase con Kim. Nosotros no estamos preparados para encargarnos de...

«Un secuestro.»

«Un asesinato.»

—... una investigación más allá de los aspectos financieros. Pero nos necesitan para eso.

—Para eso también tienen su propia gente.

—No tan buena como la nuestra. —Dejó aquello en el aire por un segundo—. Hasta que nos lo quiten, quiero a todo el mundo en esto. Desmontad Intent desde todos los ángulos posibles. Investigad todos los documentos que tengamos, todos los archivos, hasta el último empleado. Debemos encajar las piezas. La respuesta está ahí, y no quiero que sea a nosotros a quienes se nos escape entre los dedos.

Stuckey señaló a Brendan con el dedo gordo.

—¿Le parece bien que trabajemos los dos desde casa? Teniendo en cuenta la situación, no creo que debamos dejar solas a nuestras mujeres.

Dubin asintió.

—Muy bien, aunque volveremos a vernos aquí por la mañana para una pequeña reunión presencial y comparar notas. Ya sé que mañana es sábado, pero creo que todos estamos de acuerdo en que esto no va a detenerse durante el fin de semana. Llamadme en cuanto encontréis algo. —Se dirigió a Brendan para decirle—: Pásate por informática cuando te vayas. Solicita un portátil nuevo y rellena un informe sobre la máquina desaparecida.

En el pasillo, ante la puerta del despacho de Dubin, Stuckey agarró a Brendan por el hombro y bajó la voz:

—Oye, ¿te importaría decirme qué demonios está pasando realmente?

Antes de que Brendan pudiese responder, Stuckey le mostró un mensaje de texto de Kim que tenía en el móvil. La fecha era del día anterior, minutos antes de que se marcharan a cenar...

Me voy a picar algo con él. Si mi cuerpo aparece en una cuneta, ¡dile a la policía que ha sido Brendan! ¡Ja! Es broma (más o menos).

42

—Venga ya, hombre —le dijo Brendan a Stuckey—. No irás a creerte eso, ¿verdad? Fuimos a cenar, de hecho, tuvimos una buena conversación y más o menos dejamos las cosas claras. —Entonces bajó la voz—. ¿Tú sabías que es lesbiana?

Sin soltarle el hombro, Stuckey sacó a Brendan a la escalera por una puerta de emergencia.

—Por supuesto que lo sabía. Yo lo sé todo. ¿Quién crees tú que le dijo que podía contárselo a Dubin? ¿Quién crees tú que le dijo que eras un buen hombre y que no presentara una queja por acoso sexual después de aquella chorrada que pasó en Chicago la última vez? ¿Quién coño crees tú que le dijo que eras un hombre felizmente casado y que solo la besaste porque ibas hasta arriba?

—Ella me besó a mí.

—Me importa una mierda. ¿Dónde cojones está, Brendan? —Stuckey volvió a ponerle a Brendan el teléfono delante de la cara, con el mensaje aún en la pantalla.

—Eso es una broma. Está claro que estaba de coña.

—Ah, ¿sí?

—Si le enseñas ese mensaje a alguien como Bellows, alguien que no nos conozca, lo meterás de cabeza en una espiral de sandeces. Se pondrá a investigarme a mí en lugar de investigar a Intent. ¿Y si Kim no ha huido? ¿Y si la tienen ellos? Si ese hombre perdiera el tiempo investigándome por tu culpa, lo que podrías conseguir es que la maten. —Miró a Stuckey a los ojos—. Kim y yo tuvimos una cena tranquila. No bebimos. Yo le hablé de Abby y ella me habló de su novia, Ana. Bromeamos sobre lo que había pasado la vez anterior. Terminamos de cenar y nos fuimos a nuestras habitaciones. Eso fue todo.

Brendan sabía que era mentira, pero si le contaba lo que había pasado después con la app, ya no habría vuelta atrás. Ahora no era el momento.

—Yo no le hecho nada, Stuckey. Jamás lo haría.

Stuckey se metió el móvil en el bolsillo.

—Mira, Brendan, somos amigos, pero no puedo permitirme verme liado en nada. También tengo una carrera en la que pensar. Puedo esperar a mañana, pero si Kim no aparece, voy a tener que enseñarle ese mensaje a alguien. ¿Entiendes lo que te estoy diciendo? Una cosa es encubrirte con Abby por una bobada sin importancia, pero esto es algo muy distinto.

—¿Qué les contamos a ellas, a Abby y a Hannah?

Stuckey suspiró.

—De momento nada. Vamos a ver qué pinta tiene esto mañana. Hoy tenemos con ellas la Noche de Juegos. Es innecesario agobiarlas hasta que tengamos una idea más clara de lo que está pasando aquí. —Arrancó escaleras abajo—. ¿Le has contado a Abby que la he encontrado en esas webs?

Brendan negó con la cabeza.

—Todavía no.

—Maravilloso. Así que también vamos a tener que hacernos los suecos con eso.

Brendan se quedó allí, agarrado a la barandilla de metal, escuchando los pasos de Stuckey y el sonido de la puerta del garaje al abrirse y cerrarse. No soltó la barandilla por lo menos durante otro minuto. Siguió allí de pie, dándole vueltas y más vueltas a la cabeza.

Nadie le había robado el portátil, lo había tirado él a

la basura en el aeropuerto, pero no antes de introducir tres veces una contraseña incorrecta y dejar que Avox hiciera su trabajo.

Permitir que alguien encontrara esas fotos en su ordenador no era una opción.

Él no iba a caer por aquello.

Ni de coña.

43

Noche de Juegos.

El ambiente era de todo menos festivo.

Kim no había aparecido.

El rastreo de su móvil no había llegado a ninguna parte.

Aunque habían acordado no decir nada, les contaron a Hannah y a Abby lo que estaba pasando. Sabían que algo iba mal, no había forma de ocultarlo. Abby ya parecía distraída, callada y distante en el momento en que Brendan llegó a casa, y enterarse de lo de Kim no fue de ayuda.

Brendan iba por su tercer ron con Coca-Cola y, aunque eso le habría calmado ya los nervios más que de sobra en condiciones normales, notaba la piel como si le quemase. Si alguien le hubiera dicho que tenía los huesos infestados de hormigas, lo habría creído. Sentía un picor profundo que no se podía rascar, y lo único que lo aliviaba era el constante movimiento. La adrenalina, la tensión arterial disparada. Esperaba que su móvil sonase en cualquier instante. A lo mejor lo hiciera el de Stuckey. Tal vez llamaran a la puerta. La directora adjunta Dubin, la policía, alguien con novedades. Alguien con algo peor.

Cada vez que miraba en la dirección de Stuckey, era como si su amigo estuviera clavándole la mirada a él desde el otro sofá. ¿Y qué estaba pensando? Brendan intentó impedir que sus pensamientos fueran por ese camino; de ahí no iba a salir nada bueno, así que prefirió tomarse de un trago la mitad de su copa.

Estaban los cuatro repartidos por la habitación, con tal tensión que se mascaba en el ambiente. Abby ocupaba uno de los taburetes de la isla de la cocina con una copa de tinto en la mano. Hannah estaba sentada en el suelo con las piernas cruzadas y parloteando sobre no sé qué virus que les había entrado a Abby y a ella en sus ordenadores aquel mismo día. Lo decía como si aquello fuera el fin del mundo. Brendan había captado lo justo para seguir la conversación, pero no lo suficiente para que de verdad le importase, no con las cuestiones más acuciantes que tenía en la cabeza.

—... y cuando he llegado a la biblioteca —proseguía Hannah con su monólogo— seguía sin poder acceder a mis cuentas. —Hizo un gesto con la mano en el aire—. Utilizo uno de esos programas de gestión de contraseñas que se llama SecureAll, y esa mierda de ransomware tampoco me deja acceder a él. He conseguido subir algo a Instagram y a TikTok desde el móvil, pero, sin el ordenador, no he podido hacerlo en otra decena de plataformas. No he podido programar la subida de contenidos, así que lo he tenido que hacer en tiempo real. Y mis publicaciones no podrían ser más de aficionada. Suelo editar, meter unos filtros, ponerles música, ya sabes, todo en plan profesional, y no he podido hacer nada de eso.

—Entonces, ¿tu ordenador sigue bloqueado? —le preguntó su marido.

Stuckey se había marchado a casa directo desde el despacho de Dubin y se había echado a dormir unas horas antes de ponerse a descifrar los archivos de Intent. Ya no tenía los ojos rojos, pero continuaba aletargado por el jet lag. Cada veinte minutos sacaba el móvil, marcaba un número y colgaba en cuanto le salía el buzón de voz. A Brendan no le hacía falta ver la pantalla del teléfono de Stuckey para saber que estaba llamando a Kim. Aunque todos lo veían llamar, nadie decía nada.

Hannah hizo como si aquello no estuviera sucediendo y le dijo:

—A menos que estés dispuesto a darme diez mil en bitcoins, corazón de melón, vamos a tener que tirar con un solo sueldo en casa hasta que pueda organizarlo todo en un ordenador nuevo.

—Ajá —dijo Stuckey entre dientes, y señaló a Abby con la botella de cerveza—. ¿Y qué vas a hacer tú?

—¿Abs? —la llamó Brendan al ver que no respondía. Su mujer levantó la cabeza.

—¿Qué?

Tenía esa expresión del ciervo deslumbrado por los faros de un coche, con el pensamiento perdido Dios sabe dónde. Brendan captó el brevísimo cruce de miradas entre Hannah y ella. Lo más probable era que Stuckey le hubiese enseñado el mensaje de texto a Hannah, quién sabe qué le había contado Hannah a Abby, y en esos instantes Abby estaba deambulando por el universo de las conspiraciones de la mano de aquellos dos. Ahora su propia esposa le tenía alguna clase de miedo, creía que él había hecho algo malo. Brendan le dio un trago a su bebida y trató de quitárselo de la cabeza.

—Stuckey te ha preguntado qué piensas hacer con lo del ransomware en tu Mac.

Abby ya se lo había contado a Brendan, pero tampoco estaba seguro de que su mujer le estuviera hablando en serio. Al parecer sí, porque volvió a decir lo mismo.

—Estoy escribiendo a mano el resto del libro.

Stuckey volvió a dejar el móvil en la mesita del salón y la miró con cara de perplejidad.

—¿Puedes hacer eso?

Abby asintió.

—Ya lo he hablado con mi agente. El virus me llegó de sus oficinas, así que se siente fatal. Me ha dicho que, mientras termine el libro, por ella como si lo escribo en envoltorios de caramelos. Ella se encargará de que lo transcriba alguien de los suyos.

—Eso parece un poco...

—¿A la antigua?

Stuckey negó con la cabeza.

—Iba a decir arcaico. ¿Quién coño escribe algo a mano en estos tiempos?

Abby remató su copa de tinto, alargó la mano hacia la botella y la rellenó de forma generosa.

—Yo lo he hecho hoy. He reescrito las veinte páginas que he perdido y he añadido otras siete más, y, sinceramente, creo que es mejor. Lo de utilizar papel y boli tiene algo que le da más... yo qué sé... lo hace más personal. Imagino que es la mejor manera de describirlo. Me siento más unida al relato.

—¿De qué va este?

La mirada de Abby se dirigió de nuevo a Hannah, se deslizó hacia Brendan y la apartó de inmediato al darse cuenta de que su marido la estaba mirando.

—Prefiero no desvelar nada todavía.

—Es fantástico —dijo Hannah con una sonrisa de oreja a oreja—. Muchísimo mejor que el primero. Mucho más tórrido.

Stuckey señaló a su mujer con el pulgar e intentó quitarle tensión al ambiente.

—O sea, que a esta sí le dejas leerlo pero a mí no, ¿eh? Joder, si necesitas a alguien que te compruebe la verosimilitud de las escenas de sexo, yo soy tu hombre. Tengo en casa un ejemplar de *Cincuenta sombras* con las páginas marcadas. Esa mierda es la biblia del sexo.

Hannah puso los ojos en blanco.

—El puto libro ese... Stuckey se ponía a gemir en sueños: «¡Oh, Christian, qué cosas me haces! ¡Tienes a mi diosa interior haciendo el pino!».

—Ni de coña hacía yo eso.

Hannah se puso en pie, juntó las manos y bajó la voz:

—«¡Ana, deja que te azote con esta vara y llene de verdugones ese culito perfecto para demostrarte mi amor!»

Ana.

El nombre de la novia de Kim.

Stuckey hizo un gesto negativo con la cabeza, volvió a echar mano de su teléfono y comenzó a llamar.

Brendan ya estaba hasta las narices.

—Yo no le he hecho nada a Kim.

Aquellas palabras habían salido de entre sus labios antes de que él pudiese impedirlo. Una voz tenue. Una voz que no reconocía como suya.

Nadie movió un dedo.

Se hizo el silencio en la habitación.

Finalmente, Stuckey tomó la palabra:

—Tío, creo que es mejor que no hablemos sobre eso. Aquí no.

Brendan dejó su vaso en la mesilla auxiliar con algo más de fuerza de lo que quería, y salpicó por un lado.

—Ah, ¿no? Pues yo tengo bastante claro que ya se ha hablado sobre eso aquí, pero no conmigo.

Stuckey observó la salpicadura del vaso de Brendan.

—A lo mejor deberías olvidarte un poco de ese tema. Todo el mundo está algo preocupado, solo eso.

—Claro, seguro que estamos todos muy preocupados —contestó Brendan—. Y deberíamos estarlo, porque Kim ha salido huyendo por algún motivo o por algo peor, pero lo que sí puedo asegurarte es que, si es algo peor, eso no tiene nada que ver conmigo.

Stuckey no dijo nada.

Las dos mujeres los miraban con atención.

—No creerás en serio que yo le he hecho algo, ¿no?

—Ahora mismo no sé qué pensar. Tan solo espero que se encuentre bien.

Abby, que había permanecido en silencio durante

toda la conversación, se bebió el resto de su vino, agarró la botella de vodka de la encimera y la plantó en la mesita del salón delante del sofá.

—Es la Noche de Juegos, ¿no? Pues vamos a jugar. Ya está bien de pasar de puntillas sobre esta mierda, joder, vamos a jugar.

44

Los tres se quedaron mirándola fijamente.

Brendan nunca había oído a Abby hablar de ese modo. Incluso Hannah parecía impresionada, y Hannah no se sorprendía ante nada. Nadie podía negar que Abby estaba bebida —demonios, todos lo estaban—, pero no tan borracha como para haber perdido el control de sus facultades. El alcohol se había limitado a soltarla, a abrir una puerta en la muralla —por lo general sólida— que se alzaba entre sus pensamientos y sus labios.

Abby se sentó en el suelo delante de la mesita del salón e hizo un gesto a Hannah para que se sentara a su lado. Miró a Brendan y, acto seguido, al sitio vacío en el sofá al lado de Stuckey.

—Tú siéntate ahí. Ya estamos los cuatro bien cómodos.

Solo con verla, Brendan sabía de sobra que era mejor no llevarle la contraria. Se cambió de sitio al otro sofá y se colocó enfrente de ella.

Abby giró el tapón de la botella de vodka y la deslizó hasta el centro de la mesa.

—Hoy vamos con todo un clásico. —Se quedó pensativa un segundo y dijo—: Yo nunca... he tomado pizza para desayunar. Si lo has hecho, tienes que beber, y si no lo has hecho, no bebes. Aquí todos somos amigos, así que podemos pasar de los vasos de chupito, ¿verdad?

Un gesto de confusión apareció en el rostro de Hannah.

—¿Estás hablando en serio ahora mismo?

Abby hizo caso omiso de aquella pregunta.

—Te he visto desayunar rollitos de langosta de hace dos días y sé que también le has dado a la pizza. Bebe.

Por un solo segundo, fue como si Hannah estuviera a punto de discutirlo, pero se encogió de hombros, le dio un trago a la botella y se la pasó a su marido.

—Estoy bastante segura de que desayunaste pizza el sábado pasado.

Stuckey parecía tan perplejo como los demás ante la conducta de Abby, pero bebió de la botella y se la entregó a Brendan.

—Tú vivías de esa mierda en los tiempos de la universidad.

Brendan también bebió.

Cuando terminó, Abby cogió de nuevo la botella, echó un trago y la dejó sobre la mesa.

—Vale, ahora que nos hemos quitado de encima la ronda de prueba, empezamos de verdad. —Miró a los demás, estudió cada uno de los rostros y habló con una voz lo bastante clara como para sugerir que no estaba tan borracha como pensaba su marido—. Yo nunca le he puesto los cuernos a mi pareja.

Brendan sintió que se le formaba un nudo en la garganta.

Abby volvió a estudiar sus rostros.

—Que no se os olvide que yo ya conozco la respuesta.

Pasaron los segundos y nadie alargó la mano hacia la botella.

Brendan tragó saliva.

—Ya te lo he dicho, no pasó nada entre Kim y yo. Solo ese beso. Nada más.

Abby no miraba a Brendan. Tenía los ojos clavados en la botella.

—¿Y en este viaje?

Abby lo sabía.

Brendan no sabía cómo, pero Abby lo sabía.

Mientras él buscaba con torpeza las palabras apropiadas, Abby abrió un cajón de la mesita del salón y sacó el viejo iPad de su marido. Llevaba años sin usarlo.

—Cuando se me quedó bloqueado el ordenador —dijo Abby—, me acordé de que teníamos esto en el cajón de los trastos viejos de la cocina. He imaginado que sería mejor que nada hasta que tuviese el Mac de nuevo en condiciones, así que lo he puesto a cargar. Además, todas las cuentas están a tu nombre, así que tampoco tenía que preocuparme por que se pudiera transferir el ransomware de algún modo. Bueno, pues lo he enchufado para cargarlo, he aceptado que instalara varias actualizaciones de software durante la siguiente hora o algo por estilo y me he ido a hacer unos recados. Cuando he llegado a casa, había un mensaje sobre una sincronización de las fotos.

Abby tocó la pantalla para que cobrara vida e introdujo la contraseña de Brendan. Entonces dio la vuelta al iPad para que todos pudieran ver la pantalla.

A Stuckey se le abrieron tanto los ojos que parecía que se le iban a salir de las órbitas.

—¿Esa es Kim?

Brendan tenía la garganta como si fuera de papel de lija.

—Puedo...

—No hace falta que me expliques nada. La app de Sugar & Spice también está instalada aquí. He repasado tu historial. He visto el guiño de ella, tu guiño en respuesta y el ir y venir de fotos después de eso. Está todo aquí, en el registro. Bien ordenado y presentado, y con su código de tiempo. Joder, que te ha dado puntos por compartir tu fotopolla preferida. Bravo, sí señor.

—Todo eso pasó sin que yo pudiera evitarlo, Abs, te lo juro.

El rostro de Abby era inescrutable.

—Lo hizo la app.

—¡Sí! —dijo Brendan con una voz un poco más alta de lo que pretendía—. Justo después de todo eso, Kim intentó entrar en mi habitación, pero eché el pestillo de la puerta e hice como si no estuviera allí. Se rindió al cabo de un minuto, más o menos, y esa fue la última vez que supe de ella. Por la mañana, cuando no ha aparecido para subirse al Uber, al ver que no estaba en el aeropuerto...

—Has destruido tu ordenador. Porque en realidad es eso lo que ha pasado, ¿verdad? No te lo han robado.

Eso lo había dicho Stuckey.

—Has destruido pruebas.

—Yo... me he protegido.

Abby echó la mano de nuevo a la botella.

—Yo nunca le he puesto los cuernos a mi pareja.

—¡Que no te he engañado! —contestó Brendan—. No tengo ni idea de qué le ha pasado a Kim después de todo eso, te lo juro, pero no la vi, ¡y desde luego que no la he tocado!

—Vale, pues yo sí. Yo te he puesto los cuernos, Brendan.

Intentaba retorcer la botella entre las manos, y a continuación se la llevó a los labios y bebió. Cuando volvió a dejarla en la mesa, los demás guardaban un silencio sepulcral.

Abby le habló del encuentro en el hotel.

—Creía que eras tú.

—Eso no es poner los cuernos, Abs —susurró Hannah—. Fue un error terrible, pero no es engañar a nadie.

A Brendan le costaba hallar las palabras, se sentía como si hubiera recibido un puñetazo en el estómago.

—La app me envió a mí a un hotel ese mismo día, y había otra mujer en la habitación. Nosotros no... nosotros paramos en cuanto nos dimos cuenta... —Se volvió hacia Abby—. Hannah tiene razón, eso no fue ponerme los cuernos. No lo sabías.

Abby deslizó la botella primero hacia Stuckey, después hacia Hannah.

—¿Alguien más?

Nadie bebió.

—Aquí nadie pone los cuernos. Qué bien. Al menos a vosotros os va de lujo. Imagino que será porque, cuando os folláis a otros, lo hacéis juntos, ¿no? Tanto de manera figurada como literal, ¿verdad? —Abby suspiró y elevó la mirada al techo—. ¿Continuamos?

El rostro de Hannah se había quedado blanco ceniciento, y cuando intervino, lo hizo con una voz tenue.

—¿Vamos en el sentido de las agujas del reloj, o al contrario?

En la comisura de los labios de Abby se dibujó una sonrisa que desapareció tan rápido como había aparecido.

—¿Sabes lo que te digo? Que creo que voy yo otra vez.

—Esto no funciona así.

—Mi juego, mis reglas. Creo que es mejor que cierres la puta boca.

A Hannah se le quedó la cara como si la hubieran abofeteado.

—Vale, Abs, vale.

Abby se humedeció los labios.

—Yo nunca he utilizado a mi mejor amiga para tomar ventaja.

Brendan no tenía ni idea de por dónde iba Abby con eso, y, por mucho que deseara culpar al alcohol, su mujer sonaba absolutamente sobria.

A Hannah se le pusieron los ojos vidriosos. Cuando se le saltó una lágrima, no hizo el menor esfuerzo por secársela. Tragó saliva.

—¿Cómo lo has descubierto?

—Por ese tintineo triple de las narices —dijo Abby—. Lo oí cuando estabas en el baño. Pensé que había sido mi móvil, pero no, había sido el tuyo. —Se volvió hacia Hannah—. También he comprobado tu registro. Recibiste 1.000 puntos por reclutarnos a Brendan y a mí como nuevos miembros de Sugar & Spice. Bien por ti. Según parece, todo el mundo está acumulando puntos.

Brendan estaba confundido.

—No lo entiendo. Fue la doctora Donetti quien nos habló de la app, no fueron Hannah y Stuckey.

Abby fulminó a Stuckey con la mirada.

—Ya te digo. Es muy curioso cómo fue la cosa.

45

Stuckey le dio otro trago al vodka, pero no como parte del juego, sino porque saltaba a la vista que necesitaba beber algo. Le dio un buen viaje a la botella antes de dejarla en la mesa y se limpió los labios con el reverso de la mano.

—Abby, yo...

—Yo nunca... —lo interrumpió Abby con una voz más endurecida— he dejado la tarjeta de una terapeuta falsa pillada en el limpiaparabrisas del coche de la mujer de mi mejor amigo.

Ahora Brendan sí que estaba perplejo.

—¿Cómo?

—Esos recados que he ido a hacer hoy —le explicó Abby—. He ido al centro comercial y he pedido que me dejaran ver las grabaciones de seguridad del aparcamiento del día en que apareció la tarjeta. Les he dicho que alguien se había metido en mi coche y me preguntaba si lo habrían captado las cámaras de seguridad. Con qué poco se pone en marcha un poli de centro comercial. Lo que sea con tal de darle algo de emoción a la jornada laboral. Ese día, Stuckey aparcó a dos coches del mío. —Le lanzó una mirada—. Me seguiste, imagino. Dejó la tarjeta y se largó. Sinceramente, Stuckey, podrías haberte puesto una gorra o algo. No me ha costado nada identificarte.

Hannah se levantó del suelo, se sentó en el brazo del sofá y le pasó el brazo a su marido por los hombros.

—Yo le obligué a hacerlo.

—Tú no me obligaste a hacer nada.

—Eso me da exactamente igual —contestó Abby—. Quiero saber quién os dijo a los dos que lo hicierais.

—Creo que ya lo sabes —replicó Hannah.

—Quiero que lo digas.

—La app —le dijo Hannah—. Era un Spice: reclutar a un nuevo miembro.

—Pero no a cualquiera, ¿verdad?

Hannah hizo un gesto negativo con la cabeza.

—Me dio un mapa y una cuenta atrás. La app te quería a ti.

—Y recibiste algo más que puntos cuando nos entregaste a la app, ¿verdad?

Hannah se quedó boquiabierta.

—¿Cómo lo has...?

—Olvídate de cómo lo he averiguado. Da lo mismo. Quiero oírte decirlo.

Stuckey alargó la mano, apretó la de Hannah y asintió con la cabeza.

—La app empezó a patrocinar mis publicaciones. En todas mis redes sociales. Comenzaron a pujar más que el resto, hasta que no quedó nadie más.

—Te dieron un pastizal.

Hannah asintió.

—¿Y no te pareció raro? ¿No te planteaste por qué una app había decidido aflojar esa pasta?

—Claro, igual que hiciste tú cuando te pagaron esa cena por todo lo alto, ¿no? —replicó Hannah—. ¿Acaso cogiste el móvil entonces y te pusiste a investigar? ¿Buscaste alguna manera de devolverles el dinero o de enmendar cualquier problema que se hubiera creado? No, no lo hiciste. Si quieres cantarme las cuarenta, Abby, por mí bien, adelante, pero no seas hipócrita, joder.

Brendan miró fijamente a Stuckey.

—¿De dónde sacaste la tarjeta de Donetti?

—Llegó por correo a mi nombre —dijo Stuckey—. Mi Spice decía «Recomiéndasela a una amiga». No supe que se refería a Abby hasta que llegué al centro comercial. El mapa me llevó hasta su coche. —Se le contrajo el rostro entero—. Es una puta app para el móvil. Un juego. ¿Qué tiene de malo? Vosotros dos nunca habíais estado tan felices. Era algo bueno.

—Me violaron —respondió Abby con una voz cargada de frialdad—. Un tío al que no había visto en mi vida me la metió por culpa de tu app inofensiva. Por culpa de ese «algo» tan bueno. Tu mujer incluso me empujó a ir.

Hannah parecía horrorizada.

—Abby, eso no es justo. Yo no lo sabía. ¿Cómo iba a saberlo?

Abby la fulminó con la mirada.

Brendan pensó que su mujer iba a pegar a Hannah.

Que se iba a tirar a por ella.

O algo peor.

En cambio, Abby volvió a sentarse sobre los talones, cerró los ojos y respiró hondo. Cuando volvió a hablar, de alguna forma había conseguido tranquilizarse.

—Esta app está jugando con nosotros cuatro. El dinero, el rollo sexual. Joder, incluso el modo en que la he estado utilizando para mi libro. No creo que nada de esto haya sucedido por casualidad. Aquí está pasando algo más.

—¿Qué? ¿Como si fuésemos marionetas o algo así?

—Hannah se mordió el interior del carrillo—. Eso es una locura. Ni siquiera veo cómo iba a ser posible. ¿Sabes cuánta gente utiliza esto? ¿Por qué íbamos a importarles nosotros?

—Kim también tenía la app —dijo Brendan—. Me envió un guiño, ¿recordáis? Esto no va solo sobre nosotros. —Volvió a mirarlos a todos, de uno en uno—. Mirad, os juro que no sé dónde está. No lo sé. O bien se marchó de su habitación por su cuenta o bien se la llevó alguien, pero pasara lo que pasase, sucedió después de toda esa mierda del guiño y la sincronización de las fotos. —Cerró los ojos e intentó recordar con exactitud lo sucedido—. Pude oírla moverse por su habitación a través de la doble puerta que unía la suya y la mía. Luego dejó de hacer ruido. No la oí marcharse, pero eso tampoco significa que no lo hiciera.

—Si alguien hubiese llamado a la puerta o entrado en la habitación, ¿crees que lo habrías oído? —le preguntó Stuckey.

—No estoy seguro. Tal vez.

—Pero no hubo ninguna pelea, ¿no? ¿Tampoco oíste otra voz?

—Desde luego que no.

Stuckey miró a Hannah, después a Abby.

Cuando Hannah intervino, lo hizo con un hilo de voz, algo infantil.

—Nunca me han pedido que mate a nadie.

Brendan la miró con el ceño fruncido.

—¿Qué cojones se supone que significa eso?

Hannah se mordió el labio inferior y miró a Abby.

—¿No se lo has contado?

—¿Contarme qué?

Abby sacó su móvil y lo dejó en el centro de la mesita del salón, junto a la botella de vodka. Tocó la pantalla y apareció el temporizador:

7 horas, 3 minutos y 28 segundos.

Abby pulsó en la cuenta atrás para mostrar el reto Spice en cuestión: «¿Matarías a un desconocido para salvarle la vida a tu pareja?».

Brendan leyó el mensaje a la vez que Stuckey y, acto

276

seguido, trajo hacia sí muy despacio el móvil de Abby para pulsar en varias pantallas más. Apareció el mapa y lo amplió.

—No creo que Kim esté en Brookline —dijo sin demasiada convicción—, y ella no es una desconocida.

—No es Kim —le dijo Abby—. No sé quién es. Una mujer o su marido. La app no me ha dicho cuál de los dos es el objetivo. La cuestión es que, si la app me ha enviado a mí un mensaje como este, podría habérselo enviado también a otra persona... un mensaje que lo llevara hasta Kim.

—Espera, rebobina. ¿Es que has ido allí? —Tocó en el mapa—. ¿A la casa de una desconocida?

—Yo fui con ella —añadió Hannah enseguida, como si eso mejorase las cosas.

—He vuelto a ir —contó Abby a los demás—. Varias veces. He seguido a esa mujer.

Brendan negó con la cabeza.

Intentaba procesar todo aquello.

Llevó la mano hacia el vodka y le dio un trago. Stuckey le arrebató la botella antes de que le diese tiempo de dejarla de nuevo en la mesa y bebió también.

—Es una puta app para el móvil. Un juego —insistió—. Nadie va a matar a nadie —dijo, aunque esta vez no sonaba ya tan convencido.

Brendan fue minimizándolo todo en el móvil con dedos temblorosos para regresar al temporizador. Consultó su reloj de pulsera e hizo cálculos.

—Esto va a ser esta noche a las 4:51 de la madrugada. Es algo muy específico, o bien muy aleatorio.

Hannah cogió la botella de la mano de Stuckey y la acunó entre las suyas.

—Kim podría estar muerta, y estos son los siguientes.

Igual que un crío que gatea y se pone en pie con decisión, Stuckey dijo entre gruñidos:

—Nadie va a matar a nadie porque se lo diga una app para el móvil.

El teléfono de Abby soltó el triple tintineo y los sobresaltó a todos. Apareció un mensaje:

Podrías hacerlo con el arma de tu mejor amigo, Brendan.

A Brendan le dio un vuelco el corazón al ver su nombre.

—¿Qué coño es esto?

Era el móvil de Abby, no el suyo.

—Nosotros no tenemos un arma —masculló Hannah sin despegar los ojos del móvil—. Odio las armas.

Stuckey se quedó callado. Se le había puesto la cara amarillenta.

Hannah se volvió hacia él.

—Nosotros no tenemos un arma, ¿verdad?

Y él no abrió la boca.

—¿Has metido un arma en casa?

—La compré después de aquel follón de Florida hace unos años. —Stuckey se humedeció los labios—. Solo es un 38. Una pistolita de cañón corto. Nada más.

—Ah, si solo es una maquinita pequeña para matar gente, entonces claro, no pasa nada, al menos mientras sea una monada de pistolita. —Atizó a Stuckey en el brazo—. Eres tonto del culo. La quiero fuera.

Stuckey bebió otro trago de vodka.

—¿Cómo sabe la app que tengo un arma? —Miró a Brendan—. Más importante aún, ¿por qué quiere la app que la uses? ¿Está intentando tenderme una trampa? Matas a una persona blanca al azar e incriminas al negro que tienes más cerca, ¿es eso? Pues menuda chorrada. —Se volvió hacia Hannah—. Ya te dije que no tendríamos que habernos mudado a una urbanización de las afueras jamás. A tomar por culo.

—Esto no es ninguna broma —replicó Abby.

—¿Estás segura de eso? Nadie le está retorciendo el brazo a nadie para que mate a alguien. Nadie nos ha retorcido el brazo a ninguno para que hagamos lo que nos sugiere la app. También nos ha soltado alguna mierda que otra a Hannah y a mí, y no significa que lo hagamos todo. Somos nosotros quienes decidimos hacer todas esas cosas, lo que es muy distinto.

—Cuando se acaba el tiempo, pasan cosas malas —murmuró Abby.

Todos la miraron.

—Cuando estaba en el despacho de mi agente y la app quería que me hiciese... las fotos esas..., me envió un mensaje con ese texto. Como si supiera que no iba a hacerlo y necesitase un empujoncito.

—No vamos a matar a nadie —le dijo Brendan a Stuckey—. No te preocupes por eso.

—Ah, ¿no? ¿No vas a coger mi pistola y me vas a cargar a mí un asesinato? Mil gracias, colega.

—¿Dónde está, exactamente? —trató de indagar Hannah—. Tu monada de pistolita.

—En la despensa. La escondí en la caja de cartuchos de gas para el dispensador de nata montada.

—Odio esa mierda.

—Exacto.

Brendan no apartaba los ojos del móvil.

—Esto sabe de qué estamos hablando.

—Vale, ¿y quién es ahora el paranoico? —contestó Hannah.

Abby se inclinó para acercarse.

—¿Una app puede hacer eso? ¿Escucharnos? Eso explicaría muchas cosas.

Stuckey se quedó pensándolo un segundo y asintió.

—¿Puedo ver tu configuración de privacidad?

Abby empujó su móvil hacia Stuckey.

—Adelante.

Stuckey tardó un momento en dar con lo que estaba

buscando. Cuando lo encontró, le dio la vuelta al teléfono para que Abby leyese lo que decía la pantalla:

—Cuando instalaste la app, le diste permiso para acceder al micrófono del teléfono. También a la cámara.

Observaron cómo Stuckey desactivaba ambas opciones.

Era mucho peor que eso.

—También está activado el rastreo de las aplicaciones. Eso significa que puede ver lo que estás haciendo en otras apps. Cada tecla que pulses. Con el bluetooth y el wifi puede ver otros dispositivos cercanos y conectarse a ellos. Todo lo que tengas en la red.

—Yo nunca acepté eso.

—Lo más probable es que esté escondido en los Términos de Servicio. La mayoría de las aplicaciones lo activan por defecto a menos que tú les digas de manera específica que no lo hagan. Y ¿quién se lee esa mierda?

Stuckey también desactivó aquellas opciones.

Un instante después, el Amazon Echo de la estantería que había detrás del hombro de Brendan emitió un pitido y dijo: «La aplicación Sugar & Spice está teniendo dificultades para conectarse a este dispositivo. Por favor, comprueba su conexión de red y la configuración de la app. Te quedan 6 horas, 53 minutos y 9 segundos para completar tu Spice en curso».

46

—Pero qué cojones, en serio. —Hannah apretó con más fuerza la botella de vodka.

Brendan se levantó, cruzó la habitación y desenchufó el aparato de la pared.

Sonó en el pasillo el termostato inteligente. «Te quedan 6 horas, 52 minutos y 43 segundos para completar tu Spice en curso.»

Se oyó en la cocina el consabido tintineo triple.

—Creo que eso ha sido el microondas —susurró Abby.

Lo volvieron a oír, esta vez en el cuarto de la lavadora.

De nuevo, algo en la planta de arriba.

Todos los dispositivos conectados que tenían en la casa.

El tintineo triple, una y otra vez, y cada vez más fuerte en un jaleo sordo de tintineos. Algunos aparatos hablaban, otros no.

Brendan se obligó a poner las piernas en marcha y salió corriendo al garaje. Manipuló con torpeza el pasador de la tapa del cuadro eléctrico, logró abrirla y desconectó el conmutador principal en la parte superior. Sonó un fuerte *clic* y se hizo el silencio. La casa quedó sumida en un manto negro de oscuridad cuando se apagaron todas las luces. Ya estaba a medio camino de regreso hacia el salón, palpando el recorrido con las manos en la pared, cuando oyó el tonito en su reloj Apple. Se iluminó la pantalla:

6:50:13 restantes
***Sugar & Spice*®**
❤

No tenía muy claro cómo apagarlo, así que apretó con fuerza la corona y el botón del lateral. Los mantuvo apretados hasta que apareció en la pantalla un deslizador con la palabra «Apagar». Lo tocó dos veces con el dedo sudoroso antes de que por fin funcionara y la pantalla se quedara a oscuras. Cuando regresó al salón de la casa se encontró con que los demás se estaban despojando de sus diversos dispositivos inteligentes, apagándolos, quitándoles la batería y apilándolos en la mesita del salón.

Abby sacó una vela y un encendedor del cajón de la mesa auxiliar y encendió el pabilo. Dejó la vela en el momento en que Brendan ocupaba su lugar en el sofá.

Permanecieron sentados en silencio durante casi un minuto, todos ellos a la espera de que volviese a sonar el tintineo o la voz que narraba la cuenta atrás, pero no se oyó nada. Solo hubo silencio.

Finalmente, fue Hannah quien tomó la palabra:

—Yo no estoy preparada para vivir en plan amish, así que ¿cómo solucionamos esto?

Abby cambió de postura en aquella luz tenue, con el juego de los tonos amarillos en su rostro.

—Es mi Spice. No creo que quiera que tú hagas nada.

Brendan se quitó el reloj inteligente y lo dejó sobre la mesa. Alguien había apagado ya su móvil, que estaba en el montón con los demás.

—¿Tienes el nombre o algún dato de la gente de Brookline?

Abby negó con la cabeza.

—Viven en el 29 de Belfer Drive. Un matrimonio, no

he visto hijos. Tengo fotos de las matrículas de sus coches, pero están ahí metidas. —Hizo un gesto con el mentón para señalar su móvil apagado—. Hannah encontró información sobre su casa, pero no había nombres. De todas formas, da igual. Cuando intenté averiguar quiénes eran, la app me envió un mensaje con la definición de la palabra *desconocido*, como si no quisiera que husmease.

—¿Qué, una amenaza o algo así?

Abby asintió.

—Y si averiguamos cómo se llaman, ¿de qué nos va a servir? —preguntó Hannah.

Brendan no tenía la menor idea, tan solo la sensación de que debía hacer algo.

Cogió el iPad y se percató de lo inútil que era. Sin electricidad, el router wifi estaba apagado y el iPad no podía conectarse a internet.

—Sugar & Spice también está en esa tableta —dijo Abby—. Igual que en nuestros móviles o nuestros ordenadores. Si utilizas cualquiera de esos aparatos, quien sea que nos esté vigilando se enterará.

Stuckey resopló y alargó el brazo hacia la botella de vodka.

—¿Os hacéis una idea de lo paranoicos que sonáis ahora mismo los tres? No es más que un juego. Esa app ha tenido sus momentos divertidos, pero siempre te daba la sensación de que llegaba con sus tentáculos a todas partes. Seguro que todo esto solo forma parte del juego. Lo que tienes que hacer es abrir Google y buscar «¿Alguna vez Sugar & Spice te ha pedido que mates a alguien?». Hazlo, y te aseguro que te saldrán tropecientos millones de resultados de gente a la que le han tomado el pelo igual que a ti, peones que se han tragado toda esta patraña. Por lo que tú sabes, la gente de esa casa también está en la app. Están participando en el juego. Joder, lo mismo incluso esperan que te presentes en su casa.

Hannah y Abby cruzaron una mirada, pero ninguna de las dos dijo nada.

Sin embargo, no pasó desapercibida para Stuckey.

—¿Qué?

—Cuando Abby y yo llegamos a la casa, la app le concedió puntos por «haber encontrado a su objetivo». La mujer de la casa miró su móvil más o menos cuando Abby recibió ese mensaje.

—Nada de «más o menos» —la corrigió Abby—. En el mismo preciso instante.

Stuckey dio una sola palmada.

—Ahí lo tenéis. Ellos también están jugando. Misterio resuelto.

—Eso no significa nada de nada —le dijo Brendan—. Y tampoco explica lo que le ha pasado a Kim.

—No lo explica porque las dos cosas no están relacionadas. —Stuckey frunció el ceño—. Mira, esa app ha tenido acceso a todo lo que hay en vuestros móviles hasta hace apenas unos minutos, incluso es probable que a todo el contenido de los ordenadores, tabletas y quién sabe qué más. Cuando reúnes toda esa información, es fácil tocarle a alguien las narices. Esa app os conoce mejor que vosotros mismos. Eso es lo único que estoy diciendo, que no es más que un jueguecito. —Señaló con un gesto la muñeca desnuda de Brendan—. ¿Cuándo has dicho que llegaba a cero el temporizador?

—A las 4:51 de la madrugada.

—Levanta. Fuera del sofá.

Brendan se levantó.

—¿Para qué?

Stuckey cogió uno de los cojines, se lo puso a Hannah en el regazo y se tumbó en el sofá.

—Dejamos cortada la electricidad y nos echamos una cabezadita. Esperamos a que se pase la hora. De aquí no sale nadie, y eso significa que nadie va a largarse a matar a nadie.

Hannah se quedó mirando a su marido.

—¿Estás cómodo?

—Ya te digo, nena. —Stuckey volvió a coger la botella de vodka—. Mañana las cosas se verán de un modo distinto, ya veréis. Es lo que tiene la luz del día. El mundo ya no da tanto miedo cuando el hombre del saco tiene que ir corriendo a esconderse.

Brendan deslizó la mano sobre la de Abby. Estaba fría, temblorosa, y aceptó el contacto de su marido apenas un segundo antes de retirarla.

47

—Brendan, ¿estás ahí?

No dijo nada.

No podía.

—Tenemos que hablar de esto, Brendan. Si has cambiado de opinión o algo así, bueno... deberíamos hablarlo.

La tenía justo delante, al otro lado de la puerta, de eso estaba seguro.

Presionó la palma de la mano contra la madera y sintió el calor de Kim al otro lado, y si hubiera apagado las luces, seguro que habría visto su sombra por la pequeña rendija ahí abajo.

—Déjame entrar, Brendan.

Brendan tragó saliva.

—¿Por qué has cerrado el pestillo?

A él le latía tan fuerte el corazón que llegaba a oírlo. Aquel martillo neumático que tenía en el pecho.

—¿Es porque te he contado que soy lesbiana? ¿Eso te ha excitado? ¿Pensar en mí con Ana?

Él no dijo nada.

No podía.

No quería.

—Ya te he dicho que no tengo las cosas claras, Brendan. Eso fue todo.

«No debería decir nada.»

Pero lo hizo.

—¿Por qué me has enviado esas fotos, Kim? Todo estaba bien entre nosotros. ¿Por qué has hecho eso?

—Yo no te he enviado nada, Brendan.

—Tengo decenas de fotos tuyas. Muy explícitas. ¿Por qué me las has enviado? Voy a tener que hablar con recursos humanos. Esto tiene que acabar ya.

Brendan lamentó haber dicho aquellas palabras. Sonaron mucho más agresivas de lo que esperaba, pero ya no podía retirarlas.

—Eres mi jefe, Brendan. Tienes acceso total a mis documentos de trabajo, a mi ordenador. Antes, durante la cena, te has quedado a solas con mi móvil mientras yo iba al aseo. Si has accedido a cualquiera de esos dispositivos, si te has descargado fotos privadas mías sin mi conocimiento... Prefiero pensar que tú no harías eso, pero, si lo hubieras hecho, si yo contara a los de recursos humanos que tú lo has hecho, ¿a quién te parece que creerían? Este es el tipo de cosas que hunden una carrera. Si los implicamos a ellos, si implicamos a cualquier otro, eso es lo que sucederá. El hundimiento de una carrera. Abre el pestillo, Brendan. Déjame pasar. Aún podemos solucionar esto por nuestra cuenta. Nadie lo sabrá jamás.

Siempre había alguien que lo sabía.

Siempre había alguien que...

—Brendan, despierta. Ya casi es la hora.

Abrió los ojos para ver a Abby sentada en la cama con el reloj de pulsera de su abuela en la mano. En la mesilla de noche de su mujer, una vela se había consumido ya casi hasta los restos.

Abby se inclinó un poco hacia la luz y estudió la esfera del reloj.

—Faltan menos de dos minutos.

Brendan se había ido a dormir con la ropa puesta y estaba empapado en sudor. Tenía resecas la boca y la garganta, como si se hubiera tragado un puñado de arena. Necesitó un momento para darse cuenta de dónde estaba, de qué ocurría, de por qué no había corriente eléctrica. Por fin consiguió orientarse.

—¿Siguen aquí Hannah y Stuckey?

Abby estaba absorta mirando el *tictac* de la aguja del reloj. Se levantó de la cama y fue hacia la puerta.

—Abajo.

Brendan se incorporó en la cama.

La mayoría de los sueños se desvanecían escasos instantes después del despertar, disueltos como el fotograma de una película bloqueada en un proyector, que se funde con el calor. Este no. Este sueño se aferraba, tenía uñas y dientes. Iba recorriendo el pasillo y la escalera a oscuras e, incluso entonces, creía notar los dedos entrelazados en la moqueta de aquella habitación de hotel.

Cuando entró en el salón, Hannah y Stuckey estaban en el sofá, Abby enfrente de ellos, observando los tres el pequeño reloj de pulsera.

—Diez segundos —susurró Abby.

Hannah, que no solía levantarse hasta varias horas después, observaba con los ojos vidriosos, demasiado agotada para hacer ningún comentario. Si Stuckey había dormido, tampoco había sido gran cosa. Sumado aquello al jet lag, parecía tan hecho polvo como su mujer. Hizo un leve gesto con la barbilla para saludar a Brendan cuando entró en la habitación y se colocó junto a Abby.

—Cinco.

Se asomó para ver el barrido del segundero al pasar por las once, las doce.

Tiempo.

—Ya está —dijo Brendan en voz baja—. Las 4:51.

—Y el mundo continúa en pie —consiguió decir Stuckey con una voz cargada de ronquera matinal.

Abby siguió observando el reloj varios segundos más. Luego lo dejó sobre la mesa y cogió su iPhone.

—¿Lo enciendo?

Stuckey soltó un suspiro.

—Yo no puedo vivir así para siempre.

Abby apretó el botón de encendido y, un instante después, apareció el logotipo de Apple.

Fue como si la secuencia de arranque durara una eternidad, pero finalizó, y no había el menor rastro del temporizador en la pantalla del móvil de Abby. Introdujo su código de acceso y fue pasando las diversas pantallas.

—La app ha desaparecido.

Brendan se inclinó para acercarse un poco más.

—¿Estás segura? A lo mejor se ha movido a otra pantalla al reiniciar el móvil.

—Aquí no está. Mira en el tuyo.

Hannah cogió su móvil y lo encendió.

—La mía también ha desaparecido.

Tampoco estaba ya en el teléfono de Brendan ni en el de Stuckey.

—A lo mejor se acaba así —dijo Stuckey—. Si no completas el reto Spice, te echan.

Abby había bajado su portátil en algún momento y lo había dejado con los teléfonos. Lo encendió también; se quedó con el ceño fruncido.

—Este trasto sigue infectado con el ransomware. Una parte de mí albergaba la esperanza de que ambas cosas estuvieran relacionadas.

—Sigues sin tener conexión a internet —le recordó Brendan—. A lo mejor se actualiza cuando se conecte de nuevo. ¿Vuelvo a dar la luz?

—Necesitamos la electricidad para el wifi y también para el café —masculló Hannah—. Y el café es indispensable para mi secuencia de arranque.

Brendan fue al garaje y conectó el conmutador principal. Parpadearon las luces a su alrededor, seguidas de inmediato por el zumbido de la nevera vieja que tenían en un rincón. Los sonidos de una casa que volvía a la vida.

De regreso en el salón, observó cómo Abby aguardaba a que apareciese el icono del wifi en la esquina de su Mac y, acto seguido, lo reiniciaba. Cuando el ordenador portátil volvió a conectarse a internet, Abby hizo un gesto negativo con la cabeza.

—Sigue bloqueado. Imagino que ya era mucho esperar.

—Pues yo sigo esperando ese café —bostezó Hannah.

Stuckey le puso las manos sobre los hombros.

—¿Qué te parece si preparamos un cafelito para ti en casa? Así les damos a estos dos un rato más para descansar. —Miró a Brendan—. Le dijimos a Dubin que iríamos a la oficina esta mañana.

Hannah puso cara de extrañeza.

—¿En sábado?

Stuckey la atrajo hacia sí y la besó en la mejilla.

—Tenemos mucho lío, pero intentaré que estemos fuera para la hora del almuerzo. —Volvió a mirar a Abby y a Brendan—: Confío en que no haya rencores entre nosotros. Lo último que queríamos era haceros daño. Eso lo sabéis, ¿no?

Brendan asintió.

—Estamos bien. —Al ver que Abby no decía nada, alargó el brazo y le dio un apretón en la mano—. ¿Verdad, Abs?

—Claro —respondió ella en voz baja y sin dejar de mirar el móvil—. Todo bien.

Sin embargo, Abby no sonaba bien.

Stuckey condujo a Hannah hacia la puerta.

—Intenta llegar a la oficina hacia las ocho. Haré que estemos fuera a las once.

Brendan quería aligerar el ambiente.

—A lo mejor podemos ir a tirar un rato a la cancha de Fairlane, ¿no?

—A ver cómo va la cosa.

Se marcharon, y Abby y Brendan se quedaron solos.

—¿Vas a intentar dormir un poco más o te has desvelado? —preguntó él.

Abby por fin dejó el móvil y se quedó mirando la escalera.

—No puedo dormir. Ahora no. Creo que trataré de escribir alguna página más.

Brendan intentó cogerla de la mano, pero Abby se apartó de él.

—Abs, ¿estamos bien nosotros?

De espaldas a él, ella permaneció largo rato en silencio.

—Creo que podemos estarlo —dijo al cabo. Dejó su MacBook en la mesita del salón y desapareció escaleras arriba.

Sugar & Spice®

Sugar
Si lo perdierais todo excepto el uno al otro,
¿sería suficiente?

48

La policía estaba esperando a Brendan cuando llegó a la oficina.

Bueno, eso fue lo que pensó él nada más verlos: dos agentes de uniforme y una mujer con un traje arrugado. Apenas los vio de espaldas cuando entraban en el despacho de la directora adjunta Dubin y cerraban la puerta.

En lugar de pasar por delante del despacho de Dubin, Brendan dio un rodeo por el lado contrario de la pradera de cubículos, se coló en su despacho y cerró la puerta sin hacer ruido. Se quedó allí de pie un instante con la espalda apoyada en la pared antes de cruzar su pequeño despacho, dejarse caer en la silla y marcar la extensión de Stuckey.

Oyó la voz de su amigo por el altavoz.

—¿Han venido por lo de Kim?

—Creo que sí. Es probable.

—¿Aún no ha aparecido?

Aquella pregunta se quedó en el aire.

Si habían encontrado a Kim y eso había provocado que la policía acudiese a sus oficinas, no era nada bueno.

Si Kim continuaba desaparecida y la policía estaba en sus oficinas, tampoco era nada bueno.

—¿Han dicho algo los del FBI?

—No que yo sepa.

El portátil de sustitución para Brendan lo esperaba en la esquina de su escritorio. Se lo acercó y lo encendió.

—Ya aparecerá.

Introdujo su nombre de usuario y su contraseña en la pantalla del portátil. Apareció un mensaje:

Por favor, para restaurar su escritorio anterior,
seleccione una imagen de disco.

El departamento de informática utilizaba alguna clase de software que tomaba instantáneas de todo cuanto había en sus ordenadores en intervalos regulares. Esto hacía que resultara muy sencillo restaurarlo todo tal y como estaba en una fecha concreta. Por lo general, Brendan seleccionaría la instantánea más reciente, pero en este caso se desplazó para retroceder más de un mes, mucho antes de que todo empezara a torcerse, y seleccionó «Restaurar».

—No debería haber destruido el portátil —pensó en voz alta.

—Entiendo por qué lo hiciste, pero sí, fue una gilipollez.

—¿Qué habrías hecho tú?

—Pues lo más probable es que hubiera hecho otra gilipollez, pero no esa.

Una barra de progreso avanzaba a paso de carreta en la pantalla mientras el portátil emitía un quejido, con el disco duro y el ventilador girando a todo trapo al mismo tiempo que el software restauraba todos sus datos.

Brendan sintió que se le formaba un nudo en la garganta.

—Oye, ¿tú sabes si se hace la copia de seguridad de nuestros portátiles cuando estamos de viaje?

—Hasta donde yo sé, la copia de seguridad se hace las veinticuatro horas del día, siete días a la semana, siempre que estés conectado a internet. ¿Por qué? —La respuesta le vino a la cabeza un instante después de haber formulado la pregunta—. Ah. Te estás preguntando cuándo se hizo la última copia de seguridad del portátil de Kim.

Brendan tragó saliva.

—Si eso lo ve quien no debe, la cosa no pinta nada bien para mí.

—Tal vez deberías llamar a George Keegan.

El hecho de oír aquella sugerencia, aquel nombre, en boca de Stuckey le sentó como un puñetazo a traición en el estómago.

George Keegan era un abogado defensor especializado en derecho penal con el que se habían enfrentado más veces de las que Brendan era capaz de recordar. Keegan lucía esos trajes italianos satinados que lanzaban destellos al andar, un brillo tan solo superado por las ingentes cantidades de gomina que se ponía en el pelo. Cobraba mil dólares por hora y rara vez perdía. En la década que había transcurrido desde que Brendan conocía a aquel tipo, él solo sabía de dos clientes suyos que hubieran pisado realmente la cárcel, y los dos habían conseguido una condena mínima en instalaciones de baja seguridad.

—Tú odias a George Keegan —le dijo Brendan.

—Claro, porque es bueno.

—Yo no he hecho nada malo, Stuckey.

—Eso no significa que no necesites un abogado. Keegan te habría dicho que no destruyeses el portátil.

Transcurrieron varios minutos entre ruidos frenéticos del disco duro, y por fin guardó silencio. Apareció un cuadro de diálogo donde decía: «¡Completado!». Brendan hizo *clic* en el mensaje para cerrarlo y resurgió el escritorio que él conocía como suyo, aunque ligeramente alterado respecto de lo que él recordaba, ya que era de hacía más de un mes. No había rastro de la app, ni fotos de Kim, nada de aquello.

Sonó un pitido en la línea de teléfono.

—Esa es Dubin. No muevas un dedo. Te llamo enseguida —dijo Stuckey, y colgó antes de que su amigo pudiera responder.

Brendan abrió una ventana del navegador de internet.

Necesitó un instante para recordar la dirección de Brookline que Abby había mencionado la noche anterior. Cuando le vino a la cabeza, la tecleó e hizo *clic* en «Buscar».

Aparecieron decenas de resultados, y todos ellos hablaban de lo mismo.

Brendan notó que se le aceleraba el pulso.

Abrió el primer resultado: una información de la filial local de la NBC:

DOS POSIBLES VÍCTIMAS EN UNA EXPLOSIÓN DE GAS EN BROOKLINE SE SOSPECHA QUE HA SIDO PROVOCADA

La población de Brookline, en el estado de Massachusetts, ha visto alterada su habitual calma esta madrugada poco antes de las 5 de la mañana, cuando la ha despertado la potente detonación de lo que podría ser una explosión de gas en la vivienda situada en el 29 de Belfer Drive. La causa de esta explosión está aún por determinar. Se cree que los residentes en esa dirección, Douglas y Mary Dubin, se hallaban en el interior de la vivienda. Gracias a los miembros del departamento de bomberos de Brookline se ha conseguido contener el incendio de manera que no afectara a otras propiedades. Las autoridades quieren hablar con la mujer que aparece en varias cámaras de seguridad del vecindario observando el domicilio de los Dubin en los días previos a la explosión. La policía busca un BMW Serie 3 de color rojo o un Nissan Ultima de color gris. En caso de que reconozca a esta mujer, por favor, póngalo en conocimiento de las autoridades.

Artículo en elaboración. Vuelva a entrar más tarde para acceder a la información adicional.

Aunque las fotografías eran de una definición muy baja, estaba claro que se trataba de Abby. En una de ellas estaba vigilando la vivienda con unos prismáticos. En la otra estaba hundida en el asiento, mirando hacia la casa.

La casa de la directora adjunta Dubin.

«Me cago en la leche.»

«Me cago en la leche, joder.»

Brendan levantó la cabeza de golpe y se quedó mirando el despacho de Dubin, al otro lado de la pradera de cubículos. Aunque habían echado las cortinas de manera parcial, Brendan llegaba a ver a los dos agentes y a aquella mujer dando vueltas por el despacho: abriendo cajones, armarios, archivadores, inspeccionando documentos sobre el escritorio de Dubin.

Esto era de locos.

¿Dubin estaba muerta?

La policía pensaba que Abby...

Brendan marcó la extensión de Stuckey, pero no le cogió el teléfono.

Toqueteó con torpeza su móvil, localizó uno de los artículos con la noticia y se lo reenvió a Abby.

Al instante sonó en su teléfono la notificación de una respuesta entrante.

Un pantallazo del móvil de Abby...

Has violado los términos y condiciones de nuestro servicio.
Tu condición de miembro ha sido revocada.
Sugar & Spice®
♥

Un segundo más tarde, Abby le escribió:

Tienes que venir a casa, ¡ya!

Brendan marcó su número, pero la llamada fue directa al buzón de voz.

—Cógelo, maldita sea.

Marcó una segunda vez y volvió a salirle el buzón de voz. Colgó sin dejar ningún mensaje y probó de nuevo con el despacho de Stuckey. Él tampoco contestó.

Brendan se levantó de su silla, fue hasta la puerta y abrió una rendija, lo justo para ver el despacho de Dubin. Los agentes de policía continuaban allí, también Stuckey. La puerta estaba cerrada. ¡Mierda! El chaval de informática se había unido a ellos y estaba encorvado sobre un portátil en el escritorio de Dubin. Señaló con el pulgar en dirección al despacho de Brendan. ¿Habían restaurado el contenido del portátil de Kim? ¿Habían encontrado las fotos? ¿Alguna otra cosa?

Un mensaje nuevo en su móvil.

Otra vez Abby:

¿Vas a venir? ¡Date prisa,
por favor!

Oyó el triple tintineo, no en su móvil, sino en su portátil nuevo. Cuando volvió a mirar la pantalla, el logotipo de Sugar & Spice ocupaba el centro con una barra de progreso de la instalación. Observó horrorizado cómo terminaba y aparecía aquella ridícula frase corporativa:

Ofrecido por International Entertainment Corp:
¡tu puerta de entrada a la libertad que disfrutas!

Se le abrieron tanto los ojos que se le podían haber caído de la cara. Sintió las piernas de goma. ¿Cómo es que no lo había visto antes?

«International Entertainment.»

«INTernational ENTertainment.»

«Intent.»

Sonó el teléfono de su despacho.

Brendan esperaba que fuese Stuckey, así que lo cogió.

No era Stuckey.

Era una voz femenina.

Robótica.

—Escúchame con atención, Brendan. Te vas a marchar de inmediato de la oficina y vas a volver a casa. No hables con absolutamente nadie mientras lo haces, bajo ningún pretexto.

El logotipo de Sugar & Spice desapareció y la pantalla se llenó de fotos. Todas ellas de Abby, sacadas a través de diversas ventanas de su casa.

—Coge este portátil —siguió la voz—. Coge tu móvil. No utilices ninguno de los dos dispositivos para ponerte en contacto con nadie. Lo sabremos. Mataremos a tu mujer.

—¿Quién coño eres?

—Prepárate para marcharte en cinco, cuatro, tres, dos, uno...

Se cortó la llamada.

Brendan oyó el timbre lejano de un teléfono. Cuando volvió a mirar por la rendija de la puerta de su despacho, la inspectora estaba a punto de coger el teléfono del despacho de Dubin, Stuckey estaba mirando el móvil en su mano igual que los agentes de policía y también el informático. Todos los teléfonos estaban sonando a la vez.

Brendan no entendía el cómo ni el porqué, pero era capaz de reconocer una distracción cuando la veía: tenía que llegar hasta Abby.

Agarró el portátil y su móvil, se agachó cuanto pudo y se sirvió de los cubículos para ocultarse camino del ascensor.

49

Brendan iba disparado por la I-90 cuando entró un mensaje de texto de Stuckey...

> ¿Te has ido a alguna parte?
> La policía quiere hablar contigo.
> Dubin está muerta. Tienen
> imágenes de Abby. Brendan,
> Abby no salió de casa anoche,
> ¿verdad? ¿Sería ella capaz de...
> ya sabes?

No respondió.

Tiró el móvil al asiento del acompañante e hizo caso omiso de las llamadas y los mensajes que continuaron llegando. Ninguno era de Abby. Tenía un tono especial para sus llamadas y sus mensajes. Lo sabría.

Quienquiera que fuese, ¿cómo cojones se las había arreglado para llamar no solo al despacho de Dubin, sino también a Stuckey, a varios agentes de policía y al chaval de informática, a todos a la vez? ¿Cómo es que tenían todos sus números? ¿Estaban todos ellos metidos en la app?

International Entertainment.

Intent.

Joder.

Joder.

¡¿Cómo coño lo había pasado por alto?!

Distraído, estuvo a punto de dejar atrás la salida 127. Cruzó tres carriles de un volantazo, cortó el paso a una furgoneta de reparto de Amazon y derrapó al meter las ruedas en la gravilla del arcén del carril de deceleración antes de que los neumáticos volvieran a tener agarre sobre el asfalto. No redujo la velocidad hasta que llegó al giro hacia Washington.

Derecha en Centre.

Izquierda en Marcuslin.

Había un Ford verde aparcado delante de su casa que se marchó a toda velocidad cuando él se detuvo con otro derrape en el camino de entrada. Brendan no lo reconoció.

Se abrió la puerta principal y apareció Abby.

—¡Entra, rápido!

Brendan dio la vuelta al coche y subió corriendo por el paseo. La rodeó con los brazos y la estrechó con fuerza.

—Dios mío, Abs. Esa casa... Creen que tú... ¡Abby, esa era mi jefa!

Le mostró el mensaje de Stuckey en su móvil.

Abby se limitó a mirarlo, horrorizada.

—No he ido... Yo nunca...

Brendan la abrazó con más fuerza.

—Lo sé, lo sé. Todo va a ir bien.

Abby se liberó de los brazos de Brendan y cerró de un portazo, echó el pasador del pestillo y colocó la cadenita en su sitio. Desplazó unos centímetros la cortina del cristal junto a la puerta de la casa y se asomó a ver el exterior. Estaba temblando. Inquieta. Nerviosa. Asustada. Tal vez todo lo anterior. Finalmente consiguió decir:

—Has visto ese coche, ¿verdad?

—¿El Ford?

Abby asintió.

—Sí, ¿por qué?

—Desde hace unas horas está viniendo gente que se para ahí delante. Solo aparcan y se quedan vigilando la casa. Se marchan en cuanto ven que los estoy mirando.

—¿Qué gente?

—Yo qué sé. Gente.

—¿El mismo coche?

—No. Coches distintos. Y luego está esto...

Abby le enseñó su móvil. Lo sujetaba como si no quisiera hacerlo y tuviese la obligación. Como si fuese algo contaminado que no tenía más remedio que llevar encima. Se veía el logotipo de Sugar & Spice, un mapa y una chincheta justo sobre su casa.

Una *pickup* de color gris metalizado se detuvo en seco en la calle.

—¡Otro! —señaló Abby con el dedo.

Aunque el vehículo tenía las ventanillas tintadas, Brendan pudo distinguir al menos a dos personas sentadas en el interior. Las dos parecían estar estudiando su casa. Un momento después, un coche compacto de color amarillo subió despacio por la calle y se detuvo detrás de la camioneta *pickup*. No se bajó nadie. Se quedaron allí sentados.

A Brendan empezaba a hervirle la sangre. Retiró la cadenilla de seguridad de la puerta, retiró el pasador del pestillo y la abrió de golpe. Apenas había dado un par de pasos por la acera cuando los dos vehículos arrancaron y se alejaron deprisa.

¡¿De qué cojones iba esto?!

Sonó el móvil de Abby.

Cuando Brendan volvió a mirarla, estaba pálida.

—Dice «número desconocido».

Brendan volvió a entrar y cerró la puerta.

—Cógelo y ponlo en altavoz.

Abby estaba temblando mientras sostenía el teléfono entre ambos y pulsó en «Aceptar». No dijo nada.

Oyeron una respiración seguida de una voz femenina.

—¿Abby? ¿Estás ahí? Soy yo, Connie.

Abby miró a Brendan y gesticuló con los labios: «Connie Cormack, mi agente».

—Luego la llamas —murmuró sin dejar de mirar por la ventana.

Antes de que Abby pudiera decir nada, Connie habló en una voz baja apresurada, un susurro cargado de urgencia.

—Tienes que escucharme con atención. Coged lo que podáis y marchaos de esa casa. Dejad los móviles, los ordenadores, todo lo que se pueda rastrear. ¿Me has entendido? Tenéis que esconderos. Tenéis que desaparecer.

A Brendan se le cortó la respiración. Se apartó de la ventana y se quedó mirando fijamente el móvil. Abby parecía confundida, pero él sí sabía de qué hablaba su agente.

—Fuiste tú quien puso esas cámaras, ¿verdad? ¿Se puede saber qué tienes en la cabeza? —saltó Brendan.

Abby no entendía nada.

—¿Qué cámaras?

—¡¿Me estáis escuchando?! No tenéis mucho tiempo. Me obligaron a hacerlo. Tienes que saberlo. ¡Me obligaron a hacerlo! ¡Tienen un...!

¡Pam!

Abby y Brendan se sobresaltaron. Aunque no había sonado muy fuerte a través del teléfono, los dos reconocieron aquel sonido: un disparo, que vino seguido de un ruido, como si el teléfono cayera al suelo.

—¿Estás ahí? —consiguió decir Abby—. ¿Connie? ¿Estás ahí? ¡Connie!

La llamada no se había cortado.

Se oyó el roce de unos pasos contra suelo y alguien cogió el teléfono.

Una respiración.

Esta vez más profunda.

Una voz femenina, de mayor edad.

—¿No es magnífico el amor?

Abby estuvo a punto de dejar caer el móvil al suelo, y Brendan se lo cogió de las manos.

—¿Quién coño eres? —gritó él—. ¿Qué le ha pasado a Connie?

—¿Abby Hollander? ¿Estás ahí? ¿Sigues conmigo, corazón?

Abby miró a Brendan con los ojos desorbitados y volvió a bajar la mirada al móvil.

—¿Qué quieres?

—Tendrías que haberlo hecho, Abby Hollander. Ay, tendrías que haberlo hecho. Ahora también es culpa tuya. Cuesta creer que valores más la vida de una desconocida que la de tu marido, pero bueno, ¡así es la vida! Supongo que la elección es un poquito más fácil si tu marido es un mentiroso de mierda. Todo muy emocionante con Sugar & Spice, hasta que él se la clava a otra por detrás o por delante. Verás...

Brendan colgó el teléfono y se descubrió mirando fijamente la pantalla.

«Está en todas partes.»

Abby debió de pensar lo mismo, porque le pegó un manotazo en el móvil a Brendan para tirarlo al suelo y lo pisoteó. Lo machacó. Molió los fragmentos bajo la suela del zapato hasta que no quedó nada más que un montón de añicos de cristal, de plástico y de circuitería destrozada.

—Haz la maleta —dijo Abby con voz temblorosa—. No vamos a quedarnos aquí esperando.

—No podemos marcharnos sin más —repuso Brendan—. La policía me está buscando. Piensan que yo le he hecho algo a Kim. Estoy seguro.

—Si no le has hecho nada, aparecerá. No podemos quedarnos aquí. —Señaló hacia la calle con un gesto del pulgar—. No sé de qué va todo eso de ahí, ni quiero saberlo. Quédate o vete, me da lo mismo. Yo me largo.

«Si no le has hecho nada.»

Ella tampoco le creía.

Cielo santo, ¿Abby le estaba dejando?

—Abs, por favor. Te juro que no te he engañado. No le he hecho nada. No quiero perderte, yo...

Abby llevó un dedo a los labios de Brendan, lo hizo callar y señaló el Amazon Echo en la mesa que tenían enfrente. Aún estaba desenchufado, pero Brendan lo comprendió en cuanto Abby señaló alrededor de la habitación: el termostato inteligente, los interruptores domotizados, los detectores de humo y de incendio, todos sus aparatos conectados. Si alguien —persona o personas— quería escuchar, podía hacerlo.

Joder, estaban escuchando. Tenían que estar escuchándolos.

Abby lo miró a los ojos y gesticuló con la boca con sumo cuidado: «Te creo».

Brendan sintió cómo se escapaba el aire de entre sus labios en un suspiro de alivio que fue incapaz de contener.

Abby alzó la voz.

—Mira, haz lo que te dé la gana con la maleta, a mí ya me da exactamente igual lo que hagas.

Fuera real o no, aquello le dolió.

Abby gesticuló entonces: «¿Cuánto tienes en metálico?».

Brendan sacó la cartera y se lo mostró. Algo menos de trescientos dólares.

Abby se sacó del bolsillo otros ochenta en billetes arrugados.

No mucho.

No lo suficiente.

La expresión de Abby le decía que ella estaba pensando lo mismo.

—Cinco minutos —le dijo ella—. Me marcho a la casa del lago hasta que esto pase.

No tenían ninguna casa en ningún lago.

Abby señaló el móvil de Brendan. Lo había dejado junto a la puerta con el portátil.

—Me han dicho que me los traiga aquí —dijo él en una voz tan baja como fue capaz.

Destrozaron a una los dos aparatos.

50

Brendan no había deshecho la maleta del último viaje a Chicago, así que sacó de la bolsa la ropa sucia, la reemplazó, y estuvo en la puerta en menos de tres minutos. Abby bajó la escalera justo detrás de él con su maltrecha mochila roja, la misma que había utilizado unos años antes cuando salió a hacer la gira promocional de *Conociendo a Ella*.

Brendan retiró la cortinilla del cristal junto a la puerta principal para volver a observar el exterior.

—Joder.

—¿Qué?

—Hay una furgoneta bloqueándonos el paso.

—¿Una furgoneta? —Se apretó junto a él para verla con sus propios ojos.

Abby ya estaba tensa, pero al ver la furgoneta roja cada músculo del cuerpo se le convirtió en piedra y se quedó lívida.

—¿Sabes quién es?

Abby mantuvo baja la voz, apenas en un susurro.

—Nos siguieron a Hannah y a mí hace unos días. También estaban vigilando a la gente de Belfer.

Una joven con el pelo largo y oscuro rodeó el lateral de la furgoneta y se apoyó en el parachoques delantero. Vestía unos vaqueros recortados y la parte de arriba de un bikini de rayas azules. Observó el coche de Brendan, la fachada de la casa y comenzó a retorcerse un mechón de pelo entre los dedos en un gesto distraído mientras mascaba chicle.

—Quédate detrás de mí —le dijo Brendan a Abby.

Levantó la maleta, abrió la puerta y salió a la acera.

La mujer lo saludó con la mano en un gesto coqueto y le sonrió.

—Hola, me llamo Juliet. Usted debe de ser el señor Hollander.

Estaba claro que Abby no tenía la menor intención de quedarse detrás de Brendan. Dejó su mochila en la hierba y dio unos pasos hacia la chica.

—Pensé que habías dicho que te llamabas Cordelia. ¿Cuál es el siguiente, Macbeth? ¿Portia? ¿Cleopatra?

Se retorció de nuevo el pelo y sonrió de oreja a oreja.

—Pues no las conozco, pero suenan de maravilla. ¿Qué tal va su próximo libro, señora Hollander? El otro me tiene enganchadísima. He estado leyéndolo sin parar.

Brendan se acercó a Abby.

—¿La conoces?

—Me pidió un autógrafo el otro día, cuando estaba con Hannah.

—Y su adorable esposa tuvo la amabilidad de dármelo. Es un encanto.

Brendan avanzó un paso hacia la joven.

—Tienes que mover de ahí la furgoneta.

—Me temo que no tengo las llaves. —Puso cara de pena e hizo un puchero—. Romeo nunca me deja conducir.

—Romeo y Julieta, qué monos.

Abby se aproximó un poco más.

—¿Y dónde está... Romeo?

La joven que decía llamarse Juliet hizo un gesto de desdén con la mano.

—Ya sabe..., por ahí.

—¡Estaba mirando si teníais una puerta de atrás!

—gritó una voz áspera desde la esquina de la casa—. Me imaginaba que podríais salir huyendo por ahí. No se me ha ocurrido que fuerais a darle palique a mi chica. ¿Os ha atendido en condiciones?

El hombre más grande que Brendan hubiera visto jamás había rodeado el lateral de su casa y venía por el césped hacia ellos.

Se paseaba.

Ese fue el verbo que le vino a Brendan a la cabeza.

Eso era lo que hacía aquel tío. Se paseaba como si tal cosa.

Medía por lo menos metro noventa, quizá noventa y dos o noventa y tres. Más de noventa kilos de peso. Sombrero de vaquero andrajoso en la cabeza y barba de varios días. Unos cuantos también desde la última vez que se habría dado un baño. Brendan captó su olor en el aire. Llevaba los vaqueros sucios, igual que la camiseta negra descolorida, con el logotipo del grupo de música Boston cuarteado y apenas legible. Sostuvo en alto un teléfono móvil.

—Me alegro de que hayáis destrozado los vuestros; utilizar el GPS para seguiros le quita toda la gracia. Ahora sí que nos lo vamos a pasar bien.

—Quitad de en medio la furgoneta.

—O qué, ¿me vas a pegar, don Abercrombie? ¿Me vas a atizar con la mariconera? Si de verdad me preocupara lo más mínimo, le diría a mi Juliet que os contara lo que le pasa a la gente que me amenaza a lo tonto. Pero no me tiene preocupado. Casi respeto, incluso, el hecho de que estés dispuesto a hacerlo. Mucho mejor que ponerse a suplicar y a lloriquear y cosas por el estilo. Lo odio casi tanto como los GPS.

—Hemos llamado a la policía —le dijo Abby.

Aquello le provocó una sonrisa.

El hombre tenía los dientes amarillos y torcidos.

Recorrió el resto del césped con ese paso cansino suyo

y se quedó a escasos centímetros de ellos, con los ojos clavados en Abby, un aliento apestoso, a carne pasada de fecha.

—No, no lo habéis hecho. La poli tiene unas ganas locas de echarte el guante, y tu maridito aquí presente se ha dado a la fuga por haber hecho desaparecer a una chica. Lo último que haríais es ir corriendo a la poli. —Se inclinó hacia ella y esnifó con fuerza—. Mmm, huele bien.

—Apártate de ella, joder —gruñó un Brendan al que le hervía la sangre.

Romeo se relamió los labios resecos sin quitarle los ojos de encima a Abby.

—Sois nuestro pasaporte al platino, pero eso no significa que no podamos pasar primero un buen rato. ¿Qué te parece si nos vamos dentro tú y yo? A Juliet no le importa mucho, siempre que la dejemos mirar. Tu maridito también puede venirse, y a lo mejor aprende algo.

Abby levantó la rodilla, rápido y fuerte. Cargó todo el peso de sus cuarenta y nueve kilos en aquel golpe y atizó a Romeo de lleno en los huevos. Los músculos de aquel rostro agrietado se tensaron, y el tipo retrocedió varios pasos entre tambaleos, como un árbol inmenso que intentara mantenerse erguido en una ventisca invernal.

—¡Vamos!

Abby agarró a Brendan de la mano y se lo llevó a rastras a la calle, hacia la casa de Hannah y Stuckey.

A su espalda, Romeo gritaba:

—¡Ay, me encanta cuando se ponen peleonas!

51

A trompicones, Brendan estuvo a punto de tropezarse en los peldaños de acceso al porche delantero de la casa de Hannah y Stuckey. Abby llegó antes, y estaba escarbando frenética en la maceta vieja de una planta que ya llevaba mucho tiempo muerta, buscando la llave de repuesto.

—¿Hannah no está en casa?

—Ha dejado a Stuckey en la oficina y se ha marchado al banco —le dijo Abby—. Ha dicho que va a pagar el rescate de su ordenador.

Cierto era que Brendan sabía muy poco de la manera en que Hannah se ganaba la vida, pero le parecía absurdo aquello de pagarle diez mil dólares en bitcoins a un desconocido para poder acceder a sus redes sociales.

—¡Con un golpe como ese dejas a un tío cantando con voz de soprano! —gritaba Romeo a su espalda.

Estaba a cierta distancia, a medio cruzar la calle, tomándose su tiempo.

Juliet no venía detrás, sino que se había quedado en la casa de Brendan y Abby, agachada cerca de la puerta principal.

—¡Esa zorra se ha dejado la mochila! ¡Mira qué monadas tiene aquí dentro!

La mochila de Abby estaba abierta, y la chica estaba muy ocupada sacando la ropa y tirándolo todo por el césped.

—¡La encontré! —Abby se levantó, limpió la tierra de la llave y la metió a tientas en la cerradura.

Nada más abrir la puerta, el panel de la alarma que había a un lado comenzó a pitar. Abby hizo caso omiso y fue corriendo hacia la cocina.

Brendan cerró la puerta y echó el pasador del pestillo justo cuando Romeo se estampaba por el otro lado. Su considerable corpulencia y su tamaño sacudieron la casa entera y agitaron los cuadros en las paredes.

—Soplaré y soplaré, y vuestra casa derribaré —canturreó en voz grave mientras golpeaba la puerta una segunda vez y después una tercera.

Los golpes eran tremendos.

El silencio que se produjo cuando se detuvo fue aún peor. Solo se oía el pitido del panel de la alarma, que también se acalló. Al instante comenzó a sonar la sirena como si fuera un chillido estridente.

Brendan retrocedió despacio y encontró a Abby en la cocina.

La puerta de la despensa estaba abierta, y la mitad de lo que contenía estaba tirado en el suelo de la cocina. Era como si Abby estuviese cogiendo cajas al azar, vaciándolas y tirándolas a un lado.

—¿Dónde dijo que...?

—¡La caja de cartuchos de gas!

—No veo nada de eso...

Se hizo añicos un cristal del salón. Otro más. Se oyó un golpe más fuerte y grave cuando Romeo abrió de una patada las puertas acristaladas. Un golpe seco y sordo. El crujido de un plástico duro. La alarma dejó de sonar.

Brendan fue corriendo hasta Abby, la agarró por la cintura, tiró de ella hacia el interior de la despensa y cerró la puerta de lamas, bastante endeble. Abby seguía buscando mientras él observaba el exterior por aquellas rendijas tan finas. Primero vio la sombra de Romeo, que iba creciendo en el suelo de la cocina como si fuera un monstruo que cobra vida en la pesadilla de un niño.

—Caramba, Juliet. ¿Dónde crees tú que pueden haberse escondido estos dos?

Le dio una patada a una caja de cereales, que salieron despedidos y desperdigados por el suelo de gres. Cuando se dio la vuelta hacia la puerta de la despensa, no hizo el menor esfuerzo por ocultar el crujido de cada uno de sus pasos. Quería que los oyesen.

Brendan no sabía en qué momento había entrado Juliet en la casa, pero cuando la joven habló, sonó como si estuviera en el salón o en el umbral de la cocina.

—Pues no sé, Romeo. A lo mejor se han escabullido por la puerta de atrás y ya están lejos. Es que son la mar de listos. Nos llevan ventaja, eso seguro. Tal vez deberíamos abandonar y marcharnos a casa.

Romeo se acercó más a la puerta de la despensa y bloqueó el paso de la luz con aquel corpachón.

Brendan no se percató de que su mujer había encontrado la pistola hasta que Abby apretó el gatillo.

Stuckey había dicho que no era más que un 38, le restó importancia como si fuera una pistolita, pero la detonación en aquel espacio tan reducido fue de todo menos pequeña: sonó un potente *bang* y, a continuación, un pitido en los oídos de Brendan. De inmediato hubo tres disparos más con los que Abby vació el tambor del arma contra la puerta de la despensa. Brendan no tenía ni idea de cuántos disparos tenía un 38, pero pensaba que eran más de cuatro, lo que significaba que Stuckey había escondido el arma sin asegurarse de que estuviera cargada del todo.

Los disparos perforaron la endeble madera de la puerta.

De repente había cuatro orificios del tamaño de una moneda de diez centavos en una puerta que estaba intacta un segundo antes.

—¡Joder! —gritó Romeo desde el otro lado de la puerta—. ¡Me habéis pegado un tiro!

Brendan giró el pomo y cargó con todo su peso contra la puerta de la despensa, que se abrió de golpe y se estampó contra un Romeo que ya retrocedía, tambaleante. Se resbaló con los cereales, perdió el equilibrio y cayó. Impactó en un golpe seco contra el suelo, y Brendan vio una mancha roja cada vez más grande en la camiseta de aquel tipo, sobre la parte derecha del abdomen, donde lo había alcanzado al menos una bala. Saltó sobre el pecho de Romeo y comenzó a darle puñetazos en la cara como un loco.

Brendan no había pegado a nadie, jamás. La mandíbula de aquel hombre le pareció de acero, como si estuviera dando puñetazos en cemento. Sonó un agradable crujido cuando la nariz de Romeo se partió hacia un lado. El labio abierto. Brendan continuó pegándole, incluso cuando se le abrieron a él dos de los nudillos de la mano y su sangre se mezcló con la de Romeo.

El otro apenas se inmutó.

Se reía.

—¡Ah, qué bueno es estar vivo!

Con un chillido agudo, Juliet saltó sobre la espalda de Brendan. Lo rodeó con las piernas, lo agarró del pelo y tiró.

—¡QUÉ LE HACES EN LA CARA A MI ROMEO! ¡Apártate de él, pedazo de mierda!

Con la mano libre, Juliet rodeó la cabeza de Brendan, y él no pudo ver más que las uñas largas y afiladas que buscaban sus ojos.

Soltó un cabezazo hacia atrás e impactó en el hueso de la barbilla de Juliet.

No se había dado cuenta de que Abby había salido de la despensa, ni tampoco la había visto darle la vuelta a la pistola, agarrarla por el cañón y estampar la culata en el cráneo de Juliet, tan solo lo oyó. Juliet se quedó tiesa y se le cayó de la espalda. Aterrizó desmoronada junto a Romeo, en el suelo.

Abby agarró a Brendan por la camisa y lo levantó. Juntos, huyeron hacia el garaje.

52

El Tesla de Stuckey estaba en el garaje.

Apenas hacía unos meses que había comprado aquel coche, un Model S de color negro, después de decirle a Hannah que lo necesitaba como ayuda para superar su segunda crisis de la mediana edad. Habían instalado una estación de carga en su casa, pero se había estropeado la semana pasada, y Stuckey no había pedido aún que se la arreglaran. Tan solo había dos puntos de carga en el edificio de la oficina y las probabilidades de llegar allí antes que los demás propietarios de vehículos eléctricos eran mínimas, un riesgo que Stuckey no estaba dispuesto a correr, así que el coche se había quedado ahí dentro cogiendo polvo.

—¡Yo conduzco! —gritó Abby, que se subió a toda prisa en el asiento del conductor.

Brendan rodeó el coche y se sentó a su lado. En el retrovisor, pulsó el mando para abrir la puerta del garaje, que comenzó a elevarse con lentitud.

Abby miraba sin parpadear aquel salpicadero tan desconocido para ella.

—¿Cómo se arranca este trasto?

Habían dejado la llave del coche en la consola central: parecía el ratón de un ordenador. Los únicos botones que tenía eran para los cierres de las puertas y para los dos maleteros, el de delante y el de detrás. No había ningún botón de arranque. Abby le dio unas vueltas entre los dedos y la dejó en el soporte para vasos.

Brendan intentó recordar qué le había contado Stuckey. Era algo raro. Entonces le vino a la memoria.

—Pisa el pedal del freno durante tres segundos.

Abby pisó el pedal hasta el fondo.

El salpicadero cobró vida y el coche salió disparado hacia delante casi en silencio en cuanto Abby pisó el acelerador.

Romeo irrumpió por la puerta de acceso a la casa: el suyo era un cuerpo tan grande que cualquiera diría que se iba a quedar encajado al tratar de atravesarla. Tenía la cara hecha un cromo, ensangrentada, con los dientes amarillentos cubiertos de rojo al sonreír como un crío pequeño que se planta en la entrada de Disneylandia.

—¿Ya os vais? ¡Qué lástima!

Tenía la camiseta agujereada por el impacto de la bala y, aunque había perdido sangre, no parecía inmutarse. Había desaparecido el sombrero de vaquero, y el cabello oscuro le caía en unos mechones enmarañados y grasientos. Echó mano de un martillo del banco de trabajo de Stuckey y se lo arrojó a la pareja cuando pasaron a toda velocidad: impactó en la luna trasera, la atravesó y cayó en el asiento.

Romeo salió al camino de la entrada de la casa y se quedó mirando cómo Abby giraba a la izquierda al llegar a la calle y pisaba a fondo el acelerador. El coche salió disparado como un cohete sin hacer apenas el menor ruido. Al pasar por delante de su casa, Brendan vio la ropa de Abby desperdigada por el césped, todo lo que había en su mochila. Entonces se dio cuenta de que su maleta también estaba ahí fuera, en alguna parte. Era incapaz de recordar dónde o cuándo la había soltado. En casa de Stuckey, probablemente.

—Maldita sea —masculló Abby, que había alzado la mirada hacia el espejo retrovisor.

—¿Qué pasa ahora? —Brendan se retorció en el asiento para echar un vistazo hacia la parte de atrás del coche.

Juliet iba al volante de la furgoneta roja. Se había detenido delante de la casa de Stuckey lo justo para que Romeo se subiera, y también ella había arrancado. Despidió una nube de humo negro por detrás y comenzó a coger velocidad.

Abby aceleró, aunque ya iba casi al doble de la velocidad permitida.

—En esa tartana no nos alcanzan ni borrachos.

Apenas acababa de salir aquella frase por los labios de Brendan cuando la pantalla del centro del salpicadero se puso de color rojo. Apareció un mensaje, todo en mayúsculas:

FALLO DE AUTENTICACIÓN EN DOS PASOS.
NO SE HA DETECTADO UN TELÉFONO
MÓVIL AUTORIZADO.
INTRODUZCA EL CÓDIGO DE SEGURIDAD
PARA EVITAR QUE EL VEHÍCULO SE APAGUE.

53

Abby apartó los ojos de la carretera el tiempo justo para leer el mensaje.

—¿Stuckey te ha dado el código? ¿Tienes idea de cuál es?

—Jamás me lo ha dicho. —Brendan tenía los ojos clavados en la pantalla—. Ni tampoco le he visto nunca introducir ningún código.

Era un código de seis dígitos.

Había un temporizador con una cuenta atrás desde sesenta segundos al que solo le quedaban ya treinta y siete.

Brendan se llevó la mano de manera instintiva al bolsillo de atrás en busca de su móvil, y entonces recordó que estaba hecho añicos en el suelo de su casa. También el de Abby.

—¿Estos coches no tienen una especie de teléfono incorporado? ¡Compruébalo en el volante!

Abby dio con un botón en la parte posterior derecha del volante. Hizo que se minimizara el temporizador al ir pasando diversas opciones por el centro de la pantalla cada vez que lo pulsaba. Encontró la pantalla del teléfono cuando apareció la foto de Stuckey... que estaba llamándolos.

Veintidós segundos.

Brendan pulsó en «Aceptar».

—Stuckey, vamos en...

—¿Qué coño hacéis vosotros en mi buga?

—Soy Brendan. ¡Abby está conmigo!

—No jodas, tío. Que os veo por la cámara. ¿Te importaría explicarme por qué he empezado a recibir en el móvil un bombardeo de imágenes vuestras robándome el coche? ¿Por qué cojones te has largado de la oficina? ¿Te haces una idea del lío en el que te has metido?

Doce segundos.

—¡Necesito tu código de seguridad!

—¿Qué código de seguridad?

—¡El del coche!

—¿Para qué?

Brendan miró hacia atrás. Fuera o no una tartana, la furgoneta les iba ganando terreno.

—¡No hay tiempo para explicártelo! ¿Cuál es?

—No lo sé. Fue Hannah quien configuró todo eso. —Se quedó callado unos instantes—. ¿Tengo rota la luneta trasera? No lo veo bien desde este ángulo.

Cinco segundos.

—¡Olvídate de la puta luneta trasera, Stuckey! ¡Alguien está intentando matarnos!

—¿Qué?

No tenían tiempo para eso.

—¡Es la app! ¡Es de International Entertainment, y eso es Intent!

Un segundo.

La pantalla parpadeó en rojo. Se bloquearon todas las puertas, y el vehículo comenzó a perder velocidad.

Abby pisó como loca el pedal del acelerador.

—¡Se ha desconectado todo! ¡No funciona nada!

Entonces, cuando el volante comenzó a girar entre sus manos, a moverse por sí solo, se le pusieron los ojos como platos: el coche se dirigió hacia el bordillo de la acera y se detuvo con suavidad.

La furgoneta roja venía a tal velocidad detrás de ellos que Brendan estaba seguro de que los iba a golpear.

Cuando Juliet advirtió que se habían detenido, ya estaban lo bastante cerca como para que Brendan viese el pánico en los ojos de la joven. Clavó los frenos; las ruedas traseras se bloquearon con un chirrido estruendoso. Patinaron y se detuvieron como mucho a medio metro del Tesla.

—¡Mierda, Stuckey, el código!

—Prueba con «Bourbon1», con B mayúscula. Hannah y yo la utilizamos para todo.

—¡Esa no es! ¡Son seis dígitos, todo números!

Romeo se bajó de la furgoneta. Tenía la cara hecha un desastre, y aun así había encontrado su sombrero de vaquero y se lo había puesto. Vio que Brendan lo estaba mirando, le guiñó un ojo y metió el brazo de nuevo en la furgoneta. Sacó un bate de béisbol. Comenzó a girar el bate de madera en aquella manaza y arrancó hacia el Tesla. El muy cabrón estaba silbando.

Juliet bajó la ventanilla del conductor, sacó medio cuerpo y se sentó en aquel hueco.

—¡Dales una lección, Romeo! Mira que fastidiarte así la cara. ¡Reviéntales el cráneo como si fuera una calabaza el día después de Halloween!

—Stuckey..., ¿cuál es el código? ¡Piensa!

—Mmm... A lo mejor puedes probar con 696969.

Brendan pulsó los botones. Otro zumbido.

—¡No es ese!

Romeo descargó el bate y reventó los faros traseros del lado derecho, arrastró los pies unos pasos y destrozó los de la izquierda.

—¡Hannah habría utilizado tu cumpleaños! —gritó Abby—. Es su contraseña del gimnasio.

—¿En serio? Qué tierno.

—¡STUCKEY, COJONES, CUÁL ES EL CÓDIGO!

—240182.

Romeo impactó con el bate en la ventanilla trasera y reventó el cristal.

—¡No, por Dios! —exclamó Stuckey por el altavoz del coche.

Brendan introdujo la cifra.

La pantalla parpadeó en verde y desapareció el mensaje, sustituido por un mapa de su ubicación actual y la información sobre la llamada de teléfono en curso.

Abby no perdió un segundo. Metió la marcha atrás en el Tesla, pisó a fondo el acelerador y golpeó a Romeo con la fuerza suficiente para tumbarlo. Brendan pensó que lo iba a atropellar —una parte de él lo deseaba, quería sentir ese bache tan satisfactorio, oír el crujido—, pero su mujer volvió a meter la directa y salió disparada.

Brendan no vio a Romeo hacerlo, pero no le cabía la menor duda de que aquel tipo tan enorme se había levantado.

54

—¿Todavía estáis ahí?

La voz incorpórea de Stuckey sonó desde los altavoces del coche a su alrededor.

Sin rastro de la furgoneta, Abby salió de la zona residencial y tomó el acceso a la I-90.

Brendan por fin se sentó mirando al frente y se hundió en el asiento. La adrenalina lo abandonó tan rápido como había llegado y le dejó el cuerpo con la sensación de ser una cáscara vacía y agotada. Comenzaba a dolerle cada centímetro del cuerpo —los brazos, las piernas, la espalda—, se miró las manos, los nudillos abiertos, hinchados, que manchaban de sangre el asiento de cuero del coche de Stuckey.

—Aquí seguimos —consiguió decir.

—¿Está muy mal mi coche?

Abby hizo la maniobra para incorporarse al tráfico de la autovía y, al coger velocidad, el viento empezó a silbar por las ventanillas rotas. El asiento de atrás estaba lleno de cristales. Sin pilotos traseros, estaba claro que los iban a parar en cuanto se acercase algún coche de la patrulla estatal de carreteras.

—Necesitamos otro coche —dijo Brendan.

Ella contestó sin apartar la vista de la carretera:

—Necesitamos dinero. Con trescientos ochenta dólares no vamos a ninguna parte.

Stuckey carraspeó.

—¿Por qué motivo necesitáis otro coche, exactamente? ¿Qué le habéis hecho a mi pequeñín?

—Stuckey, olvídate del coche, ¿has oído lo que te he dicho antes? La propietaria de la aplicación es Intent.

—Intent es una intermediaria financiera. ¿Para qué iban a tener una aplicación de sexo? Espera un segundo... —La voz de Stuckey se amortiguó cuando tapó el aparato para hablar con otra persona. Volvió con ellos unos instantes después—. Estáis en la I-90, ¿verdad? Brendan, tienes que volver a la oficina. No es tarde para intentar arreglar todo esto, pero tenéis que venir aquí ahora mismo. Los dos.

Brendan le lanzó una mirada nerviosa a Abby.

—¿Con quién estás hablando? ¿Cómo sabes dónde estamos?

—Vais en mi coche. Puedo ver dónde estáis en la app de Tesla, y también puedo hacer esto...

El coche sufrió una pequeña sacudida.

—Estamos perdiendo velocidad. —Abby pisó a fondo el acelerador, pero no pasó nada—. ¡Stuckey, para!

El coche volvió a dar un tirón y aumentó la velocidad.

—¿Estáis viendo el nivel de la batería? Está en las últimas. Tenéis lo justo para llegar a la oficina, pero si tratáis de huir, os quedaréis tirados en la cuneta en menos de media hora.

Brendan se inclinó sobre el salpicadero y estudió los diferentes indicadores digitales.

Abby le señaló el de la batería. Marcaba un siete por ciento.

Stuckey bajó la voz.

—Brendan, no te voy a mentir. Han restaurado el portátil de Kim a partir de una de las imágenes de disco de respaldo. Tienen todas las fotos y vuestras idas y vueltas. Si vienes, todavía tienes una oportunidad para explicarlo todo. No saben cómo encaja Abby en esto, pero ninguna de las teorías pinta bien. Os ayudaré a contárselo todo, a ir por delante, pero tenéis que venir ahora mismo.

Brendan miró a su mujer, que tenía la vista clavada al frente, sorteando el tráfico con cara de preocupación.

—A lo mejor deberíamos —se planteó Brendan—. ¿Adónde vamos a ir, si no?

Abby continuaba con los ojos en la carretera.

No dijo nada.

Stuckey carraspeó.

—Si no venís, si huis, ya sabéis lo que va a parecer. Brendan, ten...

Se cortó la voz de Stuckey. La pantalla central parpadeó y apareció el logotipo de Sugar & Spice seguida de:

¡APLICACIÓN ACTUALIZADA CON ÉXITO!

El coche aceleró y dio un tirón hacia delante.

—¡Brendan, esto no lo he hecho yo! —Abby bajó la mirada a los pedales y volvió a fijar los ojos en la carretera—. ¡Yo no estoy haciendo esto!

Comenzó a aumentar su velocidad.

120.

135.

150.

160.

La pantalla empezó a llenarse de mensajes con preguntas Sugar y retos Spice al azar.

¿CUÁL ES LA MAYOR LOCURA
QUE HAS HECHO CON TU PAREJA?
¿DE QUÉ COLOR ES LA ROPA INTERIOR
QUE LLEVA HOY TU PAREJA?
¿SACRIFICARÍAS TU VIDA POR LA DE TU PAREJA?
¿MORIRÍAS POR TU PAREJA?
¿MORIRÍAS POR TU PAREJA,
EN ESTE PRECISO INSTANTE?

Los mensajes se sucedían con tal rapidez que Brendan no podía leerlos.

Abby dio un fuerte volantazo para esquivar la parte de atrás de un camión articulado que iba despacio y estuvo a punto de colisionar con una *pickup* Chevy al cambiarse al carril de la derecha: dio otro volantazo, invadió el arcén y consiguió recuperar el control de la dirección del coche después de pasar a escasos centímetros del parachoques de la camioneta.

—¡El coche se está peleando conmigo! ¡No me deja girar el volante! ¡Nos vamos a estrellar!

Continuaba aumentando su velocidad.

170.

175.

Brendan llevó la mano al volante. Sintió la vibración en cuanto rodeó con los dedos el plástico duro que se estaba resistiendo tanto a la fuerza de Abby como a la suya. Cuando Abby quiso ponerse delante del camión articulado para pasar al carril de la izquierda, el volante giró de repente en esa misma dirección para que golpearan la cabina del camión. Necesitaron aunar todas sus energías para evitar la colisión. Aumentó la resistencia, como si el Tesla estuviera intentando imponerse. Si la llave del coche no se hubiera deslizado en el soporte para los vasos cuando dieron el volantazo, Brendan no se habría fijado en ella, no se habría acordado de que estaba ahí, siquiera. Fue pura suerte. Como si recibiera una puta señal.

Agarró la llave y la arrojó por el agujero de la luna trasera del coche.

La pantalla parpadeó en rojo, y en el centro apareció el mensaje: LLAVE NO DETECTADA; de inmediato, el coche empezó a disminuir su velocidad. Brendan no sabía si Abby se las había arreglado para llevar el Tesla hasta el arcén de la carretera o si había vuelto a ser el vehículo por sí solo. Tampoco le importó demasiado. Tan pronto como se detuvieron, se quitó de golpe el cinturón de seguridad y salió a trompicones por la puerta hacia la hierba húmeda.

Un segundo después, Abby se dejó caer a su lado.

Brendan le pasó el brazo por los hombros, la atrajo hacia sí y hundió el rostro en sus cabellos.

Permanecieron allí sentados toda una eternidad.

Sugar & Spice®

Sugar

Comparte con tu pareja
tu secreto más inconfesable.

55

Brendan y Abby recorrieron a pie cerca de un kilómetro de autovía por el arcén hasta la siguiente salida, que descendieron cuesta abajo con paso cansino hasta el cruce con Linden Street cerca de Allston. Fueron todo el rato cogidos de la mano, con los dedos entrelazados, apretándolos, buscando una cercanía que ambos deseaban pero se veían incapaces de alcanzar, incluso el uno en el otro.

Al final de la cuesta había una vieja gasolinera Gas 'N' Go. Desvencijada, pero aún en funcionamiento. Unos carteles en la fachada alardeaban de las espectaculares ofertas en cartones de tabaco y en packs de doce latas de cerveza Michelob Ultra. Había bastante movimiento de gente en los surtidores. Un bebé lloraba en un coche; un golden retriever los miraba desde la ventanilla abierta de una *pick-up* GMC. Una mujer salió con ímpetu por la puerta doble de cristal sin dejar de rascar furiosamente con una moneda de diez centavos el primero de los muchos cartoncillos de lotería que llevaba en la mano. Ajena por completo a cuanto sucedía a su alrededor, cruzó el aparcamiento hasta un viejo Chevy Malibú aparcado en doble fila junto al contenedor de basura.

Allí de pie, sin soltar la mano de Abby, Brendan se quedó mirando aquello, el carácter cotidiano de la escena, y comenzó a dudar de todo lo acaecido en la última hora. No había sucedido de verdad. Había sido alguna clase de sueño, de visión, alucinaciones; de todo menos real, porque las cosas que habían ocurrido en la última hora..., esas cosas no les pasaban a personas de carne y hueso, solo pasaban en las películas, en las series de la tele, en los libros, pero no en la vida real. Él ya había estado antes en aquella gasolinera, unos seis meses atrás. El GPS lo había sacado de la autovía para evitar alguna clase de atasco a causa de un accidente, así que se detuvo allí a llenar el depósito y comprar una lata de Coca-Cola. En aquel entonces, lo suyo había sido algo cotidiano, un momento normal y corriente, y ahora se moría de ganas de volver a ser normal y corriente: y por un brevísimo segundo, lo fue. Entonces el dedo de Abby se movió sobre uno de sus nudillos magullados, y Brendan bajó la mirada a las manos de ambos, entrelazadas. Parte de su sangre le manchaba la piel a su mujer. Más sangre le manchaba los vaqueros. En ese momento vio la pistola. El arma de Stuckey. Ella la sostenía en la mano libre, balanceándola en el costado, a la vista de todo el mundo.

—Cielo santo, Abby... —Le arrebató el arma, se la metió por la cintura del pantalón, en la espalda, y se sacó el faldón de la camisa para poder taparla un poco—. ¿La has llevado en la mano desde que hemos empezado a andar?

Abby lo miró, pero no dijo nada.

Tenía una cara inexpresiva.

Se encontraba en una especie de estado de shock.

Si le preguntabas a Brendan, te diría que él también lo estaba.

La atrajo hacia sí y le apartó un mechón de pelo de los ojos.

—Escúchame. Vamos a entrar ahí y nos asearemos un poco. Si hay un cajero, sacaré lo que pueda. Después...

—Tú saca dinero, y ellos lo sabrán.

La voz de Abby no sonaba en absoluto como de costumbre: era una voz hipnótica, sin altibajos.

—No tenemos elección. Además, si nos están observando tan de cerca, sabrán dónde hemos dejado el Tesla. Sabrán que hemos venido caminando hasta aquí. Así que vamos a darnos prisa: sacamos dinero y lo utilizamos para llegar a algún lugar seguro. Conseguimos todo el metálico que podamos y desaparecemos del mapa..., y nos quedamos así, fuera del mapa, hasta que resolvamos esto. ¿Te parece razonable?

Abby asintió.

—¿Brendan?

—Dime.

—¿Connie está muerta?

«Sí.»

—No lo sé. Esperemos que no. Venga, vamos.

Se la llevó hacia la doble puerta de cristal de la pequeña tienda de la estación de servicio y entraron. Vio un cajero a su derecha y un cartel que anunciaba los aseos al fondo.

—Ve tú primero. Yo me quedo sacando algo en metálico.

Abby no se movió.

Brendan la atrajo hacia sí, hundió la cara en su cabello en un gesto de cariño y le dijo con voz suave:

—Vamos a solucionar esto. Te lo prometo. Pronto habrá terminado todo. Tenemos que ser fuertes.

Con un leve gesto de asentimiento, Abby desenlazó su mano de la de Brendan y recorrió los pasillos estrechos hacia la esquina del fondo.

Ante el cajero automático, Brendan sacó la tarjeta bancaria y tecleó su código de seguridad. Marcó la opción «Retirar dinero» y tecleó tres mil dólares. Apareció un mensaje que decía que el límite permitido para las retiradas de efectivo era de quinientos dólares.

Soltó un juramento para el cuello de la camisa.

Aquello no iba a ser suficiente ni con los trescientos ochenta que ya tenían: hoteles, comidas..., necesitaban un coche. ¿Cómo demonios ibas a desaparecer del mapa con menos de mil dólares? Tendrían que parar en varios cajeros automáticos. Desde allí, iban a bajar andando por la calle hasta que encontraran algún comercio de coches de segunda mano, e iban a detenerse en todos los cajeros por el camino. Fuera quien fuese la persona que seguía sus pasos, sin duda que lo averiguaría, pero podrían desvanecerse en cuanto tuvieran un coche. Tan solo debían moverse con velocidad, no darle a nadie el tiempo suficiente para llegar allí.

Cambió el importe de la retirada por quinientos dólares y presionó el botón «Intro». En la pantalla sucia apareció el mensaje: «Autorizando».

Un momento después lo que apareció fue: «Fondos no disponibles».

Con el ceño fruncido, cambió la cantidad por trescientos dólares y recibió el mismo mensaje.

Notó el sudor en la frente conforme iba pulsando botones en distintas pantallas hasta que encontró la opción «Consultar saldo». La marcó y se quedó esperando.

La máquina expulsó un recibo.

Cuando encontró la cifra del saldo disponible en aquel papelito tan fino, Brendan no pudo hacer nada salvo quedarse mirándolo.

12 centavos.

Encontró el mismo saldo en la libreta de ahorros conjunta que tenían.

—No. No. No. No. ¡No!

—¿Va todo bien por ahí? —le preguntó el dependiente de la tienda, un hombre más mayor con una sudadera de los Patriots—. Esa máquina a veces es un poco lenta. Yo creo que todavía va conectada a la línea de teléfono.

Brendan le hizo un gesto de desdén con la mano y probó con una de sus tarjetas de crédito. La operación apareció como «Rechazada».

Le dio un golpe a la máquina en un lateral.

—¡Oiga! —gritó el dependiente—. Vuelva a hacer eso y llamo a la policía.

—Lo siento —consiguió articular Brendan—. Llevo una mañana difícil, y no me funciona la tarjeta.

El dependiente le echó un vistazo más detenido a Brendan y vio la sangre en sus manos, un roto en la camisa.

—A lo mejor sí que debería llamar a la policía. ¿En qué lío se ha metido usted?

Abby salió del aseo. Se había recogido el pelo en una coleta y se había lavado la cara. Ella también se había sacado de los pantalones el faldón de la camisa para tapar las manchas de sangre en los vaqueros. Cuando llegó junto a Brendan, la mano temblorosa de su marido le entregó el recibo con el saldo.

Abby estudió el número y soltó un resoplido.

Había algo diferente en ella.

No sabía cómo, pero Abby se había recompuesto en aquel brevísimo intervalo de tiempo.

Había desaparecido la cara de aturdimiento, reemplazada por una expresión que Brendan ya conocía más que de sobra. Era la misma que tenía cuando se acorralaba ella solita al escribir, la misma que tenía cuando colocaba a un personaje en una situación imposible y había que inventarse una salida para poder continuar. El cerebro le funcionaba a marchas forzadas, trabajaba para solucionar el problema.

Abby le dio una palmada en el culo.

Cuando habló, lo hizo con un deje en la voz, con algo de acento, y a un volumen suficiente para que lo oyese el empleado de la gasolinera.

—Eso es culpa mía, cari, que ayer me fui de compras y dejé la cuenta tiritando. Pero mañana me ingresan la nómina, cero problemas. ¿Quieres algo?

Brendan se quedó mirando cómo Abby cruzaba la

tiendecita, llegaba hasta la caja y ponía un paquete de chicles sobre el mostrador. Sacó un par de billetes arrugados del bolsillo y volvió la cabeza para decir a voces:

—Última oportunidad, queridín.

—No necesito nada.

Abby se rascó la mejilla.

—Pues tú mismo. —Se dirigió al dependiente—: ¿Me das un paquete de Marlboro Light y uno de esos móviles baratos de usar y tirar que tienes ahí?

El dependiente volvió a lanzar un vistazo rápido a Brendan, se dio la vuelta, cogió un paquete de cigarrillos de la estantería superior y lo dejó en el mostrador. Acto seguido, cogió un móvil desechable del expositor a su derecha y lo dejó junto a los chicles.

—Su marido tiene un pequeño problema de actitud.

—Qué va, ese no le hace daño a nadie. ¿Cuánto es?

—Veintiséis dólares con cincuenta y ocho centavos. ¿Quiere una bolsa?

—No, gracias. —Abby le entregó treinta dólares—. Quédate con el cambio, por las molestias.

Recogió el móvil, los chicles y el tabaco, se marchó hacia la puerta y voceó a Brendan:

—¿Vienes ya?

Brendan, estupefacto, fue tras sus pasos.

—¿De qué narices iba todo eso? —le dijo ya en la acera, ante la puerta de la tienda—. Tú no fumas.

—Cuando la policía le pregunte quién cree él que le ha robado el coche, no queremos que nos describa a nosotros, sino a alguien distinto.

Abby extendió la mano con un llavero pequeño con la llave de un coche y pulsó un botón.

Un Honda Civic oxidado trinó a su izquierda.

56

—No te muevas, amor. —Juliet observaba de cerca a Romeo con una gasa empapada en alcohol en la mano. Le había recolocado la nariz y le estaba limpiando la sangre—. No es para tanto. Volverás a estar guapo enseguida. —Le dio un beso en la frente—. Sigues siendo mi osito achuchable.

Estaban en la parte de atrás de la furgoneta, aparcados a dos manzanas de la casa de los Hollander. Romeo había puesto el aire acondicionado a tope antes de subir, y ahora pensaba que ojalá no lo hubiese hecho. Tenía constantes escalofríos por todo el cuerpo, temblaba sin parar. Intentó detenerlos a base de fuerza de voluntad, pero seguían llegando uno tras otro. Maldita adrenalina, que dejaba de hacerle efecto.

Aquel disparo le dolía de cojones, pero esa tía flaca como el palo de una escoba no valía una mierda con una pistola en la mano, así que la bala le había atravesado el michelín. Eso no era prácticamente nada en comparación con otros tiros que había recibido. La mayor parte de la hemorragia se había detenido ya cuando Juliet le quitó la camiseta y le limpió la herida. A decir verdad, le cabreaba más lo de la camiseta. Le encantaba Boston, y, hasta donde él sabía, el grupo ya no salía de gira. El valor de aquella camiseta era incalculable, y esa tía se la había jodido. Solo por eso se las iba a hacer pasar putas de manera especial, y obligaría a Abercrombie a mirar.

El móvil de Romeo sonó en algún lugar de la parte de delante.

Juliet se quedó paralizada con la gasa en la mano y volvió la cabeza muy despacio hacia aquel sonido.

—Será ella, ¿verdad?

Pues claro que sería ella. Nadie más tenía ese número. Solo ella.

Y no le iba a gustar nada de esto.

Ni una pizca.

—Acércamelo.

Juliet no se movió.

—Quizá es mejor que no lo cojas, que crea que estás liado o algo así.

No se hacía eso de no cogerlo, con ella no.

—Acércamelo —insistió él.

Juliet soltó el aire que había estado conteniendo y agarró el móvil para dárselo a Romeo.

El nombre de quien llamaba estaba en blanco, y el número que salía debajo no tenía ninguna lógica: demasiados dígitos, y empezaba con un cuatro. El código de otro país, lo más seguro. Daba igual, esa mujer estaría rebotando la llamada, siempre lo hacía. Por lo que sabía él, podría incluso estar ahí fuera, junto a la furgoneta.

Romeo se aclaró la garganta, cogió la llamada y la puso en altavoz.

—Hemos tenido algo así como una complicación en casa de los Hollander, pero lo tenemos todo bajo control.

La mujer no dijo nada. Rara vez lo hacía.

Romeo miró hacia el rincón de la furgoneta, a la pila de ordenadores portátiles, tabletas y pedazos de teléfonos móviles que habían recopilado del interior de ambas viviendas.

—Hemos cogido todos sus dispositivos. He tenido que prender fuego a las dos casas. En la segunda había alarma, y ese par de gilipuertas la han hecho saltar. No nos daba tiempo a hacer una limpieza.

En casa de los Hollander, Romeo había utilizado la gasolina que había encontrado en el garaje junto al cortador de césped. Con la casa de enfrente había tenido que ser algo más creativo. Había abierto los fogones de gas, soplado para apagar la llama y prendido fuego a un envase de aceite de cocina en la encimera. Las dos viviendas habían ardido de maravilla.

—Esa zorra me ha disparado, y no podía dejar restos de sangre, usted ya lo sabe. Todo lo que hemos tocado. Me he imaginado que la alarma haría venir a la policía. Solo teníamos unos minutos, no era suficiente para limpiar la casa, así que he tomado una decisión. Una buena decisión, porque sí que ha venido la poli. Apenas nos ha dado tiempo para hacer lo que hemos hecho, pero lo tenemos controlado.

—Descuidado.

La mujer habló en voz baja, casi un susurro. O tal vez fuera alguna clase de distorsionador electrónico de la voz, porque ya los había utilizado antes. De una u otra forma, el hecho de oír cualquier tipo de respuesta por su parte lo pilló desprevenido. Un nuevo escalofrío lo recorrió de pies a cabeza, reptándole por los huesos, arañándole la piel. Se dijo que eso era la adrenalina.

—La policía no se tragará que nada de eso haya sido un accidente. Lo relacionarán con la explosión de gas en casa de Dubin. Tal vez con la casa de los Messing también. Lo vincularán todo y entonces sabrán que esas tampoco fueron accidentales. Estáis en situación de riesgo. Y los habéis dejado escapar. Los habéis perdido.

Romeo tragó saliva.

—Nadie está en situación de riesgo, ni hemos perdido a nadie. Yo sé adónde van aunque ellos ni siquiera lo hayan decidido aún. Lo tenemos controlado. Quítese toda preocupación de... —Estuvo a punto de decir «de esa cabecita linda», pero se dio cuenta de que eso podría bastar para pintarse él solito una diana en la espalda—. No se preocupe ni lo más mínimo.

La mujer colgó el teléfono.

Ni adiós, ni un *clic*, la llamada se cortó sin más.

Romeo debería haber sentido alivio con aquello, pero no fue así. Miró a su chica.

—Es posible que necesitemos una vía de salida. Lo que sea, más pronto que tarde.

Juliet chasqueó la lengua con suavidad y volvió a ocuparse de las heridas de Romeo.

—No hay quien huya de ella, lo sabes de sobra. Lo mejor es que terminemos el trabajo. Nos queda poco. Se lo dejamos listo y tenemos la vida resuelta, esa es nuestra vía de salida. No hay otra.

Juliet le dio unos toquecitos en un corte junto al ojo derecho. La gasa empapada en alcohol era como un cuchillo al rojo. Romeo cogió aire entre los dientes apretados y se centró en apartar el dolor. Estuvo diciéndose que no sentía nada hasta que ya no hubo nada que sentir.

Estaba bastante seguro de adónde iban a ir esos dos, pero eso dependía de una sola y simple pregunta que se encontraba fuera de su control: ¿eran lo suficientemente listos como para averiguarlo?

Estaba muy seguro de que sí.

Apostaría su dinero por la Zorra Flaca antes que por Abercrombie, pero juntos lo resolverían. La verdadera cuestión era: ¿cuánto iban a tardar?

—¿Cuánto tiempo nos queda?

Juliet alargó la mano a ciegas hacia sus pies, dio con su móvil y se lo enseñó a Romeo para que viese la pantalla. Su temporizador decía:

57 horas, 36 minutos y 19 segundos.

«Venga, Zorra Flaca, encaja las piezas.»

«Ven con papaíto, que papaíto tiene que llevárselo crudo.»

57

El Civic olía a pizza rancia. El asiento de atrás estaba hasta arriba de ropa sucia. Los frenos chirriaban cada vez que Brendan pisaba el pedal. Caían gotas de agua de la goma podrida del techo solar a pesar de que no había llovido en más de una semana.

«Yo nunca he robado un coche.»

—Bebe —masculló Brendan para el cuello de su camisa.

—¿Qué?

Hizo un gesto negativo con la cabeza.

Abby había estado rebuscando por el coche por si encontraba algo útil —bajo los asientos, en la guantera— e incluso se había pasado al asiento de atrás para mirar entre aquella ropa sucia y había comprobado el maletero, donde no halló nada salvo una barra oxidada para cambiar los neumáticos, una rueda de repuesto tipo galleta que estaba desinflada y toda una variedad de restos de basura de diversos restaurantes de comida rápida.

Regresó al asiento del acompañante, intentó abrocharse el cinturón de seguridad y se rindió al ver que el cierre estaba roto.

—Con un poco de suerte, este tío tiene doble turno y no echará de menos su coche hasta bastante tarde.

—Yo creo que le hemos hecho un favor al robárselo.

Al salir de la gasolinera, Brendan giró a la derecha en

el primer semáforo y después a la izquierda en el siguiente. No tenía ningún destino en mente, pero hasta el último hueso de su cuerpo le decía que debían seguir en movimiento.

—Le has dicho a Stuckey que todo esto era cosa de Intent. ¿Qué es Intent?

Aquella palabra sonaba rara en labios de Abby, y el hecho de oírla lo descolocó por un segundo.

—Es la empresa de préstamos entre particulares que hemos estado investigando en el trabajo. Su director financiero ha estado robando fondos de la compañía y blanqueándolos en Laos. Nos hemos incautado de todo, más de doscientos millones de dólares. No actuaba solo. Las oficinas de la empresa en Chicago están vacías, y ha huido todo el personal. Hay tres personas muertas, por lo menos. Ahora Dubin y, probablemente...

—Kim.

Brendan asintió.

—¿Podría ser algún tipo de venganza?

—¿Por retenerles el dinero? —Se quedó pensándolo—. No lo sé. Tal vez. No tengo muy claro qué significa nada de esto.

—Significa que alguien está utilizando la app para silenciar a la gente. Ese Spice que recibí decía: «¿Matarías a un desconocido para salvarle la vida a tu pareja?»; no lo cumplí, y aun así alguien fue a matar a esa pareja de Brookline. —Los ojos se le abrieron de forma exagerada—. El tío de la furgoneta, Romeo, ha dicho que éramos su pasaporte al nivel platino.

Brendan giró de nuevo a la derecha en una calle al azar.

—Vamos, Abs, nadie va a matar a nadie por conseguir puntos en un juego.

Abby no tenía respuesta para eso. Guardó silencio. Un momento después, señaló hacia la derecha.

—Métete por ahí.

El aparcamiento de un Walmart.

—¿Por qué? Deberíamos seguir moviéndonos.

—No tardaremos.

Brendan pensó que pretendía comprar algo, pero Abby le dio indicaciones para llegar hasta una esquina concurrida del parking y le dijo que aparcara. Encontró un sitio libre, y cuando apagó el motor, el coche petardeó un par de veces antes de quedar por fin en silencio.

Abby sacó dos monedas de diez centavos de entre unas monedas sueltas que había en el cenicero y le entregó una a Brendan.

—Utilízala para quitar nuestra matrícula, y no dejes que nadie te vea hacerlo.

Se bajó del coche antes de que él pudiera decirle nada.

Brendan se bajó también y rodeó el Honda Civic. Estaba con el último tornillo cuando Abby regresó con otra matrícula. Se la dio a Brendan y cogió la de él en cuanto terminó de soltarla.

—Voy a poner esta en el otro coche —se apresuró a explicarle—. Así es menos probable que se den cuenta.

Brendan se sorprendió mirando a su mujer sin parpadear.

—¿De dónde sale todo esto? Joder, que has robado este coche como si te hubieras pasado toda la adolescencia entrando y saliendo del correccional en lugar de ir a un colegio de pago.

Abby se relamió.

—Lo único que hago es preguntarme qué haría mi protagonista si esto fuera mi libro. «QHE.» Qué haría Emily.

—Pues parece que Emily sabe latín.

—Ya te digo.

—Imagino que no sabrás cómo termina el libro, ¿no?

—Todavía no.

Brendan intentó no sonar abrumado, pero lo estaba.

—Abby, nos han vaciado las cuentas bancarias. No

nos funcionan las tarjetas de crédito... Esta gente tiene una sombra muy alargada.

—Creo que nosotros mismos les hemos dado permiso para hacer eso.

—¿Cómo?

—¿Te acuerdas de lo que nos enseñó Stuckey? La aplicación estaba utilizando la cámara y los micrófonos de nuestros móviles, y creo que le dimos permiso para ver los datos de otras aplicaciones. No hay manera de saberlo con seguridad, pero si eso es cierto, ha quedado expuesto todo aquello que tuviésemos en los teléfonos: nombres de usuario, contraseñas, todo lo que hayamos tecleado o dicho lo bastante cerca como para que capten nuestras voces.

—Lo teníamos todo en el móvil. La vida entera.

—Tenemos que asumir que ahora conocen a todos nuestros amigos, todos nuestros contactos. Podrían utilizar los datos de los GPS para descubrir los lugares en los que hemos estado. Todos los sitios a los que podríamos ir.

—¿Y cómo nos escondemos de eso? Es como si pudieran leernos el pensamiento.

Abby hizo un leve gesto negativo con la cabeza.

—No lo sé.

Cuando Brendan terminó y se puso en pie, Abby le cogió las dos manos entre las suyas. Se le había secado ya la sangre, pero tenía los nudillos hinchados y magullados.

—¿Te duele?

—No tanto como antes —mintió él—. Sobreviviré.

Abby metió la mano en la parte de atrás del coche y sacó una camisa de cuadros y una gorra de béisbol de los Red Sox. Se la puso a Brendan en la cabeza y le entregó la camisa.

—Ve ahí dentro y lávate. Cámbiate la camisa y ponte esa, pero no tires a la basura la camisa sucia de sangre, tráetela contigo. Al final siempre encuentran este tipo de cosas. Ya nos libraremos de ella en algún otro sitio.

En la comisura del labio de Brendan bailó la sombra de una sonrisa.

—¿Qué haría Emily?

—QHE —asintió ella—. Emily se iría a algún lugar donde pudiera pensar y hallar la forma de seguir viva. Entonces resolvería esto.

58

Una hora después, Brendan tiró del freno de mano.

—¿Estás segura de esto?

—No —respondió Abby en voz tenue—. Pero es todo lo que tenemos.

—¿Cómo has dicho que se llamaba?

—Harlan. Doctor Harlan Bixby.

Habían llegado al edificio de la consulta de Donetti justo cuando Bixby, el psicólogo que compartía despacho con Donetti, salía por la puerta. Se subió a uno de los últimos modelos de Saab de color gris y condujo hasta el centro, a un restaurante cafetería muy popular de estilo años cincuenta en Legacy Boulevard. Hizo una llamada rápida desde el coche y entró.

Brendan miró el 38 en la mano de Abby.

—No sé yo si deberías llevar eso contigo.

—Si está en el ajo, no quiero entrar ahí sin esto.

—Está descargado.

—Él no lo sabrá. ¿Y si también va armado?

—Si ese hombre tiene un arma, dudo que la tenga vacía. —Brendan se mordió el interior del carrillo durante un segundo—. A lo mejor debería llevarla yo.

—¿Por qué? ¿Porque eres un hombre, o por tu extensa experiencia y tu entrenamiento con armas de fuego? —respondió Abby—. ¿Cuántas veces has disparado tú?

—Vale, ninguna, pero...

—Yo he disparado cuatro veces en defensa propia, y eso son cuatro veces más que tú. Y mi experiencia es reciente, puedo añadir. Eso significa que gano yo.

Antes de que él pudiera objetar nada, Abby ya había bajado del coche e iba de camino a la puerta del restaurante con la pistola escondida bajo los faldones de su camisa. Brendan soltó un juramento en voz baja y salió detrás de ella.

Abrieron las puertas y retrocedieron en el tiempo.

Las paredes eran de color blanco y verde agua, y estaban iluminadas por toda una variedad de letreros de neón. Sillones de cuero rojo, el suelo ajedrezado de cuadros blancos y negros; una vieja gramola Wurlitzer contra la pared del fondo hacía sonar a Elvis a grito pelado en unos vinilos auténticos. El sitio estaba lleno a la hora de comer.

Apareció una camarera pelirroja con un uniforme blanco y cogió dos menús de un atril a su izquierda.

—Tengo un par de sitios en la barra si quieren sentarse ya. Una mesa o unos sillones tardarán unos veinte minutos.

Se fijó en los nudillos costrosos de Brendan, que se metió las manos en los bolsillos.

—Hemos quedado con alguien. —Abby estudiaba la multitud.

Localizó a Bixby sentado solo en una mesa con sillones un poco más allá de la mitad de la pared de cristal, rodeó a la camarera y arrancó hacia él.

Brendan cogió los menús de las manos de la camarera, le dio las gracias y siguió a Abby, que se sentó en el sillón frente a Bixby, con Brendan a su lado.

El terapeuta pareció sorprendido, los miró a los dos con rostro perplejo. Entonces reconoció a Abby y se puso en tensión.

—Vaya..., qué casualidad.

—No lo es —le dijo ella de plano—. Lo hemos seguido.

Bixby lanzó un vistazo a Brendan y comenzó a levantarse.

—Siéntese. No quiero tener que dispararle.

—¿Dispararme?

Abby tenía ambas manos debajo de la mesa. Las levantó lo justo para que él viese la parte superior del arma y las bajó muy despacio para volver a ocultarla.

Bixby, pálido, se acomodó en su asiento.

—No sé de qué va esto, pero estoy esperando a alguien que va a llegar en cualquier momento.

—No tardaremos mucho. Páseme su móvil, deslícelo sobre la mesa.

Se quedó mirándola un instante, como si le hablara en otro idioma, y acto seguido cogió el teléfono del bolsillo frontal de su maletín de cuero —en el asiento, junto a él— e hizo lo que ella le había pedido.

Abby le dio un toque a Brendan con el codo.

—Comprueba si tiene la app instalada.

Brendan cogió el teléfono, tocó la pantalla para activarla y miró a Bixby.

—¿Cuál es su código de acceso?

El doctor bajó la mirada a la mesa, como si pudiera ver el arma a través de la madera.

—Siete, tres, dos, cinco, ocho, uno.

Brendan lo introdujo y fue pasando las pantallas.

—No la veo.

—Eso es bueno.

El rostro de Bixby comenzó a recuperar el color.

—¿Qué es lo que no ve? ¿De qué va esto?

Abby se humedeció los labios.

—Tenemos que encontrar a la doctora Laura Donetti.

Bixby puso cara de perplejidad.

—Le dejé un mensaje en el buzón de voz, ¿no lo ha recibido?

Abby le dijo que no con la cabeza.

—Fue una hora después de que se marchara, más o menos.

—He tenido algunos problemas con el móvil estos días.

Bixby soltó un suspiro de frustración.

—Mire, lo más probable es que esto no sea nada, pero...

Alargó el brazo de nuevo hacia su maletín, y ella levantó el arma. Fue más bien un acto reflejo, y golpeó por debajo el tablero de la mesa, con las manos.

El doctor no se sobresaltó con aquel sonido, eso había que reconocérselo. Brendan sabía que el arma no estaba cargada, y aun así se movió con un espasmo en el asiento.

Bixby le mostró ambas manos a Abby.

—Solo voy a sacar una cosa del maletín.

—Despacio —le dijo ella.

Él metió la mano y sacó un bote de comprimidos con receta. Se lo entregó a Abby.

Brendan estaba nervioso.

Y cuando estaba nervioso le costaba horrores quedarse quieto en el asiento. Le costaba todavía más mantener la mirada fija en el hombre que tenía sentado delante. Sus ojos iban de acá para allá. En condiciones normales, eso era algo malo, pero de no ser por eso, quizá no se habría percatado de que una pareja mayor no dejaba de mirarlos desde el otro extremo de la barra, ni tampoco habría reparado en su manera de apartar la vista de inmediato en cuanto él los sorprendió mirando. Los dos tenían el móvil en la mano.

—Abby, creo que tenemos un problema.

Fue consciente de lo absurdo de aquella afirmación en cuanto salió de sus labios. Su mujer estaba sentada a su lado con un arma en la mano, apuntando a un hombre al que él no había visto en su vida. Tenían las cuentas bancarias a cero, y alguien había intentado matarlos apenas unas horas antes.

—¿Qué van a tomar?

Ninguno de ellos había visto llegar a la camarera, que esperaba junto a la mesa con un pequeño bloc de notas y un bolígrafo.

—Nada, gracias. Nos marchamos enseguida —logró decir Brendan.

Cuando la camarera se hubo alejado, Brendan volvió a ver a la pareja mayor, observándolos. Y no eran solo ellos: dos taburetes más allá había un hombre corpulento con una camisa de franela roja y una gorra de los Patriots, y también los vigilaba. Al contrario que la pareja mayor, ese hombre no hizo el menor esfuerzo por disimularlo. Incluso consultó algo en su móvil, volvió a levantar la cabeza y miró a Brendan a los ojos como si estuviera confirmando algo, como si estuviera examinando una fotografía para confirmar que...

—Abs, en serio, tenemos que irnos.

Ella no le hizo caso: se dedicó a observar el bote de comprimidos. Era de color naranja y estaba por la mitad.

—Se dejó eso —dijo Bixby—. Me lo encontré en el primer cajón del escritorio. Lamotrigina. Se suele recetar para los ataques de epilepsia.

Abby giró el bote y estudió la etiqueta. Estaba a nombre de Lois Donatelli, no de Laura Donetti.

—¿Cómo sabe que es suyo?

—Porque nadie más ha utilizado la consulta. Y por el parecido en el nombre. ¿De quién iba a ser, si no? No he sido capaz de encontrar ningún registro de una Laura Donetti en la zona, pero sí que he dado con una Lois Donatelli cerca de Fenway.

Del mismo bolsillo del maletín sacó un papelito con una dirección escrita con buena caligrafía.

—¿La ha buscado en Google?

—No la he buscado en Google. Lo he comprobado en Zillow, esa aplicación de propiedades inmobiliarias. Es un chalet pareado. —Miró hacia la puerta con cara de nervios——. Mire, coja esto y márchese. Mi paciente va a llegar en cualquier momento, y solo es nuestra segunda sesión. Está pasando por una situación delicada, no quiero que se asuste.

Ahora también los miraba una mujer desde dos mesas más allá.

Cinco personas.

No, seis.

Había salido un cocinero de la cocina con el móvil en la mano grasienta y los miraba fijamente.

——Abby, saben que estamos aquí.

Eso logró captar por fin su atención.

Abby volvió a alzar la cabeza. Cuando lo hizo, ambos se fijaron al menos en otras cuatro personas que apartaban la vista y volvían a centrarse en su plato. Ninguno de los dos vio a la chica que se acercaba a su mesa.

Venía por el pasillo. Cabello oscuro, pendientes con unos aros metálicos grandes. Vaqueros rotos. Estudió a Brendan y a Abby con inquietud y se detuvo junto al doctor.

——Lo siento, llego tarde. ¿Quiere que vuelva en otro momento?

Bixby hizo un amable gesto negativo con la cabeza y se inclinó hacia Brendan y Abby.

——No se lo diré a nadie. Váyanse. Salgan de aquí y márchense. En lo que a mí respecta, no he visto ninguna... ——Señaló hacia la mesa con la barbilla——. Yo no he visto nada.

La chica parecía estar percibiendo que algo no iba bien. Cambió de postura ligeramente y volvió a apoyarse en los talones con el cuerpo cada vez más tenso. Brendan se fijó en su ojo izquierdo: la piel de alrededor parecía oscurecida, con los restos de una magulladura oculta bajo una gruesa capa de maquillaje. No podía tener más de catorce años.

Bixby metió la mano en su maletín y sacó un panfleto.

Aunque lo tapó con la mano al dejarlo sobre la mesa, Brendan pudo entrever el título: «Hampton House: aquí estarás a salvo».

—Abs... —dijo Brendan en voz baja al tiempo que buscaba su mano—. Tiene razón, vámonos.

Abby también vio el panfleto, el ojo izquierdo de la chica y la manera en que la cría miraba la puerta como si se lo estuviese pensando mejor.

Bixby gesticuló con los labios: «Por favor».

—Los he visto en las noticias —dijo la chica con voz tímida—. Están en todas las cadenas.

Abby ya estaba a medio salir de entre el sillón y la mesa.

Se detuvo y se quedó paralizada en el sitio.

Brendan notó que Abby le ponía la pistola en la mano, y él la escondió rápidamente en la cintura de los vaqueros, por debajo de la camisa.

Abby cogió el móvil de Bixby, que continuaba sobre la mesa. Abrió el navegador de internet y pulsó en «Noticias». Palideció en cuanto empezaron a aparecer los titulares.

59

De vuelta en el Honda Civic.

A toda velocidad por la I-90.

—Tenemos que llamar a Stuckey —dijo Brendan, que iba al volante—. Hay que avisarlo. Ese agente del FBI con el que trabajé en Chicago, Bellows, tal vez él pueda ponernos a todos bajo protección.

Abby tenía el dedo sobre el botón para sintonizar la radio, saltaba de una emisora a otra en busca de noticias. Había querido llevarse el móvil de Bixby, pero Brendan le dijo que no podían hacer eso, que era demasiado fácil de rastrear. Y ya tenían el desechable.

La radio se detuvo en una canción de Britney Spears, y Abby volvió a apretar con ganas el botón. Pasó tres emisoras más antes de encontrar otro parte de noticias:

«... aunque el incendio está controlado, las dos viviendas han quedado consumidas por las llamas. Se busca a Brendan Hollander en relación con la desaparición de una mujer, Kim Whitlock. La policía relaciona a su esposa, Abby Hollander, con un incendio provocado en Brookline a primera hora de la mañana del día de hoy. Las autoridades también creen que los Hollander iniciaron el fuego en su propia casa para destruir pruebas antes de robar el vehículo de un compañero de trabajo, que casualmente vive al otro lado de la calle, y de provocar un incendio también allí. El Tesla robado se ha recuperado unas tres horas después en la I-90, cerca del punto kilométrico 102. Se cree que, desde allí, Brendan y Abby Hollander continuaron a pie hasta una gasolinera cercana, donde trataron de sacar dinero de un cajero automático. A partir de ahí se desconoce su paradero, pero lo más probable es que se encuentren aún en las inmediaciones de la ciudad de Boston. Insistimos en que, si ven a este hombre y a esta mujer, no se acerquen a ellos, pónganse en contacto de inmediato con las autoridades. Detective, ¿tiene algo más que añadir?».

Se oyeron unos roces.

Movimiento ante el micrófono.

«Gracias a un esfuerzo conjunto con el FBI, estamos reuniendo información bastante rápido. Brendan Hollander podría estar relacionado con varias muertes más en Chicago. Es muy probable que la pareja vaya armada. No puedo dejar de insistir en esto: este tipo de gente actúa como un animal acorralado. Llegados a este punto, solo piensan en escapar y en sobrevivir, así que no se interpongan en su camino. Si los ven, llamen al teléfono de emergencias 911. —Sonó entonces por los altavoces el ya conocido tintineo triple: procedente del móvil de alguno de los asistentes a la rueda de prensa. La detective hizo una pausa de un segundo y prosiguió—: Creemos que...»

Abby apagó la radio.

—Has oído eso, ¿verdad? El tintineo.

Brendan asintió.

—¿Quién es esta gente? ¿Por qué nos están haciendo esto? Dios mío, nos han quemado la casa...

Su voz se fue perdiendo en el silencio mientras asimilaba aquella última parte.

Las ideas le bullían en la cabeza, pero ninguna tenía sentido.

—La casa se puede reemplazar. Al menos estamos bien —le dijo Brendan, porque no se le ocurrió otra cosa.

Pero no estaban bien.

Distaban mucho de estar bien.

Iban en coche en busca de una dirección vinculada con un bote de comprimidos que había aparecido en el cajón del escritorio de un hombre al que no conocían, todo ello porque no tenían nada más.

No tenían adónde ir.

Nadie a quien recurrir.

Nada.

La voz de Abby se había quedado en un hilo.

—¿Esa gente del restaurante nos miraba por las noticias, o porque están todos en la app?

—No lo sé.

—Cuando nos la descargamos, la app estaba la primera del ránking. ¿Qué significa eso en cuanto al número de personas? ¿Cuánta gente la tiene?

—No lo sé.

—¿Estarán todos ayudándolos a encontrarnos?

—No lo sé.

—Brendan, ¿tú crees que...?

—¡QUE NO LO SÉ, JODER, ¿VALE?!

Quiso retirar aquello en cuanto lo dijo, pero no había manera de hacerlo. Muy poco a poco, Abby se fue deslizando en su asiento hacia el lado contrario y se apoyó contra la puerta, como si quisiera alejarse de él y no pudiera ir más allá sin llegar a saltar del coche.

Brendan se pasó los dedos por el pelo apelmazado.

—Perdona, Abs. Lo siento... en serio.

Continuaron en silencio durante casi un minuto, hasta que Abby habló:

—Yo estoy igual, pero no podemos tomarla el uno con el otro; si hacemos eso, vamos listos. Ya sé que Donetti no era una doctora de verdad, pero hay algo que dijo ella que sí era cierto: tenemos que ser el uno el defensor del otro. Si trabajamos juntos, podremos salir de esta, pero si nos retraemos cada uno a nuestro rincón, si nos aislamos el uno del otro, estaremos acabados. No podemos permitir que esto nos separe. Da igual lo difícil que se ponga.

Aparecieron las señales que indicaban la dirección de Fenway Park, y Brendan cogió la salida de Charlesgate.

—¿No es más rápido por Beacon?

—Demasiado concurrido —dijo él—. Deberíamos limitarnos a las carreteras secundarias por si acaso alguien ha visto el coche en el restaurante. ¿QHE?

—Emily conseguiría otro coche, probablemente.

—Seguro que sí.

Brendan quería cambiar de tema, tal vez preguntarle por su libro, pero no se veía capaz de hacerlo. El ordenador de Abby se había bloqueado con aquel ransomware, la copia impresa sobre su escritorio se habría perdido, igual que cualquier otra cosa que hubiera escrito en aquel bloc de notas. Su agente estaba muerta. En lugar de eso, alargó el brazo para cogerle la mano.

—Hay algo más que tenemos que plantearnos, y no te va a gustar. —Se mordisqueó el labio inferior durante un segundo—. A lo mejor deberías entregarte tú y decirles que yo me he largado por mi cuenta, que no sabes dónde estoy. Podría dejarte en algún sitio. Dame solo media hora, más o menos, para que pueda...

—¿Es que te has perdido mi discursito sobre lo de seguir unidos, o qué?

Brendan negó con la cabeza.

—No puedo seguir hundiéndote con esto, Abs, no si hay alguna forma de sacarte del atolladero. Si esto va de verdad sobre Intent, significa que he sido yo quien te ha metido a ti en ello. Incluso el follón con Kim. Te mereces algo mejor que yo, Abs, con toda la mierda por la que te he hecho pasar...

Abby le apretó la mano con los dedos y se quedó callada un buen rato. Cuando por fin habló, lo hizo con voz temblorosa.

—¿Sabes qué fue lo que de verdad me aterrorizó cuando me contaste lo que había pasado con Kim en aquel primer viaje? No fue la posibilidad de que me hubieras puesto los cuernos, sino la idea de continuar viviendo sin ti. Hasta ese instante, cada pensamiento sobre el futuro que se me pasaba por la cabeza te incluía a ti, a los dos, juntos. Pero entonces me contaste lo que había sucedido, y de repente vi un futuro muy distinto. Jamás me había sentido tan sola en mi vida. Incertidumbre. Temor. Si te dejaba, ya sabía que acabaría recuperándome, que seguiría en pie, no era eso lo que me daba miedo. Era pensar en todos los momentos que no íbamos a disfrutar. Yo sé qué aspecto van a tener nuestros hijos, sé cómo se llamarán y puedo verlos jugando en el jardín con los montones de hojas secas en otoño... contigo. Me veo en las giras promocionales de mis libros, llamándote en cada parada que haga, escuchando tu voz. Puedo vernos a los dos de viejos, rodeados de nuestra familia. Riéndonos todos. La calidez de esos momentos. Lo veo todo como si fuese una de esas colchas que se hacen a base de coser los parches de todo cuanto tenemos y todo cuanto lograremos entre los dos. Ya vi todo eso cuando nos conocimos en ese cine en los tiempos de la universidad. Lo volví a ver el día que me pediste que me casara contigo, y si cierro los ojos, estoy segura de que volvería a verlo ahora mismo. Sin ti no hay nada. Nada de lo que yo quiero, al menos. —Se secó los ojos vidriosos—. Así que no, tú no me vas a dejar en ningún sitio. Estamos juntos en esto hasta el final.

Brendan tragó saliva.

—Vaya.

Abby se puso roja como un tomate.

—¿Ha sido demasiado?

—Lo justo. —Levantó la mano y le acarició la mejilla—. Te quiero, Abs. Nunca ha habido nadie más para mí, y nunca lo habrá. Debería habértelo dicho también cuando te conté lo de Kim. No te lo digo lo suficiente, y te mereces oírlo más. Gracias por ser tú.

Guardaron silencio mientras asimilaban aquella conversación. No fue un silencio incómodo, sino ese tipo de silencio al que solo se puede llegar con alguien que de verdad te comprende, alguien capaz de oír todo cuanto queda dicho entre líneas.

Aún estaban cogidos de la mano cuando Brendan giró en Peterborough Street.

Se detuvo en la entrada de un callejón, en la acera de enfrente de la dirección que les había dado Bixby.

—No puede ser ahí —susurró Abby mientras observaba la casa—. ¿Verdad que no?

60

Cerca de la calzada había un letrero colorido que rezaba: GUARDERÍA INFANTIL PICARUELOS.

La casa que había detrás era grande. Algo antigua. Un chalet pareado, tal y como había dicho Bixby. Ladrillo rojo con dos puertas de un llamativo color azul. Al parecer, la guardería ocupaba el espacio a la derecha y había una vivienda a la izquierda. El jardín lateral estaba vallado. Seis o siete niños corrían y jugaban en un patio de recreo bien cuidado: dos toboganes, un conjunto de columpios, un barco pirata grande de plástico y, a su lado, una casita de plástico rosa y un balancín, todo ello bien alojado en unas isletas de mantillo marrón en un mar verde de césped bien cortado y cuidado. En una esquina había un hombre mayor con una sudadera de los Patriots que lo vigilaba todo como una especie de papá gallina. Cuando Brendan apagó el motor, las risas y las voces de los niños inundaron el interior del Civic. Teniendo en cuenta todo lo que había pasado en las últimas horas, aquello fue como si se hubieran trasladado a otro mundo.

Abby cogió la pistola de la consola central.

—Cargada o sin cargar, no podemos meter esto en una guardería.

Antes de que Brendan pudiera señalar que tal vez se iban a encontrar en ese tipo de situación que requería disponer de un arma de manera desesperada, Abby abrió la guantera, guardó dentro la pequeña pistola y la ocultó detrás de aquel caos de papeles y basura. Tuvo que dar tres golpes fuertes con la maltrecha puerta de plástico de la guantera antes de que enganchara el cierre.

—Nada de armas —dijo ella al leerle el pensamiento de ese modo en que solo tu mujer es capaz de hacerlo.

Brendan dejó el tema y se miró en el espejo.

Tenía el pómulo magullado, cada vez más oscuro, y no había manera de ocultar eso. Por otro lado, cualquier cosa que sirviera para hacerlo menos reconocible valía la pena, así que se remetió el pelo bajo la gorra de béisbol lo mejor que pudo y se alisó las arrugas de la camisa. Se limpió las palmas de las manos en los vaqueros y volvió a girar el retrovisor.

—Si esto se tuerce, salimos zumbando. Ya imagino que sería eso lo que haría Emily.

A Abby se le escapó una risa nerviosa mientras se alisaba ella también la ropa.

—Quizá deberías dejarme hablar a mí. Yo sé perfectamente lo que haría y diría Emily.

Cerraron el coche con llave: tal vez un arma no debía entrar en una guardería, pero querían que continuara estando ahí a su regreso, de eso estaban más que seguros.

Después de cruzar la calle cogidos de la mano, Brendan abrió la puerta y le cedió el paso a Abby. Sonó una campanilla cuando pusieron el pie en el interior.

Igual que el letrero y el patio de recreo, el pequeño vestíbulo estaba lleno de colores. Todas las paredes estaban cubiertas de murales infantiles, y el techo, pintado de celeste con unas nubes rechonchas de algodón iluminadas por tiras de luces led que parpadeaban. Había dos sofás de color violeta en el centro de la sala con varios pufs rellenos de bolas. Un mostrador corto cubría la pared pegada a la puerta. Justo detrás de aquel mostrador, sentada en un taburete, una joven de unos veinte años alzó la mirada de un ejemplar de bolsillo de *La chica salvaje* con las esquinas de las páginas dobladas. Tenía el pelo rubio, en una melena corta, y vestía un peto vaquero sobre una camiseta blanca de tirantes. Marcó la página con el pulgar y sonrió.

—Hola, ¿puedo ayudarlos en algo?

—Oh, eso espero —le dijo Abby—. Acabamos de mudarnos a esta zona, solo a dos manzanas de aquí, y nuestra pequeña tiene tres años. Trabajamos los dos, y esperábamos encontrar un buen sitio donde pueda pasar el día. ¿Aceptan matriculaciones nuevas?

—Pues mire qué suerte, porque tenemos un hueco desde ayer mismo. —Rebuscó entre el papeleo detrás del mostrador y sacó un portapapeles y un bolígrafo—. Si me rellenan esto..., y voy a necesitar una copia de sus carnets. ¿Dicen que tienen una niña?

Abby estaba a punto de responder cuando se oyó una voz que se acercaba por el pasillo a su espalda:

—Sally, me voy a la tienda a por sandía para los niños, que hace tan buen...

Brendan y Abby se dieron la vuelta y se encontraron allí de pie a la doctora Donetti, petrificada, con las llaves del coche colgando de entre los dedos.

61

Donetti se quedó boquiabierta, y en sus ojos asomó el brillo de algo que no podía confundirse con nada que no fuese miedo.

—No podéis estar aquí —consiguió decir por fin—. Os van a encontrar. —Miró hacia una ventana abierta—. Los niños... tenéis que marcharos.

Brendan dio un paso hacia ella.

—No vamos a marcharnos a ninguna parte. Nos debes algunas respuestas.

—Yo no os debo nada.

La joven a la que Donetti había llamado «Sally» continuaba allí con el portapapeles en la mano. Lo dejó con suavidad en el mostrador, dio un paso atrás y fue a coger su teléfono.

—Lois, ¿quieres que llame a la policía?

«Lois.»

Abby levantó las manos.

—Solo queremos hablar. Concédenos unos minutos, nada más, y nos marcharemos. Te doy mi palabra.

—No tengo nada que deciros.

—Cinco minutos —insistió Abby.

Los miró de arriba abajo. La ropa hecha un desastre. Cortes y magulladuras. Brendan tenía de nuevo las manos en los bolsillos para esconder los nudillos maltrechos, pero de poco servía eso con la sangre de sus vaqueros.

Tampoco era mucha, pero no pasó desapercibida para Donetti, que lo observó todo, frunció los labios y miró a la chica de detrás del mostrador.

—Nada de policía, Sally. No pasa nada, los conozco. Sal y dile a Mark que se lleve a los niños a tomar un helado al Sparkles, calle abajo. Que se vayan todos un ratito. Estaremos bien.

—¿Estás segura?

Donetti asintió con la cabeza.

Se miraron las dos a los ojos, y Brendan solo pudo imaginarse alguna clase de mensaje no verbal entre ellas. «Llama a la policía en cuanto salgas por esa puerta. Diles que están aquí. Brendan y Abby Hollander. La pareja de las noticias. Pirómanos. Asesinos. Ya sabes quiénes son, ¿no? Sabes de quiénes hablo, ¿verdad? Lo más probable es que lo sepa todo el mundo a estas alturas.»

Abby había dicho cinco minutos, él pensaba más bien en tres.

Con movimientos lentos, Sally se metió el móvil en el bolsillo trasero y rodeó el mostrador. Lanzó una última mirada inquieta a Donetti antes de dirigirse al exterior.

Donetti dejó las llaves y el móvil en el mostrador y arrancó de regreso por el pasillo por el que había llegado.

—Hablemos en mi despacho.

Brendan y Abby la siguieron por el pasillo estrecho más allá de una sala grande de juegos a la derecha y otra sala oscura a la izquierda donde había varias cunas y un moisés. Las dos habitaciones estaban vacías. Al final del pasillo había un almacén y un despacho abarrotado de cosas con un escritorio viejo de madera, la pintura desconchada, desvaída y arañada por los años de uso. El ordenador del rincón parecía una reliquia, una caja voluminosa de plástico beige con un ventilador estruendoso y un enorme monitor CRT. Donetti metió la mano por detrás de la torre y tiró del cable de alimentación y del cable de red, los dejó en el suelo y la habitación quedó sumida en un extraño silencio.

—¿Alguno de los dos lleva encima algún aparato electrónico?

Ambos negaron con la cabeza.

—Bien. —Se acomodó en una vieja silla de cuero remendada en varios sitios con cinta adhesiva—. ¿Cómo me habéis encontrado?

Abby se sacó del bolsillo el bote de comprimidos y lo dejó sobre la mesa.

Donetti se quedó mirándolo unos segundos antes de cogerlo y darle vueltas entre los dedos.

—Joder, ya me vale. Creía que me lo había dejado en el coche.

Brendan hizo un gesto con las manos para abarcar el despacho.

—¿Qué es todo esto? ¿Quién cojones eres?

Abby apoyó la mano en el brazo de Brendan para calmarlo y le preguntó a Donetti:

—Por favor, dime que esa chica no va a llamar a la policía.

—No va a llamar a nadie a menos que yo le diga que lo haga. Es de fiar. —Soltó el bote de comprimidos en la esquina de la mesa al lado de un paquete de cigarrillos y un encendedor. Dejó la mano suspendida sobre ellos durante un segundo, pero debió de decidir que no era el momento de fumarse un pitillo. Miró a Brendan con el ceño fruncido—. El negocio ya es lo bastante duro. Lo último que necesito es que venga la policía a echarme la puerta abajo para detener a unos asesinos en busca y captura y que salga en directo en la tele. Sally lo sabe. —Se dio la vuelta hacia Abby y soltó un suspiro abrupto—. Mira, eso fue un Spice y ya está. Nada muy distinto de la mitad de las mierdas por las que os ha hecho pasar esa aplicación, probablemente. Un Spice de tantos. Me dio una dirección, me dijo que me vistiera de forma recatada y que fingiera ser una terapeuta de pareja. —Señaló alrededor de su pequeño despacho—. Esto es lo que soy yo en realidad. Hace doce años que abrí la guardería con mi marido, que se largó hace ocho con su secretaria, Dede. Todo tetas y culo, lo único que tenía en el cráneo era el eco del vacío. Al parecer, se dedicaban a darle al tema en aquel truño de despacho que él tenía en la compañía de seguros mientras yo echaba dieciocho horas al día tratando de levantar esto. Par de cabrones, los dos. Ahora estoy sola con unos cuantos trabajadores a tiempo parcial. El negocio va bien, pero mi vida sexual ha sido una mierda desde que Lou se marchó, así que me bajé la app. Oí hablar de ella en mi peluquería y pensé, qué coño, una chica tiene sus necesidades. —Se perdió unos segundos en sus pensamientos—. Para ser sincera, me va el rollo ese de interpretar papelitos. De toda la vida. Cuando entrasteis los dos en aquella consulta pensé que iba a terminar siendo alguna clase de trío. Es el tipo de cosas que solían pasar con la app, así que interpreté mi papel y esperé a que uno de vosotros dos diera el paso. Cuando llevábamos ya unos minutos de «sesión» —hizo el gesto de las comillas con los dedos—, me dio la sensación de que vosotros no habíais ido allí a eso, o que yo no os ponía, lo que fuese, así que os seguí el rollo. Interpreté el papel, y hasta ahí llegó todo para mí. Recibí mi recompensa de la app, y aquí paz y después gloria.

—Aquí paz y después gloria —masculló Brendan, cuyos recuerdos volvían en fogonazos a aquella primera conversación—. ¿Me estás tomando el pelo, joder? ¿Tienes la menor idea de dónde nos has metido?

Donetti miró a Abby con los ojos entrecerrados y señaló a Brendan con un golpe de pulgar.

—¿Te importa controlar a este? No tengo por qué contaros nada. Es más, ni siquiera creo que deba hacerlo.

Había un afilador eléctrico de lápices sobre su mesa. Donetti le echó un vistazo, tiró del cable de alimentación para desenchufarlo de la pared, hizo un ovillo con él y metió el cacharro entero en un cajón.

Abby apretó el brazo de Brendan.

—Por favor, déjala hablar, ¿vale?

Brendan apretó los ojos bien cerrados y asintió.

—Lo siento.

Donetti le concedió un segundo antes de proseguir.

—Mira, tú haces lo que la app te dice que hagas. Y cuando no lo haces pasan cosas malas. Eso te lo dicen bien al principio, y no es ninguna broma. Supongo que vosotros dos ya lo habéis averiguado solitos. ¿Qué os pidió la app que hicierais? O supongo que, más bien, la verdadera pregunta es «¿qué fue lo que no hicisteis?».

Abby guardó silencio un instante, sin duda intentando decidir si debía contárselo. Sus palabras sonaron con una vacilación precavida.

—Quería que yo matase a alguien. A alguien a quien yo no conocía.

Si aquello sorprendió a Donetti, no dio muestra de ello. Se encogió de hombros en un gesto muy leve.

—Quienquiera que fuese probablemente se lo merecía. Y si lo vais a pasar tan mal con las cosas de poca monta, buena suerte con lo de llegar al siguiente nivel.

Aquella era Donetti, y aun así tampoco lo era. Brendan tenía la sensación de estar escuchando a un *alter ego* o a la hermana gemela de Donetti, y no era solo por la ropa suelta y cómoda —tan diferente del atuendo de oficina con el que se había acostumbrado a verla—, sino también por la voz, el personaje. La lista de similitudes de aquella mujer con la doctora a la que habían hecho partícipe de sus intimidades se iba reduciendo a toda velocidad, como si fuera un disfraz que se va desmontando pieza a pieza para dejar a la vista a la verdadera persona que había debajo. Donetti siempre le había parecido fría, aunque de un modo clínico que Brendan había asumido como parte de su profesión —eso de no establecer vínculos emocionales con los pacientes—, pero no tenía nada que ver con aquello, en realidad. Aquella mujer tenía una mirada gélida que tan solo se emocionaba con la avaricia.

—¿Cosas de poca monta? —consiguió articular Brendan.

Aquello le hizo gracia a Donetti.

—Mira, hay ocho mil millones de personas en este pedrusco en el que vivimos. Es posible que una décima parte de esa gente merezca la pena, y si alguien viene a pagarme para que limpie el rebaño, ¿quién soy yo para quejarme? Hace un año me cargué a una puta yonqui del *crack* y gané lo suficiente para comprar un monovolumen con el que llevar a los críos de aquí para allá. Si eso no es salir ganando con el cambio, ya me dirás tú qué es.

Brendan intentó controlar el volumen de su voz con todas sus fuerzas.

—¿Que ganaste lo suficiente? Entonces ¿te pagaron?

Donetti se acomodó contra el respaldo de su silla desvencijada.

—¿Nadie os ha explicado el sistema de puntos?

Abby y Brendan hicieron un gesto negativo con la cabeza.

A Donetti se le abrieron los ojos de manera exagerada y se le formó una sonrisa en la comisura de los labios.

—Entonces no sabéis...

Ya llevaban demasiado tiempo allí, y Brendan no tenía el cuerpo para jueguecitos. Tuvo que hacer acopio de toda su fuerza de voluntad para no saltar por encima de la mesa y estrangular a aquella mujer. La miró fijamente hasta que prosiguió. Lo mismo hizo Abby.

Donetti se humedeció los labios.

—¿De qué nivel sois?

Abby miró a Brendan:

—Yo soy bronce. Él todavía es...

Donetti hizo un gesto desdeñoso con la mano.

—Sigue siendo un don nadie. ¿Cuántos puntos tienes tú? Los que tenga él son irrelevantes si aún es un novato.

—La última vez que lo miré rondaba los 6.200, pero podrían ser más.

—Y el nivel decías que era...

—Bronce.

Esta vez, Donetti miró directamente a Brendan.

—Tú trabajabas en temas financieros, ¿verdad? ¿Te cuadra ya, señor don Superturbomegacontable?

No, no le cuadraba. Lo único que Brendan tenía claro era el reloj que corría en su cabeza. La cantidad de tiempo que llevaban allí. Al ver que no respondía, Donetti le hizo otra pregunta, y entonces sí que le cuadró. Le encajó todo a la perfección.

—¿A cuánto se paga una onza de bronce?

—A unos sesenta centavos.

Donetti ladeó la cabeza.

—Vale, pues haz cuentas.

Brendan trató de ocultar la sorpresa en su voz.

—¿Me estás diciendo que Abby no tiene 6.200 puntos, sino 6.200 onzas de bronce?

—¡Premio! —Se le puso una sonrisa de oreja a oreja como si acabara de descifrar los secretos del código genético—. Un total de casi cuatro mil dólares. No es mucho, pero ya es algo. El dinero de verdad no te llega hasta que pasas a los niveles superiores: plata, oro y platino, e incluso hay otro que se llama «élite». No tengo ni idea de cómo funciona eso, pero gracias a vosotros dos, soy plata tirando ya hacia el oro.

—¿Y cómo pueden..., cuántos usuarios tienen? —Brendan estaba intentando descifrar todo aquello. Cuando ellos se descargaron la app, Sugar & Spice estaba en el número uno del ránking de la tienda. ¿Cómo era eso que le había preguntado Abby? ¿Qué significaba eso en cuanto al número de personas? Un montón de gente—. ¿Cómo pueden permitirse algo así?

Abby le dio la respuesta según le vino a la cabeza.

—Brendan, has dicho que nos han vaciado las cuentas bancarias, que han utilizado todo nuestro crédito...

—Redistribución de la riqueza —dijo Donetti con un tono enfático—. No es más que eso. Rollito Robin Hood. En cuanto alguien llega a bronce, le limpian todos sus ahorros, ponen el dinero Dios sabe dónde y se activa el sistema de cambio. Comienzas a ganar metales preciosos. Cada punto vale una onza del metal del nivel en el que estés. —Ladeó la cabeza hacia Brendan—. Imagino que todas vuestras cuentas están a nombre de los dos, ¿verdad? Eso las convirtió en presa fácil en cuanto tu mujer accedió a las grandes ligas. Presa fácil por imbécil. —Dijo aquello último con cierto orgullo, impresionada por su rima—. Te lo exponen todo cuando te registras.

—¿Quién dirige esto? —la sondeó Brendan.

Donetti puso cara de suficiencia.

—¿Y cómo demonios voy a saber eso? No soy más que una jugadora, igual que vosotros.

—Tendrás que saber quién te está pagando.

Ella negó con la cabeza.

—Si necesito dinero, canjeo por liquidez en la app y aparecen los fondos en mi cuenta corriente. Yo no sé quién hay al otro lado, y tampoco me importa, la verdad. De todos modos, es un nombre distinto cada vez.

—¿Te dice algo el nombre de Intent?

Donetti volvió a negarlo con un gesto de la cabeza.

Abby no le quitaba ojo a la pulsera de colgantes que llevaba la mujer.

Donetti se dio cuenta, le mostró la muñeca e hizo girar los dos pequeños cuadrados metálicos.

—¿Qué? Tú también tienes una, ¿verdad?

—Mi pulsera solo tiene un colgante.

Brendan lo observó con mayor detenimiento. Había un colgante de bronce con un 73 y otro de plata con un 9.

—¿Esto es de la app? ¿Qué significa?

Donetti soltó un gruñido de desdén.

—Si no tienes los cuatro, no significa gran cosa que digamos. Me contaron que cuando consigues los cuatro, tecleas los números en internet y descubres cómo llegar a la Gala de Otoño. Es como un juego dentro del juego.

Brendan cruzó una mirada con Abby.

—¿Qué es la Gala de Otoño? —preguntó acto seguido.

Donetti elevó la mirada al techo.

—Cielo santo, ¿es que no leísteis nada de la letra pequeña? Es un evento anual donde se reúnen todos los grandes jugadores. —Fue enumerando con los dedos—. Bronce, plata, oro y platino. Si eres platino, tienes los cuatro números. Eso te da la ubicación exacta. Los demás, los de abajo, nos quedamos imaginándonos el nivel del libertinaje que se permitirán ahí. Ya te digo yo que a mí me encantaría saberlo.

—Cuatro números tecleados en internet —murmuró Brendan—. ¿Estás diciendo que es una dirección IP?

Donetti se limitó a sonreír.

A Brendan no le hacía falta que le respondiese. Lo sabía. Dos años atrás, había hecho un curso de formación precisamente sobre aquello. Aunque la gente utilizaba texto —nombres de dominios— para visitar las distintas páginas web, internet convertía ese texto en números, y esos números le decían a tu navegador dónde tenía que ir, qué tenía que cargar. Todas las direcciones IP estaban asignadas a proveedores de servicio agrupadas en rangos de gran tamaño. Gracias a eso, una dirección IP se podía vincular a un lugar físico.

—¿A qué lugar corresponde el 73.9? —le preguntó Brendan—. Seguro que ya has averiguado eso.

La sonrisa del rostro de Donetti se volvió sibilina.

—Estoy segura de que te atreves a aventurar una respuesta.

No tuvo que hacerlo. Abby lo dijo antes que él.

—Chicago.

Había un teléfono fijo sobre la mesa. Comenzó a sonar. Al ver que Donetti alargaba el brazo hacia el aparato, Brendan le agarró la mano.

—Tengo que cogerlo —le dijo ella—. Ya has visto lo que ocurre cuando intentas pasar de ellos.

—Muy bien, pero en altavoz —replicó Brendan.

Donetti volvió a encogerse de hombros y presionó el botón del altavoz. Era la misma voz femenina robótica que había oído Brendan en su despacho...

—*¡Enhorabuena! ¡Has conseguido 500 puntos!*

—Quinientos puntos, ¿por qué? —le preguntó Abby.

—Bueno, es obvio. Por entreteneros aquí el tiempo suficiente para que Sally coja la escopeta de mi casa, aquí al lado.

A la espalda de Brendan y Abby se oyó el sonido de la corredera de una escopeta seguido del *clac, clac* de un cartucho al entrar en la recámara.

62

Sally estaba en el pasillo, ante la puerta del despacho, con la culata de la escopeta apoyada en la cintura y el cañón más o menos alineado con la cabeza de Brendan.

—No te muevas.

En el teléfono de la mesa de Donetti, la voz robótica continuaba:

—*Presiona 1 para Sugar o presiona 2 para Spice.*

—No lo hagas —dijo Abby en voz baja, sin duda consciente de que aquella mujer lo iba a hacer de todos modos.

Donetti mantuvo la mano en el aire sobre los botones mientras preguntaba a Sally con toda la calma del mundo:

—¿Mark se ha llevado a los niños?

—Están en el Sparkles, poniéndose de azúcar hasta las orejas, probablemente. Le he dicho que me llame antes de regresar.

La voz robótica repitió:

—*Presiona 1 para Sugar o presiona 2 para Spice.*

Donetti observó el teléfono con cara de curiosidad.

—Me han pedido que os retenga. No me preguntéis por qué, pero la app os quiere vivos. O tal vez no quiere que muráis aquí, quién sabe. Imagino que debería sentirme agradecida. Para ser sincera, os iría mejor si yo misma os pegara un tiro en la cabeza y acabásemos rápido con esto. Esos dos que vienen a por vosotros... vaya...

menudo par de piezas. Si les han dicho que os cojan vivos, eso significa que tenéis algo que ellos quieren. Que el Señor os asista. He visto lo que le hacen a la gente que tiene algo que ellos necesitan. Prefiero tragar matarratas antes que permitir que esos dos me pillen, os lo aseguro.

—*Presiona 1 para Sugar o presiona 2 para Spice* —siguió la voz.

—Tengo que reconocer que siento algo de curiosidad, ¿vosotros no?

Brendan la vio bajar el dedo y presionar el botón del dos. El tintineo triple sonó en el teléfono:

—*Has seleccionado Spice. ¡Enhorabuena! Por favor, quédate ahí sentada sin moverte lo más mínimo.*

Aquello solo sirvió para confundirla.

—¿Por qué? Esto no tiene ningún sentido.

—Seguro que saben que tengo muy mala puntería —intervino Sally, antes de elevar de golpe el cañón de la escopeta y apretar el gatillo.

Detonó con una llamarada y un potente estallido, e impactó en el pecho de Donetti, que se golpeó contra el respaldo de la silla, rodó hacia atrás y chocó contra la pared a su espalda. Se le inclinó la cabeza hacia delante y clavó en el suelo la mirada de los ojos sin vida.

Según aquel estruendo ensordecedor se desvaneció, reemplazado por un pitido agudo en los oídos de todos, Brendan volvió a oír el tintineo triple, esta vez procedente del móvil en el bolsillo trasero de Sally.

La joven cargó otro cartucho y apuntó el cañón hacia el pecho de Brendan.

—En serio, esa mujer tendría que haberse leído los términos y condiciones de servicio. Revelar la estructura de pagos de la aplicación sin autorización previa supone una violación de las reglas. Esta gente es muy quisquillosa con las reglas.

Brendan se lanzó hacia su izquierda para apartar a Sally de Abby. Se dio un golpe contra el suelo, rodó y, sin saber muy bien cómo, logró dar con el pie derecho en el cañón de la escopeta.

La chica volvió a disparar, más bien como un acto reflejo: apretó el gatillo justo cuando el pie de Brendan golpeaba el cañón, y el disparo se fue alto y desviado. Hizo un agujero del tamaño de una bola de bolos en la pared, a espaldas del cuerpo sin vida de Donetti.

Abby saltó de su silla y arremetió contra la barriga de Sally, que perdió el resuello con un gruñido, y ambas mujeres cayeron al suelo en el pasillo mientras Brendan se ponía en pie. Él jamás había visto a Abby pegar a nadie, era incapaz de recordar un solo momento en que se hubiese puesto violenta, pero había sacado alguna vena primitiva. Descargó con fuerza el puño derecho contra el mentón de Sally y de inmediato soltó el izquierdo y le produjo un corte de unos cinco centímetros con un borde afilado del anillo de boda. Sally logró apretar de nuevo el gatillo de la escopeta, pero tan solo hizo *clic*, porque no había cargado otro cartucho en la recámara.

Brendan pisó la escopeta y le aplastó los dedos a Sally entre el guardamonte del arma y el suelo de madera. La joven soltó un aullido.

Abby rodó para salir de encima de ella, y Brendan alejó de un tirón la escopeta antes de sujetarla por ambas muñecas.

—¡Tráeme algo para atarla!

Ella echó un vistazo por el despacho y cogió el cable de alimentación del ordenador y el encendedor de la mesa de Donetti. Mientras Brendan la sujetaba, rodeó las muñecas de la chica con el cable tan tenso como pudo y después utilizó el mechero para fundir los dos extremos de plástico.

—QHE —dijo Brendan en voz baja.

—Exacto.

Sally tosió. Un hilo de sangre comenzó a caerle por la comisura del labio.

—Estáis muertos, muertísimos.

Volvió a sonar en su móvil el triple tintineo.

Abby se lo cogió del bolsillo.

La pantalla se había rajado durante la pelea, pero el mensaje continuaba siendo legible.

¿Spice completado?

Como de costumbre, la única respuesta disponible era «Ok».

—¿Le decimos que sí?

—Sabrán que no soy yo —consiguió intervenir Sally.

Brendan agarró a la chica por debajo de la barbilla.

—¿Quién viene? ¿Son esos dos de la furgoneta? ¿A qué distancia están?

Fue como si Sally se deleitara con el temor y la frustración en la voz de Brendan. Cuando sonrió de oreja a oreja, la sangre le dibujó el contorno de los dientes blancos.

—¿Tenéis la menor idea de cuánta gente os está buscando? Hay jugadores por todas partes. En la calle, en el supermercado. Maestros de escuela. Policías. Se dice que el precio que le han puesto a vuestras cabezas es una de las mayores recompensas que han ofrecido nunca. ¿De verdad os dan miedo Romeo y Juliet? Por lo menos, a ellos podéis verlos venir. Probad a ocultaros de un crío que intente hacerse famoso, o de algún sintecho que quiera forrarse. Joder, de la directora de la asociación de padres de alumnos. De un violador en grupo. O del grupo entero.

Brendan la sacudió.

—¿Qué quieren de nosotros?

Sally se limitó a sonreír.

—Le digo que sí —dijo Abby.

Pulsó en «Ok».

El móvil de Sally volvió a sonar y dijo:

—*¡Enhorabuena! ¡Has obtenido 1.000 puntos y has ascendido de bronce a plata! ¿Te gustaría probar un Spice relacionado?*

Antes de que cualquiera de los dos pudiera impedírselo, Sally gritó:

—¡Sí!

—*Brendan Hollander tiene en su poder un 38 que le ha robado a Stewart Morland. Utilízalo para disparar al menos a tres de los niños a tu cuidado y después hiérete tú. Cuando lleguen las autoridades, diles: «Antes de huir, Hollander ha matado a mi jefa, a los niños y me ha disparado a mí». Asegúrate de limpiar bien tus huellas del 38. Es posible que busquen residuos de pólvora. No pasa nada. Cuéntales que la escopeta pertenecía a tu jefa. La has cogido cuando él se ha puesto a disparar y solo has conseguido hacer un único disparo defensivo antes de que él te la arrebatara a la fuerza y la utilizara contra ella. Obtendrás 3.000 puntos adicionales.*

—Ay, Dios mío —masculló Abby.

—Tenemos que irnos —dijo Brendan.

—No podemos. Si nos marchamos y ella le cuenta esto a la policía, no te van a buscar para detenerte, sino para matarte.

—Entonces nos la llevamos con nosotros. Le haremos hablar.

Abby ya estaba negando con la cabeza.

—Si hacemos eso, esta gente hará una llamada de teléfono para contar esa misma historia, y te culparán igualmente de lo de Donetti. De lo de Donetti y de un secuestro.

—Por lo menos nadie va a disparar a los niños.

A Abby le daba vueltas la cabeza. Era una partida de ajedrez. Estaba tratando de ir tres movimientos por delante.

—Eso solo significa que ella no va a disparar a ningún niño, pero podrían lograr que otra persona lo hiciese.

—Lanzó una mirada a Sally—. Si es cierto lo que nos ha dicho Donetti sobre los niveles, esta cría acaba de pasar de bronce a plata, así que ella no sabe nada. No es más que un peón. Necesitamos a alguien de más arriba si queremos averiguar qué está sucediendo.

El teléfono de Sally volvió a sonar.

La pantalla rajada comenzó a llenarse con vídeos grabados apenas unos minutos antes. Imágenes de Brendan maniatando a Sally, sujetando la escopeta. Solo se veía a Brendan.

El siguiente vídeo fue mucho peor. Una cámara en el pasillo, un plano largo del despacho de Donetti en el extremo. Sally allí de pie con la escopeta, apretando el gatillo. Donetti recibiendo el disparo, visible sobre el hombro de Sally, solo que no era Sally. A saber cómo, pero era Brendan. Era el cuerpo de Brendan, la nuca de Brendan, Brendan con la escopeta en la mano, era Brendan quien apretaba el gatillo.

—Hannah me ha hablado de esto. —Abby se acercó un poco—. Lo llaman *deep fakes*, vídeos ultrafalsos. Hay páginas web y aplicaciones que te permiten pegar la imagen de una persona encima de otra, y también pueden replicar la voz.

—Si esto se hace público, estoy jodido.

Brendan miraba frenético a un lado y a otro del despacho buscando las cámaras. Había cuatro en la sala principal, una en el pasillo, y probablemente más en esas otras salas que habían dejado atrás. Fuera también las había. No tenían forma de saber qué habían grabado ni qué iban a hacer con ello, en particular si eran capaces de editarlo al vuelo, tan rápido.

—Oh, no. —Abby señaló por la ventana de la parte de delante. La furgoneta roja aparcada en la acera—. Ya están aquí.

Brendan continuaba pensando en las cámaras.

—Tengo una idea.

—Estáis más que jodidos —insistió Sally con una sonrisa ensangrentada.

—Tú también. —Brendan agarró la escopeta, le dio la vuelta y le estampó la culata en la sien.

63

A Romeo le dolía de cojones la barriga. Como si un cabrón le estuviese retorciendo en las tripas un tirafondos de ferrocarril oxidado y se dedicara a darle mamporros cada vez que pensara que Romeo empezaba a sentirse tal vez más cómodo de lo necesario con aquel dolor. La bala lo había atravesado, de eso estaban seguros. Juliet le había hecho un remiendo de primera, y no debería dolerle tanto. Había tomado unos antibióticos —todo lo que tenían a mano—, y eso debería bastar para contener la infección, así que probablemente no era eso.

«Probablemente.»

Tenían que aumentar el marcador, por si acaso.

No era el momento de que lo sentaran en el banquillo.

Si lograban esto, lo que tendrían delante sería el gordo de entre los gordos de la lotería.

Era esto y se acabó.

No era vivir en la playa.

Era ser dueño de la playa.

Esa mujer quería a esos dos como fuera.

Romeo cambió ligeramente de postura en el asiento del acompañante, hizo una mueca de dolor y se lo sacudió de encima. «Que le den al dolor. Utilízalo.» Tenían un bote de oxi en la guantera, pero no lo había tocado, no se podía arriesgar a quedarse atontado. Se dijo que ya se tomaría una pastilla cuando tuviera a la Zorra Flaca y a

Abercrombie atados de pies y manos en la parte de atrás de la furgo. A lo mejor sí que se tomaría un puñado de ellas seguido de una larga y maravillosa siesta. O a lo mejor pasaba un buen rato con la Zorra Flaca, se tomaba el puñado de oxis y, entonces, sí que dormiría una larga y maravillosa siesta.

De rodillas en el asiento y echada sobre el volante, Juliet observaba el chalet adosado con puertas azules al otro lado de la calle.

—Parece todo de lo más tranquilo ahí dentro. ¿Qué tipo de guardería no tiene niños? ¿Estás seguro de esto?

—Estoy seguro, están aquí.

Romeo sabía que la mujer habría tenido la sensatez de desalojar de allí a esos pequeños cagoncetes, pero no estaba de humor para explicarle las cosas a Juliet; tampoco tardaría mucho en juntar ella las piezas. Eso sí, mentiría si dijera que la situación parecía normal.

—¿Qué te parece si te quedas tú en la furgoneta, terroncito? —le dijo a Juliet—. Deja que me ocupe de esto yo solo. Tengo un presentimiento.

Juliet lo miró tan solo el tiempo necesario para darle una somera repasada antes de volver a mirar por el parabrisas.

—Por tu manera de sudar se nota que tienes fiebre. Estás pálido como un maldito vampiro. Es probable que tengas una infección que se esté extendiendo. Lo último que debería hacer yo es quedarme en la furgoneta y dejar que entrases ahí tú solo.

—Es mejor que te quedes al volante. Lo mismo tenemos que largarnos rápido de aquí.

Había una HK de 9 milímetros en la consola central, entre ellos dos. Juliet la cogió y tiró de la corredera para asegurarse de que había una bala en la recámara, antes de comprobar el cargador.

—¿Y si entro yo y tú te quedas aquí?

Romeo amaba a Juliet hasta la muerte y más allá, pero

no se sentía cómodo con que ella hiciera sola ciertas cosas, y esta se encontraba justo en el centro de aquella lista. Extendió la palma de la mano y la mantuvo allí hasta que Juliet le entregó el arma.

—Si no salgo en cinco minutos, entra a por mí. —Hizo un gesto con la cabeza para señalar el cajón de madera de la parte de atrás—. Y tráete una de las armas grandes, algo con pegada. ¿Te parece?

No le dio la oportunidad de responder. Con Juliet, a veces era mejor no dársela. Cogió aire, apretó los dientes a la espera del dolor que vendría después y abrió la puerta. Bajó los pies al pavimento y se enderezó allí de pie. El dolor lo sumergió como una ola de espuma blanca en un huracán: empezó en la barriga y se irradió hasta que se le nubló la vista. Permaneció inmóvil el tiempo suficiente para que pasara lo peor, y entonces miró al dolor de frente y lo convirtió en algo útil: motivación, leña para el fuego. Absorbió el dolor, se lo tragó poco a poco y sintió que le quemaba en la garganta como un chupito de buen whisky.

—Enseguida vuelvo, conejita. —Le lanzó un beso—. Te quiero a montones.

Juliet hizo como si agarrara el beso al vuelo y se lo plantara en la mejilla.

Romeo no hizo caso de la mirada de preocupación en los ojos de la chica, se dio la vuelta y cruzó la calle hacia la guardería.

Sonó una campanilla sobre la puerta cuando puso un pie en el interior.

En el aire se percibía el leve olor de un tiroteo reciente. No era gran cosa. Tres o cuatro disparos, quizá, pero de los gordos. Nada de pistolitas de juguete, sino algo denso.

Había una chica rubia apoyada en la pared. Inconsciente, pero viva. Lo sabía porque los muertos no sangran, y la chica tenía un buen corte en la mejilla que no dejaba de gotear sangre. También se le movía el pecho con la respiración, no mucho, pero algo sí. Le estaba saliendo un chichón bastante feo en la cabeza.

Enseguida se pondría con ella.

Romeo se aseguró la 9 milímetros en la mano sudorosa y pasó el dedo del guardamonte al gatillo antes de recorrer el pasillo que salía del otro extremo del pequeño vestíbulo. El olor se intensificó, y entendió el motivo en cuanto llegó al despacho del fondo. Lo que parecía un disparo de escopeta le había reventado las tripas a una mujer. Parte de aquellas tripas estaba en el regazo de la mujer, y el resto, en la pared de detrás de ella, junto con el respaldo de la silla. Había otro agujero en el enlucido de la pared sobre la cabeza de la mujer. Al verlo, su arañazo en la tripa dejó de parecerle tan malo.

Un viejo teléfono fijo estaba descolgado sobre la mesa y emitía aquel zumbido que solían hacer esos aparatos cuando estaban mal colgados. La mente de Romeo se remontó veloz al pasado: no oía aquel sonido desde que era un chaval. El teléfono del pasillo de la pensión, pero no en la de Poughkeepsie —en aquel antro no había teléfono—, sino en la de Biloxi. Qué raro era aquel sonido en este mundo actual de teléfonos móviles, videollamadas y toda esa mierda en plan Gran Hermano por todas partes. Aquel tono de la línea ocupada había seguido el mismo camino que los dinosaurios, las cintas magnetofónicas y los buenos grupos de música como la Creedence.

Estaba claro que la Zorra Flaca y Abercrombie se habían largado. No pudo evitar sentir una pizca de respeto por esos dos, y no era la primera vez en ese día. Eran unos supervivientes. Romeo volvió a salir al vestíbulo y, haciendo caso omiso del dolor que eso le provocaba, se arrodilló junto a la chica inconsciente. Vio el plástico fundido del cable de alimentación con el que estaba maniatada y se sorprendió sonriéndose.

Respeto, joder.

Tenía que añadir ese truco a su propio arsenal.

Acarició la mejilla de la chica y trazó una línea perezosa en la sangre caliente.

—Oye, dormilona, hora de levantarse.

Al ver que no se movía, Romeo le cruzó la cara. Le arreó una buena bofetada, bien dura. La chica abrió los ojos de golpe, se le llenaron rápidamente de confusión al verlo y pasaron por toda una gama de emociones hasta que la mirada se le vació de todo lo que no fuese un temor puro y duro al reconocerle.

Qué bien que la chica supiese quién era, eso le ahorraría algo de tiempo.

—¿Cómo te llamas, rubita?

La chica tragó saliva e hizo una mueca de dolor al sentir el chichón en la cocorota.

—Sally. Sally Durham.

—Parece que las cosas se te han torcido un pelín. Qué lástima. ¿Quieres decirme dónde están nuestros amigos?

La chica giraba la cabeza hacia un lado y otro de la habitación como si tuviera sueltas las bisagras, como si la cabeza le pesara el doble. Los ojos se le iban, como si quisieran acompañar el movimiento de la cabeza pero no fuesen capaces de seguirle el ritmo.

Una conmoción.

Sin duda.

—Mirada al frente. —Romeo volvió a abofetearla, no tan fuerte como la primera vez, pero sí lo bastante.

La mirada de la chica volvió con él, más concentrada esta vez. Se limpió con la lengua parte de la sangre de la comisura del labio.

—Perdón.

—No pasa nada —le dijo él en voz baja—. Yo también he tenido mis días malos. Sé cómo va esto. Dime qué ha pasado y no te dejes nada. Después te arreglamos un poco.

La Rubita lo hizo.

Al principio le costó pronunciar las palabras. Le habían dejado la mandíbula hecha un cristo, se le estaba hinchando de lo lindo y le dificultaba hablar, pero la Rubita lo hizo. Tenía que reconocerle el mérito de haberlo soltado todo, incluso le contó cómo la habían derribado y le habían quitado la escopeta. Podría haberse avergonzado de ello, pero se lo contó, y terminó diciendo:

—Tengo un nuevo reto Spice en el móvil. Creo que deberíamos hacerlo. Quieren que disparemos a varios de los niños y que le carguemos los muertos a Hollander. Ellos van a respaldar nuestra versión con unos vídeos. Hay copias en mi móvil, si quieres verlas. Así es como nosotros salimos limpios.

—¿Se han llevado la escopeta?

La Rubita asintió con la cabeza.

—Seguramente.

Romeo se sentó sobre los talones y estudió a la chica. No podía tener más de... ¿qué, veintidós, veintitrés? Parecía tener la cabeza bien amueblada, aunque en esto la hubiese cagado como una campeona. Estaba intentando con todas sus fuerzas no dejarse llevar por sus emociones. Otros diez años, más o menos, y lo mismo se convertía en el tipo de persona con la que él podría trabajar. Le retiró parte del pelo de la cara y se lo metió detrás de la oreja.

—Así que nos han conseguido un montaje sólido, ¿eh? Con vídeos y todo, ¿no? ¿Y tú crees que deberíamos hacer eso? ¿Te parece lo más lógico?

—Claro, si nosotros...

Con una mano bajo el mentón y la otra todavía en un lado de la cara, Romeo le partió el cuello a la chica.

Le encantaba aquel sonido tan satisfactorio, como el de una rama gruesa envuelta en una manta húmeda y caliente.

Y cómo se quedaba inerte un cadáver, ahí también había algo. Tan tenso y tan duro todo... ¡y *zas*! Un instante después se quedaba como una muñeca de trapo. Qué poder había en eso, como si la vida abandonara esos cuerpos y entrara en él cada vez que lo hacía. Muchísimo mejor que un arma de fuego. Casi tan satisfactorio como un cuchillo. Durante aquellos segundos inmediatamente posteriores, ni siquiera le dolió la barriga.

Matar a niños no suponía el menor problema para Romeo —ya había perfeccionado ese conjunto específico de habilidades cuando aún era un chaval—, pero matar a un niño solo era lógico cuando tenía sentido, y ahora mismo no lo tenía. Para empezar, allí no había ninguno, y aquel lugar no parecía el mejor que se dijese para quedarse esperando a que llegaran. No con los disparos y un cadáver... no, borra eso, con *dos* cadáveres. De todos modos iban a señalar a Hollander por aquel desastre. La mejor manera de contar una historia como aquella era a través de las pruebas, no con testigos. La Rubita solo habría liado más las cosas.

Romeo se dio cuenta de que aún sostenía su cuerpo inerte entre los brazos. La soltó, se limpió la sangre de los dedos en el peto de la chica y se levantó. Otra vez la mierda de la visión en blanco, pero tan solo unos breves segundos. Esperó a que se le pasara y rodeó el extremo del mostrador de recepción.

La grabadora del sistema de seguridad estaba en la estantería más baja. Un cacharro muy chulo que almacenaba las grabaciones en tarjetas de memoria tipo SD en lugar de en cintas o un disco duro. En condiciones normales, eso habría estado perfectamente bien, pero las dos tarjetas SD habían desaparecido. Junto a la grabadora había un expositor con el claro propósito de almacenar las tarjetas en blanco o las ya grabadas con anterioridad... y también estaba vacío.

Aunque tenía el cerebro un tanto denso, tampoco lo necesitaba trabajando a toda máquina para averiguar de qué iba eso. Si tenían vídeos para respaldar la versión de que

Hollander se había liado a pegar tiros en la guardería, eso significaba que habían amañado la grabación. La verdadera cuestión era si habían amañado el original o una copia. Hollander podría causarles una puta montaña de problemas si se había llevado las grabaciones originales, y tenía toda la pinta de que así era.

«Hay copias en mi móvil, si quieres verlas», había dicho la Rubita.

Nos ha jodido, pues claro que quería verlas.

Encontró el móvil de la Rubita en el suelo, junto al cadáver.

Lo cogió. Cuando observó la pantalla rajada, le dio un vuelco el corazón en el pecho. Como un martillo neumático.

No se veía ningún vídeo en la pantalla; alguien había marcado un número.

Había alguien al teléfono en ese preciso instante.

Romeo se acercó el móvil a los labios y mantuvo la calma en la voz lo mejor que pudo.

—¿Con quién tengo el placer de hablar?

Oyó una respiración leve y se cortó la llamada.

Quienquiera que fuese, lo había oído todo desde que él había llegado. Toda su conversación con la Rubita.

Le volvió a dar un vuelco el corazón.

Sacó su móvil y marcó un número de memoria. Ahora mismo, el cerebro le funcionaba de maravilla. El miedo tenía la costumbre de elevarlo todo un puntito. Lo cogió alguien, pero no dijo nada. Igual que la mujer, rara vez lo hacían.

—Necesito que me miren un número —dijo Romeo, y leyó el último número marcado en el móvil de la Rubita.

Un instante después respondió una voz masculina suave.

—El número pertenece a la FCID. Es la rama de investigación financiera de la SEC, la Comisión del Mercado de Valores. El usuario registrado es un investigador llamado Stewart Morland. Es un miembro de plata. ¿Quieres su ubicación actual?

—Sí, creo que sí. Muchas gracias por el detalle. —Pensó en ello y cambió de opinión—. Mejor aún, envíen a alguien a recogerlo. Yo estoy bastante liado.

—Entendido —respondió la voz y colgó.

Romeo conocía aquel nombre, Stewart Morland, pero no era capaz de recordar de qué le sonaba. Estaba intentando averiguarlo cuando oyó que arrancaba un motor.

Enfrente de la guardería, su furgoneta roja abandonó la acera y salió disparada calle abajo.

Juliet iba al volante, pero también vio a la Zorra Flaca en el asiento del acompañante, y parecía que tenía el cañón de la escopeta desaparecida bien hundido entre los mechones del precioso pelo de Juliet.

64

—¿Qué demonios ha sido eso? —dijo Stuckey en el altavoz después de contarles lo que acababa de oír—. ¿De quién es el teléfono que estás utilizando ahora mismo?

Aferrado a una agarradera de metal oxidado soldada al panel, Brendan se agachó en la parte de atrás de la furgoneta roja para evitar caerse al suelo mientras el vehículo bajaba disparado por la carretera.

—El de Donetti, o como narices se llame. Se llamaba.

—¿La terapeuta?

—Esa.

—¿De verdad está muerta?

—Por favor, Stuckey, dime que lo has grabado todo, la llamada entera, todo lo que has oído.

Juliet soltó una carcajada nerviosa desde el asiento del conductor.

—Romeo os va a joder a los dos a base de bien por esto. Más os vale que me dejéis parar ahí para poder bajaros. Vuestra única oportunidad de seguir vivos es alejaros de mí y de nuestra furgoneta.

Abby presionó con el cañón de la escopeta contra el costado de Juliet.

—Ya nos buscan por asesinato. ¿Qué más da uno más?

—Qué poquito habéis tardado en poneros en plan Bonnie & Clyde, ¿no, doña Tocapelotas?

—Tú calla y conduce.

—Estaría genial que me dijeses hacia dónde se supone que tengo que conducir, en especial con el precio de la gasolina y tal. Lamentaría mucho dañar a sabiendas el medio ambiente. Esta furgo no es muy *eco-friendly*, que digamos.

Abby señaló por la ventanilla hacia un carril de salida que se desviaba a la derecha.

—Por ahí. Coge Boylston hacia Ipswitch Street.

—Brendan, ¿sigues ahí? —se oyó a Stuckey.

Él se volvió hacia el teléfono de Donetti.

—¡Stuckey, venga, dime que has grabado esa llamada completa!

—Claro, claro. La tengo. ¿Y qué se supone que debo hacer con ella?

Brendan se metió la mano en el bolsillo y palpó las tarjetas SD.

—Encárgate de que le llegue a Marcus Bellows, el agente del FBI. Dile que cualquier grabación que pueda ver en la que salga yo matando a Donetti es falsa. La han retocado, y puedo demostrarlo. Tengo los archivos reales.

—¡Dirán que los archivos que tienes tú son falsos! —dijo Juliet a voces desde la parte de delante.

—¿Quién es esa?

—Da igual.

—¿Y si tiene razón? ¿Piensas que Bellows va a creer que son reales? ¿Por qué iba a creerlo?

—¡Porque yo no tengo ni idea de cómo se falsifica algo así!

—Mira, dirigíos a la comisaría de policía más cercana. Entrad con las manos sobre la cabeza y poneos de rodillas. No les deis ni un solo motivo para disparar. Dejad que os pongan bajo custodia. Nadie te podrá tocar en una comisaría de policía. Cogerán los archivos de vídeo y los guardarán como prueba, a buen resguardo. A lo mejor los verifican de algún modo. Estarás a salvo. Abby estará a salvo, y entonces podremos solucionar todo esto.

Juliet se echó a reír.

—Te van a meter en una celda con un neonazi de dos metros y le contarán que te liaste a tiros en una guardería. Te va a descuartizar vivo y después te va a cagar en la cara. Luego utilizarán la app para pagar a sus colegas de la hermandad aria y a los policías que te metieron ahí con él. Lo tendrán todo bien limpio y recogido para la hora de la cena. No creas que no.

—¿Te importaría cerrar el pico? —Abby le clavó un poco más el cañón de la escopeta en el costado—. Gira en Mountfort. Ahí a la derecha. Después, a la izquierda en Carlton.

—Entrégate, Brendan.

Brendan sabía que no podía hacer eso. Abby y él habían oído el triple tono en la conferencia de prensa de la policía, y además habían oído lo que dijo Donetti. Y Sally, también.

«Hay jugadores por todas partes. En la calle, en el supermercado. Maestros de escuela. Policía. Se dice que el precio que le han puesto a vuestras cabezas es una de las mayores recompensas que han ofrecido nunca... Tenéis algo que ellos quieren. He visto lo que le hacen a la gente que tiene algo que ellos necesitan.»

El tintineo triple sonó por el altavoz seguido del mensaje:

—*Todo muy emocionante con Sugar & Spice, y así podría ser vuestra vida en adelante. Dadme lo que quiero, no tardéis, o los clavos del ataúd será lo último que oiréis.*

Abby lo oyó.

—¡Hay que tirar ese móvil!

Brendan se apresuró a decirle a Stuckey:

—Esto tiene que ver con Intent. Debimos de coger algo la primera vez que estuvimos en sus oficinas. Una foto, un archivo que copiamos. Algo. Sea lo que sea, están dispuestos a matar por ello. Eres el mejor investigador que conozco. Indágalo, y dile a Bellows que estaré en contacto.

Brendan colgó antes de que Stuckey pudiera responder y comenzó a pasar las pantallas hasta que dio con la app de Sugar & Spice. La abrió.

—Cielo santo.

—¿Qué?

—Que Donetti es miembro de plata con 10.860 puntos —le explicó—. Si lo que ella dijo es cierto, eso son más de doscientos mil dólares.

—Migajas —resopló Juliet desde el asiento del conductor.

Brendan la fulminó con la mirada.

—¿Qué coño se supone que significa eso?

—Significa que esa mujer es un pez chico, simples migajas. Mi Romeo y yo somos oro desde hará unos dos años.

Al oír la mención del oro, la mirada de Brendan se cruzó con la de Abby, que sabía perfectamente lo que él estaba pensando. Esta chica no llevaba nada en las muñecas, pero sí lucía una pulsera en el tobillo. Abby se agachó y se la quitó de un tirón.

—¡Eh, qué coño haces!

Abby fue mirando los colgantes de metal y encontró el de oro.

—¡149!

Brendan abrió el navegador Safari en el móvil de Donetti y tecleó: «¿Dónde está la IP 73.9.149?».

Brendan soltó un juramento en voz baja cuando los resultados llenaron la pantalla.

—Sin la cuarta cifra, lo que tenemos no basta. Es en Chicago, eso desde luego, pero no puedo afinar más.

Apareció otro mensaje en la pantalla, pero no era de Sugar & Spice; este era un mensaje de seguridad de Apple:

¡Alerta! Se ha detectado cerca de ti un Apple AirTag que no está registrado en este iPhone y podría estar rastreando tu ubicación por medio de este iPhone y otros dispositivos Bluetooth.

Brendan se desinfló. Ese tenía que ser Romeo. Se lo mostró de inmediato a su mujer.

Ella se mordisqueó el labio inferior, cogió el móvil de la mano de su marido y lo tiró por su ventanilla abierta. Mirando a Brendan, gesticuló con los labios: «¡Encuéntralo!». Cuando se volvió de nuevo hacia Juliet, su rostro no dejó entrever nada.

—Sal por Commonwealth. Atenta a Chester, y gira ahí. —Volvió a clavarle el cañón de la escopeta—. ¿Dónde tienes el móvil? Dámelo.

—No tengo móvil. Si lo necesito, uso el de Romeo.

Mentía de pena.

Brendan se dio la vuelta y echó un vistazo con mayor atención a la furgoneta desvencijada, a los sacos de dormir amontonados en un rincón, al pequeño hornillo de propano cubierto de óxido y grasa. Los AirTags apenas eran del tamaño de una moneda. Podía estar oculto en cualquier parte de aquel caos. Quería tener a Juliet distraída, hablando, así que le preguntó:

—Si tenéis dinero, ¿por qué empeñarse en vivir así?

—No necesito nada salvo a Romeo, y él no necesita nada que no sea yo. Tú te sentarás tan pancho en tu casita rodeado de cosas y pensarás que lo tuyo es muchísimo mejor. Pues mira, no. Eso no es mejor ni mucho menos. Con las posesiones vienen los dolores de cabeza. Todas y cada una de ellas te hacen cargar con más peso en la espalda, tanto que te dolerá hasta que ya no puedas más. Esa gran casa tuya, todo lo que había dentro, ¿de verdad te convirtió eso en una mejor persona?

Brendan no tenía la más mínima intención de recibir lecciones de una asesina a sueldo que vivía como una hippie vagabunda. Dejó de prestarle atención y se dedicó a revisar unos cajones de madera que alguien había sujetado al bulto que formaba el hueco del paso de rueda. Encontró ropa, objetos de aseo, algo de comida. Hasta que abrió el tercero no descubrió las armas: una docena, por lo menos, de todo desde simples pistolas hasta rifles de asalto. Botes de líquido inflamable para encender barbacoas.

—Abs, aquí detrás tenemos un arsenal.

Rescató de allí una pequeña 380, pensada probablemente para llevarla oculta. Encajaba como un guante en su bolsillo de atrás. También cogió munición, un paquete de bridas. Estuvo a punto de pasar por alto el trozo de papel que había en el suelo, cerca de su zapato, y de no haber visto su nombre garabateado con una letra cursiva, lo más probable es que jamás se hubiera fijado en él. Cuando lo estudió con más detenimiento, se percató de qué era eso, exactamente.

—Abs, he encontrado una especie de lista. Cindy Messing, Joel Hayden, Isaac Alford, la directora adjunta Dubin, Stuckey, yo. Aquí estamos todos.

Había unos números al lado de cada nombre.

«Puntos.»

—Madre mía —masculló Brendan.

En el asiento de delante, Abby le daba instrucciones a Juliet.

—Gira a la derecha en Ashford y después a la izquierda en Sawyer Terrace. Después, otra vez a la izquierda en el primer camino de tierra. Síguelo hasta el final.

Brendan se guardó la lista en el bolsillo.

Juliet hizo lo que Abby le decía, aunque mucho más despacio de lo que Brendan hubiera querido. Estaba ganando tiempo, sin duda, para que los alcanzara su novio. Brendan no se hacía la menor ilusión de que lo hubiesen despistado. Podría estar rastreando la furgoneta de mil maneras, y ellos solo tenían unos minutos de ventaja sobre él.

Redujeron la velocidad a un paso de carreta cuando el camino se estrechó a causa de los coches aparcados a ambos lados, sin apenas espacio libre.

—¿Dónde demonios estamos yendo? —Juliet era bajita, estaba medio de pie para poder ver por encima del volante.

—Busca un sitio —le dijo Brendan—. Aparca.

—Allí, ese. —Abby señaló por la ventanilla—. Entre el Audi y el Toyota verde.

—Ese sitio es en paralelo, y yo no sé aparcar esto en paralelo. Eso siempre lo hace Romeo.

—Aparca. —Abby le volvió a clavar el cañón de la escopeta.

—Mira, tú no me vas a disparar, así que ¿por qué no dejamos ya el teatro?

—¿Igual que no iba a disparar a tu novio? ¿Cuántos agujeros le he hecho? —respondió Abby.

Quizá Juliet hubiera olvidado que había sido Abby quien disparó a Romeo, o tal vez estuviera tan distraída que ni se hubiese detenido a pensarlo de nuevo desde que la capturaron en la furgoneta, pero el recordatorio había traído aquel hecho al primer plano. Bien al frente y en el centro. Sus ojos se convirtieron en dos puntitos negros y vidriosos.

—Solo por eso, debería degollarte a mordiscos. Tal vez lo haga.

Con enfado o sin él, Juliet consiguió meter la furgoneta en aquel hueco tan apretado. Golpeó y empujó al Audi y al Toyota, pero la aparcó allí y soltó un gruñido:

—¿Qué sitio es este?

—Echa el freno de mano. Apaga el motor.

Juliet lo hizo.

«QHE», pensó Brendan. Era ahora o nunca: no había encontrado el AirTag, y dentro de un minuto iba a dar lo mismo.

Brendan se echó la mochila al hombro y abrió el bote

de líquido inflamable. Lo apretó y roció los sacos de dormir en el rincón. Los estantes. El cajón con el resto de las armas y la munición, incluso una granada. Empapó el respaldo del asiento del conductor.

Cuando el olor llegó hasta ella, Juliet se retorció para darse la vuelta e intentó ver mejor lo que estaba haciendo Brendan. El horror le invadió el rostro.

—Más te vale no estar pensando lo que yo creo que estás pensando.

—Vosotros nos habéis quemado nuestra casa —le dijo Abby en una voz mucho más fría de lo que Brendan se podía haber imaginado en labios de su mujer—. Me parece justo que os devolvamos el favor, así que, la verdadera cuestión aquí, supongo, es si tú vas a estar dentro de la furgo cuando él encienda la cerilla.

Brendan vació el resto del bote sobre Juliet, lo tiró a un lado y se plantó delante de su cara con el encendedor de Donetti que se habían llevado.

—¿Dónde está tu puto móvil? No vuelvas a mentirnos.

65

Después de colgar, Romeo encontró las llaves de un coche sobre el mostrador de la guardería. Se imaginó que pertenecerían a la Rubita o a la mujer que había al fondo del pasillo, la que tenía un agujero en la barriga del tamaño de un balón de baloncesto. De una u otra forma, la propietaria ya no lo iba a necesitar, ni tampoco cabía esperar una denuncia inmediata, eso seguro. Sobre el primer escalón del exterior de la puerta de la guardería presionó el botón del llavero varias veces y siguió el trino hasta un BMW blanco aparcado en la acera. El coche era más viejo que Maricastaña, pero, a pesar de la pintura desvaída y las pequeñas marcas de óxido, parecía estar en buenas condiciones. Refunfuñó ligeramente al arrancar el motor, pero enseguida cogió un ritmo constante.

Romeo miró su móvil y no tuvo que perder tiempo alguno pulsando en menús ni escribiendo esto o aquello. La app ya había cargado un mapa con dos chinchetas luminosas: una con la ubicación de Juliet, la otra con la de la furgoneta. Ahora mismo estaban las dos chinchetas una encima de otra para indicar que estaban juntas.

Había recorrido ya casi un kilómetro cuando se cruzó con dos coches de policía que iban disparados en dirección contraria, sin duda hacia la guardería. Aparte de limpiar sus huellas de todo lo que hubiera tocado, había dejado aquel lugar tal cual estaba. El plan de la Rubita de cargarle el muerto a Hollander era sólido en todo, salvo en lo de quedarse esperando a los niños. Supo que había tomado la decisión correcta cuando giró en Commonwealth y estuvo a punto de que se lo llevara por delante una furgoneta de los informativos del Canal Siete que iba quemando rueda detrás de los coches patrulla. Seguro que la app les había dado el soplo y, probablemente, les habría enviado las grabaciones que había mencionado la Rubita.

De eso hacía ya unos diez minutos, y Romeo se sentía bastante satisfecho consigo mismo... hasta que vio el humo.

Una fina columna negra que ascendía más o menos a un kilómetro de distancia.

Supo lo que era mucho antes de ver la furgoneta. En sus tiempos había prendido fuego a todo tipo de cosas, y aprendes a reconocer las diferencias en función del color y del olor. El fuego en un vehículo (en especial aquellos en los que se utilizaba acelerante) siempre echaba un humo negro. Era por todo el plástico y la goma, el aceite y la grasa. Su furgo no iba a ser distinta.

Dejó el BMW tirado en medio del camino de tierra, con la puerta abierta y el motor encendido, y se acercó a la furgoneta tanto como pudo, protegiéndose los ojos ante el calor.

No tenía cristales, habían reventado. Vomitaba unas nubes densas y tóxicas por todas las aberturas como si el humo estuviera huyendo de algo aún peor que hubiera dentro. El pensamiento le voló de inmediato a Juliet.

«¿La han matado?»

«¿La han dejado quemándose allí dentro?»

«¿Tienen esos dos lo que hay que tener?»

Se le retorcieron las tripas solo de pensarlo, y con ello llegaron las oleadas de dolor desde el agujero que tenía infectado en la barriga.

Él en su lugar habría matado a Juliet.

Ahora mismo estaría ahí dentro, con el fuego devorándole la carne de los huesos.

Eso es lo que él habría hecho.

Cuando acorralas en un rincón incluso al más tímido de los animales, te atacará para sobrevivir. Estaba claro de cojones que la Zorra Flaca era capaz, y Abercrombie la seguiría como un perrito faldero.

Las piernas de Romeo se negaban a funcionar, no querían aproximarse, pero sabía que debía hacerlo. Necesitaba saberlo. Se obligó a dar cada paso con unas extremidades que le pesaban como si fuesen de plomo. Cuando se vio incapaz de soportar el calor, rodeó la furgo hasta el lugar donde antes estaba el parabrisas. El humo negro le rodaba por la piel desnuda como un papel de lija incandescente, le abrasaba los pulmones con cada jadeo, cada bocanada a la fuerza. Y aun así se acercó más.

Entre aquel humo tan denso, tan solo pudo atisbar el sitio donde antes se encontraba el asiento del conductor. El cuero y la gomaespuma ya habían desaparecido, y no quedaba más que un armazón metálico irregular. Si Juliet había estado ahí sentada, ya no lo estaba, y, aunque eso le ofreciese cierto alivio, tampoco significaba que no estuviera en la furgo.

Romeo le dio la espalda a la furgoneta y trató de coger algo de aire limpio, pero tan solo consiguió llenarse de más humo los pulmones. Ya fuese por el dolor, el humo o la falta de oxígeno, la visión se le volvió a quedar en blanco, se desequilibró hacia delante y cayó al suelo. Las manos impactaron con fuerza en la arena, y sintió cómo se le clavaba en las palmas.

Sin aire limpio no podría ayudar a Juliet. No sería capaz de hacer nada siquiera por sí mismo. Sin aire limpio se desmayaría en el sitio. Allí sería donde encontrarían su cuerpo justo antes de sacar el de ella de entre las cenizas.

Empezó a gatear.

Se fue agarrando a los puñados de tierra y piedras que arañaba y gateó hasta que alcanzó la hilera de coches al otro lado del camino sin asfaltar. Estaba aferrándose al parachoques de una vieja *pickup* para tratar de volver a ponerse en pie cuando la furgoneta estalló.

La explosión lo golpeó como si un tráiler lo arrollara por la espalda y lo lanzó hacia delante, volando por encima de los coches aparcados, para aterrizar entre la hierba de la cuneta de detrás.

Romeo perdió el conocimiento.

Cuando logró abrir los ojos de nuevo, no sabía si había estado fuera de combate durante diez segundos o diez minutos. Había perdido la noción del tiempo, pero la furgoneta continuaba ardiendo a base de bien: era una pira funeraria.

Sacó a ciegas el móvil del bolsillo y consiguió volver a ver el mapa. Habían desaparecido las dos chinchetas: la de Juliet y la del Apple AirTag que había colocado bajo el asiento del conductor de la furgo el año pasado. Las dos se habían esfumado con la explosión. Romeo quiso chillar el nombre de Juliet, pero lo único que salió de entre sus labios fue el susurro de una ronquera achicharrada.

Se quedó allí tumbado unos diez minutos, quizá. Y se habría quedado más tiempo de no haber sonado su móvil.

Sin identificación de llamada, ni siquiera un «Número desconocido».

Romeo tragó saliva.

No quería hablar con ella.

Ahora no.

También sabía que no tenía elección.

Se llevó el teléfono al oído y respondió:

—¿Sí?

—Has permitido que las cosas lleguen demasiado lejos. Son más listos que tú.

—Lo tengo controlado.

—Están corriendo en círculos a tu alrededor. Pareces tonto. Estamos en peligro por culpa de tu imbecilidad.

—Ya ha visto las noticias. Le están endosando todo esto a él. Aquí nadie corre ningún peligro.

La mujer no dijo nada.

Había sido un error. ¿Cómo se le ocurría llevarle la contraria? Pero Romeo no había podido evitarlo. Ver arder la furgo, saber que Juliet... Iba a rajar a esa tal Hollander desde el coño hasta esa boquita de piñón tan mona mientras su marido miraba. Lo grabaría todo en vídeo y se lo pondría una y otra vez, iba a escuchar sus berridos como si fuera una puta nana. Entonces se pondría manos a la obra con Abercrombie. Y se iba a tomar su tiempo para que durara lo suyo. Se humedeció los labios y notó el sabor de la sangre.

—Esos dos han agitado el avispero que no debían.

Se puso en pie a pesar del dolor, avanzó a trompicones por el camino de tierra y esquivó los restos de la furgoneta con un amplio rodeo para evitar el calor. Comenzó a ascender por la pendiente que había detrás del vehículo. No podían haber ido a ningún otro sitio, y tampoco podían estar lejos.

—Van a pie. Tienen que estar cerca. ¿Me está diciendo que me retire? ¿Que los deje ir?

De nuevo, la mujer no dijo nada.

Romeo llegó a lo alto de la pendiente y miró hacia abajo por el otro lado, al patio de maniobras ferroviarias más grande que había visto nunca. Un gigantesco nudo de vías con trenes que se alejaban reptando con la lentitud de unas serpientes kilométricas que se acababan de zampar el rancho. Una docena de trenes de mercancías. Cientos de vagones. Les había dado tiempo de sobra de subirse en cualquiera de ellos.

Su móvil emitió un trino suave, y cuando miró la pantalla advirtió que había vuelto a aparecer una de las chinchetas de ubicación de Juliet. Estaba en movimiento.

Romeo resistió el impulso de darle las gracias al Señor Todopoderoso, y eso que ni siquiera creía en ese tipo de mierdas.

—Tiene que dejarme trabajar.

Sonó el famoso tintineo triple y, cuando volvió a mirar la pantalla, había aparecido un nuevo Spice:

¿Matarías a otro jugador para convertirte en platino al instante y obtener un pase automático para la Gala de Otoño?

Debajo de aquel Spice había un mapa con una chincheta. Romeo tardó un momento en darse cuenta de que esa chincheta estaba marcando su ubicación, lo estaba señalando a él.

—Si no se cierra pronto este asunto, se enviará ese Spice a todos los miembros.

—Oiga, espere un segundo, yo...

Había colgado.

Estuvo a punto de tirar el puto móvil, pero consiguió no perder la cabeza. El agujero de bala en la barriga le quemaba a base de bien, irritado por la infección, y eso le enturbiaba el pensamiento, pero no podía permitir que algo así lo dominara.

Recuperaría a Juliet.

Iba a coger a esos dos.

Se lo pagarían.

Toda esta mierda se reducía a algo tan sencillo como esos hechos.

A tomar por culo el resto.

Mirando pendiente abajo hacia todos aquellos trenes, volvió a cargar la ubicación de Juliet. Se alejaba de él muy despacio. Hacia el oeste. Se fijó en uno de los trenes, uno largo como su putísima madre —un centenar de vagones, tal vez más, y una locomotora en cada extremo— que se marchaba del patio de maniobras... también hacia el oeste.

Se estaban largando a Chicago, eso es lo que él haría. Subirse en marcha a un tren de mercancías no dejaba rastro ninguno. Eso es lo que haría él también.

Podía cerrar el asunto en cuestión de una hora.

Se presionó con una mano la herida del costado y comenzó a bajar por la pendiente.

El tren se movía despacio. Aquello le dolía a rabiar, pero consiguió subir el culo a rastras en el tren.

Sugar & Spice®

Sugar
¿Le recomendarías esta app a un amigo?

66

—¡Allí! —ordenó Brendan al tiempo que señalaba un hueco estrecho entre dos palets llenos de cajas de madera al fondo del vagón de mercancías—. Siéntate en ese rincón y mantén la boca cerrada.

—¡Romeo os va a joder la vida!

Habían utilizado unas bridas para atarle las manos a la espalda a Juliet, y cuando fue a sentarse perdió el equilibrio y se cayó al suelo de tablones de madera. Aquello provocó un gruñido cargado de dolor y una impresionante retahíla de palabrotas. Brendan se quedó esperando a que aquello amainara para sacarse del bolsillo la lista de nombres y mostrársela.

—Háblame de esto.

—No hay nada que decir.

Aparte de los que Brendan reconocía, había cerca de una docena de nombres más. Por lo que él sabía, la mayor parte eran empleados de Intent, pero no todos. Incluso el agente Bellows estaba allí. Más de la mitad de los nombres estaban tachados con una línea.

—¿Habéis matado a toda esta gente?

—Eso de matar no ha terminado de gustarme nunca, es más de Romeo. Pero me encanta ver cómo lo hace. Es un artista. Me muero de ganas de ver lo que os hace a vosotros. Estoy segura de que se le ocurrirá algo verdaderamente especial.

—Todos los nombres que habéis tachado... Entre los dos habéis matado a esas personas, y la app os ha pagado. ¿Es eso lo que significan estos números?

Al oír eso, Juliet se limitó a sonreír.

Cuando estaban en la furgoneta, la joven había mencionado que era miembro de la categoría de oro. Brendan sumó las cifras de cabeza y multiplicó el resultado por el precio del oro, que estaba a unos mil ochocientos dólares la onza la última vez que lo miró. Cuando obtuvo el total, dudó de sus cálculos y volvió a hacerlos. Con los nombres de la lista ya se alcanzaban casi los doce millones, y eso tan solo con los que estaban tachados. Si incluía el resto, esa cantidad pasaba a ser de más del doble.

Como un gato que masticara los restos de un ratón, Juliet sonrió todavía más.

—Es un buen montón de pasta, ¿verdad?

—¿Por qué ellos? ¿Qué han hecho?

Al ver que Juliet no respondía, Brendan se sacó el encendedor del bolsillo de atrás, agarró un mechón de pelo de la joven y encendió la llama apenas a un par de centímetros.

—Permíteme que te deje una cosa bien clara. Si crees que no te voy a hacer daño, estás muy equivocada. Después de lo que tú nos has hecho a nosotros, tienes suerte de continuar con vida. —Hizo un gesto con la barbilla hacia la puerta abierta del vagón de carga—. Si te tiramos en marcha, ¿crees que le va a importar una mierda a alguien?

—No tienes lo que hay que tener.

Abby estaba al quite a su lado. Envolvió la mano de Brendan —la del encendedor— con la suya y la elevó hasta que la llama prendió el cabello de la chica que él tenía en la otra mano. Chisporroteó el pelo y soltó un humo negro fétido con un hedor a azufre. Abby lo apagó con los dedos antes de que causara un daño serio, pero Juliet captó la idea.

—¿Por qué ellos? —insistió Brendan.

—Son los que ella quería ver muertos, y así los hemos ido dejando. Un salario justo a cambio del trabajo de una jornada justa —le soltó Juliet—. Nunca nos dijo por qué, solo nos dijo quién.

—¿Ella? —Brendan lanzó una mirada a Abby—. ¿Te refieres a Robin Church?

—¿Quién es Robin Church? —preguntó Abby.

—Es un nombre con el que dio Kim. Apareció en alguno de los papeles que encontramos.

—No conozco a ninguna Robin Church —dijo Juliet—, pero podría ser ella. Nunca nos dio ningún nombre. Eso sí, qué mala leche tiene esa zorra, eso hay que reconocerlo. Esa gente le hizo algo, y ella no ha tenido el menor reparo en ir en busca de su libra de carne.

Brendan le echó otro vistazo a la lista.

—¿Significa algo para ti el nombre de Keo Sengphet? No figura aquí.

—Ninguno de ellos significa nada para mí.

Brendan volvió a prender la llama del encendedor.

—¡No! ¡Que no conozco a ningún Keo Sengphet! Abby también echó un vistazo a los nombres.

—¿Quién es?

—Este tío —señaló Brendan—, Isaac Alford, estaba robando dinero de la base de clientes de Intent. Trabajaba con Joel Hayden para llevar los fondos al extranjero, a Keo Sengphet, en un banco de Laos. Es conocido que Sengphet se dedica al blanqueo.

—¿Y quiénes son todos los demás?

—Cindy Messing era una contable de nivel bajo. Creemos que descubrió lo que estaba pasando o que formaba parte de ello y se volvió contra los otros. El resto de los nombres tachados también trabajaba en Intent. Alford no podía hacer algo como eso por sí solo. Si escarbamos más, es probable que descubramos que toda esta gente estaba implicada. Esta mujer los está silenciando.

—Robin Church.

—Eso.

—¿Y este? Roland Ludlow.

Su nombre estaba rodeado con un círculo.

—Es el director de la división de desarrollo de software.

—Software, ¿como las apps?

Juliet silbó levemente las mismas tres notas del tintineo de la app.

—¿Quieres seleccionar Sugar o Spice?

—¿Sigue vivo? —preguntó Brendan a Juliet.

—No más que vosotros.

—Mil puntos. Eso son casi los dos millones de dólares solo por él.

—Es nuestra playa tropical —masculló Juliet más para sí que para él.

—Sabrá qué es lo que está pasando —dijo Abby—, ¿verdad que sí?

—Podría ser.

Entonces fue cuando Juliet se puso a chillar.

Giró la cabeza hacia la puerta abierta del vagón de mercancías y soltó un chillido ensordecedor.

—¡Romeo!

Brendan cogió la escopeta y le arreó con la culata en un lado de la cabeza. Apenas fue de refilón, pero la hizo callar de golpe.

Abby lanzó una mirada nerviosa por aquella puerta abierta, hacia el patio de maniobras del exterior.

—Tenemos que amordazarla. No queremos que llame la atención. Déjame ver esa cinta adhesiva.

Brendan buscó en el interior de la bolsa con la mano que tenía libre y rescató la cinta adhesiva y un capuchón negro que había rapiñado de la furgoneta. Le entregó ambas cosas a Abby y se dio la vuelta para ver mejor el exterior. El tren se movía, aunque apenas. Era tan condenadamente lento que le daban ganas de saltar por la puerta abierta del vagón de carga y ponerse a empujar. Sentía un cosquilleo en cada centímetro de su cuerpo, una de esas cosas raras del cerebro reptiliano. El instinto le decía que lo más probable era que Romeo fuese justo detrás de ellos. Bien podría haberse subido en cualquiera de los vagones y haber iniciado una búsqueda sistemática.

En la distancia, el humo negro invadía el cielo, y un hilo fino aún salía de la furgoneta.

—Apártate de la puerta, Brendan. La mayor parte de este sitio está automatizado, pero aún quedará alguna persona que otra por ahí. Y también habrá cámaras por todas partes.

Cuando él se dio la vuelta, Abby estaba alisando una segunda tira de cinta adhesiva. La chica seguía refunfuñando, pero ya apenas se la oía. Cuando terminó con la cinta, le deslizó el capuchón por la cabeza a Juliet para que no pudiera verlos y se inclinó hacia atrás sobre los talones para admirar su obra.

«QHE.»

Brendan se dijo que nunca volvería a poner de malas a su mujer.

Le devolvió la escopeta a Abby.

—Pensaba que este sitio estaba cerrado.

—En teoría lo está —le explicó ella—, pero hasta que redirijan todas las vías, la mayoría de los trenes que entran y salen de Boston tiene que pasar por aquí. Di con esto cuando me documentaba para mi nuevo libro.

Brendan había visto numerosos artículos en las noticias sobre el patio de maniobras de Beacon Park a lo largo de los años, que se remontaban al menos una década. Le sonaba que Harvard lo había adquirido en un momento dado, pero había quedado en nada. Se toparon con demasiados obstáculos. Demasiados políticos y demasiadas listas de deseos; demasiados oídos sordos entre los unos y los otros. El terreno se quedó esperando. Olvidado. Para ser un patio de maniobras ferroviarias abandonado, tenía mucho ajetreo. Había trenes por todas partes, todos ellos moviéndose a la velocidad de un glaciar mientras recorrían aquel laberinto los unos alrededor de los otros. Unos cambiaban de vía, otros la atravesaban. Un millón de sitios donde esconderse, prácticamente todos en movimiento.

Brendan no se hacía ilusiones de ninguna clase al respecto de haber despistado a Romeo, pero sí pensaba que habían ganado algo de tiempo.

Cogió a Abby y se la llevó entre varios palets con cajas amontonadas hasta el techo y sujetas con una gruesa capa de plástico retráctil y encontró un lugar donde sentarse en el extremo opuesto del vagón de carga, tan lejos de Juliet como era posible.

Aunque había pasado menos de un día, les daba la sensación de que llevaban un mes entero sin dejar de moverse, y tan pronto como se acomodaron en aquel rincón oscuro se pasó el efecto del chute de energía que los había estado impulsando y se vio reemplazado por algo que no terminaba de ser calma, pero sí les ofrecía un leve atisbo de alivio.

Abby apoyó la cabeza en el hombro de Brendan.

Él quería decirle que todo iba a ir bien, que iban a encontrar la manera de salir de todo esto, pero no lo hizo, no pudo, porque no veía salida de ninguna clase. Cuando se le cerraron los ojos, la oscuridad le trajo demonios, le trajo temores. No hubo descanso, tan solo el incesante tintineo triple que lo invadía todo como una marcha fúnebre.

67

Cielo santo, qué dolor tenía Romeo en la barriga.

Esa maldita infección no se contentaba con quedarse quietecita donde se había iniciado y decidió extenderse. Expandirse. Notaba caliente al tacto el costado entero. Hinchado y denso. Como si hubiera ganado peso, pero solo en el costado izquierdo de su cuerpo. Ya no sangraba por ninguna parte, y le daba las gracias a Dios por ello, pero sí le salía un pus amarillo verdoso tirando a pardo que rezumaba por debajo del vendaje de Juliet, y apestaba como un animal muerto en la carretera. Aquello no era bueno, ni allí ni en ninguna otra parte. Y le dolía como un verdadero demonio. La presión más leve le provocaba la sensación del pinchazo de un millar de agujas.

Se maldijo por no haber cogido el bote de analgésicos de la guantera de la furgo cuando tuvo ocasión, y se maldecía por no haber tenido más antibióticos a mano y se maldecía también porque en condiciones normales no solía cometer errores, y ese día se había apuntado ya una buena cantidad de cagadas. Nada le salía a derechas y, justo por eso, cuando saltó del primer vagón al segundo y se encontró algo así como una decena de cajas de whisky de Tennessee, supo que su racha de mala suerte por fin había cambiado.

Las cajas estaba remachadas con clavos, pero cuando un hombre como Romeo estaba decidido, un par de clavos y unas tablitas de pino no suponían ningún obstáculo. Esto era la guerra. Algunas botellas tuvieron que entregarse al sacrificio máximo cuando Romeo abrió a patadas el lateral de la caja, pero el número suficiente de sus compañeras sobrevivió al asalto, y en cuanto el agujero ya fue lo bastante grande, Romeo metió la mano dentro y sacó una de cuarto de litro. Se dejó caer junto a la caja maltrecha, giró el tapón de la botella y le dio un buen trago, bien largo. El calor del whisky le quemó en la garganta, en la tripa, y casi pudo imaginárselo corriendo al encuentro de la infección en una especie de nueva línea del frente en las profundidades de su cuerpo. Al contrario que la anterior escaramuza, era aquí donde se iba a librar la batalla, y los soldados de Tennessee eran fornidos. Tenía fe en ellos. También entendía que, en cualquier campaña, lo mejor era rodear a tu enemigo por todos los flancos. Con eso en mente, dio otro trago y se puso manos a la obra a despegarse la ropa de la piel iracunda. Si aquello ya fue desagradable, los vendajes fueron mucho peor. El pus los había fusionado prácticamente con su piel, y retirar las capas una a una no le pareció muy distinto de ir cortándose la carne capa a capa con un pelalegumbres. Es posible que no se percatara de que estaba dando berridos hasta un minuto o dos después de empezar, y, cuando se dio cuenta de que lo hacía, gritó aún más fuerte. Aquello lo ayudaba, en cierto modo, como una tetera que necesitara soltar vapor.

Una vez retirado el último vendaje y apilado a su izquierda, Romeo respiró hondo y le echó un buen vistazo a aquel desastre que le había hecho la Zorra Flaca.

La herida de entrada se había fruncido y se había hinchado tanto que estaba casi cerrada. Cuando consiguió retorcerse y ver la herida de salida, se encontró con que no era muy distinta. Y aquel movimiento hizo salir más pus. Al tocarla, aun con la presión más leve, el pus rezumaba por encima de sus dedos, le goteaba por el costado y encharcaba el suelo de tablones. Caliente y pegajoso.

Eso no era bueno.

Eso distaba mucho de ser bueno.

Y joder, ¿por qué hacía tanto frío allí?

«La fiebre, pedazo de imbécil. Estás empapado en sudor. La fiebre está intentando hervir las partes que están mal y está fracasando miserablemente. Tienes que quitarte esas partes que están mal, incluso cortarlas si es lo que toca, pero líbrate de ellas.»

—Cierra la boca, que no estoy tan mal —gruñó.

«Si no estás tan mal, ¿con quién cojones estás hablando?»

Romeo dio otro trago y sintió un escalofrío.

Pensó en el colchón de la parte de atrás de la furgo.

Qué bien estaría allí. Acurrucarse en esa esquina justo sobre el silenciador del tubo de escape, donde siempre se estaba calentito y a gusto.

Ya desaparecido.

Pensó en la Zorra Flaca y en Abercrombie.

—Por cada libra de carne que pierda yo por esto, os quito dos a cada uno.

Y aquello le sentó de lujo, decirlo en voz alta.

Fortalecedor.

Romeo cogió aire. Jamás había sido de dejar las cosas para mañana, y no iba a empezar ahora. Si no se limpiaba esa herida, solo podría ir a peor. Antes de que pudiera cambiar de opinión, se agarró el michelín con la mano llena y apretó con fuerza. Sintió un dolor al rojo vivo que le atravesó cada fibra del cuerpo y lo abandonó en forma de un grito lo bastante fuerte como para sacudir las botellas en la caja que tenía a su lado. Antes de que el dolor tuviera oportunidad de amainar, Romeo desplazó un poco la mano y volvió a apretar. Expulsó el pus a mansalva por ambos lados de la herida. Apretó una vez más.

Otra vez.

Y otra.

Siguió haciéndolo hasta que el dolor fue insoportable, y entonces apretó más fuerte. No se detuvo hasta que dejó de salir pus. A continuación se retorció hacia el costado, abrió tanto como pudo el orificio de entrada con dos dedos temblorosos y vertió el whisky.

Romeo se desmayó.

No fue mucho, apenas unos segundos. Seguro que no fue más de un minuto. Bueno, a lo mejor cinco. Tan pronto como recuperó una pizca de consciencia, rodó sobre el vientre, buscó el orificio de salida con esos mismos dos dedos, lo abrió y se echó más whisky.

La madre que lo parió; le entraron ganas de desmayarse otra vez, pero no lo hizo, y se tiró bien despierto todos y cada uno de los divertidísimos segundos en los que el whisky avanzaba centímetro a centímetro por su ser como si fuera ácido sobre el culito irritado de un bebé.

En algún punto había dejado de gritar, ya no le quedaban fuerzas para eso. Se quedó allí tumbado, sin más, y pasaron diez minutos antes de que pudiera incorporarse y sentarse.

Tomó otro trago.

Se acabó.

Por ahora.

En la misma caja había varias botellas de whisky *premium* en bolsas de terciopelo azul. Romeo cogió dos de aquellas bolsas y las rasgó en forma de tiras que utilizó después a modo de vendajes improvisados. Se apañó así lo mejor que pudo y probó a ponerse en pie.

De nuevo lo vio todo blanco, pero se le aclaró la vista más rápido que la última vez.

Seguía helado, tiritando, aunque eso cesaría si no dejaba de moverse.

—Te vas a poner como nuevo, colega, tan solo con que no dejes de moverte. Esa es la clave.

«Claro, ya tendrás todo el tiempo del mundo para descansar cuando estés...»

—A tomar por culo eso, que yo no me muero hoy.

Lo que iba a hacer era encontrar a Juliet, encontrar a esos dos. Cobrarse sus libras de carne.

Al avanzar con pesadez y pasar por delante de la puerta abierta del vagón de mercancías, Romeo advirtió que por fin comenzaban a ganar velocidad. Quien fuera que estuviese a los mandos de aquel cacharro metería probablemente la directa en cuanto terminaran de salir de Boston. No tenía la menor idea de cuánto tardarían en llegar a Chicago, pero Juliet sí lo sabía. Se moría de ganas por preguntarle, porque así sabría cuánto tiempo tenía para juguetear con los otros dos.

Igual que las puertas anteriores, la frontal del vagón tampoco estaba cerrada con llave. Tiró de ella para abrirla, miró hacia el suelo que pasaba bajo sus pies y alargó la mano hacia la agarradera del siguiente vagón. Al superar el vacío para llegar a la plataforma contigua, el movimiento no fluyó de manera tan elegante como él hubiera querido, pero llegó hasta allí, y eso era todo cuanto importaba.

Romeo registró el vagón, no los vio allí y se abrió paso camino del siguiente.

Los iba a encontrar.

No tenían adónde ir.

Según la aplicación Buscar de su móvil, ya estaba prácticamente encima de ellos.

68

—¿Brendan?

La habitación estaba a oscuras, negra como boca de lobo. El ambiente denso y pegajoso de calor. Brendan no recordaba haber quitado el pestillo de la puerta que unía sus habitaciones contiguas, ni tampoco recordaba haberla abierto —es más, tenía la certeza de que no lo había hecho—, pero ahora estaba abierta. Hasta ahí llegaba a distinguir gracias a las levísimas siluetas que conseguía ir construyendo con esa visión tan limitada. Quiso apartar el brazo corriendo cuando las yemas de los dedos de Kim se lo acariciaron, pero se vio incapaz de moverse.

El tintineo triple.

Parecía que aquel sonido no dejaba de sonar a su alrededor.

Entonces vio que había una pantallita pequeña, tan luminosa que había que apartar la mirada, pero no antes de haber leído lo que decía. Era un Spice.

Besa a tu pareja durante los siguientes sesenta segundos.
No puedes besarla dos veces en el mismo sitio.

La pantalla del teléfono se apagó con la misma rapidez con la que había cobrado vida, y, de alguna manera, fue como si eso oscureciese todavía más la habitación.

—Kim, no lo hagas —se oyó decir.

—Tengo que hacerlo, Brendan —replicó ella apenas en un susurro—. Pasan cosas malas cuando no lo haces.

—No quiero hacer daño a Abby.

—A lo mejor se lo merece más que nadie, que le hagan daño. ¿Alguna vez te has parado a pensarlo?

Sus labios le rozaron esa zona tan sensible detrás de la oreja, después la nuca. Captó el olor de su perfume de vainilla, el mismo que se ponía Abby. Kim le besó en el pecho, más abajo.

—Están matando a gente, Kim. ¿Sabías tú eso? Y también van a matarme a mí, a Stuckey, a Hannah, a Abs...

—Chsss. Basta de cháchara. Ponte a jugar.

—¿Cuánto tiempo llevas tú jugando a esto?

—Más que tú, pero no tanto como otros.

—¿Quién es Robin Church? ¿Lo sabes?

—Chsss... —Sus labios se pasearon por el abdomen, el muslo derecho—. Le das demasiadas vueltas.

El móvil volvió a sonar. Iluminó con un fogonazo la habitación del hotel cuando Kim se lo acercó a la cara y soltó un suspiro.

—Vaya, esto no es muy agradable.

—¿Qué dice?

Acercó más el teléfono para que él pudiera leerlo.

Sugar

¿Seguro que le da demasiadas vueltas?

¿Piensa las cosas lo suficiente?

Si lo hiciese, a lo mejor tú continuarías viva.

¿Qué estarías haciendo ahora mismo... si continuaras viva?

Kim se acercó más a él, gateó para ponerse a su lado y se dio la vuelta para apoyarse en su pecho. Tenía el cuerpo desnudo, frío y húmedo. A la luz del móvil, Brendan vio el orificio de bala en la sien izquierda. Alrededor, la piel estaba fruncida y ennegrecida. Kim levantó la mano y se apartó el pelo, se lo quitó de los ojos. Las yemas de sus dedos brillaban con la sangre oscura y con fragmentos de su cráneo.

—Abby y tú estáis muertos desde el instante en que os descargasteis la app. No es tan malo, ya lo veréis.

Sonó un claxon.

Brendan abrió los ojos en el vagón de mercancías. Estaba arañando con los dedos el suelo frío de madera, con Abby tumbada contra él, dormida, acurrucada en el hueco de su brazo. Él estaba empapado en sudor. No recordaba haberse quedado traspuesto, ni tampoco cuánto tiempo habrían dormido. En el exterior, el sol había comenzado a esconderse en el horizonte.

—¿Abs? —La zarandeó ligeramente. Cuando abrió los ojos temblorosos, Brendan se apresuró a decirle—: Es la hora.

69

Vagón de carga número diecisiete. ¿O era el dieciocho? Romeo no estaba del todo seguro, pero no estaban allí, exactamente igual que tampoco lo estaban en todos los demás por los que había pasado. Cierto, había encontrado todo tipo de cosas: cajas y embalajes de toda clase de estupideces que se movían desde el Punto A hasta el Punto B. Incluso había encontrado a unos cuantos polizones ferroviarios: vagabundos, sintecho, lo que coño sea. Ni uno solo de ellos había visto a la Zorra Flaca ni a Abercrombie. Ninguno había visto a su Juliet, y eso que se había mostrado bastante persuasivo al preguntar. Este último, el que dijo que se llamaba Chuck, solo quería ayudar. Se lo había dejado muy claro cuando Romeo lo sostuvo por el cuello de la camisa al borde de la puerta abierta del vagón de carga sin más contacto con el suelo que el de los dedos de los pies encorvados como garras, mientras el poco pelo grasiento que le quedaba ondeaba en la brisa.

—¡No he visto a nadie! ¡Lo juro!

Aquello fue perturbador en especial para Romeo, porque Chuck venía de los vagones que le quedaban a él por delante, y cuando Romeo se cruzó con él, Chuck tenía bien agarradas las bragas de Juliet en el puño mugriento.

Por supuesto, Romeo no podía estar al cien por cien

seguro de que se trataba de las bragas de Juliet, pero ¿cuántas bragas de rayas rojas y blancas con un «Niña de papá» estampado en el culo podía haber en aquel tren? Romeo no era mucho de ponerse a apostar, pero estaba seguro de que todos los pronósticos en Las Vegas estarían en contra de semejante coincidencia. Estaba absolutamente seguro de que ninguno de aquellos apostadores lo culparía por haberse contrariado un poquito al encontrárselas a Chuck. Ese hombre no era del tipo de Juliet, que se dijese, y Juliet tampoco era de las que obsequiaban con semejante joya al primero que pasaba, lo cual planteaba el interrogante acerca de cómo las había conseguido.

—¡Son mías! ¡Lo juro!

Los salivazos salían disparados de los labios de Chuck con cada palabra y salpicaban a Romeo en el cuello y la mejilla. Si algo había que Romeo odiaba más que a un mentiroso era a un mentiroso baboso.

—A ver, Chuck, yo creía que habíamos llegado a un entendimiento.

Apretó con más fuerza el cuello de la camisa de Chuck, lo suficiente para convertir cada una de las respiraciones del hombre en un ruido áspero como de papel, y lo empujó más hacia el exterior del vagón. No se movían muy rápido, pero si Romeo acertaba con el ángulo, se veía bastante capaz de hacer caer a Chuck debajo del tren, al menos alguna parte de él.

Chuck debía de estar pensando algo por el estilo, porque enseguida jadeó:

—¡Me las he encontrado! Por eso son mías. Son las reglas del ferrocarril. ¿Qué te parece si yo te enseño dónde, y tú dejas que me las quede, amigo?

Romeo tardó en responder un poco más de lo necesario, en parte porque quería ver sudar a Chuck, y en parte porque a su cerebro le estaba empezando a costar formar frases. Tenía un poco mejor la herida del costado, pero tampoco mucho mejor.

—A ver qué te parece esto a ti, *amigo*: tú me enseñas dónde las has encontrado, y yo no te arranco el bazo para hacértelo tragar entero, ¿eh? ¿Qué me dices? A lo mejor no te estrangulo con tus propios intestinos. Esas son mis reglas del ferrocarril.

—Vale, vale... —Chuck asentía con movimientos enérgicos—. Yo te lo enseño.

Romeo lo trajo de vuelta al interior del vagón y lo empujó hacia el frente.

—Pues que sea rápido.

Chuck aterrizó con un gruñido contra una pila de cajas de repuestos de máquinas cortacésped, se puso en pie como pudo y le extendió la mano.

—Primero devuélvemelas.

Qué huevos el tío.

Pesaría como mucho unos cuarenta y cinco kilos, y la mitad de ellos eran pelo enmarañado y capas de ropa asquerosa. No tenía ni idea de si este tío pensaba ponerse las bragas, pasarse el día oliéndolas o preparar una sopa con ellas, y ninguna de aquellas ideas le sugería el tipo de imagen que Romeo quería tener en la cabeza. Lo único que él quería era recuperar a su Juliet. Y ya le compraría unas bragas nuevas.

—Enséñame dónde, y yo te las doy.

—¿Palabra de boy scout?

—Palabra de boy scout.

Chuck se limpió la boca con el reverso de la manga de la cazadora y se dejó un restregón sucio en un lado de la cara; acto seguido se dio la vuelta hacia el frente del vagón y tiró de la puerta que conducía al siguiente vagón para abrirla.

—Entonces, que sea rápido, que no tengo todo el día.

Romeo no tenía ni idea de hasta dónde iba aquel tren en dirección oeste ni cuánto tardaría en llegar hasta allí, pero estaba bastante seguro de que no solo disponían de todo el día, sino de varios días y una noche o dos. Se guardó aquello para sí, porque no tenía ningún sentido ponerse a hacer bromas innecesarias con aquel tontolaba. Siguió los pasos de Chuck a través de la estrecha puerta de acceso, pasó por encima del enganche y entró en el siguiente vagón. Casi esperaba que el tal Chuck intentara alguna clase de jugada en aquel momento, que se volviera contra él o que tratase de huir, pero no hizo ninguna de las dos cosas. En cambio, se dedicó a serpentear atravesando los vagones repletos de cosas, uno detrás de otro. Romeo lo siguió por seis vagones más antes de que el hombre volviera a abrir la boca.

—Es ahí mismo, en el siguiente —masculló, cruzó por encima de otro enganche y entró en otro vagón abarrotado de trastos.

Romeo no tenía la menor idea de cómo sabía eso Chuck. Para él, todos aquellos vagones de carga eran idénticos: unos enormes cajones mohosos llenos de otras cajas más pequeñas. Y de montones de miradas, también. Eso no lo pasó por alto. En aquel tren había mucha más gente de la que él se esperaba, todos ellos unos magníficos expertos en el arte de ocultarse entre las sombras. Dos vagones atrás, una mujer se puso a su altura y le quitó a Romeo la cartera del bolsillo de atrás antes de que él advirtiese siquiera que ella estaba allí. Le habría roto el brazo, pero se quitaba el sombrero ante ella por semejante sigilo, así que tan solo le partió la muñeca antes de recuperar su cartera.

En la oscuridad, algo más adelante, Chuck se había detenido y se rascaba un lado del mentón. Miraba al suelo entre dos palets grandes de impresoras para ordenador.

—Justo ahí, como te decía.

Aunque la vista de Romeo se había acostumbrado a la oscuridad, avanzó y encendió la linterna del móvil para verlo mejor.

La ropa de Juliet estaba amontonada y medio metida debajo de uno de los palets: pantalones cortos, zapatillas, camiseta de tirantes y sujetador. Hasta la goma del pelo. Todo lo que llevaba puesto la última vez que la había visto.

La puta Zorra Flaca.

Tenía que ser cosa suya.

Abercrombie no tenía tantas luces.

Cuando se agachó para recoger la zapatilla de Juliet, la herida del costado se quejó con un aullido.

—¿Estás bien, amigo? Se te está poniendo paliducha la cara.

Romeo agarró a Chuck por el pescuezo y le estampó la cabeza contra un poste metálico de sujeción. Oyó aquel crujido espeluznante. Tiró de la cabeza para atrás y repitió. Chuck hizo un par de ruidos raros después de que Romeo lo arrojara al suelo, pero dejó de moverse con bastante rapidez. Cuando volvió a inclinarse para coger la zapatilla de Juliet, se movió un poco más despacio. Ella tenía los pies pequeños, un treinta y ocho en el mejor de los casos. Esas eran sus Vans preferidas. Puso la zapatilla a la luz y retiró el relleno. El Apple AirTag estaba en el mismo sitio exacto donde él lo había colocado hacía tantos meses ya.

«¿Cómo cojones lo ha sabido la Zorra Flaca?»

Otro pensamiento le vino a la cabeza.

«No están en este tren. Nunca lo han estado.»

Solo estaba él.

La Zorra Flaca le había tomado el pelo.

La puerta lateral de aquel vagón concreto sí estaba cerrada, pero bastaban las vibraciones para notar que estaba aumentando la velocidad.

¿Cuánto tiempo llevaba él en este tren?

¿Una hora?

¿Más?

Ni puta idea, joder.

¿Cuánto se había alejado en ese tiempo?

«Demasiado —mascullaba mentalmente en aquel

sirope que le espesaba el pensamiento—, lejos de cojones, joder.»

A Chuck se debía de haber aflojado la tripa al morir, porque de repente comenzó a apestar.

Esos dos jamás llegaron a salir del patio ferroviario.

Todo esto tan solo era una estratagema de mierda.

Tenía que ponerle fin.

Ya.

Se apresuró a recoger la ropa de Juliet, se lo metió todo hecho una bola debajo del brazo, fue hasta la puerta del vagón y la abrió de un tirón.

El tren se estaba moviendo ahora mucho más rápido y continuaba aumentando su velocidad.

Se guardó el AirTag en el bolsillo y arrojó el resto al exterior; vio cómo se desperdigaba la ropa por los hierbajos y los matorrales a lo largo de la vía. Se asomó y trató de ver qué había por delante. Ya no estaba en la propia ciudad de Boston. La civilización se había reducido de los rascacielos a unos viejos edificios de apartamentos, casuchas bajas y pequeñas zonas comerciales. Antes de poder cambiar de opinión, respiró con fuerza, saltó y fue por el aire rezando —no tan en silencio— para que aterrizara sobre su lado bueno.

70

El claxon volvió a sonar.

Frenético.

Interrumpido.

Brendan miró hacia la puerta abierta del vagón de mercancías.

Otro pitido.

Alargó el brazo hacia Abby y le apretó la mano.

—¿Estás segura de esto?

Abby soltó un leve bufido.

—No, pero no dejo de preguntarme...

—Qué haría Emily.

Abby asintió.

—Exacto, qué haría Emily, y Emily sí está segura.

Fueron juntos hasta la puerta y se detuvieron ante la abertura para volver a echar un vistazo a Juliet, atada y silenciosa en el rincón del viejo vagón de carga, todavía con la bolsa en la cabeza. Le habían obligado a quitarse toda su ropa y a cambiarse justo después de volar la furgoneta por los aires: dieron por sentado que si les habían colocado un AirTag, entonces habría más. Fue idea de Abby lo de poner la ropa vieja en el tren que se dirigía al oeste cuando encontraron el pequeño transmisor en la zapatilla de Juliet. Aquel tren tan increíblemente largo se había marchado por fin, y el último de los vagones había desaparecido de su vista unos diez minutos antes.

El vagón de mercancías en el que habían estado escondidos tenía pinta de no haberse movido en años. Ya no estaba sobre las vías, sino con las ruedas en la tierra, rodeado de hierbajos. Tenía un agujero en el techo a causa de la madera podrida. La puerta estaba abierta y oxidada. Era una reliquia desechada de un tiempo pasado.

—Brendan, ¿tú estás seguro?

Asintió con la cabeza.

—Déjame ver el teléfono.

Marcó el número de memoria.

—Aquí el agente Bellows.

—Soy Brendan Hollander.

Se produjo un silencio al otro lado de la línea, y Brendan pudo imaginárselo haciendo gestos a alguien, dándole instrucciones en silencio para que rastreara la llamada. Era algo que podían hacer en cuestión de segundos, incluso con un móvil desechable.

—Brendan, hay mucha gente tratando de encontrarle. A usted y a su mujer. Tienen que entregarse para que pueda protegerlos.

Brendan pensó en el tintineo triple que había oído en la emisión de las noticias, procedente tal vez de algún miembro de las fuerzas del orden. Quizá del mismo Bellows si es que estaba allí.

—Tenemos pruebas de que Intent está detrás de todo esto. ¿Conoce Beacon Park Yard, en Boston?

—¿El antiguo patio de maniobras de trenes?

—Sí, el antiguo patio ferroviario. Envíe a alguien. Dígales que busquen el vagón de mercancías con el número de identificación... —Se asomó por la puerta para ver mejor el lateral— 53-AFT792. Dentro de ese vagón encontrarán maniatada a la mujer que está detrás de los asesinatos, la que ha quemado nuestra casa. Dice que se llama Juliet, pero lo más probable es que sea falso. Repítame ese número.

—53-AFT792. Brendan, si ha conseguido pruebas, tiene que...

—Su novio, su cómplice, va en un tren hacia el oeste que salió del patio ferroviario hace más o menos una hora. Es un tío grande con una herida de bala en el abdomen. Tienen que coger a ese tío. A los dos. Tenían una lista de objetivos, Bellows... Tengo una copia. Usted, Stuckey... todo aquel que esté metido en esta investigación es un objetivo. Tiene que cubrirse bien las espaldas.

Silencio.

—¿Bellows?

—Se han llevado a Stuckey y a su mujer de un piso franco cerca del puerto de Boston, hoy mismo, un poco después de las dos. Tengo a cuatro agentes muertos.

La llamada no estaba en altavoz, pero el volumen sí estaba lo bastante alto para que Abby lo oyese y se agarrara del brazo de Brendan.

—¿Cómo que se los han llevado?

Bellows no se guardó nada.

—Aún no he visto el informe completo, pero, por lo que me han dicho, le han rajado el cuello a los dos agentes que habíamos apostado en el exterior, y después han abatido a los que quedaban cuando han abierto la puerta.

—¿Y por qué los han dejado entrar?

—Los atacantes iban vestidos con uniformes de la policía de Boston.

«Hay jugadores por todas partes. En la calle, en el supermercado. Maestros de escuela. Policías.»

Era lo que les había dicho esa chica, Sally.

No es que fueran vestidos como la policía de Boston, es que lo más probable era que fuesen verdaderos policías de Boston, y su marcador de puntos habría aumentado.

—¿Y cómo se supone que va a protegernos a nosotros? —dijo Abby con una voz que sonaba infantil.

No podía protegerlos, esa era la verdad.

Kim, Dubin. Ahora Hannah y Stuckey. Esa gente no

iba a parar, no hasta que lograra lo que quería, no hasta que Brendan y Abby estuvieran también muertos.

—Beacon Park Yard, Bellows. 53-AFT792. Envíe a alguien allí. Rápido. —Brendan colgó la llamada y arrojó el móvil desechable de nuevo al interior del vagón.

El claxon volvió a sonar.

Junto al vagón, en la zona sin asfaltar, había aparcado un Saab de color gris. Bajó la ventanilla, y el doctor Bixby los miró con expresión inquieta.

—Será mejor que suban los dos antes de que cambie de opinión.

Se bajaron del vagón de un salto y se metieron a toda prisa en el Saab.

—Gracias —le dijo Abby—. Es posible que usted sea la única persona en la que confiamos.

Ante aquello, fue como si Bixby se quedara pensativo un segundo y, acto seguido, le entregó a Abby una hoja de papel doblada con la dirección de Roland Ludlow.

—No ha sido difícil dar con él, no con un nombre tan peculiar.

La dirección estaba en Chicago.

El rostro de Bixby se veía cargado de ansiedad mientras los miraba por el espejo retrovisor. Dijo por fin:

—¿Preparados para hacer un viaje por carretera?

Abby le devolvió el papel con la dirección.

—Tan rápido como esté usted dispuesto a conducir.

71

Saltar del tren en marcha.

Aterrizar en el asfalto.

Había sido una mala idea.

Visto ahora, claro que Romeo sabía que era su única opción, pero ya estaba muy hecho polvo, y habría sido más inteligente apuntar hacia una zona de hierba o de matorrales tan solo con haberse molestado en pensar bien las cosas antes de hacerse el Supermán y tirarse por la puerta abierta del vagón de carga.

Impactó con el hombro izquierdo contra el pavimento, con el brazo pillado bajo el cuerpo y el puño cerrado en la postura perfecta para que se le clavara en la herida de bala como si fuera ya la putada final por parte del karma. Rodó unas cuantas vueltas, se detuvo y se encontró en medio del cruce de una carretera en la que (afortunadamente para él, si es que algo se podía considerar afortunado en medio de todo aquello) el tráfico estaba detenido por el paso del tren. El primero de la larga fila de vehículos que esperaban era un hombre corpulento al volante de un Cadillac que vio a Romeo dejar de rodar y se bajó del coche (nada fácil habida cuenta de su tamaño) para ver cómo estaba. No se sabe muy bien cómo, pero el hombre se arrodilló con el silbido de la respiración jadeante por el esfuerzo y le puso dos dedos como dos morcillas en el cuello.

—Oiga, ¿está vivo?

Romeo soltó un gruñido que debió de aceptar como un sí, porque el tipo apartó los dedos.

—Intente no moverse. Está sangrando. Voy a llamar a una ambulancia. Usted quédese quieto.

El hecho de estar sangrando no era ninguna novedad para él, pero la buena noticia era que aquel hombre tan grande estaba observando la camiseta de Romeo cuando lo dijo, la herida de bala, nada que no tuviera ya. Romeo consiguió incorporarse, se sentó, se pasó la mano por un par de arañazos nuevos en la mejilla y sacó el cuchillo de caza de la vaina de su tobillo derecho. Presionó la punta de la hoja en medio de las tres barbillas de aquel hombre tan corpulento.

—Ahora me voy a llevar tu coche, y tú me lo vas a permitir. Nos entendemos, ¿verdad, colega?

El hombre parpadeó, acto seguido asintió con la cabeza.

—Las llaves están puestas. Todo suyo.

Romeo se puso en pie y sintió que cada centímetro de su cuerpo le chillaba en señal de protesta. Tenía el puñetero pulgar mirando hacia donde no debía.

Allá en los tiempos de su primera etapa en el reformatorio se reventó el pulgar izquierdo contra otro chaval con una cara que era todo mentón. Se lo colocó la enfermera del propio reformatorio, pero lo hizo de puta pena, y aquella articulación nunca se le terminó de curar en condiciones. Le dolía de lo lindo cuando hacía frío y a veces se le dislocaba en los momentos más inoportunos.

Se agarró el pulgar con la otra mano y se recolocó el hueso en su sitio.

Volvió a sentir húmeda la herida de bala, pero no era sangre. Se la tocó y vio que tenía los dedos pegajosos de más pus amarillo.

Parecía que el gordo se iba a poner a vomitar.

—Me llevo tu puto coche —le dijo Romeo y pensó

que ahí se acababa la historia: ese hombre no parecía de los que plantaban cara.

El dueño del coche aún estaba con una rodilla en el suelo cuando Romeo echó a andar hacia el Caddy. Entonces oyó detrás el jadeo hueco de una bocanada de aire, y el hombre se abalanzó y arremetió contra la espalda de Romeo con toda su corpulencia. Lo cazó a baja altura, como un luchador de grecorromana, o como si estuviera rememorando algún partido de fútbol americano de sus tiempos de instituto: era el tipo de placaje que te costaba quince yardas si te pillaban los árbitros. Romeo también era un tipo grande. No gordo, sino grande y corpulento, y ese simple hecho lo mantuvo en pie. Se trompicó hacia delante, recobró el equilibrio y después miró hacia atrás para ver cómo aquel hombre se desprendía de su cintura y aterrizaba en el pavimento en una caída cuya mejor descripción sería decir que fue lo contrario de la elegancia.

De bruces en el asfalto, gritó:

—¡Tú no te llevas mi coche!

Romeo se dio la vuelta, levantó aquel cuarenta y seis que calzaba y lo estampó sobre el cuello del hombre.

Con eso se acabó la historia, pero cuando Romeo volvió a alzar la mirada se percató de que se habían bajado de los coches varias de las personas que estaban detenidas detrás del gordo y su Caddy. La mayoría tenía el móvil en la mano, ya fuese porque estaba llamando a alguien o grabándolo todo, y ninguna de las dos cosas era buena.

Romeo cogió su móvil y marcó el tercer número de su lista de favoritos.

Como siempre, nadie dijo nada cuando descolgaron. Romeo explicó sin más:

—Tengo mirones en mi ubicación. Necesito una desconexión y un borrado.

—Entendido.

Esto se lo iban a cobrar. Iba a perder unos buenos

puntos por algo así, pero ese era el precio que tenía hacer negocios.

Cuando se apartó el móvil de la oreja, todas aquellas personas miraban fijamente la pantalla de sus teléfonos, la tocaban, hacían un barrido con el dedo y a saber cuántos gestos más. Romeo no iba a fingir que entendía los detalles específicos de cómo funcionaba aquello, pero sí captaba lo esencial: los técnicos tenían acceso total al móvil de todo aquel que tuviese la aplicación instalada, y en esos días la tenía casi todo el mundo. Cortar llamadas, borrar imágenes...: todo eso era pan comido; y esos móviles tenían Bluetooth, que les daba acceso a todos los demás móviles que lo tuvieran activado (que era todo el mundo) en un radio de diez metros. Era como si se dejaran abierta la puerta de su casa. Hackear aquellos dispositivos no era mucho más difícil. Cuando Romeo llegó al Caddy y se acomodó en el asiento de cuero blanco del conductor, ya habían desaparecido todas las pruebas electrónicas existentes.

Metió la marcha atrás, golpeó el parachoques del Honda que tenía detrás y lo empujó hasta que alcanzó la camioneta *pickup* que había detrás y se quedó atascado. Así consiguió el espacio extra que necesitaba para hacer girar el Caddy hacia el carril que regresaba a Boston.

El gordo iba escuchando a Waylon Jennings, y a Romeo eso le pareció perfecto.

Nada como un poco de música country en plan forajido para ambientarse de cara a lo que se avecinaba.

72

Habían conducido en silencio cerca de una hora, pero no porque no hubiese nada que decir, sino simplemente porque Brendan y Abby estaban demasiado cansados para hablar. La cabezada que se habían echado en el vagón había sido breve y no les había proporcionado más descanso que el que podría disfrutar un zorrillo acorralado en un árbol por una manada de lobos furiosos. En cuanto se plantaron en el asiento de atrás del coche de Bixby y se pusieron en movimiento, fue como si todo aquel peso que llevaban encima se aligerara un poco, aunque solo fuera de manera temporal. Brendan tenía la sensación de encontrarse en el ojo de un huracán. Lo peor estaba aún por llegar, pero ahora había silencio. Bendito silencio. Abby se acomodó en el hueco del brazo de su marido y se quedó dormida, y él, a pesar de que pensaba que tal vez no volvería a dormirse en su vida, se quedó frito en menos de diez minutos.

Sin soñar.

Cuando abrió los ojos de golpe, ya había caído por completo la oscuridad.

Cazó una mirada de Bixby en el retrovisor.

Aunque el hombre guardaba silencio, parecía claro que estaba manteniendo un debate interno bastante acalorado. Brendan casi se podía imaginar un Bixby diabólico en miniatura sobre uno de los hombros del doctor y un ángel en el otro, defendiendo cada uno las ventajas de sus argumentos.

Brendan acarició el pelo a Abby, y cuando se dirigió a Bixby mantuvo baja la voz para no despertar a su mujer.

—No tenía por qué hacer esto. Los dos estamos muy en deuda con usted.

—No se me da muy bien lo de mirar para otro lado. Me causa muchos más problemas de los que estoy dispuesto a reconocer.

—La mayoría de la gente habría salido corriendo. No le habría culpado si lo hubiera hecho.

—No le voy a mentir. Cuando me llamó su mujer, mi primera intención fue decirle que no. Acababa de ver la noticia de la guardería por enésima vez y me estaba preparando para acercarme a la comisaría más próxima para hablarles de nuestro encuentro a la hora de comer. Bueno, más bien me maldecía por no haber ido antes.

—¿Qué lo detuvo?

—La chica a la que han conocido en el restaurante. Mi paciente, Elsa. Me ha llamado una hora después de que nos hubiéramos marchado y me ha dicho que había visto algo raro en ese vídeo. Aunque el autor de los disparos tenía su aspecto exacto, sujetaba la escopeta con la mano izquierda. Cuando estaba usted en el restaurante, no paraba quieto. Cogía cosas y las dejaba. Su mujer le había entregado... bueno, le había entregado el arma, y había quedado claro que usted era diestro, no zurdo. Elsa se ha negado a dejarlo estar. Me ha enviado una versión corta del vídeo, una en la que ella ha aumentado el zoom. Se veía un brillo muy leve alrededor de su barbilla, y era como si su cara no terminase de moverse como debía, parecía... estar mal. Entonces me ha enviado un vídeo de Tom Cruise cantando una canción de Queen, pero en realidad no era Tom Cruise, sino un tío que vive en Idaho. Elsa me ha ofrecido un curso acelerado en *deep fakes*, y, cuando ha terminado, yo tenía ya la certeza de que ese vídeo era falso.

Brendan no pudo evitar una sonrisa, la primera sonrisa genuina en todo el día, probablemente.

—Parece una chica lista en un momento muy duro de su vida.

—Ahora está en Hampton House. Allí cuidan de ella. Saca buenas notas y está decidida a conseguir una beca. Estoy trabajando en una orden de urgencia para emanciparla de sus padres.

Brendan recordó el moratón en el ojo de la chica.

—Sus padres le pegan, ¿verdad?

El doctor estuvo a punto de responder, pero debió de acordarse de que no podía entrar en ese tipo de detalles sobre una paciente.

—Yo creo que al final le saldrá todo bien.

Había un mapa desplegado en el asiento del acompañante. Bixby le echó un vistazo rápido, miró enseguida hacia una de las señales y soltó un juramento en voz baja. Dio un volantazo a la derecha y cogió por los pelos la salida que los llevaría a la I-87. Detrás de ellos se oyó el estruendoso claxon de un semitráiler. Bixby levantó la mano y saludó, y acto seguido recolocó el mapa, que se había deslizado y tenía la mitad fuera del asiento.

Abby se movió, pero no se despertó.

—Yo estoy tan malacostumbrado al GPS que no tengo claro que siga siendo capaz de leer un mapa —le dijo Brendan—. Toda esta tecnología está pensada para facilitarnos la vida, pero lo que está haciendo, en realidad, es pensar por nosotros. Hace que me pregunte qué será de nuestra capacidad mental dentro de un siglo.

—¿Algo así como la atrofia muscular? —le preguntó Bixby—. A lo mejor nuestro cerebro pierde tamaño. El cuerpo absorberá la parte que no utilicemos y le dará otro propósito. El cerebro seguirá el mismo camino que el apéndice y las muelas del juicio, y nos convertiremos en unas bestias descerebradas.

—¿Usted cree?

—No. —Sonrió con expresión traviesa—. Nada tan drástico. Tiene muchas ventajas lo de ejercitar el cerebro con regularidad, obligarlo a trabajar y mantenerlo sano, pero la idea general en mi comunidad se reduce a un simple hecho: la mente humana es de todo menos perezosa. Si liberamos algo de espacio gracias a la tecnología moderna, ya se ocupará el propio cerebro de utilizar ese espacio para algo distinto. En lugar de pensar en un mapa, podría estar, por ejemplo, componiendo una sonata, ese tipo de cosas. Las teorías alternativas sugieren que esto podría conducir a nuestro siguiente gran salto evolutivo, cuando nuestro cerebro comience a avanzar en direcciones en las que no lo había hecho nunca.

—Eso sí, somos dependientes —señaló Brendan—. Si nos quitaran la tecnología, tendríamos que volver a aprender algunas habilidades básicas solo para sobrevivir.

—Pero se trataría de reaprenderlas. Hace años que no me ponía a leer un mapa, pero lo estoy haciendo ahora mismo. A lo mejor soy un poco torpe, aunque ya lo tendré dominado cuando lleguemos a Chicago. Eso no significa que no eche de menos el GPS, pero me las apaño sin él.

—¿Qué ha hecho con su móvil?

—Siguiendo las instrucciones de su mujer, está en la encimera de la cocina de mi casa con el reloj inteligente, la pulsera Fitbit e incluso los auriculares.

—Entonces, ¿no lleva nada electrónico encima?

Hizo un gesto negativo con la cabeza.

—Me ha dicho que me dejara todo aquello que hubiera que cargar para que funcionase. Me siento extrañamente... desnudo.

Brendan entendió a la perfección a qué se refería. Estaba ya tan acostumbrado a llevar encima el móvil que no dejaba de mirarse ahora la palma de la mano vacía para comprobar sus correos electrónicos, mensajes de texto, noticias, notificaciones...: el millón de cosas que solían llenar su día a día. Estar sin todas esas cosas resultaba enervante y refrescante a partes iguales. Incluso con su mujer dormida entre sus brazos y Bixby en el asiento de delante, Brendan se sentía solo.

En la base de la rampa de salida, Bixby consiguió incorporarse a la I-87 sin que nadie le pitara. Se colocó en el carril central a quince kilómetros por hora por encima del límite de velocidad.

—Debería intentar descansar. Quién sabe cuándo va a tener otra oportunidad. Yo le despertaré cuando estemos llegando.

Como si quisiera manifestar su conformidad, Abby soltó un leve ronquido y se acurrucó aún más contra el hombro de Brendan. Masculló algo en voz baja y volvió a quedarse dormida. Brendan no fue capaz de entender lo que había dicho.

Sugar & Spice®

Sugar
Si estuvieras a punto de perder a tu pareja para siempre,
¿preferirías escribirle un mensaje de mil palabras
o pronunciar solo tres?

73

Romeo tardó menos de lo que se esperaba en hacer el trayecto de regreso a Beacon Park, pero no porque hubiese poco tráfico, sino porque se colocó detrás de tres coches patrulla de la policía de Boston que se dirigían, claramente, hacia el mismo lugar, y todos los demás coches se apartaban para dejar paso.

Las luces intermitentes y las sirenas de aquellos tres vehículos llamaban la atención, pero eso no era nada comparado con el circo que los aguardaba en el patio ferroviario.

Alguien había dado el soplo a la poli, y estos habían venido en masa sin perder un solo segundo. Había vehículos del grupo especial de operaciones, ambulancias, policía de Boston, coches del *sheriff* del condado: se había plantado allí todo el que tuviese una placa y un arma. Los equipos de la tele también estaban en la zona, de momento cuatro furgonetas de las noticias, y habría más en camino, probablemente. Eso sí, había que reconocerle a la policía el mérito de haber conseguido retenerlos fuera del recinto del patio ferroviario. Romeo combatió el impulso de ponerse a saludar al pasar en coche justo por delante de las cámaras pegado al parachoques de los mismos tres coches patrulla a los que había seguido desde la autopista: otro madero más camino del lío. Cuando los patrulleros se adentraron en aquel caos de vehículos de las fuerzas del orden, él giró y desvió el Caddy hacia la izquierda, rodeó una hilera de vagones abandonados y echó el freno de mano en un terreno plagado de basura de hacía décadas. Estaba en lo alto de una leve pendiente que le ofrecía una magnífica panorámica de cuanto sucedía allá abajo. A su espalda, un poco más allá a la izquierda, los bomberos tenían pinta de estar terminando con los restos de su furgo. Verlos allí, dando vueltas alrededor de aquel desastre humeante que había sido su hogar desde hacía ya tres años, prendió en él una nueva chispa de odio hacia la Zorra Flaca y Abercrombie.

Romeo se volvió a girar en el asiento, y el dolor enseguida le recordó que no se encontraba al cien por cien. Tenía que pensar bien las cosas.

Allá abajo correteaba la marabunta.

—Oh, Julieta, mi Julieta, ¿dónde estarás, amada Julieta? —gruñó—. Dónde cojones estás, Julieta.

Sacó el móvil y marcó el mismo número de antes.

Sonó un *clic* muy suave.

—Necesito la ubicación de mi mujer —dijo Romeo.

Pasó un instante.

—No está conectada.

—Eso ya lo sé, joder. ¿Por qué crees que no la puedo encontrar?

Se cortó la llamada.

Romeo se quedó mirando el móvil.

—Ofendidito mariposón de las narices. —Cogió aire, se tranquilizó y volvió a marcar—. Perdona, mis disculpas. Es que estoy un pelín frustrado. —Hizo una breve pausa y dejó que el silencio saneara el ambiente antes de volver a hablar—. Creo que mi mujer está cerca. Hay un montón de teléfonos aquí. Probablemente algunos usuarios, ¿no? ¿Podéis...?

—No cuelgue.

Casi esperaba oír cómo lo dejaban en espera con una musiquita espantosa, algo de Rush aunque en versión música de ascensor, pero lo que oyó fue el suave traqueteo de unos dedos veloces sobre un teclado. Una pausa, más tecleo. La voz regresó en menos de treinta segundos.

—Diecinueve vehículos presentes. Veintitrés usuarios de la app, otras veintinueve personas. El reconocimiento facial ha identificado al sujeto de su consulta en una ambulancia, número SID 323423-192-9046.

Romeo sintió que se le iba el alma a los pies.

—¿Una ambulancia? ¿Está herida?

—Estado de salud desconocido.

—¿Está sola?

—Negativo. Hay al menos otra persona presente.

Sonó un trino en el móvil de Romeo y, cuando bajó la mirada, había una fotografía de Juliet tomada con una lente de ojo de pez. La mayoría de las ambulancias iban equipadas con cámaras por cuestiones relacionadas con los seguros. Estaba tumbada en una camilla, atada con bridas al armazón. Eran visibles los brazos y los hombros de alguien inclinado sobre ella, pero poco más. Miró a través del parabrisas del Caddy y contó tres ambulancias en el lugar. El número SID era una especie de identificador de red en internet, y tal vez tuviera alguna relevancia para el cerebrito que se dedicaba a hackear al otro lado del teléfono, pero de poco le servía a Romeo en el mundo real.

—¿No me puedes dar el número de unidad de la ambulancia? Veo tres ahí abajo, con el número pintado en el techo.

—Negativo.

Romeo combatió el impulso de soltar una burrada. No quería que aquel chaval le volviese a colgar el teléfono.

—¿Cómo identifico la ambulancia?

Silencio. Entonces...

—Observe las luces de freno.

Romeo estaba a punto de preguntarle a qué se refería cuando las luces de freno de la ambulancia del extremo derecho parpadearon dos veces, hicieron una pausa y volvieron a parpadear.

—Oye, mira qué buen truquito.

—¿Puedo ayudarlo en algo más?

—Naaa, ya me encargo yo a partir de aquí, colega.

Colgó.

Cabronazo.

Romeo estudió la ambulancia situada allá abajo. Tal vez hubiera solo una persona allí dentro, pero los alrededores estaban plagados de policías de uniforme, todos ellos muertos de ganas de pegarle un tiro a alguien. No le hacía falta mirarse en el espejo para saber que no iba a pasar desapercibido. Tendría mucha suerte si llegaba a dar tres pasos antes de que saltaran sobre él con pistolas táser, esposas, porras y quién sabe cuántas cosas más. No, eso no iba a funcionar, y él tampoco estaba en su plenitud física, que se dijese. Había regresado la fiebre, y le dolía cada milímetro del cuerpo.

Juliet estaba ahí mismo.

No podía dejarla.

«Ahí mismo.»

Entonces se le ocurrió una idea, y, para ser completamente sincero, es posible que fuese la fiebre la que la había puesto ahí. No era de ese tipo de cosas que a uno se le ocurrían cuando tenía la cabeza en su sitio. El mundo parecía un poco distinto tras el velo de la fiebre, con el pensamiento algo turbio. Era como la lente del ojo de pez, todo distorsionado. Los maderos allá abajo, esos estaban metidos en su propio ojo de pez, en su propia burbuja, y él solo tenía que pincharla.

Metió la marcha atrás en el Caddy y retrocedió tanto como pudo, hasta que el parachoques rozó una especie de tractor viejo, una máquina de mantenimiento que no era ya más que un montón de chatarra oxidada y abandonada. Volvió a echar el freno de mano, se bajó del coche y luchó contra la nube que le envolvía la visión al estudiar el suelo hasta que encontró un fragmento de tubería de algo menos de un metro de largo. Lo sopesó, decidió que sería perfecto y colocó un extremo del tubo sobre el acelerador, lo empujó a fondo y encajó el otro extremo del tubo contra el asiento. Rugió el enorme motor V8 del Caddy como si se hubiese encabritado y estuviera listo para salir disparado. Romeo cerró la puerta y, por el hueco de la ventanilla abierta, golpeó la palanca de cambio para meter la directa. Apenas le dio tiempo de sacar la cabeza cuando el Caddy partió como un tiro. El coche iría a unos ochenta kilómetros por hora, tal vez más, cuando impactó contra la esquina de un viejo vagón plataforma en el lado opuesto de la pendiente y salió volando. Romeo vio que el vehículo hacía medio tirabuzón por el aire antes de desaparecer de su vista. Un instante después vino una explosión tremenda y un griterío por todas partes.

74

Romeo bajó la pendiente a trompicones, tan rápido como pudo, entre los chillidos de dolor de cada centímetro de su cuerpo maltrecho. No tenía ningún arma de fuego, no estaba seguro de dónde la había perdido. Todavía llevaba el cuchillo de caza, pero lo dejó metido en su funda en el tobillo. Nada de eso importaba ya, en realidad. Meterte en ese gentío con un arma de cualquier tipo en la mano suponía comprarte un billete directo al otro barrio.

Al final resultó que no le hizo ninguna falta: aquella gente estaba bastante liada.

Envuelto en llamas, el Caddy había aterrizado de culo sobre la furgoneta del grupo especial de operaciones después de haber golpeado a varios coches patrulla y por lo menos a un desafortunado miembro de uniforme de la policía de Boston al que le faltaba la cabeza. En aquella furgoneta del grupo especial de operaciones tenía que haber alguien, una persona o varias, porque una docena de miembros del personal de emergencias se afanaba tratando de abrir el portón trasero mientras se extendía el fuego.

Romeo llegó al fondo de la pendiente y se paseó sin más por en medio de todo el mundo. Con la ropa manchada de sangre, la cojera pronunciada y agarrándose el costado encajaba a la perfección. Bueno, tal vez no tanto, pero desde luego que pasaba más inadvertido ahora que hacía apenas unos minutos, antes del Caddy volador. Llegó hasta la ambulancia de Juliet sin que le hicieran una sola pregunta, y eso era muy bueno, porque subir aquella pendiente le había exigido mucho y estaba resollando como un cabrón.

Cuando abrió la puerta de atrás, el técnico sanitario apenas lo miró siquiera. Estaba ocupado rebuscando en unos cajones.

—Diles que ya voy, que solo tengo que encontrar... —Entonces vio a Romeo, se fijó en la ropa manchada de sangre, los arañazos y magulladuras en la cara y en los brazos. El coche en llamas y el caos a su espalda—. Cielo santo, tan malo es...

En un movimiento muchísimo más fluido de lo que debería haber sido capaz de hacer en su estado actual, Romeo se agarró al chasis de la ambulancia, se aupó al interior y estranguló al técnico sanitario con una de sus manazas. Lo agarró por la garganta y apretó con una fuerza que él sabía que no debería tener y que daba gracias por haber recuperado. Lo estrujó hasta que sus dedos llegaron casi a tocarse, la tráquea del hombre cedió, aplastada. Hizo ese sonido del borboteo, los ojos casi se le salen de las órbitas, y enseguida quedó inerte. Sin vida.

Romeo lo arrojó por la abertura, al suelo de tierra allá abajo, y cerró las dos puertas.

Juliet sonrió de oreja a oreja.

—¡Sabía que vendrías a por mí, cariño!

Romeo se había quedado sin palabras; la visión se le ponía en blanco.

Vio un par de tijeras en un estante a su izquierda y consiguió pasárselas a Juliet antes de que el universo comenzara a dar vueltas y él se desmayara.

Cuando despertó, era él quien estaba atado con bridas a la camilla, y también con correas. Romeo no se podía mover, pero la ambulancia sí lo estaba haciendo, eso desde luego. Y se movía rápido. No llevaba encendida la sirena, pero sí las luces de emergencia con sus fogonazos azules y rojos. El mundo exterior al otro lado de las pequeñas ventanillas estaba negro más allá de los fogonazos de esas luces, mucho más oscuro que antes, y supo que había perdido varias horas, tal vez la mitad de la noche, tal vez más. Giró la cabeza justo lo suficiente para ver a Juliet en el asiento del conductor. Iba canturreando para sí, siguiendo el ritmo con las manos sobre el volante. Aquel movimiento bastaba casi para enviarlo de vuelta a la tierra de los sueños, así que se recostó de nuevo, se humedeció los labios y consiguió decir:

—¿Muñeca?

Debió de sorprenderla. Juliet dejó de cantar, la ambulancia se sacudió hacia la izquierda y se enderezó.

—¡Romeo, qué preocupada me tenías!

Él tiró débilmente de las bridas que le sujetaban los brazos.

—¿Por qué me tienes atado?

—No he tenido más remedio. No parabas quieto con los sueños de la fiebre. He pensado que podrías hacerte daño.

—¿Cuánto tiempo...?

Sentía la garganta como si la tuviera llena de arena. La voz se negaba a salir. Se dio cuenta de que tenía una vía intravenosa en el brazo. La bolsa de suero medio vacía colgaba del techo.

—¿Cuánto tiempo has estado fuera de combate?

Romeo asintió y cayó en la cuenta de lo estúpido que era aquello: Juliet no podía verlo.

—Son casi las cuatro de la mañana. Has dormido unas diez horas.

En el suelo, a un lado, estaban los restos de su camiseta y una pila de vendajes manchados de sangre. También unas cuantas bolsas de gotero vacías, además de varios viales de cristal.

—Esta vez sí que te he remendado bien —le dijo Juliet—. Te he limpiado la herida con suero y antibióticos. Tienes puesto un gotero de antibiótico con una selección de los mejores analgésicos. Supongo que por eso habrás dormido tanto, al menos en parte, pero lo cierto es que lo necesitabas, y ya sabía que podía conducir yo, así que me he imaginado que lo mejor era dejarte descansar.

Romeo se humedeció los labios. Los tenía secos y cuarteados.

—¿A Chicago?

—Claro, cariño. A Chicago. Y vamos deprisita, nadie se mete con una ambulancia. Todo el mundo se quita de en medio, incluso los de la poli estatal. Que tampoco es que haya muchos por ahí fuera a estas horas de la madrugada. Mira, Romeo, no te voy a mentir. La cosa está fea. Nos llevan ventaja, y ella lo sabe, además. No es que me lo haya dicho así a la cara, pero la tía lo sabe.

Esta vez, Romeo sí que volvió la cabeza. Tenía que verle la expresión a Juliet.

—¿Es que... es que has hablado con ella?

Vio que Juliet movía la cabeza arriba y abajo.

—Te ha llamado dos veces, y lo que no podía hacer era no cogerle el teléfono. Si le hago eso, ya sabes cuál será su siguiente jugada.

Esa tía haría lo mismo que haría Romeo. Daría orden de liquidarlos a los dos y eliminarlos del tablero. Un triaje. Hacer limpieza. Ya se lo había dicho ella misma la última vez que hablaron: los iba a matar a los dos e iba a dejar que fuese otro jugador quien se encargara de la Zorra Flaca y Abercrombie.

«Te ha llamado dos veces.»

Juliet había respondido a la llamada hecha al teléfono de Romeo. Eso significaba que la tía ya sabía que él estaba fuera de combate. Esa mujer podría estar jugando con Juliet.

—¿Dónde le has dicho que estaba yo, exactamente? —logró decir Romeo.

Sentía que iba recuperando las fuerzas, y eso estaba bien. Los antibióticos estaban funcionando.

—Ah, pues esto te va a encantar. Te he cubierto las espaldas. Le he contado que has robado un coche y que me llevabas varias horas de ventaja. Le he dicho que me has dejado a mí tu móvil, pero que te pondrás en contacto en cuanto llegues a Chicago.

Romeo elevó la mirada al techo y no tardó mucho en encontrar la lente de ojo de pez que antes había servido para capturar la imagen de Juliet. No había ningún piloto rojo, nada que le dijera si estaba encendida o no, pero sabía que en algún momento le habían echado un buen vistazo. Esa mujer sabía de sobra en qué condiciones estaba y dónde se hallaba. Demonios, ahora mismo podría haber una diana puesta en aquella furgoneta.

75

El coche estaba reduciendo la velocidad cuando Brendan volvió a abrir los ojos. Bixby había salido de la autovía y estaba siguiendo las señales para llegar a un área de servicio.

—Hay que poner gasolina, y yo necesito un café y un aseo.

Con un leve gesto de asentimiento, Brendan bostezó y se quitó el sueño de los ojos.

Abby se había tumbado en el asiento con las piernas flexionadas, junto a su marido. Se despertó, se incorporó y miró por la ventanilla. Se adivinaba el rayar del sol del amanecer en el horizonte.

—¿Dónde estamos?

—Llegando a Cleveland. —Bixby se miró la muñeca y se dio cuenta de que no llevaba puesto el reloj—. Creo que son las cuatro de la mañana pasadas.

El área de servicio estaba casi desierta, solo había otros dos coches. Aparcó junto a un surtidor vacío y apagó el motor.

—No quiero arriesgarme a utilizar una tarjeta de crédito. Voy dentro a hacer un prepago con efectivo. ¿Alguno de los dos quiere algo?

A Brendan le rugió el estómago al pensar en comida. Era incapaz de recordar la última vez que habían comido algo. Tenía un hambre atroz. Los dos la tenían.

—Me encantaría tomar algo caliente —le dijo Abby—. ¿Un burrito, quizá? Y café, también.

Se metió la mano en el bolsillo, sacó parte del dinero en metálico que les quedaba e intentó entregárselo.

Bixby le hizo enseguida un gesto con la mano para que no se molestara y se dirigió hacia la tienda del centro del área.

—Yo me encargo. Ustedes se ocupan del surtidor —dijo, y desapareció en el interior.

Un instante después, la pantalla del surtidor parpadeó y se puso a cero. Brendan descolgó la manguera y comenzó a llenar el depósito del Saab. En el surtidor se encendió una pequeña pantalla de televisión con las noticias.

—Brendan, eso es el patio ferroviario.

Abby tenía razón, por supuesto, pero él apenas fue capaz de reconocer el lugar. Las imágenes se sucedían detrás de la cabeza del presentador: varios incendios, un coche grande boca abajo y envuelto en llamas, los restos de la furgoneta, una impresionante cantidad de personal y vehículos de emergencia. Todas las tomas eran temblorosas, hechas a distancia. La emisión no tenía sonido, y Brendan no veía cómo subir el volumen. Daba igual. Después de una toma larga del vagón de carga donde habían dejado a Juliet, aparecieron las fotos de ellos dos con el pie: «Continúa la carrera desenfrenada de asesinatos...».

Abby miró hacia la tienda y, de nuevo, a Brendan.

—Tenemos que hablar de Bixby. No es justo que lo metamos en esto y lo arrastremos cada vez más hondo.

Brendan había estado pensando lo mismo. Bixby los había sacado de Boston, y los dos le estarían eternamente agradecidos por ello, pero lo de llevárselo a Chicago, hacia lo que fuese que viniera después, eso no se lo merecía.

—Déjame ver esas tarjetas de memoria SD y avísame si viene.

Brendan se sacó las tarjetas del bolsillo y se las entregó. Abby arrancó una esquinita del mapa y garabateó una nota rápida para Bixby diciéndole que le llevara las tarjetas a Bellows, del FBI. Debajo de eso añadió: «¡Gracias por todo! Tenemos que terminar esto nosotros, por nuestra cuenta». Envolvió la tarjeta en la nota y la dejó en lo alto del surtidor en el momento justo en que saltó la pistola del combustible.

Brendan estaba devolviendo la manguera a su sitio cuando vio llegar un coche patrulla de la policía estatal; se detuvo delante de la doble puerta acristalada de la tienda del área de servicio.

—Abs...

Ella también lo había visto.

—Tenemos que irnos.

Brendan intentó no llamar la atención y se subió al volante del coche al tiempo que Abby lo rodeaba hasta la puerta del acompañante y se subía también. Cuando Brendan arrancó, el policía se bajó del coche patrulla y estudió los vehículos que había en el área de servicio, que eran muy pocos. Apenas tardó un instante en fijarse en el Saab, y no continuó buscando, sino que bajó la mirada al móvil que tenía en la mano para volver a mirarlos a ellos.

—Nos ha visto —susurró Abby.

La doble puerta de cristal se deslizó y se abrió a la espalda del policía, y apareció Bixby, que traía una bandeja con tres vasos de café en una mano y una bolsa en la otra. Se detuvo en seco al ver el coche patrulla en su camino, al policía justo al otro lado del vehículo; cruzó una mirada con los Hollander —Brendan al volante, Abby en el asiento del acompañante— y gesticuló con los labios: «Marchaos».

Intentando no llamar la atención y fracasando de forma estrepitosa, Brendan metió la marcha en el Saab y se alejó del surtidor.

Allá en la acera, Bixby hizo como que se tropezaba.

Se abalanzó hacia delante y se golpeó contra el coche patrulla. La bandeja con los tres vasos de café salió despedida de su mano, fue dando botes sobre el techo del vehículo, se abrió en el aire y duchó de café caliente al agente de la policía estatal. El hombre se dio la vuelta haciendo aspavientos con los brazos, y el aparcamiento se llenó de voces airadas mientras Brendan aprovechaba y seguía las señales para incorporarse de nuevo a la autovía y dejar atrás el área de servicio.

—Es impagable lo que le debemos a ese hombre —dijo Abby por fin.

76

En el asiento de delante de la ambulancia, el móvil de Romeo emitió tres tintineos. Giró la cabeza y vio fugazmente a Juliet, que lo cogía del asiento del acompañante y leía el mensaje. Frunció el ceño y volvió a tirar el móvil sobre el asiento.

—Eso es una chorrada. Estaba segura de que íbamos a buen ritmo.

—¿Qué dice?

—Dice que van en un Saab y que están llegando a Cleveland. Eso significa que nos llevan al menos dos horas de ventaja.

—Déjame ver mi móvil.

—Estoy conduciendo, cariño. No es seguro ponerse a mover cosas de aquí para allá.

Romeo pegó un tirón del brazo, pero las bridas aguantaron con firmeza.

—Entonces para y suéltame.

—Si hago eso, perderemos otros diez minutos, y significará que nos llevarán otros diez minutos de ventaja.

—No si lo haces rápido.

—Pues yo prefiero no perder tiempo —resopló Juliet y añadió—: Además, no has visto los astavientos que hacías antes. Si te suelto y te vuelves a quedar dormido con esa fiebre que te da, lo mismo te haces daño.

Sí, había dicho *astavientos* en vez de *aspavientos*,

pero Romeo no la iba a corregir en algo como eso. Allí estaba pasando algo más serio. Esto no iba sobre su fiebre ni tampoco iba de protegerlo a él, y no estaba seguro de querer saber la verdad.

—Juliet, ¿hay algo que no me estás contando?

—Ni de coña, peluchín.

—Me da la sensación de que me tienes atado por algún motivo, y no es el que me has dado. No me mientas ahora, nena, que ya sabes cómo me pongo cuando alguien me miente.

Juliet no dijo nada.

—¿Muñeca?

Soltó un leve suspiro al volante, cambió de carril y aceleró un poco.

—Bueno, hay una cosita.

—¿Y qué cosita es?

—¿Me prometes que no te vas a enfadar conmigo? Me fastidia un montón pensar que estás enfadado conmigo.

Romeo hizo cuanto pudo por no perder la calma.

—Ya sabes que no podría enfadarme nunca contigo, muñeca.

—Nos han quitado todos los puntos.

—¿Que nos han...? —Lo asimiló antes de llegar a completar la frase.

Cuando Juliet volvió a hablar, sonó como una niña pequeña a la que han sorprendido con la mano metida en el tarro de las galletas de chocolate.

—He pensado que era un fallo de alguna clase, así que te he reiniciado el móvil, pero nada, seguía diciendo que tenemos cero puntos. Que ya no somos ni bronce siquiera, como si acabásemos de instalar la app ahora mismo y empezásemos de cero. Eso no está bien, después de todo lo que hemos hecho, así que cuando la he llamado, le he dicho...

—Espera un segundo —la interrumpió Romeo—.

¿Que tú la has llamado a ella? Pensaba que ella había llamado... que me había llamado a mí.

—¿Qué importa quién llama a quién?

«Pues claro que importaba, joder.»

«Tú no la llamabas a ella.»

«No lo hacías a menos que te vieras en la obligación.»

«Y desde luego, nunca la llamabas con un problema.»

«¿Y cómo cojones ha conseguido Juliet su número?»

—Cuando *yo* la he llamado —especificó Juliet—, le he recordado que fuimos los primeros en llegar hasta Cindy Messing, Joel Hayden, Isaac Alford... Le he recordado que nos hemos llevado todos sus aparatos electrónicos, que le hemos arreglado *su* marrón. Pues le he recordado todo eso y le he dicho que qué coño hacía tocando nuestros puntos. Joder, que debería darnos más puntos, no quitárnoslos, y que si quiere que le arreglemos el resto de su marrón, más le vale dejar de jodernos, porque necesitamos esos puntos.

Romeo escuchaba a Juliet, que seguía y seguía, y comenzó a sentir un nudo cada vez más grande en la boca del estómago, un bulto al rojo vivo que supuraba ácido y aumentaba de tamaño para ahogarlo desde dentro. No se dio cuenta de que estaba tirando de las bridas una vez más hasta que empezaron a clavársele en la piel de las muñecas.

—Va y me dice que no somos cuidadosos. Que tú eres un mazo de demolición, cuando lo que ella debería haber utilizado era un bisturí. Que en lugar de ayudarla le estamos causando más daño. —Juliet dio un golpe en el volante con la palma de la mano—. Pues mira, yo le he dicho que ya podía cerrar la puta boca, porque nadie podría haber hecho las cosas mejor que nosotros, y que el simple hecho de que hayamos tenido un problemilla inesperado no significa que nos quedemos fuera de juego. Le he plantado cara, Romeo, porque alguien tenía que hacerlo.

Él se mordió la lengua.

Literalmente.

Necesitaba tener en la boca el sabor de la sangre para no decir lo que pensaba.

Romeo necesitaba ese punto de dolor para pensar con claridad.

—Cuéntame —le preguntó a Juliet—, ¿cómo se lo ha tomado ella? Lo de decirle que... cerrase la puta boca.

—Ah, pues ha sido ahí cuando ha cambiado de actitud.

—¿Cómo ha sido?

—Nos ha dado hasta esta noche para arreglar las cosas.

Romeo no tenía muy claro si quería seguir oyendo nada más, pero sabía que debía hacerlo.

—¿Cómo, exactamente?

—Su bisturí.

—¿Su bisturí?

—Sip.

—No te sigo.

Juliet volvió la cabeza sobre el hombro para mirar el gotero que colgaba del techo.

—¿Todavía estás un poco espeso, bizcochito? Puedo bajarte la dosis de los analgésicos.

Una vez más, Romeo tiró de las bridas.

—Pues explícamelo.

—Ha dicho que esos dos confían en su bisturí.

—Que confían en su... —Romeo no se dio cuenta de que estaba pensando en voz alta hasta que se vio envuelto en aquellas palabras, suspendidas en el aire como una especie de nube sin mucho disimulo—. ¿Ha dicho quién es esa persona, su bisturí?

—Qué va, y mira que la he presionado, no dudes de eso ni por un solo segundo. Le he dicho que si vamos a llevar esto hasta el final, tenemos que saberlo, pero ella ha insistido en que eso era lo de menos, que a nosotros nos daba igual. Entonces me ha dicho lo que tenemos que hacer.

—¿Para arreglar las cosas?

Juliet asintió.

—Para arreglar las cosas. Esta noche.

Si «esta noche» era la noche que Romeo pensaba que era —y tenía un tanto borroso el paso de los días y las noches—, hasta donde él sabía, esta noche solo iba a suceder una cosa que tuviese algo que ver con todo esto.

—Los está llevando a la Gala de Otoño, ¿no? Los está atrayendo.

Juliet no respondió, pero tampoco hacía falta. Parecía lógico. Si esos dos eran tan estúpidos como para meterse en pleno avispero, estarían completamente aislados, rodeados de jugadores, y no de unos jugadores cualquiera, sino de los de más alto nivel, jugadores que no se lo pensarían dos veces a la hora de liquidarlos con tal de añadir unos puntos más a su marcador. Manipular a la prensa para ocultar todo lo demás era bien sencillo. Ella se ocuparía de apañar la historia de un modo que tuviera sentido. Para ella.

—¿Te ha dicho cómo encontrar la Gala de Otoño?

Juliet asintió.

—Sip.

—Pero ¿por qué iban a ir allí esos dos? Tienen que saber que eso es una sentencia de muerte. Entrar ahí. ¿Por qué no llevan a los federales con todo lo que tienen y se acabó?

—Yo qué sé —respondió Juliet—. Me ha dicho que vaya a la gala, que los haga desaparecer y que así conseguiré recuperar nuestros puntos. La verdad es que a mí me da un poco igual cómo vaya el resto.

Romeo se tomó un instante para procesar aquellas palabras.

—Juliet, nena, he oído mucho «me», «a mí», y ningún «nos» ni «nosotros».

La ambulancia iba disparada, probablemente a más de ciento sesenta kilómetros por hora, pero Juliet hundió el pie todavía más en el acelerador. El motor chilló y dio un empujón hacia delante. Romeo apenas la oyó con aquel ruido, y una parte de él hubiera deseado no haber podido oírla en absoluto.

—La cuestión es que su bisturí puede arreglar gran parte de esta movida. Puede cerrarle la boca a esos dos, por descontado, pero tú has hecho un montón de ruido en estos últimos días, y no hay manera de echarles a ellos la culpa de todo. Cuando la gente empiece a atar cabos, se va a dar cuenta de que los Hollander no han podido estar en todos los sitios en los que había que estar para que sirvan como explicación de lo que ha pasado, solo en algunos de esos lugares. Para que todo encaje, para que todo quede atado y bien atado, tienen que haber estado trabajando con alguien más. Alguien que no tuviese miedo de hacer ruido, alguien parecido a un mazo de demolición.

Romeo volvió a tirar de las bridas.

—Juliet, nena, esta no es la forma.

—Tú siempre has dicho que querías lo mejor para mí, bizcochito, que harías cualquier cosa por mí. ¿Cuántas veces me has dicho que morirías por mí?

Una vez más, Romeo dio un tirón de las bridas. Puso en ello todas sus fuerzas, pero las correas que tenía en la cintura lo sujetaban con firmeza a la camilla.

—Juliet, esta no...

Ella alargó el brazo hacia atrás y giró una de las válvulas del gotero de Romeo, que sintió un calor repentino que le entraba por las venas.

—Me sentaría fatal ver que te haces daño, bizcochito. Quizá sea mejor que duermas un poco mientras yo conduzco. Todo esto terminará muy pronto.

77

Después de conducir toda la noche y la mayor parte del día, Brendan y Abby por fin salieron de la autovía un poco pasadas las seis de la tarde y fueron serpenteando por carreteras secundarias para llegar a su destino.

La casa de Roland Ludlow se elevaba en lo alto de una colina al final de una calle ciega en una urbanización de lujo en Chicago conocida como Oak Brook. Era una edificación de piedra estilo Tudor más propia de la campiña inglesa, y habría parecido fuera de lugar de no haber sido por los ancestrales robles que salpicaban los jardines y en parte ocultaban la casa de la vista de la calle. Las farolas habían comenzado a encenderse con la puesta de sol, igual que la iluminación decorativa alrededor de la parcela que bañaba la casa en unos sutiles lagos de luz.

En el camino de entrada había un hombre cargando bolsas en un Range Rover de color negro mate.

Brendan y Abby aparcaron en la calle y subieron andando por el camino sin el menor intento de ocultar que se aproximaban. Cuando los vio, el hombre no pareció sorprendido. Agarró otra bolsa y la arrojó al interior del vehículo.

—Ella lo sabe, que venían para acá. Lo más probable es que los esté vigilando ahora mismo. —Señaló con un gesto las dos cámaras de seguridad que apuntaban hacia el camino—. Da igual de quiénes sean. Sus tentáculos llegan a todas partes.

—¿Sabe quiénes somos? —le preguntó Abby, un tanto asombrada.

—Por supuesto que lo sé. Con franqueza, me sorprende que hayan tardado tanto en llegar hasta aquí. Me largo dentro de diez minutos. —Lanzó una mirada a la 380 metida en la cintura de los vaqueros de Brendan, pero no pareció inmutarse al verla—. Por mi vida, les juro que no entiendo qué hacen ustedes aquí, pero ella dijo que vendrían, y aquí están. —Cargó la última bolsa y cerró el portón—. Esa puta loca no se equivoca ni queriendo.

Abby se acercó un poco más.

—Usted ha dicho «ella»; no «ellos», los jugadores, sino «ella». ¿Sabe quién está detrás de todo esto?

Al ver que Ludlow no respondía, Brendan le apretó un poco.

—Es Robin Church, ¿verdad? ¿Es así como se llama?

Sonó el tintineo triple, y a Brendan le dio un vuelco el corazón.

Procedía del móvil de Ludlow.

El hombre se apoyó en la parte de atrás del Range Rover, leyó el mensaje e hizo un gesto negativo con la cabeza.

—Yo no me apunté para esto.

—¿Qué dice?

—Bueno, es un Spice. No tiene nada de misterioso. Como decía, ella sabe que ustedes están aquí. Quiere que los lleve de vuelta a su coche y les pegue un tiro a los dos. Que haga que parezca un caso de asesinato y suicidio. Al parecer ya no le son útiles. —Se encogió de hombros—. Tampoco es que sean los primeros. Así va esto, ¿no?

Aunque ya conocía la respuesta, Abby le preguntó:

—¿Va a hacerlo?

—Estoy harto de ser su mono de feria. Ya he ganado lo suficiente. Yo me largo.

Ludlow rodeó el coche hasta la puerta abierta del conductor, introdujo la mano y tiró de la palanca de apertura del capó. De vuelta en la parte de delante, levantó el capó, se tomó unos momentos para estudiar lo que veía, arrancó una cajita negra de la zona del motor y la tiró al césped, donde aterrizó junto al equipo de sonido del Range Rover y varios componentes electrónicos que Brendan no reconocía. Ludlow echó un último vistazo por el motor, se mostró satisfecho y cerró el capó. Miró su reloj, un Timex de cuerda con pinta de ser tan antiguo que bien podría haber pertenecido a su abuelo.

—Está claro que tienen preguntas. Les doy diez minutos y me largo. —Señaló con la barbilla hacia las cámaras—. Aquí fuera no, dentro.

Ludlow no esperó a que respondieran. Ascendió por el camino hacia la puerta principal de la casa y dejó la puerta abierta tras él.

El interior de la casa era diáfano, cálido y acogedor, pero aun así le faltaba algo, y Brendan no cayó en qué era hasta que Ludlow los condujo a la cocina y les hizo un gesto para que se sentaran a la mesa. Había una alacena contra la pared llena de fotografías familiares. Roland Ludlow tenía una esposa atractiva y una hija de unos ocho años. Tenía el cabello largo de su madre y los ojos de color castaño. Una bonita sonrisa a la que le faltaban dos de los dientes de delante.

Ludlow se sentó en una silla.

—Las envié fuera hace cuatro días. —Asintió mirando a Brendan—. Más o menos cuando usted y sus amigos entraron en nuestras oficinas del centro de la ciudad. Fue ahí cuando se marchó casi todo el mundo.

Para Brendan, eso había sido hacía una eternidad. No se podía imaginar que hubieran pasado tan solo cuatro días.

Abby soltó un grito ahogado.

—Brendan...

Se dio la vuelta y descubrió a Abby señalando un cadáver en el suelo, cerca del rincón opuesto del salón. Un hombre muerto de unos treinta y cinco años, tal vez. En el pecho tenía clavado un cuchillo de cocina.

—Es el segundo que ha enviado a por mí en otros tantos días. Al otro lo metí en el cobertizo.

Dijo aquello como si fuera lo más natural del mundo. Podría estar recitando la receta del pastel de calabaza.

Había una vieja cámara de vídeo montada en un trípode a poco más de un metro del cadáver, apuntando a un sillón reclinable con mucho uso. Los cables atravesaban la habitación en un serpenteo hasta una pantalla plana de sesenta y cinco pulgadas en la pared.

Ludlow chasqueó los dedos y atrajo de nuevo la atención de ambos hacia la mesa de la cocina.

—Siéntense.

Se sentaron.

En una esquina de la alacena se elevaba una pila de aparatos electrónicos entre una maraña de cables —dos móviles, dos tabletas, portátiles, relojes inteligentes, tres altavoces inteligentes, un router wifi—, todo ello apagado.

Ludlow los estudiaba a los dos mientras tamborileaba con los dedos en la mesa. Se había comido las uñas hasta el muñón. Se quedó mirándose aquel dedo índice raído como si se estuviese planteando la posibilidad de ponerse de nuevo a ello, pero prefirió reclinarse en la silla.

—Ya saben que esa mujer está robando a los jugadores, ¿verdad? ¿Saben ya dónde oculta el dinero?

—Lo utiliza para pagar a los jugadores de los niveles superiores: bronce, plata, oro y platino —respondió Abby—. Alguien lo ha llamado «redistribución de la riqueza».

Ludlow barrió el aire con la mano.

—Ha utilizado algo de ese dinero para los pagos, pero eso es calderilla en comparación con lo que se ha embolsado. Lo que estoy preguntando es si tienen alguna idea de dónde guarda el resto.

Brendan sintió un vuelco en el corazón, un redoble profundo como si quisiera resaltar lo que Ludlow acababa de decir, porque cuando el hombre lo expuso en unos términos tan simples, algo encajó de repente en su cabeza, algo en lo que tendría que haber caído mucho tiempo atrás.

—Está financiando los préstamos... —dijo en un tono de voz que sonaba prácticamente irreal.

En ese momento se le disparó el pensamiento, encajando las piezas.

—¿Qué préstamos? —preguntó Abby.

—Encontramos un montón de préstamos con impagos en los libros de Intent. Los prestatarios de todos esos créditos eran falsos. Isaac Alford y Joel Hayden estaban detrás de ellos. Compañías pantalla, sobre todo. Vaciaron esas cuentas y ocultaron el dinero en un banco de Laos. Una vez allí, había que blanquearlo para transferírselo de nuevo a ellos de algún modo.

Ludlow asintió.

—Entonces encontraron el banco de Laos, ¿no?

—El Notakopi —asintió Brendan—. Cientos de millones de dólares. Lo que no pude averiguar es por qué nadie se quejaba del dinero que desaparecía. Dimos por sentado que se debía a que los prestamistas de esos créditos con impagos solo aportaban pequeñas cantidades, pero no se trataba de eso, ¿verdad? Ella financiaba esos créditos. Robin Church. Por eso nadie estaba buscando el dinero: todo procedía de la app. —Abrió los ojos como platos—. Ella pensaba guardar el dinero en Intent, en su sistema de préstamos entre particulares, y no debía salir de ahí... Isaac Alford se lo robaba.

Ludlow ahora sonreía.

—Le levantó toda esa pasta delante de sus narices y la puso en el único sitio donde ella no lo tenía a su alcance.

—... y por eso ella lo mató —dijo Abby—. Por eso los ha matado a todos.

Ludlow se reclinó en su silla.

—Es una mujer generosa hasta que le robas. Entonces se puede convertir en una zorra vengativa.

Brendan soltó un resoplido, se quedó reflexionando sobre aquello y volvió a levantar la cabeza para mirar a Ludlow.

—Ya te digo, uno ya no sabe de quién se puede fiar.

El disparo sonó como un estruendo.

Ludlow se golpeó contra el respaldo de la silla y se desmoronó de bruces. Muerto.

Cuando Brendan sacó la mano con la 380 empuñada, el cañón del arma todavía humeaba.

78

Abby soltó un grito.

Fue algo corto.

Interrumpido.

Como si el chillido hubiese querido salir a la vez que un suspiro ahogado y ambos se hubiesen encasquillado.

Brendan soltó el arma sobre la mesa y agarró la muñeca de Abby.

—Abs, ese no era Ludlow. No era Ludlow.

Ella todavía jadeaba con fuerza al respirar cuando Brendan le señaló con la barbilla las fotografías enmarcadas en la alacena.

—Mira eso: la foto pequeña del fondo.

Al principio no la veía, pero entonces la localizó. La mayoría de las fotos eran de su hija; en alguna salía su mujer. Solo en una aparecían los tres, y estaba muy escondida detrás del resto. Abby se quedó mirándola no menos de diez segundos antes de dirigirse hacia el hombre que estaba muerto en el suelo del salón.

—Ese es Ludlow... —susurró.

—Yo creo que este tío era como Romeo y Juliet. Un jugador al que han enviado a matarlo. Hemos debido de sorprenderlo antes de que le diera tiempo de marcharse, de limpiar esto o de lo que fuese que tuviera que hacer.

Brendan se levantó y rodeó la mesa. No vio la pistola táser en la mano del hombre hasta que llegó junto a él. Abby también la vio.

—Comprueba su móvil.

Lo había dejado boca abajo sobre la mesa.

Brendan lo cogió. Cuando apareció la pantalla de bloqueo, sostuvo el aparato delante de la cara del hombre hasta que desapareció. El Spice continuaba ahí, y tan solo decía:

Quiero una prueba de que Ludlow está muerto.

Brendan volvió a dejar el móvil boca abajo sobre la mesa. No quería ni tocarlo. No quería estar en aquella casa, pero sabía que no se podían marchar, todavía no. No fue él quien se dio la orden de volver a mirar al hombre muerto en el suelo del salón, Ludlow; fue su subconsciente el que tomó las riendas por su cuenta y riesgo, igual que le hizo cruzar la habitación hasta llegar ante el cadáver con Abby detrás de él, con paso dubitativo.

Los ojos vacíos de Ludlow los miraban fijamente, y, antes de que llegara a percatarse de lo que estaba haciendo, Brendan se arrodilló y le cerró los ojos. Cuando se levantó, se encontró con que Abby estaba estudiando la cámara de vídeo.

—Hacía por lo menos diez años que no veía una de estas —dijo ella—. Utiliza cintas VHS.

—No está conectada a internet. No hay forma de acceder a ella ni de borrarla de manera remota.

Brendan estudió los botones, rebobinó la cinta y pulsó en la tecla «Play».

Hubo un parpadeo de ruido estático, y Roland Ludlow apareció en aquella televisión enorme.

—Si estás viendo esto, es que estoy muerto. —Hizo una pausa y esbozó una leve sonrisa—. No es algo que me imaginase que iba a decir, la verdad. Me he llevado muchas sorpresas en estos últimos meses, y resulta que aquí estamos. Quizá esto te sea útil si eres de las fuerzas de la ley, pero, si trabajas para ella, ten al menos la cortesía de verlo hasta el final antes de destruir la cinta. Lo mismo cambias de opinión. —Miró fijamente a la cámara un instante y prosiguió—: No voy a decir su nombre por razones obvias. —Sostuvo en la mano un altavoz inteligente durante un segundo y lo tiró hacia un lado—. Está escuchándonos. Esto que te voy a contar podría pasar desapercibido mientras no diga su nombre: tiene bots atentos por si lo oyen, así que la atraería de inmediato. Más te vale tener eso en cuenta a ti también. Está escuchándolo todo.

Brendan lanzó una mirada al montón de aparatos en la alacena cerca de la cocina y pensó en todos los dispositivos de su casa antes de que la voz de Ludlow lo trajese de vuelta.

—En un principio no nos imaginamos que haríamos daño a nadie. Bueno, yo al menos no. Programar un software de préstamos entre particulares es algo aburrido. Cuando sugerí que programásemos lo que se convertiría en la app que tú conoces como Sugar & Spice, solo buscaba una manera de mantener a mi equipo entretenido. La app era algo para estar ocupados entre los temas mundanos. Un verdad o reto para adultos. Qué mal podía hacer algo así, ¿verdad? Tenía a seis programadores en mi equipo, y cinco de ellos pasaron olímpicamente del tema. No quisieron saber nada. Pero ella sí que se mostró interesada, y eso bastó para que yo siguiera adelante con la idea. Ella era mi mejor programadora, con diferencia, y yo sentía curiosidad por ver adónde llevaba el proyecto. —Se frotó la barbilla—. Antes de entrar en los detalles de la aplicación, es necesario que comprendas algo: es posible que esa mujer sea la mejor programadora que haya visto nunca. Apenas era una adulta, pero ya había mejorado cien veces el software de Intent. Podía hacerlo con los ojos cerrados. Yo le ponía delante una serie de problemas complejos, y ella no solo encontraba una solución, sino que además eliminaba un millar de líneas de código y depuraba el proceso entero. Verla trabajar era lo mismo que ver componer a Mozart. Era algo inspirador. Es posible que ese fuera el verdadero motivo por el que ninguno de los demás quiso participar en la app: se sentían intimidados y no querían que los dejara en evidencia.

»Resultó bastante sencillo escribir el código: una serie de mensajes de texto almacenados en una base de datos que se iban lanzando a los usuarios conforme jugaban. Eso lo podría haber escrito un crío, y supongo que ese fue nuestro verdadero problema, para mí y también para ella: que escribimos ese código inicial en cuestión de veinte minutos y sentimos la necesidad de ir más allá. No era lo bastante difícil, así que empezamos a desafiarnos el uno al otro en nuestra propia versión de verdad o reto. A ver si eres capaz de incluir el GPS. A ver si eres capaz de leer los datos del usuario en otras aplicaciones y de utilizarlos para darle forma a lo que les ofrece Sugar & Spice. A ver si eres capaz de leer sus correos electrónicos, sus mensajes de texto, cualquier pensamiento íntimo que pongan por escrito y utilizarlo. Vale, a que no eres capaz de escucharlos: buscar un modo de que la app escuche las conversaciones del usuario en directo, captar sus pensamientos más íntimos y utilizarlos. Hecho. Y si los escuchamos mientras follan con sus parejas y lo utilizamos. Bueno, pues tenemos una cámara, podemos mirar, ¿no? Yo quiero verlo, y también podemos utilizar lo que veamos. Tenemos sus datos de salud, los financieros. Sabemos lo que compran, lo que comen. Quiénes son sus amigos. Lo sabemos... todo. Y con cada revelación llegaban las mejoras. Hubo un momento en que ese "sabemos" se convirtió en un "podemos". Podemos obligarlos a hacer tal cosa. Podemos obligarlos a hacer tal otra. ¿Te haces una idea de lo que es eso? ¿Tener el poder de decirle a alguien lo que tiene que hacer y ver cómo lo hace? ¿En directo y desde su propio móvil? Eso... eso nos hizo sentir como si fuéramos dioses. Era como una droga, y a ella le entusiasmaba tanto como a mí, nunca aceptes que te diga lo contrario. Fue a ella a quien se le ocurrió todo el sistema de pagos. Recuerdo que decía: "Lo único que te hace falta para dominar el mundo es el sexo, el deseo y el dinero, y tenemos los dos primeros. ¿Cómo conseguimos el tercero?". ¿Cómo utilizamos eso? Bueno, a estas alturas imagino que ya estás muy al tanto del cómo, así que tampoco hace falta que entre en detalles. —Hizo una pausa por un instante para ordenar sus pensamientos—. En un principio solo distribuimos la app entre los empleados de Intent, la mantuvimos de puertas para dentro. La idea era que solo fuese un juego, ¿no? Y eso fue hasta el día en que dejó de serlo. El día en que ella la subió a las diferentes tiendas de aplicaciones. Le dije que la retirase, pero tampoco te voy a mentir, se lo pedí con la boca pequeña. Sabía que no me iba a hacer caso, y tampoco insistí. Estaba tan enganchado como ella. Quería ver qué pasaba. Ninguno de nosotros se esperaba que aquello despegase tan rápido como lo hizo. La gente hace lo que sea por dinero. Una mujer se plantó desnuda en el Golden Gate de San Francisco. Logramos que un tío se hiciera una paja delante de la fuente de *Friends*, la de Central Park. Le decíamos a la gente que follara en autobuses, trenes, aviones... Igual que pasa con cualquier droga, vas desarrollando una tolerancia y necesitas más para colocarte. Cada Spice se hizo más atrevido que el anterior, hasta que agotamos los lugares donde darle al tema. —Guardó silencio, bajó la mirada al suelo y volvió a levantar la cabeza para mirar a la cámara un momento después—. Fui yo quien le preguntó si creía que seríamos capaces de conseguir que una persona matara a otra. No estoy orgulloso de ello. Fue una idea que me vino a la cabeza y que salió de entre mis labios antes de que pudiera impedirlo, y ella estaba ya asintiendo con la cabeza antes de que yo terminara de pronunciar la frase. No voy a entrar en detalles, pero la respuesta corta es sí. La gente hará lo que sea por dinero, por sexo, por poder. Cuando tienes acceso a todo lo que hay en el móvil de alguien, es como estar en su mente. No resultó difícil encontrar a quién pedírselo, no más que encontrar a su víctima, alguien que mereciera morir. Creo que fue entonces cuando ella y yo comenzamos a ver las cosas de manera un poco distinta. A mí me parecía bien hacerlo una vez. Ella quería más. Ese fue más o menos el momento en que Isaac Alford encontró nuestro dinero. Lo habíamos escondido bien. Créeme, cuando tienes acceso al código de una compañía financiera electrónica no es tan difícil esconder algo de dinero. El problema era que nosotros no teníamos algo de dinero, sino un dineral. Si Isaac hubiese acudido a nosotros y nos hubiera pedido entrar en esto, creo que lo habríamos arreglado de alguna forma, pero prefirió robarlo, y, joder, a ella no le toca nadie las narices de ese modo. Yo lo sabía bien, e Isaac también debería haberlo sabido, pero aun así lo hizo.

El vídeo parpadeó, y Brendan pensó que ese era el final de la grabación, pero reapareció Ludlow. Seguramente lo había pausado para estructurar lo que iba a decir acto seguido, porque, cuando regresó, se inclinó hacia la cámara con una expresión llena de sinceridad en el rostro.

—Yo jamás accedí a matar a Isaac. Ni a Cindy. Todo eso ha sido cosa de ella. Yo no soy ningún santo. He hecho algunas atrocidades, pero esas personas eran amigas nuestras, y eso era una línea roja. Empecé a preguntarme cuándo me pondría una diana en la espalda a mí, y si estás viendo esto significa que tenía motivos para ponerme en plan paranoico. Si estás viendo esto significa que ella no estaba dispuesta a dejarlo cuando le pedí que lo dejara. Cuando le dije que tenía que dejarlo. Significa que lo está llevando todo a otro nivel. Una parte de mí se alegra de que yo ya no esté por aquí para ver cómo termina esto, porque sé qué tiene en mente, sé cómo piensa, y da un miedo de cojones. —Se humedeció los labios, se acomodó contra el respaldo de la silla e intentó forzar una sonrisa—. Seas quien seas, destruyas o no esta cinta, por favor, di a mi mujer y a mi hija que las quiero más que a nada en el mundo. Siento haber metido en todo esto a mi familia. Siento haber metido en esto a cualquier persona.

Brendan estaba tan metido en aquel vídeo que no advirtió que Abby se había arrodillado junto al cadáver de Ludlow.

En el cuello tenía una cadena con cuatro colgantes metálicos —bronce, plata, oro y platino—, y cada uno tenía un número.

Sugar & Spice®

Sugar
¿Cuándo fue la última vez que mentiste?

79

Romeo se despertó con el sonido de unas risas.

En completa oscuridad.

Continuaba atado a la camilla, al menos de eso sí que estaba seguro, pero no tenía la más remota idea de dónde diablos estaba la camilla.

El aire se respiraba denso.

Inerte.

Ligeramente medicinal, pero teñido de un toque de cobre.

Caliente y viciado, lo mismo que estar atrapado en un barril o metido en una caja, salvo que no era eso. Aquello era algo por completo distinto.

—¿Juliet? —masculló entre los labios cortados—. ¿Estás ahí, bomboncito?

Ella no respondió, y cuando Romeo contuvo el aliento para completar el silencio, no oyó nada que le indicase que Juliet estaba allí con él, en aquel lugar oscuro. Tan solo aquella risa.

Amortiguada.

Lejana.

Salvo que... aquello no era una risa, ¿verdad?

No.

Ahora que lo escuchaba con mayor atención, no era una risa. Ni siquiera era un sonido humano. Era algo metálico... un roce. Medido. Cuidadoso.

Romeo tenía el cerebro espeso, mientras expulsaba cualquiera que fuese el cóctel que Juliet le había puesto en el gotero, y tal vez fuera ese el motivo de que dos más dos no terminaran de ser cuatro, sino que le parecía que podría ser cualquier otro número. Por eso la idea de que podría seguir en la ambulancia no se le había ocurrido antes, nada más abrir los ojos. También, probablemente, porque la ambulancia habría sido un escándalo de ruidos mientras iban en marcha, nada parecido a este silencio.

Nada como esta quietud.

Romeo se dio cuenta de qué era aquella risa que había oído, aquel roce metálico, en cuanto se abrió el portón trasero y pudo ver por un segundo allí de pie a un hombre de raza negra, justo antes de que le apuntara con una linterna muy potente. Aquel ruido era cosa de ese hombre, al forzar la cerradura. Lo supo porque también lo había visto guardarse las ganzúas en el bolsillo del abrigo, coger una 9 milímetros que había dejado sobre el parachoques de la ambulancia y, acto seguido, extender los brazos y cruzar la mano del arma por debajo de la mano de la linterna para apuntarle con ambas directo a los ojos.

—Soy el agente Curtis Brown, del FBI. Permítame ser el primero en darle la bienvenida a Chicago.

Romeo lo miró con los ojos entrecerrados.

—¿Y qué tal si me quita la luz de los ojos, eh?

El hombre no hizo tal cosa. En cambio, ladeó un poco la cabeza y habló por alguna clase de radio, tal vez un pinganillo como los que usan en las películas.

—Lo tengo. Lo llevo para allá. —Se quedó mirando a Romeo un buen rato, antes de decir—: Hay alguien a quien no le caes muy bien. He recibido una llamada en mi móvil personal. No tengo ni idea de dónde ha sacado mi número esa mujer. Me ha dicho que usted era el cómplice de Hollander y me ha contado con precisión dónde encontrarlo.

Aunque el cerebro no le funcionaba tal y como debería, las piezas de lo que estaba sucediendo comenzaron a encajar: esa zorra que estaba siempre al otro lado del teléfono en sus llamadas, la que le había arrebatado todos los puntos y el dinero que con tanto esfuerzo se había ganado para luego ponérselo delante de las narices a Juliet, había exigido un sacrificio.

«Has hecho un montón de ruido en estos últimos días, y no hay manera de echarles a ellos la culpa de todo. Cuando la gente empiece a atar cabos, se va a dar cuenta de que los Hollander no han podido estar en todos los sitios en los que había que estar para que sirvan como explicación de lo que ha pasado, solo en algunos de esos lugares. Para que todo encaje, para que todo quede atado y bien atado, tienen que haber estado trabajando con alguien más. Alguien que no tuviese miedo de hacer ruido, alguien parecido a un mazo de demolición.»

Sí, claro, aquello también le había venido a la cabeza.

—Déjeme adivinar. ¿Una voz robótica? ¿Sin identificador de llamada?

Brown no respondió a eso, no hacía falta. Se le veía la respuesta en la cara.

—Encantadora dama —dijo Romeo entre dientes—. Una hija de la grandísima puta, la dama.

El agente del FBI se subió a la ambulancia y recorrió el interior con la linterna. Cuando el haz de luz llegó a la camilla, estudió las bridas y las correas que sujetaban a Romeo. Acto seguido volvió a iluminarle la cara.

—¿Quiere decirme cómo se llama?

Romeo entrecerró los ojos.

—No, señor. Creo que no.

—¿Me va a causar algún problema si lo suelto?

Esa era posiblemente la pregunta más estúpida que podía haberle hecho.

«Qué va, hombre. No le voy a dar el menor problema. No me lo tenga en cuenta si le reviento la nariz con el codo en cuanto me suelte el brazo. Disculpe mi atrevimiento cuando lo libere del peso de esa pistola. Cuánto lamento lo de la bala en el cráneo.»

Romeo no respondió, simplemente porque era incapaz de no echarse a reír. Lo que hizo fue volver la cara para apartarla de la luz.

—Porque esa es la cuestión —dijo Brown—. No lo necesito vivo. Resulta mucho más sencillo explicar todo esto sin tenerlo a usted pudriéndose en una celda y maquinando cómo distorsionar el relato. En especial con abogados y similares tratando de pintárnoslo como una especie de víctima con tal de promocionarse en la tele y forrarse de lo lindo. Si se resiste, lo mato. Tendré el informe listo y enviado mañana mismo a esta hora: una junta rápida de revisión decidirá que los disparos estaban justificados, y yo volveré a lo mío. Para mí, eso es mucho más fácil que tenerlo soltando patrañas de aquí a veinte o treinta años con la esperanza de volver a respirar el aire de la calle.

Mientras decía todo esto, el propio Brown iba observando con detenimiento la herida tapada en el vientre de Romeo, el caos de vendajes asquerosos que había por el suelo, los viales vacíos de analgésicos, antibióticos y quién sabía qué más que Juliet le había chutado al gotero de Romeo. Era posible que aquel tipo fuera todo un charlatán, pero lo cierto es que al final de su discursito ya tenía bien clara cuál era la situación.

Romeo aprovechó la oportunidad que le brindaba la luz de la linterna por el interior de la ambulancia para estudiar el lugar donde había visto a Juliet por última vez. Se la imaginó en el asiento del conductor, inclinada sobre el volante para ver mejor la carretera. Se la imaginó con su móvil desechable en la mano. El móvil que Juliet se había llevado.

—Si me suelta —le dijo Romeo—, no le voy a causar ningún problema. Yo reconozco lo mío, lo que he hecho. Pero esta es la cuestión, que soy caza menor. Podrá detenerme, encerrarme... joder, que lo mismo hasta me pongo a contarle algo de lo que sé, pero ¿qué cree que va a pasar cuando salga usted de la salita de interrogatorios después de nuestra charla y se siente con su jefe? Le va a hacer una pregunta muy sencilla, una pregunta que no le podrá responder. Le va a decir: «Muy bien, pero ¿quién movía los hilos de este tío? ¿Quién dirigía aquí el cotarro?». —Romeo hizo una pausa de un segundo. Tenía que elegir bien las palabras, y aún notaba la cabeza un tanto espesa por la medicación. Miró hacia la puerta abierta de la ambulancia, hacia lo que parecía un aparcamiento bastante vacío—. ¿Ha venido solo, agente?

Hubo un temblorcillo en la mirada de Brown. Fue algo muy breve, pero ahí estaba.

—Vamos a dar por sentado que los refuerzos están en camino —prosiguió Romeo—, pero no han llegado aún. Eso nos da un margen, una oportunidad. Usted y yo hacemos un trato: yo le digo exactamente dónde puede encontrar a la encantadora dama que está detrás de todo esto... Joder, que lo llevo hasta ella, y usted podría acceder a dejarme ir. No tiene que incumplir ninguna ley ni nada por el estilo, tan solo darse la vuelta un segundo, ofrecerme una salida. Incluso puede venir después a perseguirme, todo con mucha deportividad y eso. Yo solo le estoy pidiendo una oportunidad. Mire, agente, a mí me han utilizado. —Tiró de una de las bridas—. ¿Por qué cree que me han servido en bandeja de este modo? Soy el cabeza de turco. Usted me lleva a mí solo a una celda, y ya verá lo poco que tarda en salir todo. Va a tener que explicar por qué perdió el tiempo conmigo mientras se le escapaba la verdadera culpable... Pero si trabaja conmigo, yo lo ayudo a echarle el guante y a que haga una detención de las buenas. Con una de esas te plantas directo en un despacho con ventanas.

Brown se inclinó algo hacia atrás, sobre los talones, y se pasó por la barbilla el dorso de la mano que sujetaba la linterna. Pasó entre ellos no menos de un minuto de silencio, una quietud tan pesada como el olor de la sangre derramada de Romeo que se secaba por el interior de la ambulancia. Por fin, Brown dio tres toques rápidos con el cañón de la 9 milímetros en el armazón de metal de la camilla.

—Lo escucho.

80

A Abby le temblaban los dedos al sacar la cadena del lugar donde permanecía en parte oculta bajo la camisa de Ludlow y extender los cuatro cuadrados metálicos para poder leerlos con claridad:

Bronce: 73.

Plata: 9.

Oro: 149.

Platino: 180.

Brendan fue a la mesa de la cocina, cogió el móvil del otro hombre muerto, abrió una ventana del navegador y tecleó los números con el formato de una dirección IP: «73.9.149.180».

El navegador se quedó colgado un segundo y, acto seguido, apareció en la pantalla el logotipo de Sugar & Spice, que cambió de forma para adoptar la silueta de un hombre y una mujer vestidos con un atuendo formal y abrazados el uno al otro en un gesto de intimidad. Debajo se leía:

Ha empezado ya la fiesta, pero tardará en terminar.
Vístete de infarto y ven a disfrutar.
No hay límites, no hay reglas ni condiciones,
no hay líneas rojas, ni pardillos, ni bufones.
Te has ganado esa licencia.
Eres la élite de la élite.
La Gala de Otoño te espera,
una noche de calor y decadencia.

Brendan y Abby aún lo estaban leyendo cuando se encendió el flash de la cámara en la parte trasera del móvil y le tiñó a él la palma de la mano de un rojo intenso. No reparó en que la cámara les había hecho una foto hasta que el texto se vio reemplazado por una imagen de los dos mirando la pantalla. De inmediato, sus nombres aparecieron superpuestos en la imagen.

Cuando sonó el teléfono, Brendan casi lo dejó caer. Aquel timbrazo fue como la picadura de una serpiente que lo atacara con malicia y hostilidad, la hoja de una cuchilla que le abriese la carne. En la pantalla no aparecía ningún nombre, ni siquiera decía «Número desconocido», y el número que figuraba carecía de lógica, como si procediese de algún lugar remoto.

Brendan no descolgó la llamada, sabía perfectamente que no lo había hecho, pero aun así se conectó.

Una voz femenina en un altavoz, electrónica, disfrazada...

—¿Está muerto Ludlow? Quiero verlo. Enseñádmelo.

Brendan giró el teléfono hacia el cadáver en el suelo.

—¿Y el otro?

Le mostró el muerto de la mesa de la cocina, sostuvo allí el móvil un instante y lo volvió a girar, se lo acercó a los labios.

—¿Qué coño quieres de nosotros?

—Aquí no eres tú quien hace las preguntas. Si ahora mismo estás respirando es porque yo te lo he permitido.

La pantalla del móvil volvió a cambiar. Desapareció la imagen de Brendan y Abby, sustituida por otra distinta.

Abby soltó un grito ahogado.

Hannah y Stuckey miraban a la cámara con unos ojos cargados de terror. Estaban amordazados los dos, sentados en un suelo de cemento con la espalda contra una pared antigua de piedra, de esas que te encontrarías en el sótano de una casa construida mucho antes de que se utilizara el hormigón o los bloques de hormigón ligero en las cimentaciones. Estaban atados de pies y manos con una cuerda gruesa; y en la ropa y la cara se veían salpicaduras de sangre seca. También tenían magulladuras. Todo el lateral izquierdo de la cara de Stuckey estaba hinchado y amoratado.

Cuando Hannah se movió, cuando su cabeza dio un respingo en una especie de espasmo breve, Brendan y Abby advirtieron que no era una fotografía, sino una imagen en directo.

La pantalla se oscureció un instante, no porque fallara la cámara, sino porque alguien había pasado justo por delante al cruzar la habitación. Tuvieron que esperar a que esa persona se acercara a Hannah y se agachase a su lado para darse cuenta de que se trataba de aquella chica que ellos habían conocido como Juliet. Se había recogido el pelo en una coleta grasienta, pero aún llevaba puesta la misma ropa que cuando la habían dejado en el vagón de carga. Brendan no tenía ni idea de cómo había logrado escapar de la policía, aunque tampoco es que eso importara, porque allí estaba ahora, inclinada sobre sus amigos, y con un cuchillo enorme en la mano. Empezó a alardear de cuchillo señalando a la cámara con la punta y girando la empuñadura entre los dedos en un intencionado gesto de impaciencia, como si estuviera deseando ponerse ya con el tema pero alguien la retuviese con una correa. Acercó el cuchillo a la mejilla de Hannah y lo apretó contra la piel trémula. Hannah cerró con fuerza los ojos y contuvo unos gritos que se morían de ganas de escapar.

Con un veloz giro de muñeca, Juliet bajó el cuchillo e hizo un corte de un par de centímetros. Entonces sí que gritó Hannah, joder, se puso a berrear.

La imagen se desvaneció.

La pantalla se quedó negra.

La voz femenina regresó:

—Os envío un coche. Una hora. Si no estáis en ese

coche, ellos están muertos. Traed la cinta de vídeo de Ludlow.

Colgó.

El teléfono se escurrió de entre los dedos de Brendan y cayó al suelo con el ruido de un traqueteo.

Tenía el pulso acelerado.

Cuando oyó la voz de Abby, esta sonó tenue, lejana, y aun así sus palabras lo envolvían por todas partes.

—Brendan, si vamos para allá, nos va a matar. Nos matará a todos.

—Podríamos marcharnos ahora mismo. —Hizo un gesto con la cabeza hacia la cámara de vídeo—. Cogemos la cinta, el móvil de este tío, lo que sea que encontremos en esta casa y lo metemos en una taquilla de la estación de autobuses. Luego llamamos a las cadenas de noticias y a la policía, les decimos lo que tenemos, dónde lo encontrarán, y desaparecemos. Que parezca que nos hemos subido a uno de los autobuses, pero tal vez podríamos robar otro coche y tirar hacia México o Canadá, o a Europa, o...

Abby le apretó la mano.

—No tenemos nuestros pasaportes, y aunque los tuviésemos, no podríamos utilizarlos. Ella lo sabría. Huir cuesta dinero y nosotros no tenemos. ¿Cuánto tiempo crees tú que íbamos a aguantar?

Brendan no estaba escuchando, siguió hablando sin más.

—A lo mejor podemos acudir a la oficina del FBI donde trabaja ese agente, Bellows. O podemos ir a otra oficina del FBI, a lo mejor en Nueva York, o en Indianápolis, algún sitio al que no sospechen que iríamos.

—Pero si apenas hemos llegado hasta aquí —le dijo ella—. Estamos agotados. No pensamos con claridad, y si huimos, la cosa solo va a ir a peor. Si huimos, esa mujer va a matar a Hannah y a Stuckey, y esta noche o mañana veremos sus cadáveres en las noticias... No sé tú, pero yo no podría vivir con eso. No podemos pasarnos el resto de nuestra vida vigilando nuestras espaldas. Tenemos que... llegar al final de esto.

La mujer que Brendan tenía ante él no era la mujer con la que se había casado. No era la mujer con la que había pasado los últimos trece años de su vida. Era una persona distinta, más fuerte, una persona «completa». No se le ocurría una manera mejor de describirla. Era como si esa mujer que él creía conocer solo fuera una ilustración mientras que esta Abby era una figura tallada en roca que se revelaba en el perfecto detalle de cada intrincado milímetro de su ser. No había secretos entre ellos, ya no. Abby era una extensión de su cuerpo, y él era una extensión del cuerpo de Abby.

Brendan le acarició la mejilla.

—Abs, no te puedo perder. Tengo la sensación de haberte encontrado por fin.

Abby le miró a los ojos, y Brendan supo que ella también lo sentía.

Era mucho lo que había allí, mucho lo que sucedía tras aquella mirada. Vio su vida con ella, cada segundo que habían pasado juntos. Cada risa. Cada pelea. Cada lágrima. Cada desengaño. Cómo deseaba ver el futuro, el futuro de los dos, con todo su ser. Ya fuesen unas horas más o cinco décadas, pero no había la menor pista de lo que estaba por venir, lo único que había era lo que habían sido. Cierto, eso aterrorizaba a Brendan, pero también le daba un consuelo, porque era incapaz de imaginarse cómo habría sido su vida sin ella.

—Pase lo que pase, te quiero —le dijo él—. Siempre te he querido y siempre te querré. Todo lo demás..., cualquier problema que hayamos podido tener, cualquier tropezón, no significa nada. No ha servido solo para hacernos más fuertes. Esa estupidez de...

Abby le puso un dedo en los labios para silenciarlo.

—Tienes razón. No importa. Yo también te quiero.

Es posible que se me haya nublado el juicio en los últimos meses, pero jamás he perdido eso de vista. Siempre te he querido.

Cogió a Brendan de la mano y comenzó a recorrer la casa de aquel desconocido, entró en el dormitorio principal y en el amplio cuarto de baño, en la ducha espaciosa sin bañera ni plato siquiera que dominaba el rincón opuesto. Metió la mano y abrió el grifo.

Cuando le besó, él no se lo esperaba. Fue algo indeciso al principio. Abby se inclinó hacia él y rozó sus labios con suavidad. Cuando Brendan correspondió al beso, cuando la rodeó con los brazos y la besó él también, hubo un ardor que ninguno de los dos había sentido en una década. Una parte del cerebro le decía que eso era porque se trataba de su último beso, pero se quitó esa idea de la cabeza, porque no podía estar más equivocado.

Era su primer beso.

Se quitaron la ropa, se metieron debajo del agua y allí mismo hicieron el amor, y después se quedaron abrazados hasta que se acabó el agua caliente. Ni siquiera entonces quisieron separarse.

81

Justo una hora después, una limusina negra se presentó en la entrada de la casa de Ludlow, y no era lo único que apareció.

Allí fuera había decenas de personas, de pie y en silencio en el césped de Ludlow, en el camino de entrada, por la tranquila calle de aquel complejo residencial. Al menos tres de aquellas personas llevaban un arma de fuego y no hacían el menor intento por ocultarlas. Todos tenían el teléfono en la mano. Algunos parecían absortos mirando la pantalla. Otros miraban a Brendan y a Abby. Otros se pusieron a grabarlos con el móvil en alto cuando salieron de la casa y se dirigieron hacia el coche, que esperaba en la acera.

El sonido del tintineo triple inundó el ambiente en una suerte de coro diabólico.

—Tú sigue andando —susurró Brendan en el oído de Abby—. Intenta no mirarlos.

Llegaron al coche sin incidentes y se subieron en el asiento de atrás: había varias cajas en el suelo.

El conductor los miró por el retrovisor.

—Les ha proporcionado ropa. Deben cambiarse. Estamos a quince minutos de nuestro destino, así que, por favor, háganlo deprisa.

Antes de que cualquiera de los dos pudiese responder, una pantalla negra de separación se elevó entre ellos.

Las puertas se bloquearon, y el coche arrancó con suavidad.

La gente no trató de detenerlos, sino que fue apartándose conforme el coche avanzaba por la calle y se volvió a cerrar tras su paso.

Brendan no podía sacudirse la sensación de que los estaban engullendo.

Las cajas eran de Bergdorf Goodman y contenían un chaqué de Brioni para Brendan y un vestido negro impresionante de terciopelo y encaje de Giorgio Armani para Abby. Había otras cajas con zapatos y complementos, incluido un reloj Omega que debía de costar algo así como el sueldo de un año entero de Brendan y un collar de diamantes de Van Cleef & Arpels que valdría el doble de eso.

Se cambiaron en silencio y dejaron en el suelo la ropa que habían rapiñado de los armarios de Ludlow después de la ducha. Abby estaba deslumbrante, y así se lo dijo Brendan.

Encontraron muy poco tráfico. Hasta los semáforos parecían estar de su parte: verdes en todo el camino, y Brendan no pudo evitar preguntarse hasta dónde era cosa del azar y hasta qué punto habría sido ella. Su imaginación había esbozado una imagen cuasidivina de aquella mujer, blandiendo una varita mágica sobre cualquier aparato electrónico. Aunque sabía que no era cierto, no podía quitársela del pensamiento. Intentó memorizar las calles, pero era tal el caos reinante en la cabeza de Brendan que no tardó en perder el rastro. Eso sí, estaba claro que habían dejado atrás las mejores zonas de Chicago. Donde fuera que estuviesen, tan solo funcionaban unas pocas farolas. El asfalto estaba agrietado y sembrado de baches sin arreglar. Muchos de los edificios estaban entablados, y los que no lo estaban tenían rejas en las ventanas inferiores. Todos parecían abandonados. Había pintadas allá donde miraras, desde frases y dibujos al azar hasta lemas de las bandas callejeras. Calles y aceras estaban desiertas, y aun así Brendan sabía que los estaban observando. Era como si las sombras se escabullesen justo antes de que los faros del coche diesen con ellas. Ojos que los miraban desde lo alto, en las ventanas oscuras de allá arriba.

Si estaban en guerra (y Brendan no se hacía la menor ilusión de que no lo estuvieran), estarían adentrándose en las profundidades tras las líneas enemigas, y su presencia distaba mucho de ser sigilosa.

Otro giro a la derecha.

Dos a la izquierda.

Los restos calcinados de una camioneta *pickup* sobre unos ladrillos en aquella esquina.

Avanzaron hasta la mitad de la manzana y se detuvieron.

Brendan esperaba oír el tintineo triple, oír un GPS que decía «ha llegado a su destino», pero no se produjo ninguna de las dos cosas.

Miraron por la ventanilla, hacia el letrero que señalaba la alta estructura de piedra que tenían al lado, el único edificio iluminado en toda la calle.

ROBERT INVERNESS CHURCH
¡SED TODOS BIENVENIDOS!

—La iglesia de Robert Inverness... —masculló Brendan al procesar aquellas palabras—. La madre que me parió. Robin Church no es una persona, sino un lugar.

Era una iglesia antigua, un edificio mucho más antiguo que los de alrededor, más antiguo sin duda que el parque abandonado de malezas a su izquierda o la edificación cúbica a su derecha con el tejado hundido y agujeros donde antaño estaban las ventanas. Al menos un siglo más antigua que los bloques de pisos de ladrillo al otro lado de la calle, los que tenían unas escalinatas de hormigón medio deshecho que ascendían hasta unas pesadas puertas con cadenas y candados. Al contrario que aquellos edificios y lugares a su alrededor, la iglesia estaba viva. Se veía el baile de luces tras las vidrieras, y una fina columna de humo se rizaba hacia el cielo desde una de sus numerosas chimeneas. Brendan tuvo la impresión de que la iglesia se había construido mucho antes que todo lo demás, y que seguiría en pie mucho después de que desapareciese el resto.

—¿Oyes eso?

Él asintió.

—Puedo sentirlo.

Desde luego que sí.

El golpeo del estruendo de unos bajos que le sacudía en el pecho.

Música.

Los dos se sobresaltaron con la llamada de unos nudillos en la ventanilla de Brendan. Un chico negro de unos trece años lo miraba sin parpadear desde el otro lado del cristal. Probó con la maneta de la puerta, se encontró el seguro echado e hizo un gesto para que Brendan bajase la ventanilla.

Brendan conservaba la 380, la tenía metida en la parte de atrás de la cintura de los pantalones del chaqué. Al bajar la ventanilla, sintió la presencia del arma, tan cercana y aun así fuera de su alcance. El chico sostuvo en alto un teléfono móvil, hizo una foto y estudió la pantalla. Cuando sonó el triple tintineo, se le iluminó la mirada y soltó un silbido.

—¡Tenemos aquí a unos jugadores VIP de platino! Bienvenidos a Robin Church, señor y señora Hollander. Directos al interior. Toda la comida y la bebida corre por cuenta de la casa. —O bien conocía su coche o bien conocía al conductor, porque dio dos golpes en el techo e hizo un gesto hacia delante.

Otro coche llegó detrás de ellos. Brendan se dio cuenta de que era un Rolls-Royce con una pintura gris pulida con un acabado de espejo. Pasados unos segundos, el conductor tocó el claxon.

—Venga, en marcha, que no queremos tener a nadie esperando.

Otro toque de nudillos, esta vez en la ventanilla de Abby.

Otro chaval.

Parecía más joven que el anterior.

Brendan abrió el seguro de las puertas con el pulgar, y se bajaron los dos, Abby con la cinta de vídeo bien agarrada como si fuera un bolso de mano.

El chico más mayor señaló hacia la fachada principal de la iglesia.

—Todo recto por esos escalones. Sigan la música. Y disfruten.

En cuanto Brendan y Abby partieron en aquella dirección, el tintineo triple volvió a sonar en el móvil del chico más mayor, que le mostró la pantalla al pequeño. Hubo algunas sonrisas y un choque de puños. La limusina arrancó y desapareció a la vuelta de una esquina dos manzanas más allá.

Brendan y Abby cruzaron la calle y ascendieron los escalones de piedra hasta la enorme puerta de madera de la iglesia, y la música fue sonando más fuerte a cada paso. Aquella puerta tenía no menos de tres metros de alto, se mantenía entera gracias a unos intrincados herrajes negros de metal y bien podría haber sido la puerta de una fortaleza o de un castillo medieval.

—¿Llamamos? —preguntó Abby mientras estudiaba el marco—. ¿O entramos sin más?

Antes de que Brendan pudiera responder, la puerta se abrió y salió disparada una mujer con un vestido de noche de encaje negro, entre risotadas y con los tacones colgando de los dedos de la mano izquierda. Echó un vistazo rápido a su alrededor, bajó los escalones e hizo un gesto a uno de los chicos que se encargaban de los coches. Al momento apareció un hombre con un chaqué vintage. Al ver a la mujer en la acera, se acercó a ella dando tumbos y le plantó los labios en la boca en un beso etílico.

La música atronaba en el interior.

Un ritmo tecno disparatado.

La puerta comenzó a cerrarse, y Brendan agarró la hoja, la sujetó para Abby y entró detrás de ella. Juntos, desaparecieron en el interior.

82

—Ya podría haberme esposado en el asiento de delante, eso habría sido lo más considerado.

Romeo iba en el asiento de atrás del coche del agente del FBI, medio sentado sobre las manos porque cuando las tenía detrás de la espalda, los nudillos le quedaban justo sobre el orificio de salida en el costado, y se le clavaban con cada bache y cada salto como si fueran un hierro candente. Tampoco es que sentarse sobre las manos fuese mucho mejor: así ejercía presión sobre las muñecas y provocaba que las ceñidísimas esposas se le clavaran en la piel.

El hecho de que estuviera sintiendo todo aquello le decía que se le estaba terminando de pasar el efecto de los analgésicos que le había dado Juliet, y que lo peor estaba aún por venir.

—¿Quién le ha disparado?

Romeo estuvo a punto de soltar: «Ah, pues ha sido la Zorra Flaca», pero se dio cuenta de que tal vez eso no le diría demasiado a este tío. El Superagente Especial Siempre a su Servicio... ¿Tommy Brown? ¿Así había dicho que se llamaba? A Romeo le estaba costando quedarse con el nombre, y eso le dejó preocupado, porque significaba que sus problemas con la memoria a corto plazo no se debían a que se le estuviera pasando el efecto de los analgésicos, sino más bien a la infección; si se le estaba pasando el efecto de los analgésicos, significaba que el de los antibióticos también, probablemente, y que cualquier lucidez que pudiera tener ahora tal vez se desvaneciese con ellos. El mero hecho de encadenar esa idea ya le daba dolor de cabeza.

—Ha sido la esposa, ella me ha disparado.

—¿Abby Hollander?

Romeo asintió.

—Es dura de pelar. Más que su maromo.

Quien fuera que gozase de la atención de Brown debió de decir algo, porque el agente se puso firme en el asiento del conductor, guardó silencio un segundo y dijo:

—Recibido.

Giró a la izquierda y otra vez a la derecha unas manzanas después. Romeo intentó fijarse en los letreros de las calles, pero la mayoría había desaparecido o los habían pintado.

—¿Sigue rastreando mi móvil?

Por el retrovisor, Brown le lanzó una mirada que decía «No, tonto del culo, estamos buscando galletitas de las girl scouts como locos» y volvió a poner la vista en la carretera sin llegar a responder.

Romeo sabía que Brown estaba rastreando su móvil, y eso lo estaba llevando directo hacia Juliet; esa no era la cuestión. La cuestión era entretener a este hombre, hacerle hablar, que bajara la guardia. No parecía que el agente estuviese dispuesto a caer en nada de eso, y Romeo tenía la intuición de que ya se estaban acercando a su destino, lo cual significaba que no tenía mucho tiempo para revertir la situación.

—Me gusta esta manera suya de hacer las cosas sin refuerzos, en plan Harry el Sucio. Hay que tenerlos bien puestos. Yo tampoco he sido muy de jugar en equipo. No hasta que conocí a mi Juliet, desde luego. Ella cambió eso en mí. Llenó un vacío que no sabía que tenía.

Brown miraba al frente.

No dijo nada.

Muy despacio, Romeo metió el pulgar lesionado bajo el muslo, contó hasta tres y cargó todo su peso en un solo movimiento muy medido. Sintió cómo se le descolocaba el hueso por segunda vez aquel día y se tragó el dolor.

—Ahora bien —siguió—, ¿eso de meterme yo solo en un posible tiroteo? Madre mía, deben de pagarle de maravilla en el FBI. ¿O es justo lo contrario, que no le pagan lo suficiente, y por eso tiene que meterse en algo como esto para nivelar la balanza?

Con el pulgar dislocado, deslizó la mano izquierda para liberarla de las esposas de metal, cerró el puño, giró el dedo y lo colocó de nuevo a la fuerza. Aquello le dolió un poco más, pero estaba todo bien.

Brown volvió a girar a la derecha, y en ese instante Romeo captó el barrido de otro par de faros que hacían el mismo giro detrás de ellos. Tuvo sumo cuidado para no levantar las manos y se retorció en el asiento para ver mejor lo que había detrás. No pudo distinguir el coche, estaba demasiado lejos. Algún tipo de sedán. Se dio la vuelta y se inclinó hacia delante.

—¿Lo están siguiendo? ¿O es que al final no viaja tan solo?

Brown volvió a lanzarle un vistazo rápido por el retrovisor, pero mantuvo la boca cerrada.

Romeo quería que este tipo fuese un vaquero solitario. Ya iba a tener sus dificultades para matarlo, pero si venían más detrás de él, eso cambiaba las cosas. Dificultaba su trabajo de manera exponencial.

—En el FBI se suele trabajar en parejas, ¿no? ¿A cuántos tiene en el coche que viene detrás? ¿Son dos, tres?... Yo digo que tres: su compañero y otra pareja —añadió al ver que Brown no respondía.

Giraron a la izquierda.

Lo mismo hizo el coche que los seguía.

Debajo del muslo, Romeo se masajeaba la mano para recuperar la sensibilidad.

Aquel barrio se había echado a perder, eso estaba claro. Todo abandonado y ruinoso. Como si hasta el último mono hubiese hecho las maletas con las cuatro mierdas que tuviese, se hubiera marchado a otro sitio más verde y hubiese dejado allí aquellos armazones vacíos. Aunque, a decir verdad, no estaban tan solos: Romeo vio que se agitaba una cortina y volvía a su sitio en la ventana de la segunda planta de un edificio asqueroso de apartamentos. Alguien más los observaba desde detrás de una gasolinera abandonada.

Quien fuese que estuviera rastreando el móvil de Romeo le daba indicaciones a Brown a través de un pinganillo. Tenía que ser eso lo que estaba pasando, porque Brown se limitaba a conducir y escuchar lo que le decía una voz en su cabeza. No había echado un solo vistazo al móvil desde que se subieron al coche, y, hasta donde Romeo alcanzaba a ver, no tenía ningún otro aparato electrónico delante.

—Cuando lleguemos, tiene que prometerme que no le va a hacer daño a Juliet. La chica está un pelín perdida, pero la culpa de eso la tiene su situación actual. Cuando entremos ahí, ella me va a respaldar, y cuando vea que estoy con usted, eso hará que lo respalde a usted también. Ya lo verá. Porque querrá tener a alguien ahí dentro. Si lo que pretende es traerse a la caballería y entrar ahí al asalto en plan Normandía, pues no le va a funcionar. Tiene que ser algo quirúrgico. Atacar desde dentro.

Volvieron a girar a la derecha, y Romeo aguardó a ver el barrido de los faros allí detrás. Al ver que no llegaban, una vez más se retorció en el asiento. Se había ido, quien fuera que fuese. O bien no había hecho aquel giro o bien se había quedado en algún otro sitio sin que Romeo se percatara. No había manera de saberlo con seguridad.

—Pues ya estaría. Va a ser en plan Harry el Sucio, en un ataque solitario al castillo —dijo en un susurro, aunque sabía que Brown lo había oído.

Siguieron avanzando unas manzanas más antes de que Brown redujera la velocidad y detuviese el coche en medio de la calle. Echó el freno de mano y, aunque era obvio que estaba evaluando el entorno, también saltaba a la vista que escuchaba a alguien con atención.

Romeo nunca había estado en Robin Church, pero sabía de aquel lugar.

Todo el mundo lo conocía.

Como el mítico castillo de Oz.

Juliet estaba ahí dentro, de eso estaba seguro, y también la mujer que le había robado. Y la Zorra Flaca y Abercrombie. Todos estaban ahí dentro.

Se humedeció los labios y saboreó un dulzor que no había tenido el aire durante días. Se inclinó otra vez hacia delante.

—Deje que le haga una pregunta, superagente especial Brown, ¿se considera usted un mazo de demolición o un bisturí?

—Siga sentado. Atrás —le ordenó Brown.

Romeo no hizo semejante cosa.

Levantó el brazo y rodeó el cuello de Brown con tal velocidad que las esposas sueltas golpearon al agente en la sien. Romeo tiró hacia atrás con el brazo, apretó. Cuando el otro intentó liberarse del brazo, Romeo clavó la rodilla en la parte posterior del respaldo del asiento para hacer palanca y tirar con más fuerza aún. Brown se atragantaba, escupía. Pataleó contra la parte inferior del volante, hizo aspavientos y por fin se quedó quieto. Todo había acabado en menos de un minuto, pero fue un minuto de lo más exigente, y Romeo tuvo que hacer una pausa para recobrar el aliento una vez finalizado.

Encontró la llave de las esposas en el bolsillo de

Brown y se libró de ellas. Estaba a punto de salir del coche cuando se le ocurrió otra idea.

Metió el dedo en la oreja de Brown, rescató el auricular, lo restregó en la camiseta para limpiarlo y se lo puso. Entonces dijo:

—Eres tú, ¿verdad? Tú, puta desagradecida. Acabo de cargarme a tu bisturí, y ahora voy a jugar contigo.

83

En el interior, la música era ensordecedora. Aquel ritmo de baile con su incesante golpeo salpicado aquí y allá con sintetizadores y riffs de guitarra deslavazados. También había voces; eran breves y entrecortadas, sampleados que lanzaba por la pista un DJ al que no localizaron hasta llegar al final de un pasillo corto, cuando se toparon con un muro de gente.

El DJ estaba en una gran plataforma suspendida del altísimo techo de la iglesia, rodeado de platos giradiscos, equipos de sonido y amplificadores. Lucía una capa negra con el forro rojo, una camiseta de los Red Sox extragrande y unos pantalones negros de vestir como una especie de vampiro hip-hop. Llevaba la cara emplastecida de un maquillaje alabastrino detrás de unas gafas de sol de contorno deportivo. Mientras trabajaba con el plato, no señalaba a nadie en particular en la multitud allá abajo, entre espasmos y convulsiones al son de la música. En medio de una neblina generada por unas máquinas de humo artificial, unos láseres y parpadeos de luces rompían la oscuridad siguiendo el golpeo rítmico de los bajos. Una luz estroboscópica creaba un efecto aleatorio de iluminación que iba y venía.

La multitud de al menos un millar de personas se contorsionaba y giraba en un baile etílico. El ambiente olía a alcohol, sexo y sudor. Había letreros y carteles por todas partes que anunciaban: ¡SUGAR & SPICE VERSIÓN 2.0 SALE ESTA NOCHE! Debajo aparecía una lista de mejoras y nuevas características:

- ¡Conversión automática de moneda!
- ¡Ahora puedes escribir y enviar retos Sugar & Spice a los demás usuarios!
- ¡Alerta de proximidad de otros usuarios de Sugar & Spice! ¡Sabrás si hay otros usuarios de S & S en la habitación! ¡Lánzales un Spice privado!
- ¡Hemos aumentado la recompensa por cada nuevo miembro que traigas!
- Reenvío automático de la app Sugar & Spice a todos tus contactos: es anónimo, no sabrán que procede de ti, ¡pero aun así recibirás la recompensa por recomendarnos!

Tenemos más de mil millones de usuarios: ¿quién quiere llegar a dos mil?

—¡Brendan! —gritó Abby por encima de la música. Señalaba hacia un muro de televisiones a su izquierda. Empezaban a la altura del suelo y ocupaban cada centímetro hasta el techo, a no menos de diez metros de altura. Había vídeos de gente practicando sexo. En otros se veían habitaciones vacías, sin más. Otros mostraban fotos de personas con su nivel en Sugar & Spice, su total de puntos y sus estadísticas: cuántos Sugar habían completado y cuántos Spice, el puesto que ocupaban en la clasificación general respecto de otros jugadores..., igual que en los cromos de béisbol. Aquellas imágenes cambiaban y se transformaban en otras personas distintas con algún que otro grito entre la muchedumbre, gente que señalaba al reconocerse o reconocer a alguien cercano. En el centro de todos aquellos televisores más pequeños había una pantalla gigante, de tres metros de ancho por lo menos. En la parte superior había una foto de Brendan y Abby vestidos de punta en blanco. Él se dio cuenta de que era una fotografía que les habían sacado en la noche en que fueron a cenar al Menton's. Una instantánea clandestina tomada por algún empleado o desde alguna mesa cercana. Parecía que aquello había sucedido hacía media vida. Justo debajo de la foto, seis palabras parpadeaban al ritmo de la música.

¡1.000.000 de puntos! ¡Vivos o muertos!

Debajo de aquella frase había una larga lista de jugadores, y, a continuación del nombre de cada uno, simplemente decía: «0,0 kilómetros».

Brendan comprendió de inmediato que tenía delante un marcador donde se enumeraban los jugadores que estaban más cerca de su ubicación exacta. Todos ellos estaban allí, en aquella sala.

Estaba asimilando aquello cuando todos los monitores pequeños se quedaron sin imagen y regresaron con el mismo vídeo: Abby desnudándose en el cuarto de baño de su agente en un centenar de pantallas.

Abby se agarró del brazo de Brendan, y la multitud comenzó a celebrarlo a voces en la pista de baile. Algunos levantaban la copa hacia los monitores en el gesto de un saludo de mofa, otros continuaban bailando como si todo aquello fuese de lo más normal.

El teléfono de Ludlow vibró en la mano de Brendan... Número desconocido:

Si os quedáis ahí hasta que alguien os reconozca, estáis muertos. Detrás, el rincón del fondo a la izquierda. Ya.

Cada célula de su ser le gritaba que tenían que salir corriendo de allí, volver por donde habían venido, empujar esas puertas y echar a correr por las buenas. También sabía que nunca lo conseguirían. Si habían sobrevivido hasta entonces se debía únicamente a que se lo había permitido aquella mujer a quien él había bautizado como Robin Church. Tan pronto como se saliesen del guion, esa mujer alertaría de su ubicación exacta a una o a varias de aquellas personas. Vamos, que lo más probable era que los apuntara con un foco e hiciera que el DJ los señalase. No llegarían ni a la puerta. Morirían allí mismo, en la pista de baile, y la mayor parte de aquel gentío no se iba a inmutar.

Brendan le mostró el mensaje a Abby, señaló hacia el rincón del fondo y, tras un instante de vacilación, se abrieron paso entre la multitud. A medio camino empezaron a ver colchones: lujosos, de gran tamaño, apoyados contra la pared exterior y sembrados de cuerpos en diversos estados de desnudez, algunos entrelazados en plena actividad sexual, otros atados, amarrados con correas de cuero o grilletes metálicos, muchos con una venda en los ojos mientras varias manos magreaban cada centímetro de sus carnes. Había unos monitores flotantes de menor tamaño distribuidos aquí y allá que iban mostrando retos Spice al azar...

Acuéstate con una persona desconocida.
Sométete.
Besa a quien tengas a tu izquierda.
Hazle un oral a la primera persona
que te dé un toque en el hombro.
Domina.

Iban cambiando los mensajes, y con ellos cambiaba entusiasmada aquella orgía hedonista. Brendan cayó en la cuenta de que allí también había marcadores, y vio que toda esa gente iba sumando puntos con cada acto de libertinaje, con hambre de más. Al adentrarse más en la sala vieron potros, columpios suspendidos de armazones metálicos e incluso máquinas para realizar diversos actos sexuales. La multitud se arremolinaba ya fuese para mirar o a la espera de su turno para participar. Había cámaras por todas partes, imágenes que se proyectaban en las paredes, el techo y el suelo.

Ya estaban cerca del rincón del fondo cuando Brendan sintió que le clavaban en el costado el cañón de un arma, por debajo de las costillas. Esto vino seguido del roce de un aliento cálido en la oreja y el sonido de una voz conocida.

—Hola, Brendan.

Kim Whitlock.

84

—¡Al frente, todo recto! —gritó Kim sobre la música—. ¡Por esa puerta al fondo a la izquierda!

Como si quisiera dar énfasis a su orden, Kim le clavó un poco más la pistola en el costado y, con la otra mano en la parte baja de la espalda, lo empujó con brusquedad en aquella dirección. A Abby no le quedó otra que seguirlos.

La puerta tenía un lector de tarjetas de seguridad idéntico a los de las oficinas de Intent. Cuando Brendan se detuvo delante del lector, Kim volvió a empujarlo.

—Está estropeado, pasa.

Había una cámara sobre la puerta. La lente, restringida, giró hacia ellos.

Alguien quería verlos mejor.

La puerta metálica contraincendios no estaba cerrada con llave.

Brendan la atravesó con Kim pegado a su espalda, y Abby detrás. Cuando aquella puerta pesada se cerró, el estruendo de la música quedó en un simple golpeo rítmico amortiguado. Estaban en un pasillo estrecho iluminado por unas bombillas en el techo separadas entre sí unos dos o tres metros.

Kim se dio la vuelta y continuó avanzando de espaldas hasta que quedó frente a Brendan y Abby, a un brazo de distancia. Observó a Abby de arriba abajo.

—Un placer conocerte por fin. Soy Kim Whitlock. Imagino que tu marido me habrá mencionado, ¿verdad?

Brendan tenía la cara al rojo vivo.

—Kim, ¿qué coño es esto?

Ella volvió a centrarse en él y le ofreció la palma de la mano.

—Me han dicho que tienes un arma.

Al ver que no se la entregaba, Kim soltó un largo suspiro y chasqueó los dedos.

—Caramba, qué manía tenéis los dos con esos silencios tan largos. Ella ya me dijo que me iba a tocar pegaros un tiro a uno de los dos, y yo le dije: «Ni de coña, Brendan es más listo que eso, sabe entender cuándo ha perdido. Obedecerá», pero resulta que no...

En un gesto que resultaba ostensible, amartilló el revólver con el pulgar y comenzó a apretar el gatillo.

Brendan levantó las manos.

—¡Vale! ¡Vale!

Se llevó la mano a la espalda, cogió la 380 con dos dedos, la trajo al frente muy despacio y la dejó caer en la mano de Kim.

Ella se quedó mirando la pistola un segundo y se la guardó en el bolsillo.

—¿Algún arma más? ¿Relojes inteligentes, auriculares, algún aparato electrónico de alguna clase?

Los dos negaron con la cabeza.

—Muy bien. —Señaló hacia su izquierda—. Avanzad por ese pasillo. Voy justo detrás de vosotros.

Alguien había atornillado un pestillo en la esquina superior de la puerta contraincendios, pero cuando Kim trató de echarlo, no estaba alineado con su aro y no cerraba. Lo intentó un par de veces, aunque terminó por abandonar e ir tras ellos.

El pasillo terminaba en unos escalones de piedra que descendían hacia la oscuridad, lisos y pulidos por los años de uso.

—Bajad.

Brendan y Abby apoyaron las manos en las paredes y siguieron sus instrucciones. El aire se hacía más frío y se humedecía ligeramente a cada paso que daban, y al llegar al sótano vieron un deshumidificador funcionando a toda marcha en el rincón del fondo.

—Seguid avanzando —les ordenó Kim—. Todo recto.

Del techo colgaban unas luces navideñas de color blanco que discurrían entre diversos tubos de ventilación y tuberías de fontanería.

Pasaron por delante de una puerta abierta. Brendan apenas pudo echar un vistazo rápido, pero eso le bastó: era una especie de alojamiento. Vio un sofá, unas mesas, una cocina pequeña contra una pared y dos camas de tamaño medio, la una junto a la otra, bien hechas, con sus cojines y todo. Incluso había unas láminas decorativas en las paredes.

—¿Has estado viviendo aquí?

Aunque Kim no respondió a su pregunta, a Brendan le bastó con ver la cara que ponía para saber que había dado en el clavo: agarró el pomo de la puerta y la cerró.

—Seguid caminando.

—Nos debes muchas respuestas —le dijo Abby.

—Seguid caminando.

—Tendiste una trampa a mi marido para incriminarlo por tu desaparición, hiciste que pareciese que te había asesinado, ¿y has estado aquí escondida todo este tiempo?

Kim levantó la pistola como si fuera a golpear a Abby, pero consiguió mantener la calma.

—Enseguida vais a tener vuestras respuestas. Acelerad el paso.

Había otra puerta al final del pasillo. Metálica, igual que la anterior puerta contraincendios, con otra cámara montada encima y un lector de tarjetas a la derecha del pomo. Tenía el marco de acero montado en una pared de bloques de hormigón ligero, como si se tratase de una especie de búnker subterráneo. Aquí también había alguien vigilando. La puerta se desbloqueó con un sonoro *clic* cuando ellos se aproximaron.

—Adentro —ordenó Kim.

El pomo estaba frío, y cuando Brendan lo giró y abrió la puerta salió una corriente de aire helado, por lo menos a diez grados menos que la temperatura del pasillo. También se oía un zumbido, el soniquete de fondo del hardware, los ventiladores y motores. Entraron en una sala espaciosa y se vieron rodeados de muebles de servidores que iban desde el suelo hasta el techo; unos gruesos cables de red formaban un fardo que serpenteaba bien pegado a las vigas. Entre todo aquello sonaba el zumbido de los tubos fluorescentes que inundaban todo el espacio de una luz blanca y deslumbrante.

Kim señaló una placa de metal en la pared.

—Tocad eso, los dos.

Abby frunció el ceño.

—¿Qué es?

Kim soltó un resoplido de frustración y tocó la placa de metal con el dedo. Saltó una chispa con un crujido apenas audible.

—Elimina la electricidad estática del cuerpo. Aquí dentro, ningún cuidado está de más. Tocadla.

Lo hizo primero Abby, y Brendan detrás, ambos con sus leves chispazos.

—¡Kim! —Una mujer gritó desde el extremo opuesto de la sala—. Tráelos para acá.

85

Pasaban los segundos, y Romeo estaba esperando a que fuera ella quien respondiese en el pinganillo. La mujer que movía sus hilos. La mujer que todo te lo daba y todo te lo quitaba. La que tenía a su Juliet en algún lugar del interior de aquella iglesia, porque eso era lo lógico. Si controlaba a una ingente cantidad de miembros de las fuerzas del orden, ¿por qué no a un agente del FBI? ¿Por qué no al Superagente Especial Siempre a su Servicio Tommy Brown? Fijo que el tío se subía al carro sin el menor problema. Eso significaba que estaba dispuesto, al menos, a mojarse los deditos del pie en la mitad oscura de la piscina. La voz que respondió por fin no era ella, ni siquiera se trataba de una mujer.

—¿Brown? Responda.

A Brown no le servía ya de nada su Glock, así que Romeo lo aligeró del peso del arma, agarró el móvil del agente de la consola central y miró la pantalla. Estaba protegida con un código de seis dígitos, pero no tuvo necesidad de acceder al teléfono para buscar la app de Sugar & Spice: pudo ver la puntuación de Brown a la derecha de la hora, debajo del indicador del nivel de la batería. Aquel tío seguía siendo un novato, menos de 1.000 puntos. No era muy jugador; es que no era nada de nada. Romeo dio tres toques rápidos sobre la puntuación, después dos toques más lentos y otros dos rápidos. Con eso sorteó el bloqueo de pantalla y accedió directo a Sugar & Spice. Fue pulsando en los diversos menús, abrió la pestaña de soporte de la app, pulsó en «Crear tíquet» y tecleó lo siguiente:

> Aquí Romeo. Tienes más de una cosita que me pertenece. Si no me lo devuelves todo, soplaré y soplaré y te quemaré la puta iglesia enterita contigo dentro. Besis.

Retrocedió el cursor en aquella última parte y la borró, pero la volvió a escribir tal cual tan solo porque sabía que a Juliet le iba a gustar. Pulsó en «Enviar» y se bajó del coche de Brown. Ya se había olvidado del pinganillo cuando regresó la otra voz.

—¿Brown? Estoy en diez minutos. ¿Qué demonios está pasando ahí?

Romeo echó a andar hacia la iglesia, se llevó el índice al oído y tocó el pequeño dispositivo. Estaba bastante seguro de que no hacía falta hacer eso para hablar, pero lo había visto ya en tantas películas como para saber que tampoco sería nada malo. La herida empezó a tirarle con el movimiento, aunque ya no le dolía como antes, ni de lejos. Juliet había hecho un trabajo de primera. Carraspeó para aclararse la garganta.

—Al habla Romeo. ¿Con quién tengo el placer de hablar?

Se produjo un silencio momentáneo, y luego:

—Aquí el agente Marcus Bellows, del FBI. ¿Qué ha hecho con el agente Brown?

—Pues el agente Brown y yo hemos tenido un ligero desacuerdo sobre la manera de proceder, y él ha preferido quedarse al margen esta vez. ¿Cuál es tu 10-20?

—Mi...

—Tu ubicación, tontolaba. Que dónde cojones estás. ¿Me estáis viendo?

—No le voy a decir...

—Si no eras tú el que venía en el coche justo detrás de nosotros te recomiendo muy en serio que muevas el culo y te plantes aquí con cien de tus mejores amiguitos, porque me da en la nariz que la voy a tener que liar muy parda.

Al agente Marcus Bellows no debió de gustarle mucho aquello y comenzó a expresar sus preocupaciones, pero Romeo no escuchó nada. Se quitó el pinganillo, lo tiró al suelo y lo machacó sin miramientos con la bota.

Había dos chicos negros que no tenían pinta de tener más edad que la mancha del bolsillo de los vaqueros preferidos de Romeo y parecían pluriempleados a modo de una especie de servicio de seguridad de la iglesia y también de aparcacoches. Al acercarse, Romeo redujo el paso lo suficiente como para hacerse una idea de su procedimiento con una especie de reconocimiento facial. El Chico Número Uno realizaba el escaneo y hacía una señal al Chico Número Dos para que se llevara el coche. Cuando los pasajeros de dicho coche ascendían los escalones de la iglesia, el Chico Número Uno hacía una señal con la mano al Chico Número Tres, que estaba en lo alto y abría la puerta. Ninguno de ellos parecía llevar pipa de ninguna clase, lo cual significaba que probablemente la llevaban y que sabían cómo ocultarla.

Si al Chico Número Uno le preocupó el hecho de que Romeo llegara hasta él sin coche, no dijo ni pío. Lo que hizo fue levantar el móvil y sacar una foto de la maltrecha cara de Romeo. Mientras se procesaba la imagen, la mirada del crío se detuvo en las muñecas del visitante. Las esposas habían desaparecido, no así las marcas rojas que le habían dejado, y esas líneas las distinguiría cualquiera que tuviese algo de calle a sus espaldas. Tenía que reconocerle al crío que tampoco dijera nada al respecto de aquello, ni siquiera se quedó mirándolo, pero Romeo sabía que iba a tomar nota del detalle y que iba a largar aquella info en cuanto tuviera ocasión, exactamente igual que contaría que aquel colgado grandullón tenía la camiseta perdida de sangre y la cara hecha un cromo a base de golpes.

El Chico Número Uno bajó el teléfono.

—Aquí dice que la opción de entrar no está disponible para usted. Tiene que ser miembro de platino. Según esto, usted ni siquiera... —Dejó ahí aquella frase durante un segundo—. No sé muy bien qué significa esto. No lo había visto nunca.

Romeo sonrió, y eso que sabía a la perfección que su sonrisa no tenía la virtud de calmar las inquietudes de la gente. Más bien, su sonrisa tenía la costumbre de causar justo el efecto contrario, y a él le parecía estupendo.

—Siento mucho ponerme en plan tocapelotas, hijo, pero te voy a pedir que hagas una llamada a tu supervisora. No vengo a la fiesta. Estoy aquí para solucionar una movida que tengo con ella. Y no me sobra la paciencia, así que rapidito.

Llegó otro coche, que se detuvo a unos tres metros de ellos. Con el resplandor de los faros, los ocupantes solo eran unas sombras.

Romeo no pudo evitar preguntarse si el agente Marcus Bellows iría en ese coche.

Un mensaje entrante hizo vibrar el móvil de Brown.

Hola, Romeo.
¿Prefieres probar algo Sugar o Spice?

—Ay, no creo que tengamos tiempo de magrearnos por encima de la ropa. —Romeo apretó con fuerza en «Spice».

El teléfono se quedó en silencio. Entonces sonó el triple tintineo y...

Entra en la iglesia y estarás muerto en diez pasos.

Entonces haré sufrir a tu Julieta.

Tal vez ella viva más que tú,

pero se pasará todo ese tiempo suplicando la muerte.

O bien:

Puedes pegarte un tiro en la sien.

Le daré a Juliet una muerte rápida.

No puedo dejarla marchar.

Ningún cabo suelto saldrá de aquí esta noche.

Romeo soltó un resoplido y dijo al Chico Número Uno:

—Más te vale salir corriendo de aquí, chaval. Y llévate contigo a tus amigos. Es mejor que no os metáis en nada de lo que viene ahora.

Sonó el móvil del chico. Romeo se lo arrebató de la mano, se lo acercó a la cara y dijo:

—Creo que prefiero bailar.

La puerta de la iglesia se abrió apenas un par de centímetros y, muy poco a poco, apareció el cañón de un rifle de asalto que lo apuntó. Romeo se apartó, agarró el cañón y dio un tirón. Notó el impacto de quien lo empuñaba al golpearse contra el otro lado. Entonces cogió impulso con la pierna, descargó una patada en el centro de la puerta y la estampó una segunda vez contra el hombre. Romeo todavía tenía agarrado el rifle de asalto cuando se abrió la puerta, y el hombre salió disparado contra la pared opuesta. Con la otra mano, agarró el arma por el centro para hacer más fuerza y levantó la culata en un arco amplio que cazó al tipo bajo la barbilla. Se oyó un crujido muy satisfactorio, y el hombre cayó al suelo, a los pies de Romeo, como si fuera de trapo.

86

Brendan no reparó en que se encontraban dentro de una gigantesca jaula de Faraday hasta después de que Kim los acompañara más al interior de aquel espacio. Cuando volvió a mirar hacia la única salida de la estancia vio el armazón metálico que recubría las paredes y el techo. Unos fardos gruesos de cables de red serpenteaban y desaparecían detrás de otro mueble de CPU y discos duros de ordenadores bien protegido dentro de otra jaula secundaria. En el centro de la sala había un único terminal de trabajo rodeado de pantallas de ordenador. Detrás de la mesa, picando texto en un teclado ergonómico a una velocidad de vértigo, había una bella mujer de pelo largo y castaño y unos ojos oscuros de mirada profunda.

Kim le retiró el cabello de la nuca con una caricia y la besó.

—Esta es mi novia, Ana Morales.

Brendan reconoció a la mujer de la fotografía que Kim le había mostrado en aquella cena.

Abby la reconoció por otras razones.

—Eres la mujer de la que hablaba Roland Ludlow.

Sin apartar la mirada del monitor central de aquel inmenso terminal de trabajo, Ana levantó un dedo y continuó tecleando.

Su monitor se llenaba con líneas de un código que para Brendan no era más que un galimatías, mientras que en todas las demás pantallas se veían señales de vídeo. Había tomas de la iglesia que tenían encima desde todos los ángulos imaginables: interior y exterior, el gentío, todos y cada uno de los actos íntimos que captaban las cámaras. Pero no acababa ahí la cosa. Algunos de los monitores estaban divididos en decenas de marcos de menor tamaño, cada uno con una señal de vídeo propia, y, al fijarse con más atención, Brendan vio que aquellas señales procedían de la app: cámaras de teléfono móvil, de ordenadores, de sistemas de seguridad doméstica, cámaras de bebé, de robots aspiradora. Señales hackeadas por todo el planeta. Un texto minúsculo sobre cada imagen indicaba el nombre del jugador, su ubicación, su nivel y sus puntos.

Ana terminó de teclear lo que fuese que tuviera entre manos, echó un segundo vistazo al bloque de texto y pulsó «Intro». Unas líneas de código comenzaron a pasar volando por la pantalla central de su escritorio.

Satisfecha con lo que fuera que fuese aquello, Ana se reclinó en su silla y estudió las imágenes que llegaban a su muro de monitores.

—Ay, Roland. Ni después de muerto es capaz de mantener la boca cerrada, el muy cabrón. —Extendió la palma de la mano—. La cinta, por favor.

Abby se quedó mirándola fijamente.

—¿Dónde están Hannah y Stuckey?

—Dura hasta el final, ¿eh? No fuiste tan dura cuando te metí en aquella habitación de hotel, cuando hice que un tío cualquiera te follara. Siento curiosidad, ¿ahora mismo eres Abby o eres Emily? —Metió la mano en una bolsa de camuflaje que había en el suelo cerca de sus pies y sacó un taco de hojas impresas—. Tengo que reconocer que esto es bastante bueno. Me tenía intrigada, y eso no es fácil.

Allí dentro también estaban los cuadernos de Abby y su Mac.

—¿Cómo has conseguido mi libro?

—Esa cretina llorona se lo llevó antes de prenderle fuego a tu casa. Pensó que lo mismo tenía algún valor cuando estuvieses muerta. Supongo que ya lo veremos. —De nuevo dejó caer las páginas en la bolsa y extendió la palma de la mano—. La cinta.

Abby se la entregó.

Ana sacó un aparato cuadrado voluminoso de un estante bajo su terminal, lo presionó contra la cinta VHS y lo activó. Se encendió una luz roja, se oyó una especie de zumbido y volvió a quedar en silencio.

—Un borrador magnético —les dijo antes de volver a meterlo todo de nuevo en el estante—. Bye, bye, Roland. —Soltó un leve resoplido—. Vamos a ver, ¿dónde había dejado yo a su familia...?

Detuvo el dedo en el aire, cerró el puño, lo giró. Una de las señales de vídeo se deslizó por los diferentes monitores, se centró en su pantalla principal y se amplió. Brendan se dio cuenta de que Ana llevaba puesto un guante de control háptico.

La mujer y la hija de Roland Ludlow se encontraban de pie en un andén del metro, mirando nerviosas un reloj que había en la pared, un poco más arriba.

—He oído lo que os ha contado —dijo Ana—. Qué curioso que todo el mundo tenga su propia versión de la verdad. Empieza a llovernos la mierda encima, y él decide hacerse el inocente. Él disfrutaba mucho más que yo manejando los hilos de la gente, pero se acojonó cuando Isaac Alford nos robó todo nuestro dinero y se torcieron las cosas. Se pone un poco cuesta arriba lo de pagar a los jugadores cuando no tienes acceso a tus propios fondos. En lugar de ponerse a trabajar para solucionar el problema, le entró el pánico. Por eso él está muerto en el suelo del salón de su casa y yo estoy aquí mismo, sentada al timón: porque a mí no me entra el pánico. Yo resuelvo el problema. Resuelvo todos los problemas.

Ana volvió a mirar hacia la señal de vídeo con la esposa y la hija de Ludlow en el andén del metro y preguntó a Kim:

—¿Quieres atar tú este cabo suelto, o lo hago yo?

—Yo me encargo.

Kim se inclinó, hizo *clic* en un botón identificado como «Spice» y escribió: «Empújalas a la vía. 10.000 puntos».

Ana leyó el mensaje. Hizo retroceder el cursor sobre la cifra de puntos y la cambió por 20.000.

—Ya que estamos...

—No puedes hacer eso —le dijo Brendan.

—Por supuesto que puedo. —Ana suspendió el dedo sobre la tecla «Intro»—. Puedo hacer lo que me dé la maldita gana.

Ana pulsó la tecla antes de que Brendan o Abby pudieran impedírselo. En la pantalla, no menos de la mitad de las personas que se encontraban en aquel andén bajó la mirada a su móvil. Aunque el vídeo no tenía sonido, Brendan sabía que también había sonado el tintineo triple, porque la mujer de Ludlow levantó de golpe la cabeza en un gesto de alarma en el escaso medio segundo que transcurrió hasta que unas cuantas manos la empujaron hacia delante. Su hija y ella desaparecieron por el borde del andén. La gente que estaba a su alrededor ni se molestó en comprobar si seguían vivas o no: todos ellos volvieron a pegar la mirada a sus móviles. Brandon supo que estaban tratando de averiguar quién había obtenido la recompensa.

Ana se apresuró a escribir otro mensaje.

—Voy a dar puntos a toda esa gente. Un jugador contento siempre repite.

—Estás como una puta cabra —le soltó Abby.

—Soy una autoridad en gestión de riesgos. La mujer de Ludlow sabía demasiado, tenía que desaparecer. La hija será hoy todo lo mona y dulce que quieras, pero si la dejo viva, dentro de diez años la tendré buscándome como una Lara Croft desquiciada. A tomar por culo. Mejor tapamos esa grieta. Además, una cría que crece sin sus padres está condenada desde el principio. Le he hecho un favor. Si me hubiese ocupado de Isaac en cuanto apareció en mi radar, vosotros no estaríais aquí ahora mismo, y yo no estaría metida en este lío.

—No lo entiendo —dijo Brendan.

—Por supuesto que no, porque no das para más. Déjame que te lo explique en unos términos que puedas entender. Isaac me robó todo mi puto dinero.

—Las cuentas con impagos de Intent.

—Cuando Isaac reparó en que Ludlow y yo estábamos utilizando las cuentas de los prestamistas de Intent para aparcar los fondos que confiscábamos a los jugadores de Sugar & Spice, él empezó a crear prestatarios falsos, se llevó el dinero y dejó de pagar los préstamos para poder quedárselo. Él sabía que yo no podía contárselo a nadie, y el muy desgraciado se dio prisa. Distribuyó el dinero en cientos de cuentas que sabía que yo no podía tocar, ni siquiera con todo esto. —Hizo un gesto alrededor de la sala con todos aquellos equipos informáticos—. Escogió un banco en Laos porque utilizan hexiencriptación, que es más robusta que la AES 512. Eso no es el siguiente nivel, es el siguiente del siguiente del siguiente nivel. Imposible crackearla. No pude recuperar el dinero. Necesito que seas tú quien lo haga por mí.

87

Brendan sintió que la sangre le abandonaba la cara.

—Vaya —dijo Kim—. Esto sí que lo ha pillado rápido. Pensaba que se lo ibas a tener que explicar.

Brendan se descubrió mirando a Kim mientras iban encajando las piezas.

—Fuiste tú quien llamó la atención sobre el fraude de Intent. Tú pusiste el foco sobre Alford y Joel Hayden. Tú nos llevaste hasta el banco de Laos. Nos condujiste a propósito a Stuckey y a mí.

—Necesitábamos que os incautarais de los fondos —dijo Kim inexpresiva—. Que identificarais las cuentas y bloqueaseis todo ese dinero bien metidito en un maravilloso contenedor electrónico de la FCID de Estados Unidos de América.

—¿Qué es un contenedor electrónico de la FCID? —preguntó Abby.

—Pues lo mismo que una bolsa o una caja electrónica. Una vez colocados dentro los activos solo puede acceder a ellos el personal autorizado de la FCID.

—¿Y ese eres tú?

—Él... y Stuckey —le dijo Kim—. Nos hacen falta los dos.

—Os lo voy a poner fácil —habló Ana sin quitar ojo a los monitores—. Vosotros me devolvéis mi dinero, y yo os dejo salir vivos de aquí. Como decía, yo me dedico a resolver problemas. Ahora sois vosotros quienes tenéis que decidir si sois parte del problema o de la solución.

—Salgo en todos los telediarios —le dijo Brendan—. Estoy seguro de que me han revocado todos los permisos de acceso.

Kim sonrió.

—Si la pobre Mary no hubiese muerto, es muy posible que hubiese hecho justo eso. Por desgracia, nunca tuvo la oportunidad. No antes de que Abby y tú la mataseis.

Los dedos de Ana volaban sobre el teclado. La pantalla se llenó con titulares sobre la explosión de Brookline. La muerte de la directora adjunta Mary Dubin y su marido. Prácticamente todos los artículos atribuían la responsabilidad a Brendan y a Abby.

—Incluso puedo hacer que todo esto desaparezca.

—¿Cómo?

—Ah, tengo a alguien. —Hizo un barrido con el brazo delante de los monitores llenos de imágenes de jugadores de Sugar & Spice por todo el mundo—. Son pocas las cosas que no están a mi alcance. Si queréis vivir una hora más, ya sabéis lo que tenéis que hacer.

Sonó el móvil de Ana.

Se lo llevó al oído, escuchó y masculló:

—¿Que está dónde? Vale, ponlo donde él pueda verlo, déjaselo claro, después acaba con él. Quiero que sea lo último que vea ese inútil de mierda. —Colgó el teléfono—. Ese puto neandertal...

Tres de los monitores de Ana parpadearon y mostraron la imagen de la cuenta atrás que señalaba el lanzamiento de la versión 2 de Sugar & Spice. Quedaban menos de diez segundos.

—Esta noche tengo un montón de cosas en marcha. ¿Quién quiere llevar esto al siguiente nivel?

Kim le acarició el pelo y aproximó la cara sobre ella.

—Hazlo.

Ana desplazó el guante controlador por el aire y tecleó a toda velocidad unos comandos en su teclado.

—Entramos en tres, dos, uno... Listo. —Se reclinó en la silla.

Se iluminaron todos los móviles de la sala. En el que tenía más cerca, Brendan vio una barra de progreso que avanzaba lentamente por la pantalla, y después sonó el tintineo triple y, a continuación, otro sonido, cinco notas. Un tono nuevo. Mientras se reproducía, Ana movía el dedo por el aire como una directora de orquesta.

—Es pegadizo, ¿eh?

Volvió con su teclado, volando con los dedos. Uno de sus monitores se apagó, parpadeó y regresó con un gráfico del mundo con el título «Despliegue / Núcleos centrales de Sugar & Spice V2» en la parte superior. Los continentes estaban plagados de puntitos blancos que eran más gruesos en las áreas más pobladas, más menudos en los rincones más remotos. Brendan entendía lo suficiente sobre internet para saber que esos núcleos eran servidores propiedad de los proveedores de servicios de internet por todo el globo. Los puntos de alrededor de Chicago y la zona centro de Estados Unidos se habían puesto de color verde y se extendían muy despacio.

Ana estudió la imagen unos instantes y dio unos toques de impaciencia con el dedo en el borde de su escritorio.

—Tenemos un horario que cumplir, señores. Que no decaiga. —Presionó un botón en su mesa y dijo por un micrófono—: Traedlos para acá.

88

Romeo aún se encontraba de pie en la entrada de la iglesia cuando se le empezó a calentar el móvil que tenía en el bolsillo trasero. Se cambió de mano el rifle de asalto, sacó el teléfono y miró la pantalla. Imaginaba que se encontraría con algún otro mensaje de esa mujer, pero lo que había era una barra de progreso. Cuando finalizó, apareció el logotipo de Sugar & Spice con un tintineo nuevo y un gráfico informándole de que se había actualizado a la versión 2.

—Vale, guapita de los cojones —masculló Romeo, y se volvió a meter el teléfono en el bolsillo; apenas se había oído con el golpeo de la base rítmica y aquellos chirridos electrónicos que alguien consideraba que eran música.

Se oyó un grito en el exterior. Romeo estaba bastante seguro de que había sido el chico que escaneaba a la gente, pero cerró la puerta de golpe antes de echar un buen vistazo. Pudo adivinar que llegaba otro coche y se detenía derrapando. Tenía uno de esos focos montados en el lado del conductor, cerca del espejo, y aquello decía a gritos que era de las fuerzas del orden.

Se había pasado la vida entera pensando que las iglesias nunca cerraban sus puertas —el refugio de los necesitados y tal—, pero esta tenía dos pestillos y un pasador muy pesado en lo alto. Giró los dos pestillos, deslizó el pasador de golpe para cerrarlo y comenzó a aporrear los tres cierres con el rifle de asalto hasta que no se pudiesen abrir de ninguna de las maneras. Sería más sencillo sacar la puerta de las bisagras.

Satisfecho con blindar el acceso al tablero a más jugadores nuevos, Romeo se dio la vuelta y observó mejor lo que estaba pasando allí dentro.

O bien estaba en las puertas del cielo o bien en la boca del infierno, eso dependería de por dónde anduviese la idea que tuviera uno de pasar un buen rato. El interior de la iglesia estaba lleno de gente hasta el último centímetro. Borrachos. Empapados en sudor. Unos vestidos con esmoquin y ropa formal, otros en vaqueros y camiseta, otros que no llevaban absolutamente nada o alguna combinación de todo lo anterior. El suelo estaba pegajoso por el alcohol derramado. Aquello lo presidía un DJ en una plataforma por encima de la gente, vestido con un atuendo ridículo. Había pantallas por todas partes con imágenes de porno, estadísticas de los jugadores o alguna basura sobre la app. La mitad de ellas estaban promocionando ¡SUGAR & SPICE V2! con el efecto de unos fogonazos y de un latido. Romeo estaba observándolo cuando las pantallas cambiaron a: ¡LANZAMIENTO EN TRES, DOS, UNO! y sonaron unos petardazos con luces estroboscópicas, luces de colores, todo ello simulando unos fuegos artificiales de interior. La multitud chillaba, y casi todos ellos levantaron los móviles con aquella misma barra de progreso que él acababa de ver en el suyo. Cuando se completó la instalación de la versión 2, los gritos y el jaleo no hicieron sino aumentar con la celebración del advenimiento de aquel hedonismo individual y de unos ingresos sin duda impresionantes: Romeo recordó que el chico de la puerta le había dicho que solo tenían acceso a la fiesta los miembros de platino. Un punto, una onza de platino, tenía un valor que rondaba los mil pavos, y esta gente no tenía pinta de ser de los que andaban por ahí con un solo punto.

Se le había vuelto a abrir la herida. Sentía la sangre que le caía por el lateral de la pierna. Cuando se levantó la camiseta y comprobó el vendaje, vio que se estaba oscureciendo. No se atrevió a echar un vistazo debajo a la propia herida, no tenía ningún sentido. Que sangre lo que tenga que sangrar. De nada sirve llorar por la sangre derramada. Un poli parado da bien la hora dos veces..., no, este no quedaba bien, pero aun así le hizo sonreír.

Recibió una patada, un fuerte golpe justo en el riñón izquierdo.

Romeo consiguió mantener el equilibrio y darse la vuelta justo a tiempo de ver a su atacante, que se preparaba para volver a golpearlo. Lo esquivó, el hombre falló, y él lo agarró del antebrazo conforme se trompicaba. Tiró de él para atraerlo hacia sí al tiempo que levantaba la rodilla derecha y se la clavaba en el abdomen. El hombre soltó un jadeo ahogado y se quedó sin respiración. Romeo le agarró ambos lados de la cabeza, la giró con un movimiento brusco y le partió el cuello. Apenas le había dado tiempo a incorporarse cuando vibró un mensaje en su móvil...

Te lo advertí.

—Ya, pues que te jodan a ti también.

Giró el rifle de asalto, apuntó y disparó al DJ en pleno centro de aquella camiseta blanca tan rebuscada. Hubo que reconocerle al DJ el mérito de haber apartado la mano del plato sin hacer saltar el vinilo ni rayarlo. Acto seguido bajó la cabeza como si quisiera estudiar aquella mancha roja cada vez más grande que tenía en el pecho antes de caerse de espaldas, precipitarse por encima de la barandilla y aterrizar en el centro de la pista de baile. La música no se detuvo, y si hubo gritos, Romeo fue incapaz de oírlos en aquel escándalo. Eso iba a cambiar enseguida: levantó el rifle de asalto, seleccionó las ráfagas de un solo tiro y arrancó hacia la multitud gritando el nombre de Juliet.

89

Se abrió una puerta en el extremo opuesto de la sala. Dos hombres corpulentos irrumpieron con Hannah y Stuckey a rastras. Los obligaron a entrar y prácticamente los llevaron en volandas hacia el grupo, los arrojaron al suelo a escasa distancia del terminal de trabajo de Ana. Tenían las muñecas atadas con bridas, los dos muy magullados. La sangre alrededor del corte en la cara de Hannah se había secado en una costra negra.

—Oh, Dios mío. —Abby trató de ir con ellos, pero Kim la apuntó con el arma.

—No lo hagas.

La mirada de Brendan se cruzó con la del único ojo de Stuckey. El otro había llegado a hincharse tanto que lo tenía cerrado.

—Hola, colega —consiguió decir Stuckey antes de ponerse a toser y llevarse una mano a las costillas.

Brendan se volvió hacia Kim con una expresión de absoluta repulsa.

—Cielo santo, Kim. Él jamás ha hecho nada que no fuera portarse bien contigo.

—Eso es cierto, justo hasta que llegamos a la parte en que averiguó quién era mi novia y me pidió un pastizal a cambio de no presentar una acusación contra mí también. Para mí, fue ahí donde se pasó de la raya. Fue en esa última noche en Chicago. Entonces supe que había llegado el momento de plegar y largarme. Desaparecí y me vine para acá. Me imaginé que la policía os iba a culpar a uno de los dos. —Arqueó una ceja—. Supongo que te tocó a ti la china.

Brendan intentó procesar aquello. Eso significaba que todos los remordimientos que Stuckey había vertido sobre él, lo de hacerle pensar que él era responsable de cualquier cosa que le hubiera sucedido a Kim había sido una artimaña. Y no solo le había mentido a él, sino a Dubin, a la policía. Stuckey no levantó la mano ni una sola vez para señalar que Kim había cometido un delito y que él le había plantado cara; más bien al contrario, había hecho creer a todo el mundo que Brendan le había hecho algo.

Stuckey sostuvo la mirada a Brendan un segundo más, la apartó, bajó la cabeza, y Brendan supo que era verdad.

Ana sacó un lector de huellas USB, lo conectó a su CPU y abrió la web segura de la FCID antes de darse la vuelta hacia ellos.

—Stuckey, te toca a ti primero. —Hizo un gesto de asentimiento hacia Kim—. Si hace alguna tontería, pégale un tiro a Hannah.

Hannah también se había llevado una buena paliza. Lucía magulladuras en la cara, en el cuello y en la parte visible del hombro bajo el desgarro de la tela del cuello de la camisa. Se puso a temblar al oír su nombre y volvió la cabeza con unos espasmos rápidos, primero hacia Ana y después hacia los monitores, como un animal salvaje acorralado que buscara una salida. No dejó de temblar hasta que miró a Abby, como si hubiera encontrado consuelo en ella.

—Son más de doscientos millones de dólares, Stuckey —dijo Brendan cuando su amigo se levantó para ir hacia el terminal de trabajo de Ana.

—No voy a morir por ellos.

—Nos va a matar igual.

Stuckey hizo caso omiso de aquello y tecleó su nombre de usuario y su contraseña. Cuando se lo solicitaron, presionó el pulgar sobre el lector. Parpadeó el monitor y apareció su fotografía, seguida de su pantalla de inicio. Una vez identificado, regresó con Hannah.

Ana abrió una segunda ventana de identificación.

Kim hizo un gesto con la pistola.

—Te toca, Brendan.

Abby le apretó la mano.

—Stuckey tiene razón, eso está asegurado. Tú hazlo.

Brendan sintió que le flaqueaban las piernas al acercarse al terminal de Ana, tecleó sus datos y puso el dedo en el lector. Un instante después, él también se había identificado. Regresó con Abby y la rodeó con el brazo.

Ana se acercó el teclado y se puso de nuevo con él. Expandió múltiples ventanas, las leyó con detenimiento y sonrió.

—Estamos dentro.

Pulsó varias teclas y apareció una serie de cuentas anónimas con saldos con más ceros de los que Brendan era capaz de contar. Se expandían, se minimizaban, se desplazaban. Ana se movía como una máquina. Empezaron a aparecer ventanas de transferencias. Ana tecleaba el número de cuenta, el del banco y el de la sucursal, luego repetía con la siguiente cuenta, y la siguiente, etcétera. Pasaron cerca de cinco minutos antes de que diese una palmada y sonriera exultante a Kim.

—Ya te digo si estamos de vuelta.

—Ya tienes lo que querías —le dijo Brendan—. Tienes que dejarnos marchar.

Kim besó a Ana en la coronilla, le apretó el hombro y apuntó a Abby con el arma.

—No hasta que esta zorra lo reconozca.

El rostro de Abby se llenó de confusión.

—¿Reconocer qué?

Kim fulminaba a Abby con la mirada.

—Déjate ya de teatro y cuéntale a tu marido lo que hiciste.

Abby estaba perpleja, claramente.

—No entiendo...

Ana hizo un lento gesto negativo con la cabeza, como si se estuviese hartando de tener que explicarle todo a todo el mundo y solo quisiera continuar con lo que fuese que estuviera haciendo antes. Tecleó algo en el terminal central y desplazó el guante controlador por el aire. El monitor central comenzó a llenarse con las fotografías de Kim desnuda.

—¿De verdad pretendes fingir que no eres la responsable de todo esto?

Si Kim sentía alguna clase de vergüenza ante aquella desnudez, no dio ninguna muestra de ello. Ni siquiera estaba mirando las fotos: tenía los ojos llenos de odio y clavados en Abby. Apretó tanto la culata del revólver que se le pusieron rojos los dedos.

—¡Tú las hiciste! —dijo por fin entre dientes, con una voz cargada de veneno.

—Yo no...

Ana agarró el teclado por ambos lados, lo levantó y lo estampó contra la mesa con tanta fuerza como para sobresaltarlos a todos.

—Son falsas. Cuando pensaste que estaba pasando algo entre mi chica y tu marido, la buscaste en las redes sociales, te descargaste todas las imágenes que fuiste capaz de encontrar e hiciste unos montajes con una pila de fotos de desnudos que sacaste de Dios sabe dónde. Después las colgaste por todo internet para tratar de hundirla. ¡No lo niegues, joder! ¡No te atrevas! ¡Reconócelo, guarra pretenciosa y engreída! —Metió la mano en la bolsa, agarró uno de los cuadernos de Abby y lo sostuvo en alto—. ¡Pero si tuviste incluso los santos cojones de escribirlo todo en tu puto librito!

Abby se quedó boquiabierta, pero sin decir palabra.

—¿De verdad pensabas que esto no iba a tener consecuencias? —Ana echaba humo.

Volvió a golpear el teclado, y el vídeo de Abby desnudándose apareció fugazmente en la pantalla seguido de un rápido montaje de las noticias: la conferencia de prensa cuando dieron a Kim por desaparecida y otras donde se daba a entender que Kim estaba muerta. La fotografía de Brendan. La de Abby. En busca y captura.

Ana hizo otro gesto negativo con la cabeza, asqueada.

—Pégale un tiro. Pégale un tiro de una puta vez.

Kim apuntó el revólver.

Abby consiguió decir algo:

—Escribí sobre eso... Uno de los personajes de mi libro se lo hacía a otro... pero yo no lo hice. Yo jamás...

Kim amartilló el arma.

Debajo de las fotos de los desnudos, los vídeos se sucedía a la velocidad del rayo: la policía rodeando el Tesla abandonado en la autovía. El caos total en el patio de maniobras ferroviarias. Los bomberos en la calle, la estructura calcinada de su casa humeando detrás de ellos. Las ruinas de la casa de Hannah y Stuckey en la acera de enfrente. Otra vez las fotos de Brendan y Abby. Toda aquella matanza que les estaban colgando a ellos, y todo por...

—Ay, Dios mío —suspiró Abby cuando cayó en la cuenta, y aquello se le vino encima como un saco de ladrillos. Se giró hacia Hannah—. Dime que tú no... Te dejé leer esa parte del libro, pero no se me ocurrió que fueras a hacerlo. ¡Pensé que esas fotos eran reales!

Hannah se quedó boquiabierta, con el brillo de las lágrimas en los ojos ante una traición tan repentina.

—Abs, ¿cómo has podido?

Todos la estaban mirando.

—Hannah leyó esa parte de mi libro. Seguro que se fue a casa y lo hizo. —La mirada de Abby iba de Kim a Ana y regresaba de vuelta—. No me contó que iba a hacerlo. No me lo iba a contar, porque sabe que se lo habría impedido. Fue ella. ¡Yo ni siquiera sabría cómo hacerlo!

Brendan miraba el arma. Quería tirarse a por ella mientras Kim estaba distraída, pero se encontraba demasiado lejos. Tendría oportunidad de disparar una vez, por lo menos, antes de que él llegara hasta ella, y la pistola continuaba apuntando a Abby.

Con pistola o sin ella, Hannah sí que parecía a punto de tirarse al cuello de Abby.

—¡Eso es una chorrada! Tú me enseñaste esa parte del libro, me dejaste leerla y después me enseñaste las fotos, toda orgullosa de haber sido capaz de montarlas. Cuando me dijiste que estabas pensando en subirlas a internet, te dije que era una mala idea, que te ibas a arrepentir, que buscaras otra forma de devolvérsela... ¡Intenté convencerte de que no lo hicieras!

—¡Tú las hiciste! —insistió Abby.

—Solo estás intentando salvar el pellejo.

—Yo no habría sabido ni por dónde empezar.

Ana resopló de pura frustración.

—Ya basta. —Volvió a meter la mano en la bolsa y sacó el MacBook de Abby. Hizo espacio en su mesa, conectó un cable USB grueso y enchufó el otro extremo a su CPU antes de encender el Mac—. Os lo voy a poner muy facilito —dijo mientras las pantallas se llenaban con los datos de arranque—. Voy a hacer una búsqueda de esos archivos. Si están aquí, Abby se lleva la primera bala.

—¿Y si los ha borrado? —le preguntó Kim.

—Va a dar igual. Yo escribí este código. Cuando borras un archivo, no se va a ninguna parte, sino que los fragmentos se mezclan por el disco duro. Este software los busca bit a bit. A menos que destruyas el disco, siempre queda alguna traza. Si Abby los creó, entonces los encontraremos.

Un instante después se iluminó el Mac de Abby, pero no con su pantalla de inicio, sino con el mismo mensaje que mostraba desde hacía días sobre la imagen de unas tibias y una calavera:

El contenido del disco duro de tu ordenador ha sido encriptado en un archivo protegido. Este archivo se borrará si no pagas 10.000 dólares en bitcoins a los nuevos dueños de tus datos. Si lo notificas a las autoridades, tus datos se borrarán de inmediato. Estamos fuera de tu país. No puedes hacer nada. Si no obedeces, tus datos se borrarán. No apagues ni reinicies el ordenador. Si lo haces, se borrarán tus datos. No intentes hacer una copia de seguridad. La copia también estará infectada, y se borrarán tus datos. En breve te facilitaremos las instrucciones de pago. Saluda a tus amigos de nuestra parte: acabas de infectarlos a ellos también.

—¿Qué demonios es esto? —dijo Ana mientras lo leía. Tardó un instante en asimilar el significado de lo que acababa de leer, se puso lívida y pegó un tirón de los cables de su CPU con tal fuerza como para partirlos en un extremo—. ¡No! ¡No! ¡No!

Sin embargo, ya era demasiado tarde: el mensaje del ransomware apareció en su monitor central y después en el resto. Empezó a pulsar teclas, frenética, pero no sirvió de nada. El único monitor que no cambió fue el que mostraba los detalles del lanzamiento mundial de la nueva versión de Sugar & Spice. Aún estaba tratando de comprender la gravedad de todo aquello cuando todos pudieron oír lo que parecían disparos procedentes de algún otro lugar del interior de la iglesia.

90

Los seres humanos eran como animales.

Romeo llegó a esa conclusión en cuanto dobló la esquina para acceder a la sala principal de la iglesia y la primera persona que vio el rifle de asalto que sostenía en la mano fue un gordo de sesenta y tantos años apoyado en la pared que se estaba follando a una mujer a la que doblaba en edad y que no llevaba puesto nada más que una camiseta recortada donde decía «A un hombre de verdad le gustan pequeñitas» sobre sus minúsculos pechos. El hombre le estaba dando por detrás; vio el rifle de asalto y siguió follando aun cuando Romeo le apuntó con él. De no haber ido tan justo de tiempo, le habría dejado terminar, pero le pegó un tiro en la frente arrugada. La mujer había tenido los ojos cerrados durante todo aquello, y no se dio cuenta de que algo iba mal hasta que se detuvo el folleteo. Romeo le disparó en el instante en que la cara comenzaba a cambiarle de la perplejidad al temor, una metamorfosis que jamás llegaría a completar.

Los disparos en un lugar abarrotado provocaban todo tipo de reacciones extrañas, en particular cuando todo el mundo estaba borracho, cuando atronaba la música y una simulación de unos fuegos artificiales acababa de dejar la sala temblando. En general, no hubo la más mínima reacción en absoluto. La música continuó sonando, la gente siguió bailando. De las tres o cuatro personas que vieron lo sucedido, solo un par tuvieron el sentido común de salir corriendo para adentrarse entre el gentío y desaparecer; los demás no se movieron de allí. A una mujer que continuaba balanceándose, aunque a destiempo de la música, comenzaron a abrírsele los ojos hasta ponerse como platos conforme su cerebro alcoholizado iba encajando las piezas de lo que estaba pasando. Romeo no le pegó un tiro, sino que disparó a otras dos personas a su izquierda. Al verlos caer, la mujer por fin se puso a gritar.

Entonces empezaron a darse la vuelta otros, que la vieron a ella, lo vieron a él con el arma en la mano, y Romeo por fin obtuvo la reacción que esperaba: el pánico.

Disparó a tres personas más al azar, y el pánico comenzó a extenderse como las fichas de dominó que caen sobre la mesa. Cambió el rifle de asalto a ráfagas de tres disparos, elevó el cañón, apuntó al equipo de sonido en la plataforma del DJ situada arriba y apretó el gatillo. Los aparatos reventaron en un estallido de chispas, y la música se detuvo de golpe. Se produjo un bendito silencio durante apenas medio suspiro, y de inmediato irrumpieron los gritos, cuando todo el mundo echó a correr al mismo tiempo hacia las puertas apestilladas.

—¡Se acabó la fiesta, señores! ¡No podéis quedaros aquí, pero tampoco es obligatorio que os marchéis a casa! —gritó Romeo antes de cepillarse a otros cuatro—. ¡Juliet! ¿Dónde demonios estás, nena? ¡Dime algo!

Al fondo a su derecha, un tipo con esmoquin reventó una vidriera con el tacón de un reluciente zapato de vestir, pero se encontró con unos barrotes al otro lado. Romeo tampoco le disparó a él, sino a la mujer que estaba de pie, a la izquierda del hombre, sujetándole la chaqueta del esmoquin.

Con tanto movimiento, la herida del abdomen se le abrió aún más, y cuando bajó la mirada, el pernil del pantalón ya brillaba e iba dejando un rastro de sangre por el suelo encharcado de alcohol. No se había mareado aún, pero sabía que eso iba a llegar más pronto que tarde, así que avivó el paso hacia el centro de aquella especie de pista de baile. Una mujer trató de arrebatarle el rifle de asalto: lo agarró y descubrió lo muchísimo que se calienta el puñetero cañón de un rifle cuando lo acabas de disparar. Cuando apartó la mano (y se dejó fragmentos de piel pegados en el cañón), Romeo le pegó un tiro en la garganta y disparó a otras dos personas al azar para despejarse el camino hacia lo que parecía una gran escultura de hielo en medio de la sala. En parte fundida, lo que antes era el logotipo de Sugar & Spice ahora semejaba más bien unas barras desgastadas sin la parte superior.

No vio a Juliet.

No de primeras.

Y, cuando la vio, su cerebro necesitó un momento para comprender lo que estaba viendo. Fugazmente, se preguntó si aquello se debía a la pérdida de sangre o a un simple estado de negación, y decidió entonces que daba igual y arrancó a trompicones con unas piernas que se negaban a seguir sirviéndole para algo. Tuvo el mérito de no soltar el rifle al caer junto al cuerpo inmóvil de Juliet.

La habían atado a la base de la escultura de hielo, apoyada en ella como si estuviera sentada en el suelo con las piernas extendidas y abiertas en una V muy ancha. En el rostro tenía petrificada la expresión de un silencio de asombro, y de no ser por el pequeño orificio de bala que tenía en el centro de la frente, Romeo se podría haber convencido de que Juliet se encontraba en perfectas condiciones. Solo estaba descansando. Pero no estaba descansando: supo que Juliet lo había dejado antes de acariciarle con el dedo la fría mejilla. La mirada fija de aquellos ojos había perdido toda su luz.

Le habían pegado un cartel en el pecho con cinta adhesiva y le habían colocado los dedos más o menos en los bordes del cartel para que diera la impresión de que lo sujetaba. Solo contenía tres palabras: «Le he fallado».

Aquello alimentó en Romeo la mayor ira que jamás hubiera sentido dentro de sí, y lo mismo le sucedió al pensar en toda esa gente, la que había estado bailando alrededor de su cadáver, el cadáver de su amada Julieta, como si fuera poco más que un adorno de fiesta.

Romeo alargó un dedo ensangrentado y tembloroso y le cerró los ojos.

De haber estado pensando con claridad —de haber estado pensando siquiera— quizá se hubiese dado cuenta de que todo aquello era una especie de trampa, y no advirtió el riesgo que corría hasta que oyó un disparo y la bala le atravesó el hombro izquierdo. Apretó a ciegas el gatillo del rifle de asalto, y la ráfaga triple impactó por debajo de la escultura de hielo y la reventó en un estallido de esquirlas blancas de hielo. Acto seguido, rodó por el suelo sin prestar atención al dolor, apuntó y acabó con el hombre que le había disparado.

Se puso en pie entre tambaleos, consiguió cruzar la sala y se apostó contra la pared.

Ella estaba allí.

Esa puta zorra.

Esa hija de puta.

La mujer que los había manipulado, que había jugado con ellos y había decidido que los podía desechar como quien tira la basura del día anterior.

Posó la mirada en Juliet.

Aquel cuerpo sin vida que antes era su amada Julieta.

Se le encogió el corazón con un dolor tan profundo que sintió deseos de abrirse el pecho y arrancárselo con tal de que parase. Algo no encajaba en el simple hecho de respirar sin ella

—Enseguida voy, muñeca —dijo Romeo en voz baja—. Tú, espérame.

Esa iglesia iba a ser su santuario, su templo, su monumento.

A su izquierda ardían unos cirios en unos candelabros altos de hierro forjado, y el suelo a su alrededor estaba sembrado de goterones de cera roja. Romeo agarró dos de aquellos candelabros y los volcó en el suelo. Vio la lucha de las llamas por sobrevivir y encontrar enseguida aquellos goterones de cera, tanto alcohol derramado durante toda la noche, y cómo se inflamaba el suelo de la iglesia. La rapidez con la que se propagaba el fuego provocó más gritos, más pánico, y eso le dio a Romeo fuerzas renovadas.

—Tengo un temita que rematar, muñeca, y enseguida sigo tus pasos.

Al decir aquello, se percató de algo muy simple, tan claro como si Juliet se lo hubiera susurrado al oído.

Solo había una puerta con pinta de dar paso hacia las entrañas de la iglesia.

91

Kim levantó la cabeza de golpe al oír los disparos. Sonaban arriba. Escuchó con mucha atención durante los segundos siguientes y se volvió hacia los dos hombres que habían traído a Hannah y a Stuckey.

—Id a ver qué ha sido eso.

Asintieron y se marcharon.

Si Ana oyó los disparos, no dio la menor muestra de ello. Estaba tecleando como loca, y su rostro iba y venía en movimientos rápidos y espasmódicos entre el teclado, las pantallas bloqueadas y el mapa que mostraba el despliegue de la versión 2.0. Tenía la respiración tan agitada que parecía que acabase de correr una maratón.

—¿Qué está haciendo? —le preguntó Kim—. ¿Puedes detenerlo?

—Está infectado —respondió Ana entre dientes—. Lo ha infectado todo...

—¿Y por qué no lo desenchufas todo?

Ana puso los ojos en blanco como si aquella idea fuese la mayor estupidez que hubiera oído en su vida.

—Eso no lo detendría. Ya no está solamente aquí. Ha llegado al servidor de distribución y ha salido con la actualización de la app. Esa puta mierda está en todas partes.

Tecleó algo más, y el mapa se actualizó. Los puntos más cercanos a su ubicación actual cambiaron de color, se pusieron rojos y se extendieron por todo el mapa con la misma rapidez que los otros. Ana no lo mencionó, pero estaba claro que eso era el virus, que seguía los pasos de la app y se propagaba.

El móvil de Ana sonó encima de la mesa. Cuando la joven lo levantó, Brendan pudo vislumbrar el mensaje del ransomware en la pantalla antes de que Ana lo arrojase contra la pared.

—¡Se está metiendo en todas partes! ¡En cualquier maldito dispositivo que tenga la app!

Kim bajó la voz:

—¿Y el dinero?

—¿Y a quién le importa una mierda el dinero?

—Necesitamos ese dinero —insistió Kim.

Ana había dejado de teclear. Estaba agarrada al borde de la mesa como un tornillo de banco.

—Creo que no estás entendiendo del todo lo que está pasando. Esto va a afectar a todos y cada uno de los usuarios de la app: millones de personas. Va a inutilizar sus móviles, sus ordenadores, todos los servidores que los alimentan. Olvídate del dinero... ¡Ese ransomware que se ha asociado a mi actualización de software puede tumbar internet!

Volvió a respirar hondo, le arrebató el arma a Kim, se fue con paso decidido hasta Abby y le apretó el cañón contra la sien.

—¡Puta zorra! ¡Esto lo has hecho tú! ¡Sabías que tu Mac estaba infectado!

Abby trató de apartarse de ella. Pero Ana se limitó a presionar más fuerte aún con el arma.

—¡Le estás haciendo daño! —gritó Brendan—. ¡Basta ya!

—Ay, ni siquiera he empezado a hacerle daño todavía.

Ana apartó el arma, la apuntó hacia Brendan y apretó el gatillo.

La bala le perforó el muslo a Brendan, le falló la pierna bajo el peso del cuerpo y cayó al suelo. Sintió un dolor como el de una lanza al rojo vivo y se llevó una mano a la herida antes de darse cuenta de que la había movido. La sangre comenzó a filtrarse entre sus dedos.

En el piso de arriba sonó una alarma.

Stuckey se abalanzó.

Llevó las manos atadas hacia un costado y se levantó del suelo de un salto, con el hombro por delante, en una carga que sumaba la inercia de su considerable corpulencia. En tres pasos ya estaba encima de ella. La cazó a la altura del estómago, y la chica —mucho más menuda que él— salió despedida de espaldas contra su escritorio, pero no antes de haber conseguido apretar el gatillo de nuevo.

92

El estruendo de la alarma.

Sin rociadores contraincendios.

«No en un edificio tan antiguo como este —pensó Romeo—. Esto es pura yesca, como si estuviera deseando arder.»

El fuego se propagó con rapidez. Bebía del alcohol del suelo y convertía las manchas en charcos de llamaradas. Unos zarcillos finos se extendían y buscaban, exploraban, y hallaron madera, porque en la iglesia había más que de sobra: saturada con siglos de ceras y aceites. Y después estaba la gente: muchos se habían derramado la bebida encima y se la habían tirado encima a otros al generalizarse el pánico, y el fuego buscaba el alcohol como una bestia hambrienta que no hubiese probado nada en meses. El aire se había transformado en una neblina de humo gris que se espesaba a cada segundo.

Medio aturdido, Romeo se maravillaba ante todo aquello. Qué eficacia la de aquellas llamas. Escuchaba los gritos y los gemidos de los unos, los que se quemaban, y de los otros, los que caían pisoteados al intentar huir y toparse con la puerta principal bloqueada y las ventanas con barrotes. Aquellos chillidos eran música, una sinfonía. Eran un canto a su Julieta.

Todas las pantallas de televisión mostraban ahora la imagen de unas tibias y una calavera con un bloque de texto largo. Ni se molestó en leerlo: no importaba mucho dijera lo que dijese, pero la imagen molaba, le parecía... apropiada.

Romeo se dirigió hacia la puerta del fondo, vio a dos hombres que salían por ahí con armas automáticas y supo que ella los había enviado. Lo supo, sin más. Exactamente igual que cuando levantó el rifle de asalto y apretó el gatillo sin preocuparse de apuntar supo que las balas los iban a alcanzar. Y lo hicieron. Cayeron ambos. Era una intervención divina. Era su Julieta quien estaba guiando su mano.

Disparó a otras dos personas al azar y, cuando volvió a apretar el gatillo, tan solo sonó un *clic*. Tiró el rifle de asalto, cogió una botella vacía de champán y la rompió contra una mesa. Empezó a girar en la palma de la mano aquella arma improvisada y se arrodilló junto a uno de los dos hombres que habían salido por aquella puerta. La sangre le borboteaba en los labios y le caía por la barbilla, pero seguía vivo. También estaba lo bastante consciente para reconocer qué era aquella botella rota en cuanto Romeo se la mostró y, acto seguido, se la puso en un lado del cuello.

—¿A cuántos más como vosotros tiene detrás de esa puerta?

El hombre lo miraba fijamente, con los ojos muy abiertos.

—Ayuda... me...

—¿Cuántos?

Cuando abrió la boca para volver a hablar, de entre sus labios no salió una sola palabra, tan solo su último aliento.

Romeo se planteó la posibilidad de coger el arma de aquel tipo, qué coño, las armas de los dos, pero entonces oyó la voz de Juliet, clara como el agua.

«No te hace falta ningún arma de fuego, cariño. Quédate con la botella, porque querrás rajar a esa tía. Despacito y con calma. Entra por esa puerta y desciende a las entrañas de la bestia, que allí es donde se esconde la putrefacción.»

Se levantó y entró por la puerta indiferente a los chillidos que dejaba atrás, el crepitar del fuego en las vigas, los jadeos y gritos ahogados conforme el oxígeno abandonaba la iglesia y dejaba que pereciese todo lo demás.

Iba a destriparla y a bailar sobre su cadáver.

Por su amada Julieta.

93

Stuckey se abalanzó sobre Ana; Ana se estampó contra su escritorio, el escritorio se volcó bajo el peso de ambos, y los dos acabaron amontonados en el suelo entre los monitores reventados y una maraña de cables y ordenadores.

El revólver salió despedido de la mano de Ana y se deslizó por el suelo.

Abby fue a cogerlo.

Lo mismo hizo Hannah: aunque ella tenía las manos atadas con bridas, se lanzó a por el arma.

Las dos mujeres lo alcanzaron al mismo tiempo, forcejearon y Abby se quedó con él.

—¡Dispara a esa puta guarra! —le gritó Hannah.

Stuckey rodó por el suelo para apartarse de Ana y dejarle un disparo limpio.

—¡Ahora, Abby!

Pero Abby no disparó. Aunque apuntaba a Ana con el arma, tenía los ojos puestos en Kim.

Brendan se dio cuenta de que Kim se estaba agarrando el pecho. Tenía el rostro lívido, invadido por la confusión. En ningún momento bajó la mirada al sitio donde había recibido el disparo, sino que tenía los ojos clavados en los de Ana, la mujer que la había disparado. Y no dejó de mirarla ni siquiera cuando se fue al suelo. Expulsó su último aliento y la cabeza cayó inerte hacia un lado, y fue entonces cuando por fin apartó la mirada, no antes.

Ana, a cuatro patas, abandonó el escritorio caído y fue gateando por el suelo hasta llegar a ella sin prestar atención a los fragmentos de cristal que se le clavaban en las palmas de las manos y en las rodillas.

—No, Kim. ¡No! —Consiguió apoyar la cabeza de Kim en su regazo y comenzó a sollozar en sus cabellos.

Abby levantó el revólver y disparó.

Primero le pegó un tiro a la CPU que antes estaba bajo el escritorio, después se dio la vuelta hacia los armarios de los servidores y descargó el resto de los disparos sobre los equipos informáticos entre un diluvio de chispazos. Cuando el arma se vació, la tiró a un lado y fue hacia Brendan. Logró ponerse el brazo de su marido sobre los hombros justo antes de advertir que Stuckey ya estaba al otro lado de Brendan.

—¿Arriba a la de tres? —le dijo Stuckey.

Pusieron a Brendan en pie entre los dos.

Él intentó decirles que no se podría tener en pie y mucho menos caminar, pero no llegó a pronunciar palabra. Todo comenzó a desvanecerse, a escorarse, y se quedó en blanco.

Stuckey le soltó una bofetada.

—Eh, colega, sigue con nosotros.

Cuando la habitación se enderezó, Brendan vio a Hannah en la puerta. Había conseguido manipular el cierre electrónico, la abrió de golpe...

Y casi se da de bruces con Romeo.

Se encontraba allí de pie, en el pasillo, cubierto de sangre, con media botella de cristal en la mano, una expresión maníaca cincelada en el rostro y un resplandor de odio en los ojos.

94

La Zorra Flaca estaba sujetando a Abercrombie con la ayuda de un negro grandullón que había recibido una soberana paliza. Y una rubia a la que no conocía.

Romeo los fulminó con la mirada.

Estaba plantado en medio del pasillo, con esas anchas espaldas y ese corpachón que ocupaba prácticamente de una pared a la otra. El pecho se agitaba en su esfuerzo por coger aire sin ser capaz de obtener el suficiente.

«Solo es el humo, cariño. Parece que te ha seguido escaleras abajo. El fuego viene detrás, pero tú estás bien. Estás fenomenal. Eres una puta máquina, joder.»

—Sí, muñeca.

Tenía arenosa la garganta, llena de hollín y de mocos, y con esas dos simples palabras, una tos trató de abrirse camino hacia el exterior. Se la tragó; sabía agria y amarga al mismo tiempo.

Alguien le había metido un balazo en la pierna a Abercrombie, que estaba poniendo el suelo perdido de sangre. Si un vampiro lo hubiera dejado seco, tal vez tendría mejor color que el que lucía ahora. Giró la cabeza, y los ojos intentaron seguirla con algo de retraso. Era probable que la bala hubiese tocado una arteria. No le quedaba mucho en este mundo.

Mientras aquellos pensamientos le venían a la mente, Romeo se acordó del balazo que él mismo tenía en el hombro, en la barriga maltrecha, y se dio cuenta de que ya no sentía ninguno de los dos. Estaba por jugársela a que eso era cosa de Juliet.

La rubia se agachó al suelo y se levantó con un revólver en la mano. Lo apuntó hacia su cara.

—¡Quítate de en medio, joder!

Lo que pasa con los revólveres es que el tambor queda a la vista, e incluso con aquel humo cada vez más denso, Romeo vio que el arma no estaba cargada. Giró la botella rota entre los dedos e hizo un gesto con la barbilla para señalar la habitación que había detrás de la Rubia.

—¿Está ahí dentro esa mujer? La que está detrás de todo esto.

—Sí.

Eso lo dijo la Zorra Flaca.

Sin vacilar.

Sin miedo.

Tal vez ella fuese la más canija del lote, pero a Romeo le bastó una mirada a los ojos para saber que era quien manejaba el cotarro.

Respeto.

—No he venido a por vosotros —le dijo Romeo—. Nuestro asunto está saldado. Solo la quiero a ella.

—Dinos cómo salir de aquí y es toda tuya —le exigió la Rubia, que blandía la pistola descargada.

No había ni terminado de exigir aquella cuando se oyó el fuerte estallido de algo que se había derrumbado en la iglesia y aparecieron las primeras llamas a la espalda de Romeo, en el otro extremo del pasillo, cerca de la escalera. Comenzaron a devorar el techo de escayola y a descender por las paredes. Romeo se imaginó que los asistentes a la fiesta seguirían intentando escapar al exterior, pero ya no los oía gritar. En el piso de arriba el fuego ardía con el estruendo de una locomotora.

—No hay salida, ya no. Lo mejor es que busquéis un sitio tranquilo y os quedéis en paz.

Cuando resultó obvio que el grupo no se iba a quitar de en medio, Romeo levantó la botella y se abrió paso entre ellos.

Entonces fue cuando la vio, acurrucada en el suelo.

Y ella también lo vio a él.

95

La visión de Brendan se desvanecía, y cuando intentaba respirar, no cogía más que humo. Tosió y oyó que Abby decía:

—¡Ahí dentro! ¡Rápido!

Aunque Abby estaba gritando y se hallaba a escasos centímetros de él, sujetándolo aún, sonaba como si estuviera a un millón de kilómetros.

Brendan vislumbró la escalera del final del pasillo un segundo antes de que lo metiesen a empujones por una puerta. La escalera estaba completamente bloqueada, una parte del techo se había hundido, y estaba ardiendo hasta el último centímetro. Aquello bien podría haber sido la puerta de entrada al infierno, y a lo mejor lo era.

Estaban en el pequeño apartamento de Kim, aquella habitación que Abby y él habían visto cuando bajaron la escalera.

Entre Abby y Stuckey lo llevaron hasta la cama y lo dejaron allí mientras Hannah cerraba la puerta y miraba frenética a su alrededor hasta que localizó un cuarto de baño minúsculo en un lateral.

—Traeré unas toallas para intentar sellar la puerta.

—Mójalas, si es que aún hay agua —le indicó Stuckey, que cruzó la habitación y se acercó a una ventana estrecha en la parte alta de la pared.

Brendan se recostó en la cama y se quedó mirando al

techo. Ya había algunas zonas ennegrecidas, y un humo oscuro se filtraba entre las vigas.

«Es como un animal —pensó—. Palpa las cosas antes de entrar a matar.»

—¡Veo gente ahí fuera! —gritó Stuckey—. Camiones de bomberos, policía.

Brendan se retorció y vio cómo Stuckey manipulaba los pestillos de la ventana.

—¡No la abras! —le dijo Abby enseguida—. Si lo haces, dejarás entrar el aire en la habitación, y eso traerá el fuego directamente hacia nosotros.

—No tenemos elección —dijo Hannah, que estaba de nuevo en la puerta, colocando toallas por la ranura de abajo.

—Hay barrotes en la ventana. Y aunque pudiéramos quitarlos, no creo que quepas por ahí.

Brendan sabía que Abby estaba hablando de Stuckey, que no respondió, y eso confirmó que ella estaba en lo cierto.

—Tenemos que hacer algo, la puerta se está calentando —dijo Hannah.

Brendan consiguió señalar hacia el techo, al humo.

Todos siguieron la dirección de su dedo.

—No hay ninguna otra manera de salir de aquí —dijo Stuckey por fin—. Tenemos que abrir la ventana y pedir ayuda a gritos... y rezar por que tengan alguna manera de quitar esos barrotes y de sacaros a los tres de aquí.

—¡Yo no te dejo aquí! —exclamó Hannah.

—Abby tiene razón. Yo no quepo. —Miró entonces a Abby—. Cerramos la ventana en cuanto consigamos atraer su atención. Si hacemos eso, podremos minimizar el combustible para el fuego y ganar algo de tiempo.

Brendan intentó incorporarse. No pudo.

—Salid vosotros tres —dijo Stuckey—. O eso, o morimos todos quemados. Hay que moverse.

Abby asintió y fue a la ventana, y en ese instante Hannah hundió el rostro en el hombro de Stuckey.

Aún estaba abrazada a él cuando Abby anunció con una voz de derrota:

—La ventana está clavada al marco.

96

Romeo cerró la puerta a su espalda.

Sabía que llegaba el fuego y, aunque terminaría atravesando aquella puerta, antes llegaría por el techo. Aquel olor ya estaba por todas partes, y algunas porciones del techo se habían ennegrecido.

Un vistazo rápido a la habitación le dijo que no había otra salida.

Había hardware informático destrozado por todas partes, perforado con agujeros de bala, tirado por los suelos, un escritorio volcado con todo cuanto había en él. Se había liado una buena en aquella sala, algo que se hizo bien patente cuando Romeo echó un vistazo a la mujer que estaba en el suelo y al cadáver de la otra mujer, la que tenía en sus brazos. Había recibido un balazo en el pecho.

—¿Cómo te llamas? —preguntó a la joven con una voz muy grave, seca como el papel de lija y cubierta de hollín.

—Ana.

Tenía el rostro marcado por las lágrimas y estaba acariciando el cabello de la mujer muerta.

Romeo agitó la botella rota en el aire lleno de humo.

—¿Todo esto lo has hecho tú, o ha sido ella?

La joven respondió con voz sumisa.

—Si te digo que he sido yo, ¿me matarás?

—¿Has sido tú? —volvió a preguntar con una voz contundente.

—Sí. —Hizo un gesto con la cara hacia la botella rota que traía en la mano—. También he sido yo quien ha matado a tu chica. Tienes todo el derecho a matarme, y quiero que lo hagas. —Bajó la mirada a la mujer muerta—. No tengo ninguna razón para continuar. No quiero estar viva sin ella. Quiero que se acabe este dolor. Por favor, mátame.

Romeo arrancó hacia ella, preparado para hacer justo eso, cuando vio su móvil desechable en el suelo, el mismo que Juliet se había llevado cuando lo dejó en la ambulancia. Se inclinó y lo recogió. Todavía tenía batería, un 13 por ciento según el indicador. Al contrario que todos los demás móviles que había en el edificio, este no tenía instalada la aplicación Sugar & Spice, y eso significaba que no se había bloqueado como los demás.

Al tocar la pantalla con el pulgar apareció una foto de Juliet. Entonces cayó en la cuenta de que no era una foto, sino el fotograma de un vídeo detenido. Juliet había grabado algo en el móvil de Romeo. Tragó saliva y pulsó la tecla para reproducirlo.

Juliet sonrió, apoyó el móvil en algo para estabilizar la cámara y se reclinó. Estaba sentada en la ambulancia.

—Hola, cariño. Estás un poco regular. ¿Sabes lo que es la septicemia? Creo que esa bala te ha hecho un agujero en las tripas. No será muy grande, pero sigue siendo un agujero, y es de ahí de donde viene la infección. Por eso, cada vez que te lo limpio todo y te lo arreglo, la cosa no deja de empeorar. No puedo arreglarlo yo, no tengo los conocimientos, pero aunque supiera cómo, tampoco tengo con qué. Necesitas un médico. Si no te ve un médico, te vas a morir. No será rápido, sino que podrá durar días. Yo no puedo vivir en un mundo donde no estés tú, y eso significa que he tenido que tomar una decisión. He llamado a esa mujer y lo hemos hablado todo. Me ha dicho que si te dejo en la ambulancia, ella te enviará ayuda. Te conseguirá un médico. Te van a curar. Ya sé que eso significa la policía, y ya sé que te van a encerrar después, pero también sé que estarás vivo, y eso es lo que importa. Esta Julieta necesita a su Romeo. —Sonrió levemente—. También quiere que vaya a verla, y me ha dicho dónde. Dice que si lo hago, cumplirá su palabra sobre el dinero que nos debe. Voy a utilizarlo para asentarnos, tal y como habíamos dicho, y después utilizaré más para sacarte de donde sea que intenten encerrarte. Te traeré conmigo. No hay otro modo. Si te llevo yo al hospital, nos van a encerrar a los dos, y no saldremos nunca. No recibiremos lo que nos deben. Moriremos entre rejas. Esta es la única forma, y tengo que confiar en que esa tía no me está mintiendo, porque no tengo nada más en lo que apoyarme. Si estás viendo este vídeo en lugar de tenerme cogida de la mano, en lugar de estar sentado en nuestra playa conmigo, eso significa que todo ha salido mal. Quiero que sepas que te quiero más que a nada en el mundo, más que a la mantequilla de cacahuete, como tú me dijiste una vez. Si estoy muerta, tú habrás sido mi último pensamiento, y me he aferrado a él tanto tiempo como he podido. Te quiero, cariño.

Juliet alargó la mano hacia el móvil, y el vídeo finalizó con aquella imagen suya congelada en la pantalla.

Romeo estaba llorando, y le daba igual quién lo viese. No le importaba ni media mierda que lo viese la mujer responsable de aquello. Se arrodilló delante de ella y le puso la botella rota en la cara.

—Voy a hacerte una pregunta, y me vas a responder con sinceridad, ¿entendido?

La mujer asintió.

—Será como un Sugar, una de esas preguntas de tu app. —Puso la otra mano sobre la cabeza de la mujer muerta—. Si pudieras, ¿darías tu vida a cambio de la suya?

Sin vacilar, la mujer que decía llamarse Ana asintió.

—No quiero vivir un segundo más sin ella.

Romeo dejó que aquello calase.

—Es un infierno, ¿verdad? Estar aquí sabiendo que ellas ya no están, ¿eh?

La mujer asintió.

—Es peor que la muerte.

—Déjame verla.

Romeo metió las manos por debajo de los hombros de la mujer muerta y la separó de los brazos de Ana, que al principio se resistió, pero él era mucho más fuerte, incluso en su estado actual. Ana dejó caer las manos y combatió los sollozos. Romeo apoyó el cadáver en un mueble roto de los servidores que tenían enfrente. De no haber sido por el desastre de sangre que tenía en el pecho y la mirada ausente en sus ojos sin vida, podría haber estado allí sentada, exactamente igual que Juliet en el piso de arriba. Romeo se sentó sobre los talones y la observó con atención.

—Era una mujer guapa.

Ana asintió.

—Sí, ella...

Romeo le dio la vuelta a la botella rota que tenía en la mano y la estampó contra el rostro de la muerta. La hundió en la mejilla y en la carne blanda alrededor del ojo sin mayores esfuerzos. Una vez clavada y bien clavada allí, retorció con ganas la botella, la extrajo y volvió a clavársela.

Ana se puso a chillar.

Se abalanzó hacia Romeo, pero él ya se lo esperaba y le soltó un fuerte puñetazo en el pecho.

—¡Quédate ahí, coño!

Otra vez le clavó la botella a la muerta.

Y otra vez.

Y siguió haciéndolo hasta que su rostro dejó de serlo.

Romeo siguió clavándole la botella hasta que se quedó sin aliento y apenas pudo ya levantar el brazo. Entonces arrojó la botella a la otra punta de la sala y vio cómo se reventaba contra la pared opuesta. Hizo caso omiso del dolor en las tripas, del dolor en el hombro, se dio la vuelta y se sentó al lado de Ana, justo enfrente del cadáver.

Ana intentó pegarle, pero él le aferró ambas muñecas y las sujetó con una sola mano, muchísimo más grande y carnosa que las de ella. Con la otra mano, agarró a Ana por la barbilla y le giró la cara hacia el frente.

—¡Mírala! ¡Eso lo has hecho tú! ¡Todo es culpa tuya!

Ana dijo algo, pero Romeo no llegó ni a oírlo. Le importaba un bledo lo que esa mujer tuviera que decir.

Romeo la mantuvo inmovilizada con aquella sola mano, y con la otra buscó a ciegas por el suelo, encontró su móvil y lo sostuvo a escasos centímetros de la cara de ella con la imagen congelada de Juliet, que los miraba a los dos.

—¿Quieres morir? —le dijo—. No te voy a dejar. Vamos a quedarnos aquí sentaditos hasta que el fuego nos lleve. Joder, voy a obligarte a vivir tanto tiempo como pueda, y quiero que pases ese tiempo que te queda pensando en lo que has hecho.

Romeo pulsó el botón de reproducción del vídeo, que volvió a empezar.

El bello rostro de Juliet.

Su voz maravillosa.

Y mientras ella hablaba en la pantalla, Romeo la oyó también en su cabeza, dulce como un ángel: «Más que a la mantequilla de cacahuete, cariño. Así es lo mucho que te quiero».

Sobre ellos, el techo se ocultaba tras un manto de humo tórrido. Poco a poco las llamas se iban adentrando tímidas en la habitación y comenzaban su banquete.

97

Con Hannah entre sus brazos, Stuckey tosió y volvió la cabeza de nuevo para mirar hacia la ventana.

—¿Quién coño clava una ventana al marco en una iglesia?

—¿Qué haría Emily? —consiguió decir Brendan con una voz tan débil que se sorprendió de que Abby lo oyese.

Pero lo oyó. Tenía los ojos clavados en él justo antes de ponerse a mirar a su alrededor; frenética, agarró una lamparita de la mesilla de noche y arrancó el cable de la pared de un tirón. Acto seguido cogió uno de los cojines de la cama y se lo lanzó a Stuckey.

—En cuanto yo rompa la ventana, tenemos que ponernos a gritar todos, tan fuerte como podamos. Y en cuanto llamemos la atención de alguien y sepan que estamos aquí abajo, tú tienes que tapar el agujero con ese cojín. ¿Entendido?

Stuckey asintió, besó a Hannah en la frente y se acercó otra vez a la ventana.

—¡Cúbrete los ojos! —Abby le dio la vuelta a la lámpara en las manos y descargó la base contra el cristal al tiempo que giraba la cabeza para mirar hacia otro lado. Impactó con un golpe seco.

El cristal se quebró, pero no se hizo un agujero.

—¡Putos cristales de seguridad!

Descargó un segundo golpe, después un tercero. Con

el siguiente, el cristal se desprendió del marco en una sola pieza y cayó al suelo. Una ráfaga de aire entró rugiendo en el edificio, y Brendan vio mentalmente la disparatada imagen del fuego sorbiendo el aire por una pajita.

Ya estaban los tres gritando en la ventana.

Sin dejar de gritar, Stuckey agarró los barrotes de metal del otro lado e intentó aflojarlos de la pared, pero no cedieron.

Hannah fue la primera en ver las llamas y señaló hacia el techo sobre la puerta.

—¡El fuego está entrando!

—¡No pueden oírnos! —gritó Abby.

—¡Eh! —chilló Stuckey con la cara contra los barrotes—. ¡Estamos aquí dentro!

Los tres estaban gritando otra vez.

Chillando.

Brendan trataba de entender qué estaba sucediendo, pero las palabras..., era como si se fundiesen unas con otras y se desvanecieran. No advirtió que se había desmayado hasta que giró la cabeza hacia la ventana y vio a un bombero al otro lado, enganchando un cable a los barrotes.

Se volvió a desmayar.

Esta vez, cuando volvió en sí, Abby, Hannah y Stuckey lo estaban levantando y pasando por la ventana con la cabeza por delante. Otras manos lo sujetaron desde el exterior.

Le quemaban los pies y las piernas.

«¡Dios mío, estoy ardiendo! ¡Estoy...!»

Se desmayó de nuevo.

Un vacío temporal.

Luces potentes.

Muchas voces.

Una ambulancia.

Cuando volvió a abrir los ojos, se hallaba en la parte de atrás de una ambulancia. La puerta estaba abierta, y

Abby estaba agachada a su lado con una manta sobre los hombros, sujetándose una máscara de oxígeno en la cara.

—¡Está despierto! —dijo a voces tras la máscara y empezó a toser.

Brendan sentía la cabeza como si le pesara una tonelada. Consiguió girarla lo suficiente para mirar por las puertas abiertas. Allí estaba Hannah, de pie, de espaldas a él, envuelta en una manta. También parecía estar sujetando una máscara de oxígeno. Detrás de ella estaba la iglesia, ardiendo de tal forma, con tales llamaradas, que a Brendan le dolieron los ojos de solo mirarla. Donde antes estaba el tejado, ahora las llamas se alzaban hacia el cielo. Las vigas eran poco más que unas ramitas ennegrecidas. El fuego ascendía por lo que quedaba de los muros. Había gente por todas partes: policías, bomberos, invitados a la fiesta de Sugar & Spice que habían logrado salir. Había no menos de media docena de mangueras rociando agua, pero aquello ya no tenía remedio, y Brendan lo pudo deducir por la derrota y la lentitud en el movimiento de los bomberos. Sí, continuaban con las formalidades de su trabajo, pero no había manera de salvar la iglesia, y estaba claro que habían abandonado cualquier intento de rescate. Un instante después, la iglesia se vino abajo de golpe. Lo que quedaba de los muros se derrumbó hacia el interior y despidió una inmensa nube negra con un golpe seco que hizo temblar el suelo.

—Stuckey... —pudo decir Brendan en un tenue suspiro.

Nadie lo oyó.

Todo volvió a quedarse a oscuras.

Sugar & Spice®

Sugar
error 572
[no se pudo cargar la aplicación]

98

Dificultad para respirar.

Bips y otros pitidos.

Cuando se despertó, Brendan abrió los párpados pesados ante una pared blanca. Era como si estuviesen encendidas todas las luces de la habitación y las hubiesen apuntado hacia él, a tope de intensidad, con unas bombillas que no dieran abasto para quemar la electricidad con la velocidad suficiente y estuviesen a punto de reventar con un zumbido iracundo. Podía llevar diez segundos con los ojos clavados en aquellas bombillas, o diez minutos. En aquellos primeros instantes tenía tan poca noción del tiempo como nula constancia de dónde se encontraba o de cómo había llegado hasta allí. Cuando su mirada recobró la nitidez, lo primero que halló fue el calor de una mano en la suya, y cuando consiguió girar la cabeza hacia un lado, descubrió allí a Abby, su hermosa, espectacular y encantadora Abby. Estaba dormida, con la cara apoyada en su pecho y numerosas capas de sábanas y mantas entre ellos. Notaba que algo le cubría la boca, y decir que tenía dificultades para llevar la mano hasta allí para quitárselo era quedarse corto. Su cerebro envió la orden a la extremidad varias veces antes de que alguien hiciera acuse de recibo y decidiese obedecerla. Cuando sus dedos llegaron hasta la máscara, toquetearon el plástico, y por fin agarraron la esquina y lograron apartársela de la cara.

—Abs...

Tenía la boca tan seca que le daba la sensación de que la lengua se le había hinchado hasta alcanzar el doble de su tamaño, un objeto extraño alojado en su rostro. Intentar tragar no le sirvió de ningún alivio, para empezar porque no había humedad en absoluto, tan solo algo que bien podría haber sido fragmentos de cristal, y su cerebro regresó fugazmente sobre aquella ventana de la iglesia cuando por fin se rompió.

—Abby —consiguió decir en un hilo de aliento—, dónde... —Entonces volvió a perder la voz: no estaba lista aún para despertarse.

Abby se movió, chasqueó los labios y abrió los ojos temblorosos. Al principio eran apenas un par de ranuras finas, pero se abrieron de par en par en cuanto reparó en que Brendan estaba despierto.

—Dios mío... —Palpó a ciegas el lateral de la cama, dio con el botón para llamar a la enfermera y lo pulsó unas cuantas veces antes de tirarlo para quitarlo de en medio, se dejó caer sobre Brendan y lo estrechó en un abrazo inmenso—. ¡Creía que no te ibas a despertar nunca! Perdiste tanta sangre...

—¿Cuánto tiempo...?

Abby le apartó el pelo de la cara.

—Tres días. La bala te alcanzó la arteria femoral, y perdiste muchísima sangre, demasiada. Te metieron en el quirófano en cuanto llegamos al hospital. —Empezó a negar algo con la cabeza y se le llenaron los ojos de lágrimas—. No te hice un torniquete, no sé por qué no te hice un torniquete. Es que no me paré a pensar...

—Chsss —le dijo él—. Estoy bien. Me voy a poner bien. ¿Tenemos agua?

Abby asintió, cogió un vaso de plástico con una pajita de la mesita de noche y se la llevó a Brendan a la boca.

—No bebas mucho, tómatelo con calma al principio.

Brendan se bebió casi la mitad antes de girar la cabeza hacia un lado cuando ya no le cupo más.

Abby dejó de nuevo el vaso en la mesita y volvió a abrazarlo.

Entró una enfermera, que cogió un portapapeles sujeto a los pies de la cama y estudió las pantallas de las máquinas que la rodeaban.

—Bienvenido al mundo de los vivos, señor Hollander. Ya he avisado a su médico, que vendrá enseguida. —Sacó una linternita del bolsillo del pecho, se la puso delante de los ojos y le pidió que la siguiera al moverla—. Pinta bien.

—Nuestra amiga Hannah está en la habitación 213 —habló Abby cuando se marchaba—. ¿Puede decirle que está despierto?

La mujer asintió y se marchó.

Brendan miró a Abby.

—¿Stuckey? ¿Está...?

De nuevo, los ojos de Abby se llenaron de lágrimas. Al principio se le resistían las palabras, y cuando consiguió hablar, no dijo lo que Brendan esperaba.

—Stuckey está vivo. —Su voz intentó quebrarse de nuevo, pero Abby redobló sus esfuerzos—. Los bomberos utilizaron ese trasto hidráulico con la ventana y lograron abrirla lo justo para sacarlo de allí. Respiró mucho humo, y ha sufrido algunas quemaduras de segundo grado, pero se recuperará. Hubo un momento en que pensamos que no lo iban a sacar. Tuve que sujetar a Hannah, que estaba histérica, fue algo terrible. Todo estaba ardiendo, por todas partes. Estaba rodeado. —Se secó las lágrimas con el dorso de la mano.

—Mandíbulas de vida.

—Justo, así es como llamaban a ese cacharro. —Sorbió con fuerza por la nariz—. Ninguno habríamos salido de no ser por él. El edificio comenzó a desmoronarse a nuestro alrededor, y caían trozos justo al otro lado de la ventana. Nadie nos oía gritar, el estruendo del fuego era demasiado fuerte. Entonces Stuckey encontró una caja de detergente Borax y lo tiró sobre un pedazo del tejado que había caído y estaba ardiendo en la hierba. Se iluminó con un verde intenso, y así es como conseguimos llamar la atención. Cinco minutos más y... bueno, que Stuckey nos salvó la vida a todos.

Llamaron a la puerta.

Cuando se abrió, el agente Bellows asomó indeciso la cabeza, vio a Brendan y preguntó a Abby:

—¿Está bien como para hablar?

El rostro de Abby le decía claramente que no, pero Brendan asintió.

—Está bien.

Abby entrecerró los ojos al ver que Bellows entraba y cerraba la puerta.

—Está medicado y se acaba de despertar. Todo lo que le cuente es extraoficial, ¿entendido? Si quiere hacerle un interrogatorio oficial tendrá que esperar.

Bellows tenía el antebrazo derecho envuelto en un vendaje grueso de gasa. Le habían rapado parte del cabello del lado izquierdo de la cabeza. Tenía la piel fruncida con unas marcas rojas de quemaduras de aspecto doloroso.

—No tienes nada de lo que preocuparte, Abby. Ya no. Le pediremos una declaración oficial en los próximos días para cerrar el asunto, pero ya no es sospechoso de nada. —Hizo un gesto hacia la silla vacía en el lado opuesto de la cama de Brendan—. ¿Puedo?

El hecho de que Bellows estuviera tuteando a Abby y la llamase por su nombre de pila en lugar de «señora Hollander» era para Brendan una muestra de que no solo habían hablado ya, sino que además habían llegado a conocerse, al menos un poco, en los tres días que él había estado inconsciente.

Bellows se acomodó en la silla y se frotó el vendaje del brazo antes de tomar la palabra.

—Pica mucho —les dijo.

—¿Estuviste allí? —dijo Brendan con esfuerzo.

—Mi oficina recibió una llamada anónima esa misma noche. Nos dijeron que habían dejado a tu socio metido en una ambulancia a las afueras de la ciudad. Nos dijeron dónde encontrarlo. Envié a un agente para que hiciese un seguimiento, Curtis Brown, un buen hombre. Encontró a Romeo atado en la parte de atrás. Cuando Romeo se ofreció a entregarnos a Ana Morales, le dije a Brown que le siguiera el juego. —La mirada de Bellows se llenó de culpabilidad. Se frotó ambas sienes—. No sé cómo, pero Romeo pudo con él..., eso sí, Brown nos llevó hasta la iglesia, y si no lo hubiera hecho, habría muerto mucha más gente. Fue un héroe.

Brendan tragó saliva.

—¿Cuántos han...?

—Cuarenta y siete muertos. Un tercio de ellos por disparos, el resto por el fuego. Cientos de heridos. Mucha gente a la que se atendió allí mismo, y a otros aquí, en el Memorial. Pero Brown no ha sido el único héroe aquí. Vosotros dos habéis conseguido acabar con esto. Enviasteis al doctor Bixby con esos archivos, la grabación del señor Morland... Stuckey... Tienes que saber que aprovechó toda oportunidad que se le presentaba para insistirme en que eras inocente. Es un verdadero amigo. —Miró a Abby un instante, después de nuevo a Brendan—. Mucha gente tenía instalada esa aplicación. Había una cantidad impresionante de gente que seguía órdenes a ciegas a cambio de dinero.

—Como Romeo y Juliet... —musitó Brendan.

Abby y Bellows cruzaron una mirada de complicidad.

—Sus nombres reales eran Earl y Monica Portwitz —dijo el agente—. Earl cumplió condena en el Clinton Correctional, en el norte del estado de Nueva York, por varios allanamientos. Monica era una chica que había dejado los estudios en el instituto y trabajaba en una cafetería no muy lejos de la cárcel. Hasta donde nosotros sabemos, se conocieron en 2018, cuando él salió, y han estado de aquí para allá desde entonces. Desaparecieron del radar. Earl tenía activa una orden de detención desde hace años, desde la primera vez que dejó de presentarse a su agente de la condicional. Me da la sensación de que cuando volvamos a disponer de la base de datos del VICAP, podremos hacernos una idea más clara de qué han estado haciendo esos dos en los últimos años. Tampoco podemos hacer mucho más hasta entonces. Y como decía, no estaban solos. Ana Morales reclutó un buen ejército por todo el mundo. Soldados de infantería, como estos dos. Esperamos poder reconstruir la base de datos de la app y reunir a todos los que esa mujer tenía a sueldo. Tal vez nos lleve un tiempo, pero cogeremos hasta al último de ellos.

—Sigue el dinero —dijo Brendan en voz baja.

—Sigue el dinero —repitió Bellows—. Esa es la idea, aunque se avanza con mucha lentitud cuando tienes a la mayor parte del mundo a oscuras.

Brendan debió de poner cara de perplejidad, porque Bellows miró a Abby con una cara extraña.

—Ya veo que no lo sabe, ¿no es así?

Abby negó con la cabeza.

Bellows se inclinó para acercarse un poco más.

—Cuando salió la actualización de Sugar & Spice con ese virus ransomware incorporado, prácticamente la mitad de los teléfonos del país quedó inutilizada. Después vinieron otros aparatos: ordenadores, servidores, termostatos, cámaras, tostadoras... El virus se propagaba como un incendio descontrolado a través de cualquier cosa con conexión a internet. —Hizo un gesto alrededor de la habitación, hacia las luces y las máquinas que emitían pitidos detrás de Brendan—. La mayoría de los hospitales tienen sus propios generadores. Decir que ahora mismo tenemos un problema de infraestructura sería quedarse sumamente corto. Diantre, se ha caído casi todo. La gente de DARPA ha conseguido generar un parche en tiempo récord, pero su despliegue está siendo lento. —Se reclinó un instante en la silla con una cierta cara de satisfacción—. No os voy a engañar: tres días sin que el móvil me esté zumbando sin parar en la mano han sido como una especie de vacaciones. Mi mujer y mi hijo sacaron anoche los juegos de mesa. Nos hemos visto obligados a hablar en lugar de enviarnos mensajes de texto. Una parte de mí espera que esto se alargue un poco más. Creo que todos necesitamos un pequeño descanso. —Sonrió a Abby—. Tu mujer me contó cómo engañó a Ana Morales para que instalara ese virus ransomware en los servidores de Sugar & Spice. Estás casado con una mujer muy lista.

—¿Tendremos nosotros algún problema por...?

Bellows lo interrumpió.

—¿Por enviar al planeta de vuelta a la Edad Media? —Negó con la cabeza—. Fuera de esta habitación, nadie sabe que habéis sido vosotros. No tiene ningún sentido poneros bajo los focos. Es mejor dejar que las culpas se extingan con la aplicación. Creo que los dos habéis pasado ya lo vuestro.

Brendan no había oído que la puerta se abriese, ni tampoco sabía cuánto tiempo llevaba Hannah allí de pie. Le habían vendado en condiciones el corte de la mejilla, y tenía otro vendaje en el brazo. Entró en la habitación y cerró la puerta. Parecía exhausta.

—Ya viene tu médico.

Abby se levantó y le dio un abrazo.

—¿Ya te he dicho hoy que lo siento?

—¿Por mentir y estar a punto de lograr que me vuelen la cara de un tiro? No, hoy no lo has hecho.

—Lo siento. —Abby la estrechó con fuerza.

—La próxima vez que sientas la necesidad de decirle

a una psicópata que yo he manipulado fotos de su novia y las he colgado por toda la red, agradecería que me avisaras antes.

—Lo siento —insistió Abby.

—Entonces, ¿fuiste tú? —le preguntó Brendan.

—QHE —respondió Abby.

—Esa Emily es una cabrona de mucho cuidado.

—No te haces una idea.

El médico entró y echó un vistazo a la habitación:

—Todo el mundo fuera —dijo.

Bellows se levantó y dio unas palmadas en la esquina de la cama de Brendan.

—Me quedo otros dos días para cerrarlo todo aquí, después regreso a Chicago para ayudar a desentrañar aquel caos. Volveré a pasar por aquí antes de marcharme.

El médico se fijó en las lesiones de Bellows y frunció el ceño.

—Usted también debería estar descansando, no trabajando.

—Es la historia de mi vida —le restó importancia Bellows con un gesto de la mano conforme salía por la puerta.

Hannah fue detrás de él y se detuvo en la puerta.

—Estoy pensando que todo esto podría ser algún tipo de señal.

—¿Señal de qué? —preguntó Abby.

—De que podríamos estar haciéndonos mayores para la Noche de Juegos.

—Fuera —insistió el médico, que prácticamente la empujó por la puerta.

Brendan apretó con más fuerza la mano de Abby.

—¿Puede quedarse mi mujer?

—He renunciado a intentar echarla. No se ha movido de su lado en tres días. Ha pasado tanto tiempo aquí que creo que tiene derecho a cobrar prestaciones si algún día consiguen que vuelvan a funcionar los ordenadores.

Por primera vez, Brendan se fijó en la almohada y las mantas amontonadas en el sillón cerca de la ventana. El cuaderno y el bolígrafo en la mesa junto al sillón. Escribiendo. Siempre escribiendo.

Abby acarició el oído de Brendan con la nariz.

—No me voy a ninguna parte.

—Entonces ya sé que todo lo demás va a ir bien —le dijo él—. Qué haría Abby, eso es todo lo que de verdad me importa.

Dos meses después

99

—¿Cuándo fue la última vez que mantuvisteis relaciones sexuales?

Sentados en el sofá de lo que para ellos seguía siendo el despacho de Donetti, Brendan y Abby se aproximaron más el uno al otro y se sonrojaron, los dos. Él no tenía la menor intención de mencionar lo del ascensor allí mismo, cuando subían, ni tampoco lo de anoche en el asiento de atrás de su coche, no más que lo de la piscina del hotel en el que residían mientras reconstruían su casa.

El doctor Bixby frunció el ceño sentado en la silla de cuero frente a ellos.

—¿De verdad fue así como empezó la terapia con esa mujer?

Abby se encogió de hombros.

—No parecía fuera de lugar en ese momento.

—Bueno, el sexo no define una relación, pero es un buen indicador de la salud de una relación. Entiendo que las cosas han mejorado en ese aspecto, ¿no?

—Un segundo —intervino Brendan antes de que Abby pudiera responder—. Creía que habíamos acordado que no íbamos a dejar que esto se convirtiera en una sesión de terapia.

Bixby levantó las dos manos en un gesto defensivo.

—Perdón, es la fuerza de la costumbre. Vamos a empezar de nuevo. ¿Cómo os encontráis?

—Nos encontramos maravillosamente bien. —Abby sonrió de oreja a oreja.

—Vaya, pues me alegra oírlo. Imagino que habrás vuelto a escribir, ¿verdad?

—Terminé el libro hace dos días, todo escrito a mano hasta la última letra. Seis cuadernos. No tengo ni idea de la equivalencia en páginas impresas, y la cosa continúa en el aire con mis editores, pero estoy segura de que al final conseguiremos publicarlo. Sinceramente, creo que escribir me ha ayudado a superar todo esto.

—La escritura puede ser muy terapéutica. Tan beneficiosa como hablar con tu pareja o con alguien como yo. Es liberador. Algunos de nuestros peores problemas surgen de la represión de las emociones y los pensamientos, de no dejarlos salir. Puede parecerse mucho a un barril de pólvora o a una tetera hirviendo. Tienes que liberar presión.

«Vale —pensó Brendan—. Todo esto se está pareciendo mucho a una sesión de terapia.» Carraspeó y dijo:

—¿Cómo te encuentras tú?

Bixby soltó una suave risa.

—Cabría pensar que un suceso tan significativo como el Gran Apagón desencadenaría todo tipo de ansiedades y empujaría a la mitad de la población a buscarse un psicólogo, pero por lo visto ha tenido el efecto contrario. Desde que se empezó a restaurar la conectividad, mucha gente ha decidido que no le hace falta estar tan conectada como antes, y parece que eso ha reducido las ansiedades, más que aumentarlas. —Hizo un gesto de desdén con la mano—. Tampoco me quejo. Me compré un móvil antiguo de esos plegables con exactamente cero acceso a internet y estoy más que feliz. Puedo hacer las llamadas que necesite, y la gente me puede localizar, pero he dejado de tener la cara pegada a la pantalla del móvil. —Miró primero a la mesa y después a las manos de Brendan y de Abby en busca de unos móviles que ya no llevaban encima—. Veo que vosotros también os habéis sumado a las filas de los desconectados, ¿eh?

—Cuando dejó la FCID, Brendan se dio cuenta de que ya no necesitaba nada de eso. Seguimos teniendo ordenadores portátiles, pero hasta ahí llega la cosa.

—Miro el correo electrónico una vez al día, o algo por estilo —le dijo Brendan—. Es fantástico. Se acabaron los sobresaltos cada vez que te vibra un cacharrito en el bolsillo.

—¿Has dejado la FCID?

Brendan asintió con la cabeza.

—Stuckey y yo, lo hemos dejado los dos. Hemos montado una consultoría privada. Tenemos unos cuantos clientes, todos locales. Se acabaron los viajes. Se acabaron las noches y los fines de semana. Hemos alquilado unas oficinas no muy lejos de aquí y hemos puesto un letrero en la puerta, por dentro, que dice: «Todo el trabajo se queda aquí». Ya no nos llevamos nada a casa. —Sonrió a Abby—. El tiempo en casa es para nosotros.

—Eso es fantástico. Me alegro por vosotros.

—Nunca tuvimos la oportunidad de darte las gracias como es debido —intervino Abby—. Si no nos hubieras recogido y no hubieses accedido a llevarnos a Chicago...

Bixby le restó importancia con un gesto de la mano.

—Eso era lo correcto, y estuve encantado de echar una mano. A quien tenéis que darle las gracias es a mi paciente, la chica a la que conocisteis en la cafetería.

—Elsa —dijo Abby—. ¿Cómo está?

—¿Conocéis alguno de los dos el Miss Hall's School de Pittsfield?

Brendan negó con la cabeza. Abby no dijo nada.

—Es un internado cerca de los Berkshires, uno de los mejores del país. —Bixby se acercó un poco a ellos—. Cuando Elsa estaba en Hampton House escribió un ensayo sobre la supervivencia en un hogar con malos tratos. Es increíblemente emocional. Conmovedor. Perspicaz. Elsa tuvo la amabilidad..., la fortaleza..., de darme permiso para hacer que lo publicara una revista de la profesión. Recibí una llamada de teléfono una semana después de que se publicase el ensayo. Al parecer, alguien lo había leído y ofrecía a Elsa una beca completa en Miss Hall's. La gente del instituto no podía decirnos quién era su benefactor, tan solo que la matrícula y el alojamiento estaban pagados hasta su graduación.

Abby apretó la mano de Brendan.

—Eso es maravilloso.

—Desde luego que sí —coincidió Bixby—. Ahora hacemos las sesiones a distancia, pero continuamos hablando un par de veces a la semana, y me pregunta por vosotros. Me pidió que os saludara. Ya que hablamos del pasado, esto me recuerda... —Se dio la vuelta hacia el escritorio, encontró un bloc de notas y se volvió de nuevo hacia ellos—. Hace unos días vino ese agente del FBI, Bellows.

—¿Bellows? —Brendan llevaba semanas sin hablar con él—. ¿Para qué?

—Pues para preguntar por vosotros, en realidad. Bueno, sobre los encuentros que tuvo Donetti con vosotros.

Brendan cambió ligeramente de postura, inquieto.

—Quería saber si Donetti tomó notas, si pudo haberse dejado algo aquí.

—¿Y lo hizo?

Cambió entonces la expresión de Bixby, que se enfrió. Fue como si perdiera toda esa calidez que irradiaba al hablar de Elsa y lo que quedara fuese otro hombre distinto. Su mirada se detuvo en Abby.

—Parecía especialmente interesado en tu época universitaria en la Northeastern. En tu título.

Abby se puso tensa.

Bixby daba golpecitos con el bolígrafo sobre la esquina del bloc, muy al estilo de Donetti durante su primera sesión.

—Le contaste que eras coordinadora de eventos antes de dedicarte a escribir. Y eso es lo que le contaste a Bellows, también.

—Porque es cierto.

—Pero tu título de la Northeastern es en la carrera de Informática. Parece raro que alguien se saque un título de programadora y después trabaje en hostelería.

—En realidad no —afirmó Abby—. El hotel Harland me contrató por mi título de programadora. Necesitaban a alguien que reescribiese su software de planificación. Se suponía que iba a ser un solo proyecto, solo un contrato por obra, pero, cuando terminé, me preguntaron si estaba interesada en el puesto de coordinadora de eventos, y yo acepté. Se me daba bien la programación, aunque no disfrutaba con ello. Quería estar con gente. Parecía que encajaba más conmigo.

Bixby asintió.

—Ya, Bellows también me contó eso, pero se le veía empeñado en el tema de la programación. Lo presioné y tuvo un desliz. Me explicó que ese software de planificación que escribiste estaba hecho con un lenguaje de programación llamado Python. Me comentó que era el mismo con el que estaba escrito el virus ransomware.

Antes de que Abby pudiese decir nada, Brendan le puso la mano en el brazo.

—Eso es una total coincidencia. Jamás hablamos con Donetti sobre los estudios universitarios de Abby más allá de contarle que nos conocimos en la Northeastern. Es que ni siquiera los mencionamos. No es posible que Bellows pensara que Abby estuvo implicada.

Bixby no apartaba la mirada de Abby, y ladeó la cabeza como un perro curioso.

—Ese dinero todavía no ha aparecido...

—Los doscientos millones.

—Mucho más que eso, según él. Los doscientos millones solo cubren la parte que intentó robar ese tal Isaac

Alford. Eso no está al margen de lo que esa mujer fue sacando de las cuentas bancarias y tarjetas de crédito de los usuarios de Sugar & Spice. Y ni siquiera se le acerca. Bellows dijo que faltan miles de millones.

—¿Y él cree que se los ha llevado Abby? Eso es ridículo. Ella fue una de las primeras en sufrir la infección, y recibió el virus de su agente.

—La misma agente a la que fue a ver dos días antes.

Brendan abrió la boca para contestar, pero Abby lo silenció con un roce.

—Nada de lo que acabas de decir procede de Bellows, ¿verdad? Un agente del FBI jamás ofrecería ese nivel de detalle a un ciudadano corriente. No sobre una investigación en curso.

Ahora le tocaba a Bixby el turno de guardar silencio.

—Esto viene de Elsa, tu paciente —lo presionó Abby—. ¿Esa es su teoría?

A Bixby le temblaron los párpados.

—Elsa es una chica impresionante camino de convertirse en una mujer impresionante. Nada que tú no seas.

—Entonces, ¿no es cosa de Bellows? —preguntó Brendan.

—Bellows estuvo aquí, y tal vez hizo alguna que otra pregunta, pero esto son especulaciones de Elsa —respondió Abby antes de que pudiera hacerlo Bixby—. La verdadera pregunta es cuánto de esa teoría de Elsa llegaste a compartir con Bellows.

—Madre mía, esa cabecita... —La mirada de Bixby recobró el brillo—. A Elsa le gustaría saber quién ha pagado su beca, algo comprensible, y ya le he explicado que hay preguntas que es mejor dejar sin respuesta. Le dije a Bellows que Donetti no se dejó nada por aquí y que yo sabía muy poco de vosotros. No ha vuelto desde entonces.

—Yo no tengo ese dinero —aseguró Abby con rotundidad.

Bixby guardó silencio, al menos al principio, y se reclinó en su silla.

—Yo prefiero pensar que quien sea que lo tenga estará haciendo algo bueno con él. Utilizarlo para el hambre en el mundo, el cambio climático, la educación... Eso es lo que haría alguien como Elsa.

—Pues esperemos que lo tenga alguien como Elsa, entonces.

—La esperanza es lo último que se pierde —remató Bixby.

Se pusieron los tres en pie y se dirigieron a la puerta. Se abrazaron.

—Deberíamos seguir en contacto —dijo Abby.

—Eso estaría bien.

Brendan y Abby llegaron de nuevo al ascensor, entraron y las puertas se cerraron antes de que ninguno de los dos volviese a abrir la boca.

—Tú no... te lo has llevado, ¿verdad?

Abby se limitó a sonreír

Besó a Brendan en la mejilla y le puso en la mano una hoja de papel doblada. Allí, con la bonita letra de Abby, decía:

Spice

Dentro de cuatro horas estarás subiendo a bordo de un avión rumbo a una isla privada en el Caribe, donde pasaréis los dos solos los próximos quince días. Dedícate a conocer bien a tu mujer. Deja que ella te conozca bien a ti. Hay mucho por descubrir. Si dejáis de buscar, si dejáis de exploraros el uno al otro tanto en cuerpo como en alma, entonces y solo entonces se terminará la aventura.

***

Nota del autor

Ha pasado un rato desde mi último libro, y lo siento muchísimo. Hace unos años recibí una llamada de un tal James Patterson, un antiguo ejecutivo de publicidad al que de vez en cuando le da por entretenerse escribiendo alguna novelita. Lo mismo te suena, ¿no? Patterson había leído *El cuarto mono* y le había gustado lo suficiente como para preguntarme si me apetecía escribir algo con él. Aquello dio lugar a un libro titulado *Los crímenes de la carretera*, un thriller psicológico plagado de giros que debutó en el número uno de la lista de superventas de *The New York Times* y en estos momentos trata de abrirse paso entre la gente de Hollywood para convertirse en una serie. Creo que tanto él como yo imaginábamos que aquello sería un proyecto que empezaba y que terminaría, una distracción, pero nos lo pasamos tan bien que decidimos hacer otro, y otro, y otro... Cuando me he puesto a mirarlo, resulta que Jim y yo hemos escrito cinco libros juntos y han pasado cerca de dos años desde que le entregué algo a mi editor.

Vaya.

Pregúntale a cualquiera de este mundillo y te dirá lo importante que es no desaparecer para tu público. Durante esos dos años, mi mujer me lo recordó unas cuantas veces, igual que mis diversos agentes. Yo me decía: Venga, vale, la semana que viene, el mes que viene, el... Mierda, tío, dos años. Eso no tiene excusa. He metido la pata hasta el fondo.

Ahora bien, esta es la cuestión. Sí que he estado escribiendo durante esos dos años, y no solo con Jim, sino también por mi cuenta. Publicaba un libro con Patterson, después escribía uno para mí, después otro con él, después otro para mí... Escribía, escribía y escribía, pero nunca le di a la tecla «Enviar». Cuatro títulos en total. Libros que no he compartido con nadie.

Ya me imagino lo contraproducente que suena esto como lector; en el plano comercial suena estúpido, con todas las letras. Pero como escritor... bueno, pues ha sido refrescante, la verdad. Me ha traído de vuelta a los tiempos en los que escribí mi primer libro. Una época sin plazos de entrega ni expectativas que cumplir. En aquellos días escribía por el simple placer de escribir. «Papi, tú hacías palabras», que diría mi hija de cinco años, y en eso consistía todo en su cabeza, en nada más. Crear palabras. Esa es la parte que ella comprende, porque ella también disfruta «haciendo palabras». Siempre me la encuentro sentada en el suelo del despacho de mi mujer, grapando las páginas de su último título, unas con otras, con ilustraciones y todo. A sus cinco años, ya ha averiguado la manera de contar una historia con su comienzo, su desarrollo y su final, un concepto que yo no pillé hasta después de cumplir los veinte. Cuando termina uno de esos libros suyos, nos lo muestra a su madre y a mí y lo coloca en un estante de nuestra librería, satisfecha sabiendo que lo ha escrito ella y que está ahí. Hasta cierto punto, yo creo que eso me sirvió de inspiración. Ella estaba escribiendo para sí misma, y, en algún punto del camino, a mí se me había olvidado lo de escribir para ti mismo.

Te sucede algo curioso cuando empiezas a publicar. Hay mucha gente que viene a decirte lo que estás haciendo mal, lo que ellos harían de un modo distinto. Son voces que aumentan de volumen con las ventas. Es bien sencillo hacer caso omiso de una parte de eso, pero la cosa se complica cuando esa gente está convirtiendo tu libro en una película. O cuando la editorial te recuerda el dinero que se está gastando en la promoción y «oye, teniendo eso en cuenta, ¿podrías eliminar esta escena?». O «¿Y si hacemos que el protagonista haga esto en lugar de eso?».

En última instancia, entiendo perfectamente que estoy creando un producto, y la gente que participa en la venta de ese producto merece que la escuchen. Digo que lo entiendo, pero eso no significa que me tenga que gustar. Así que, cuando escribí este libro que acabas de leer, en un principio decidí que no se lo iba a ofrecer a nadie. Lo guardé donde nadie lo tocase y disfruté de ese especial consuelo que me brindaba el hecho de haberlo escrito, de haber «hecho las palabras» que yo quería, y pasé a otro proyecto. Y a otro, y... Vale, sí, ya hemos hablado de esto.

Eso nos trae al día de hoy.

En algún momento pulsé la tecla «Enviar».

No estoy seguro de qué fue lo que cambió. No creo que fuera algo en particular. Me desperté una mañana, sin más, y me pareció que era el momento adecuado. Quizá se debiera a que la noche antes me había descargado una app y me había leído los términos y condiciones de uso, y eso me recordó aquella última vez que había hecho eso mismo... justo después del incidente que me dio la idea que hay detrás de este libro.

Durante la cena, mi mujer y yo estábamos comentando su última adquisición: una casona en una montaña en el estado de Georgia que ella tenía la esperanza de reformar y convertir en un alquiler vacacional. La casa tenía siete cuartos de baño, todos ellos necesitados de una buena vuelta, así que le sugerí una empresa que se llama Bath Fitter. Imagino que habrás visto sus anuncios si vives en Estados Unidos o Canadá. Básicamente te ponen con un revestimiento las paredes del baño o de la ducha que quieres renovar, un apaño cosmético allá donde no sea necesaria ninguna reparación de fontanería. Esa noche, mi mujer y yo advertimos algo extraño: en nuestros móviles y nuestros ordenadores comenzaron a aparecer anuncios de Bath Fitter. Téngase en cuenta que ninguno de los dos había llegado nunca a teclear «Bath Fitter» en ningún dispositivo: lo dije yo, de viva voz, únicamente. Aquello me hizo caer por la madriguera del conejo: ¿nuestros dispositivos nos estaban escuchando para lanzarnos publicidad personalizada? Enseguida averigüé que la respuesta a esa pregunta era SÍ, y se lo había permitido yo al aceptar a ciegas unos y otros términos y condiciones del servicio. Nuestros móviles, nuestras aplicaciones, todos nos estaban escuchando y compartiendo nuestra información. No tengo nada en contra de Bath Fitter. ¿Quién puede culparlos por aprovechar la última tecnología disponible? Ni siquiera tengo claro que pueda señalar a ninguno de nuestros diferentes dispositivos: al fin y al cabo, me pidieron permiso para hacerlo, y yo se lo di. Eso carga las culpas directamente sobre mis hombros. Tuve la sensación de haber dejado que un desconocido entrara en nuestra vida. Por mucho que alguien pudiese decir que era un desconocido útil (al ofrecernos publicidad de las cosas que sí necesitamos en lugar de anuncios al azar), seguía siendo una intromisión, y eso me hizo pensar: ¿y si...? Esas dos palabras son las dos grandes herramientas con las que cuenta cualquier autor.

Para que conste, mi mujer y yo disfrutamos de un matrimonio fantástico. Somos compañeros en todos los sentidos posibles. Jamás hemos descargado una app a modo de ayuda conyugal, pero ¿y si...? Exacto, así es como funciona este proceso. Enseguida conocí a Brendan y a Abby y me enteré de sus problemas, tomé buena nota de ellos por escrito. Resulta que ellos tampoco se habían leído los términos y condiciones del servicio, y la cosa se puso fea.

Imagino que *A puerta cerrada* se puede interpretar como un cuento con moraleja. Vivimos en una época tecnológica, y a veces no resulta tan sencillo determinar quién está al mando. De haber aquí una moraleja, no ha sido algo intencionado. Para mí, este libro solo ha sido otra ración de palomitas literarias. Papi haciendo palabras. Esas palabras primero fueron mías, ahora son tuyas.

Prometo que no volveré a desaparecer.

No por mucho tiempo, en cualquier caso.

Hasta la próxima,

JD
New Castle, New Hampshire
21 de julio de 2023

Descubre la primera novela del autor de *El Cuarto Mono*

Una historia de terror a la altura de Stephen King